馬克·畢林漢——著
吳宗璘——譯

LAZY BONES

探長索恩

MARK BILLINGHAM

懶骨頭。

敬獻給

派特・湯普森與湯尼・湯普森

以及

傑夫・畢林漢與潘蜜・畢林漢

不知在哪個夜晚，一身白衣的園丁將會到來，摘下的花朵已經凋萎……

——詹姆斯·艾洛伊·佛萊克，《前往薩馬爾罕的黃金之旅》

序曲

三月十三日

我最親愛的道格：

很抱歉，我必須使用另外一種打字機字體，不過我先前也解釋過了，我在家裡很難寫信給你，所以我只好趁在辦公室、老闆沒盯著我的時候，或是在午休（就像是今天！）之類的空檔。所以，要是這種字體看起來有點拘謹，也請你見諒。相信我，當我寫信給你的時候，我完全不想要有拘謹的感覺！

我希望你一切安好，就算日子沒那麼美好，我也希望我的情書能讓你心情舒服一點。我喜歡想像你滿心期待來信的情景，還有你心中浮現我坐在這裡、思念你的畫面。至少，你現在有照片了（喜歡嗎？）所以，千萬不要過度發揮你的想像力……（邪惡大笑！）

我知道裡面眞的很可怕，但你一定要相信一切會變得更加美好。有一天，你會出來，迎接燦爛的未來。如果我希望能夠成爲你未來的一部分，這個念頭是不是有點傻？我知道你不該進去，但還是被迫待在裡面，我知道你待在那種地方眞的太不公平了！！

我現在應該要停筆才是，因爲我想在午休結束之前、把這封信寄出去，而且我還沒有吃東西。反正，寫信給你，想像在你的身旁，比起司三明治重要多了（嘆氣）。

道格，我馬上會再寫信給你，也許再附張照片吧。你有沒有把它們貼在牆上？其實我連你有沒有自己的房間都不知道，要是沒有的話，我希望你的室友是好人，他們眞的好幸運！！

這一切很快就會結束了，等到你離開那裡的時候，誰知道呢，也許我們就終於可以在一起了，我相信等待是値得的。

道格，請你一定要好好照顧自己，希望你心裡惦記著我。

非・常・挫敗的珍……

獻上無數的吻

第一部

出生、婚姻，與死亡

一九七六年，八月十日

他慢慢朝邊緣前進，括約肌的每一次抽緊動作，欄杆，他扭動手腕，讓包住腕部的毛巾纏得更緊。他不能讓自己有掙脫的機會，他知道自己的身體會忍不住，會出於本能放開自己。他的腳跟不斷來回敲叩著下方的樓梯欄杆，發出規律的節奏。他在車庫後面找到的藍色拖繩，貼住了脖子，好癢。他自顧自微笑，就算他能伸手抓癢，這個動作也一定看起來很蠢，簡直就像在接受死亡注射之前、還特別在入針的皮膚部位消毒一樣。

他閉上眼睛，低頭，任由自身的重量帶著他向前、彎身、倒下。

這一陣劇烈搖晃，彷彿要切了他的頭一樣，但要斷骨，這股力量還不夠。他沒有時間計算自己的體重需要吊多高，就算有時間好了，他也不知道這兩者之間的公式是什麼。他記得不知道在哪裡讀過，應該是皮爾彭特家族什麼的，厲害的劊子手，什麼都不需要，光憑握過受刑人的手，就能導算公式，知道墜落的高度。

幸會——我看，你大概需要十二英尺吧……

他咬牙忍住背痛，當他墜落的時候，摩擦到樓梯欄杆的邊緣，背脊的皮全磨破了。他感覺到溫熱的血液慢慢流到他的下巴，而且他也咬穿了自己的舌頭，還聞到繩索上的機油氣味。

他想到了那女人，躺在床上，距離他還不到十英尺。

要是能夠在她發現他這副模樣的那一刻，看到她的面孔該有多好。當她伸手抱住他的身體、希望他不要繼續搖晃下去的時候，她那張愛撒謊的嘴一定快掉下來了。眞完美，但他鐵定沒機會看到，而且她也永遠不會發現他的屍體。

得要靠別人發現他們兩個人。

他忍不住在想，警方會怎麼判斷這整起事件，不知道報紙又會寫些什麼。有人會講起他們的名字，在某些辦公室與客廳裡面，他們的名字會再次被悄聲提起。他的姓氏，讓她冠上自己姓名的那個姓氏，將會如先前一樣、在某間法庭裡迴盪，彷彿油污外洩一般，慢慢流穿過她自己先前搞出的那一團泥污。這一次，當別人講起他們、討論這場悲劇、他們的不平心情的時候，他們兩人很幸運，都不會在場。現在，既然已經演變成這種局面，眾人也很難有置喙的餘地。他在等死，而樓上的她，早在他之前的三十分鐘斷了氣，鮮血已經滲透到他們草菇色的臥室地毯底層。

都是她，害他們兩人精神大亂，她落得這種下場，也是她自找的。

半個小時之前，她伸出雙手想要保護自己。

八個月之前，她也伸出了雙手，兩腿張開，躺在那間倉庫的地板上。

這一切都是她自找的……

他突然湧起一陣嘔意，噴了一大口血，感覺到某道幽影籠罩而來，他發現自己的生命即將悄悄消逝，心中充滿感恩。過了多久了？十分鐘？五分鐘？他的雙腳拚命朝地板的方向推送，想要運用自己的重量、早點做個了斷。

他聽到好像有吱嘎的噪音，然後，吃驚的微嘆，他睜開眼睛。

他背對大門，目光倒視著階梯，他奮力扭肩，想要使出足夠的力道轉身。他慢慢旋過去，在殘存的最後幾秒鐘，透過冒血爆凸的視網膜，發現自己正俯視著某個小孩無瑕的棕色眼眸。

1

運動鞋，有點糟蹋了那一身打扮。

那個留著前短後長髮型的男子，上唇沁汗，身著一套漂亮的藍色西裝，顯然是爲了今日的場合所特地購買的衣服，但是他卻讓自己穿著亮白色的耐吉Air系列球鞋。他的雙腳在桌下扭捏不安，鞋子蹭著體育場的地板，發出了吱吱嘎嘎的聲響。

「對不起，」他開口，「我眞的非常，非常抱歉。」

一對老夫婦與他隔桌對坐，老先生的腰桿挺得筆直，淡藍色的目光不曾離開那個西裝男的雙眸，坐在一旁的老太太則緊抓著他的手，她和她先生不一樣，眼神飄忽不定，就是不肯多看那年輕人一眼，上一次，他與這對老夫婦如此近距離接觸的時候，其實是在他們家裡，將他們五花大綁。

達倫．艾利斯剃得乾乾淨淨的下巴尖附近，開始顫晃，聲音也微微發抖。

「如果我可以做出任何的補償，我一定會盡力。」

「免了。」老先生回道。

「我已經鑄下大錯，無法挽回，但我知道這眞的很嚴重，我懂你一路走來的煎熬。」

老太太開始哭泣。

「你怎麼會懂？」

達倫．艾利斯也開始哭了。

在最後面的座椅區，有個面色嚴峻、穿著黑色皮衣的男子，靠在體育館牆邊的肋木架上，他年約四十多歲，深色眼眸，頭髮兩側的灰白程度不一。他看起來很不自在，還有些許困惑，他轉向坐在他旁邊的男子。

「這，眞是，瞎搞一氣。」索恩說道。

督察長羅素．布里史托克惡狠狠瞪了他一眼。前面那幾排座位坐了個紅髮男子，模樣看起來像是個新生，他發出噓聲，從他這個樣子看起來，應該是站在艾利斯那一邊。

「瞎搞一氣。」索恩又重複了一次。

通常，在週一早晨這種詭異的時段，皮爾新訓中心的體育館內會擠滿熱情的警校新生。不過，「修復式正義大會」所能找到的最大場地也只有這裡，所以，那些菜鳥小警察只好找其他地方做仰臥起坐與開合跳。體育館地板已經鋪上綠色防水布，還陳列了約五十張的椅子，坐滿了犯罪者與受害者的兩派支持者、以及應邀前來的警官，主事者認爲，他們應該會很珍惜這種體驗創新措施、與時俱進的成長機會。

索恩與布里史托克工作的貝克大樓，也與體育館位於同一塊專區。半個小時之前，在走路前往體育館的那五分鐘路程當中，索恩忙著抱怨，根本沒時間換氣。

「如果這是邀請，那我爲什麼不能拒絕？」

「閉嘴！」布里史托克回嗆他。他們已經遲到了，他走得急，不想讓幾乎快要融化的塑膠杯裡的滾燙咖啡潑濺出來，而索恩則跟在他後面，兩人之間約相隔了一兩步。

「媽的，我忘了帶那張紙，他們可能不讓我進去。」

布里史托克臉色一沉，他不覺得這有什麼好笑。

「萬一我穿得不夠體面怎麼辦？他們搞不好有服裝要求……」

「湯姆，我不想聽……」

索恩搖頭，像個臭臉小孩一樣舉腳踢石頭。「我只是想要把話說清楚。這個雜碎拿電線綑綁一對老夫婦，而且還狠狠踢了老先生一兩腳，害他斷了……幾根肋骨？」

「三根……」

「三根。好，謝謝。他糟蹋了他們的地毯，幹走他們的畢生積蓄，然後現在我們要趕過去看看他有多麼後悔？」

「這只是個實驗。『修復式正義大會』已經在澳洲實施了一段時間，成效非常良好，再犯率的確顯著降低……」

「好，基本上，他們讓大家坐下來、參與提前審判，如果他們一致同意犯罪者看起來真的認錯了，他就可以少蹲一點苦牢，是嗎？」

布里史托克喝下最後一口滾燙的咖啡，把剩下的那半杯丟進垃圾桶，「不是像你說的那麼簡單。」

時序進入炎熱六月，不過只有一個多禮拜，但今天依然沒有什麼暖意。索恩插在皮衣口袋裡的雙手，縮得又更深了一點。

「是沒有，但發明這制度的人明明就是這麼想的。」

在體育館裡面，大家看著達倫．艾利斯搗臉的那兩團拳頭，慢慢放了下來，露出淚濕紅腫的雙眼。索恩冷觀四方群眾，有些人表情悲傷搖頭，還有一兩個人在做筆記。艾利斯的法律團隊坐在前排，忙著傳遞字條。

「如果我說我覺得自己像是個受害者，你會不會哈哈大笑？」達倫．艾利斯問道。

老先生平靜端詳著他，過了十五秒左右之後，語氣平淡回答：「我想要把你打得滿地找牙。」

「也不是每件事都能分得那麼清清楚楚。」達倫回道。

老先生傾身靠在桌前，嘴邊的皮膚變得緊繃，「讓我來告訴你清清楚楚的事實是什麼，」他一邊講話，一邊望向妻子，「自從你闖入我們家之後，她夜夜失眠，經常尿床，」他的聲音突然轉弱，簡直快聽不到了，「她現在變得這麼枯瘦……」

達倫把頭埋進雙手之間、全部的情緒立刻爆發出來，介於大口吸氣與喘氣之間的聲響迴盪在體育館裡面。有個律師站起來，某名資深警官也跟著起身，走到桌前，該是休息片刻的時候了。

索恩挨到布里史托克身邊，故意以大家都聽得到的低語聲說道：「他眞的很厲害，哪裡上的課？皇家藝術戲劇學院？」這一次，逼得好幾個資深警官轉頭，對他怒目而視……

十分鐘之後，大家都擠在外頭的門廳。許多人點頭打招呼，低聲交談，現場還備有礦泉水與餅乾。

「我還得爲這場大會寫報告。」布里史托克低聲抱怨。

索恩向門廳另一頭的兩個人揮手，他認識的第六小隊組員。「還是你寫比較好，最好別叫我下筆。」

「我正在斟酌合適的措辭、描述我底下與會組員的態度，冥頑不靈？還是傲慢？你有沒有什麼想法……？」

「我覺得這是我看過最愚蠢的畫面之一。眞不敢相信大家居然煞有其事坐在那裡。我才不管他媽的澳洲的成效怎麼樣。其實，不對，不能說愚蠢，根本是猥褻。那些蠢蛋仔細觀察那個小王八蛋的所有表情，掉了多少滴眼淚？淚珠有多大顆？愧疚感有多深？」索恩喝了一大口水，在嘴裡含了幾秒之後才吞下去。「你有沒有看到她的臉？那個老太太的臉？」

布里史托克的手機在此時響起，他立刻接起電話，但索恩依然在繼續放砲，「『修復式正義』？爲了誰？爲了那個老先生和他骨瘦如柴的太太？」

布里史托克氣憤搖頭，轉身離開。

索恩把水杯放在窗台上，突然往前移動，因爲他看到門廳另一頭的大門出現一小撮人，他立刻擠過去，還推開了好幾個人。

達倫·艾利斯已經脫下外套，解開了領帶。他雙手上銬，兩側各站了一個警察，他們的手都壓在他的肩上。

「達倫，表演得很精采嘛。」索恩說完之後，還舉起手來猛鼓掌。

艾利斯瞪著他，張大嘴巴之後又立刻闔起，他侷促不安，顯然絕非是先前演練過的表情。他張望兩旁的警察、想要尋求援助。

索恩微笑，「安可的時候，你要做什麼？我想，最好的收場都是唱首歌……」

艾利斯左邊的警察，是個瘦巴巴的傢伙，褐色聚酯纖維外套上滿是頭皮屑，他勉強裝出恫嚇的模樣，其實態度敷衍，「滾啦，索恩。」

索恩還來不及回應，注意力已經轉移到從另外一頭刻意朝他走來的羅素．布里史托克身上。索恩根本沒注意到那兩個警察已經把艾利斯架往另外一個方向，因爲他看到督察長的表情，不禁讓他的腹部突然抽緊了一下。

「你想修補一下正義嗎？」布里史托克問道，「現在機會來了，」他拿起手機、對著索恩，「這個聽起來不錯……」

✦

這種地方能被稱之爲飯店，就像他們也會稱呼議員「正直」、「可敬」、「紳士」一樣……索恩非常清楚，在倫敦某些對身心健康不怎麼有益的地區，某些外頭招牌號稱的是「飯店」，其實不需要信以爲眞。如果這些地方眞的是正派經營，那麼鐵定會把一堆失意商人逼進在三溫暖苦等、卻一輩子也找不到人幫他們打手槍。

外頭的招牌應該寫的是「屎坑」才對。

裡面的設備都很陽春。紫紅色的地毯，原本是早年倉庫提供的潮貨，現在已有多處出現了磨洞。窗下泛白廉價浮紋壁紙的發霉攀痕，正好與底下腐爛橡膠的綠污相互輝映。窗台上放著一盆枯死多時的吊蘭，佈滿了灰塵。索恩推開骯髒的橘色窗簾，靠在窗台上，凝望派丁頓火車站前面、通往馬里波恩的驚人車潮，寸步難移。將近十一點了，依然堵塞得很嚴重。

索恩轉過去，深抽一口氣。他的對面就是房門口，警員戴夫．賀蘭德站在那裡與某個制服警察在聊天——他和索恩一樣，在等候進入現場的指示，等一下就得陷入案情的泥沼，動彈不得。

在房間的其他地方，有三名現場鑑識人員或蹲或爬——將證據裝袋、上標籤、找尋纖維與可能將嫌犯定罪的微粒證據。無期徒刑就藏匿在塵球裡，而真相則潛伏在皮屑之中。

病理學家菲爾．漢卓克斯，靠在牆上，對著他頗自豪的新式數位錄音機低聲口述，他瞄了一下索恩，某種充滿了一貫疑問的神情。我們又有得忙了？什麼時候才能夠輕鬆一點？難道我們兩個就不能放下這種鳥案子、餘生就坐在門口當酒鬼喝餿水？索恩講不出答案，把頭別開。第四名鑑識人員，待在最靠近他的那個角落，光頭加連身衣讓他看起來像是個超級巨嬰，他忙著在褐色塑膠水槽水龍頭上面、塗抹指紋粉。

至少，這裡是有套房設備的屎坑旅館。

房間裡總共有七個人，如果連屍體也算進來的話，八個。

索恩心不甘情不願，終於將目光移到床上的那具粉白屍體。他全身赤裸，躺在沒有被褥的床墊上，斑斑血跡，與床墊的破爛褪色條紋上頭的不明來源污漬混雜在一起。雙手被褐色皮帶扣綁在前，整個人呈拜跪姿，背脊朝天，蓋上黑色頭罩的頭，陷在軟塌的床墊裡。

索恩盯著漢卓克斯在床邊走動，拉起屍體的頭、轉過來，他慢慢取下頭套。索恩在漢卓克斯的後頭，發現他朋友肩膀突然僵住了一下，然後又傳出微小吸氣聲之後、才把那顆頭放回去。

某名鑑識人員走過來接下頭罩、把它丟進證物袋，索恩趨前，想要仔細看清死者的臉。他雙眼緊閉，鼻子短小，還有點朝天鼻。側臉佈滿針孔大小的血斑。嘴巴成了一大塊凝血，雙唇皮開肉綻，慘不忍睹的爛嘴還看得到交雜的口水條痕。在勒住脖子的繩索緊抽的那一刻，他那一排亂牙也外露出來、咬穿了下唇。

索恩覺得這男人應該快四十了，但這也是他憑空亂猜。

索恩聽到樓上的某個地方，轟隆噪響突然停歇——煮水壺自動關閉的聲音。他忍住哈欠，抬頭張望，看到蜘蛛網在圓形石膏飾板燈座的四周優雅飄舞。他不知道其他住客要是知道六號房出事的話，還會不會在意那早晨的熱水。

索恩趨前一步，走到床邊。漢卓克斯根本沒瞄他，直接開口嗆人。

「我只看得出來這人死了，其他什麼都不知道，所以就不要多問了，行吧？」

「我很好，多謝關心。菲爾，那你好嗎？」

「好，我知道了，看起來你只是來這裡閒聊鬼扯的吧……？」

「你眞的好可悲。互相開幾個玩笑有什麼關係？讓氣氛輕鬆一點有何不好？」

漢卓克斯不發一語。

湯姆彎腰，隔著連身衣猛抓腳踝，「菲爾……」

「我告訴過你，我不知道。你自己看吧，他是怎麼死的，很明顯嘛，但事情沒那麼單純，一定還有……其他的玄機。」

「好啦。謝了……」

漢卓克斯稍微後退，向其中一名現場鑑識人員點頭示意，對方立刻拿起小工具箱、走到床邊，跪下來，打開盒子，露出裡面那一排精緻閃亮的器具。他拿出一把小手術刀，傾身向前，抓住受害者的脖子。

索恩看著鑑識人員將塑膠包覆的手指、伸入繩索與脖子之間，拚命想要拉出空隙。從索恩所在的位置看來，那似乎是曬衣繩，隨便哪家五金店都可以買到的那種東西，平滑，藍色的塑膠材質。他可以看到它咬住屍體的頸脖、何其死緊。鑑識人員拿起手術刀，小心翼翼割斷繩索，只是爲了要保持頸後繩結的完整。當然，這是基本程序，合情合理的步驟，也令人膽顫心驚。

他們必須以這個作爲樣本，只要是能夠找到的東西，即可予以比對。

索恩瞄了一眼戴夫·賀蘭德，他挑眉，又雙手一攤，現在狀況是怎樣？還要多久？索恩聳肩。

他已經在那裡待了一個多小時，與賀蘭德在房間裡走來走去，做筆記、釐清狀況、感受犯罪現場的氣氛。現在輪到技術人員登場，索恩討厭枯等。要是能夠把自己的不耐歸咎爲自己想要立刻著手辦案的殷殷期待，他的心情可能會好一點。他很希望自己能夠講出實話，他迫不及待想要展開任務，早點將殺人兇手繩之以法。但他最後只能暗幹在心裡，想要趕快搞定應盡的義務，離開那個房間。

他想要脫掉塑膠連身衣，進入車內，趕快開走。

其實，如果他百分百誠實面對自己，他也必須承認，自己也不是全然這麼想。他心中還有另外一個嘈雜不休的聲音，它知道某些謀殺現場與其他的大不相同；而且還具有估量這種特殊現場的能力。索恩曾經看過慘遭暴怒配偶與吃醋情人殺害的死者，他也見識過商場對手與黑道抓耙仔的屍體，他知道，眼前的狀況非比尋常。

這是特殊的謀殺現場，這是某個充滿特殊與誇張衝動的兇手的傑作。

這個房間充滿了憎惡與暴怒的惡氣，也有驕傲的噁心氣味。

漢卓克斯似乎有讀心術，他面向索恩，露出似笑非笑的表情，「再給我五分鐘好嗎？」

索恩點點頭，他望著床上的那具死屍——他的姿勢，彷彿在表示崇敬。要不是因爲那條皮帶，他頸部的那一圈鮮紅溝痕，還有蒼白大腿後方的細條狀血跡，他還眞的像是在禱告一樣。

索恩猜他氣數將盡之際，應該也是在向上天求救吧。

房間好熱。索恩舉手搓揉痠痛的眼睛，發現汗珠滑下肋骨，然後突然急轉溜過肚子。

底下有個沮喪的駕駛在狂按喇叭……

當索恩聽到電話在響的時候，他甚至沒有察覺到自己早已閉上了眼睛，他突然睜開雙眼，怔忡了好一會兒，以爲自己剛從惡夢中醒來。

他轉身過去，表情有些茫然失措，看到賀蘭德緊挨著床邊桌。電話是泛白的七〇年代話機，撥號盤已經裂了，髒兮兮的話筒在掛架上晃動。索恩現在已經完全回神過來，但他依然有些困惑，這是要找他們的電話？爲了案情而打來？或者，只是不知情的櫃檯人員把外頭打進來的電話轉接到房內？索恩剛才的確看到了其中一兩名工作人員，就算他們知道現在出了什麼狀況，腦袋也沒有靈光到會把電話轉到六號房，如果眞是如此，鐵定只是瞎貓碰上死耗子罷了……

索恩朝那具響個不停的話機走過去，小組的其他人全都僵住不動，只是盯著他。

受害者的衣物——應該說受害者生前的衣物——散落在床邊的地板上。長褲——皮帶還在裡面——內褲則擱在一旁的椅子上。襯衫，皺捲成一團。有隻鞋在床底下，靠近床頭板的位置。褐色的燈芯絨外套，掛在床邊的椅背，裡面沒有任何私人物品。沒有皮夾、公車票，也沒有皺巴巴的照片，完全找不到可以辨識死者身分的東西……

索恩不知道他們是否已經以粉末法採集過電話上的指紋，但他也沒有時間多問。他抓下那胖子娃娃臉鑑識人員手中的塑膠證物袋，包覆在手上。他舉起手，示意大家安靜，這種時候，他不需要開口。

他深呼吸，拿起話筒，「喂……」

「哦……嗨。」對方是名女子。

索恩緊盯著賀蘭德，「妳要找誰？」話筒距離他的耳朵約隔了一英寸，他沒辦法聽得很清楚，「抱歉，線路不是很好，妳能不能用吼的啊？」

「這樣可以嗎？」

「很好。」索恩故作輕鬆，「妳要找誰啊？」

「哦……其實，我不是很確定……」

索恩又望向賀蘭德，搖頭。幹，沒那麼容易搞定。「妳是哪位？」

「抱歉？」

「妳是誰？」

她停頓了一會兒之後才開口，聲音突然變得有點緊張，但依然充滿自信，優雅，「好，我也不想這麼失禮，但明明是有人打電話找我，我不是很想要透露自己的……」

「我是重案組的探長索恩……」

對方停頓了一會兒之後，開口說道：「我以爲我打的是飯店電話……」

「妳的確打的是飯店的電話。可以麻煩妳給我大名嗎？」他望向賀蘭德，鼓起雙頰不耐吐氣。

賀蘭德面色猶豫，手裡拿著筆記本，似乎完全摸不著頭緒。

「誰曉得你到底是什麼人。」那女子回道。

「好，我可以回撥給妳，不知道妳這樣滿意了嗎？還有，我可以給妳一支電話號碼，讓妳打過去確定。找督察長羅素．布里史托克，然後我再給妳我的手機號碼……」

「如果你會回撥給我，我還要你手機號碼幹什麼？」

他們的對話變得有點搞笑。索恩覺得在那女子的聲音中、聽到一絲促狹，搞不好還是調情。要不是因爲現在是個可怕的早晨，他應該會很開心，但他現在眞的沒那個心情。

「小姐，我在講的這支電話，也就是妳打的這個號碼，正好位於某個犯罪現場，我需要知道妳爲什麼要打過來。」

對方聽懂了他的話，那名女子雖然瞬間變得有些驚慌，還是回答了他的問題。

「有人在我答錄機裡留言，我回撥了這支電話。今天早上我開始工作的時候，先聽了留言，這是第一通。打電話的那名男子留下飯店名稱與房間號碼，要求送花……」

打電話的那名男子。是躺在床上的這個？還是……？

「留言內容是什麼？」

「訂花。不過打電話的時段真的是超級奇怪。所以我剛才打過來的時候有點……謹愼。我覺得那可能是惡作劇，小孩子喜歡捉弄人，隨便給你一個亂七八糟的地址，對吧？」

「他有沒有留下姓名？」

「沒有，所以這也是我打來的目的之一，還有，我得要信用卡號碼，因爲我不做貨到付款的生意……」

「妳剛才提到超級奇怪的時段，什麼意思？」

「留言時間是凌晨三點十分，我買的是會唸出留言時間的超炫答錄機，你知道那種機器吧？」

索恩把話筒壓在胸前，望著漢卓克斯，「我知道死亡時間了。跟你賭十英鎊，我估的最多就是前後半小時的誤差……」

「喂？」

索恩又把話筒貼在耳上，「抱歉，我剛才在與同事討論案情。可以請妳保留錄音帶嗎？小姐貴姓大名……？」

「伊芙．布倫姆。」

「妳剛才提到訂花？」

「哦，抱歉，我沒說是嗎？我是花藝師，他向我訂花，所以我覺得有點恐怖，我覺得……」

「我不懂，妳覺得恐怖……？」

「嗯，深夜要訂那種東西……」

「留言到底說了什麼？」

「等一下……」

「不必，只要告訴我……」

她已經離開，過了幾秒鐘之後，索恩聽到她按下按鍵的喀答聲，還有錄音帶倒轉的噪音。靜默了一會兒之後，砰一聲，她把電話筒擱在答錄機旁邊。

「準備好了！」她大吼。

然後，是錄音帶準備開始播放的嘶嘶聲。

那個人的語氣，沒有明顯的腔調，不帶絲毫的情緒。索恩覺得，彷彿是某人刻意裝出這種平淡無奇的聲調，但聲音裡似乎隱藏了某種近似開玩笑的味道，從那男子所講的話，索恩斷定應該要爲距離他不到三英尺、慘遭綑綁的血屍扛下責任的人，就是那個傢伙。

留言的第一句話，簡單明瞭。

「我想要訂花圈……」

一九七五年十二月三日

他開著Maxi汽車，慢慢前進，直到保險桿幾乎快要碰到車庫門的時候才拉起手煞車，熄火。

他伸手過去拿公事包，下車，然後以背腰推關車門。

還不到六點鐘，天色已黑，也有涼意，得開始要在早上加件背心才行。

他走向大門，又再次吹起口哨，那首歌他就是揮之不去，收音機每天都會播放的那一段旋律。到底「側影」是什麼？要不要跳方丹戈舞？流行歌曲不是應該短短的就好？[1]

他關上大門，在門墊上站了一會兒，等待他的晚餐香味撲鼻而來。他喜歡迎接每天的這一刻，他可以佯裝自己是那種電視戲劇節目裡的某個人物，站住不動，想像置身於美國中西部的某個地方，而不是困身在又爛又小的河口郊區。他把自己當成了個頭瘦長的高階經理，有個儀表完美的妻子，烤箱裡有紅燒牛肉，還有雞尾酒等著他。美國人是不是把它稱之爲「高球」什麼的？對吧？

這不僅是他的自娛玩笑，也是兩人共享的趣味，兩人的愚蠢儀式。他大叫，她也會回吼，然後兩個人一起坐下來吃香脆烤餅或放了太多葡萄乾的咖哩麵包。

「親愛的，我回來了……」

沒有回應，也聞不到食物的香氣。

他把公事包放在門廳桌的旁邊，走向起居室。今天她可能沒空做菜，三點鐘才下班，然後還得去採買。距離聖誕節只剩下兩個星期了，還有好多事情得忙……

她臉上的表情，害他驚嚇不動。

她坐在小沙發上，穿著粉藍色居家服，盤腿，頭髮濕漉漉。

「親愛的，妳還好嗎？」

她不發一語，當他朝她走過去的時候，他的鞋子踢到了東西，低頭一看，是她的洋裝。

「這是怎麼回事……?」

他把它撿起來，哈哈大笑，想要找梗開玩笑，然後，當他讓衣服從指間滑落而下的時候，他看到了裂縫，他把手指穿過人造絲的破洞、搖了幾下。

「天，妳怎麼搞的啊?拜託，這件衣服要十五英鎊……」

她突然抬頭，露出一副他彷彿瘋了的表情。他不想太張揚，開始四處找空酒瓶的痕跡，依然努力在臉上擺出微笑。

「親愛的，今天有去上班嗎?」

她發出輕微呻吟。

「學校呢?有沒有接……」

她猛點頭，濕答答的髮絲落在臉龐。他聽到樓上傳出噪音，他們把閣樓改成了兒童遊戲間，那應該是玩具車撞到東西或積木倒塌的聲響。

他點頭，吐了一口大氣，他放心了。

「好，我來幫妳……」

她突然站起來，害他必須往後站，她的雙眼淚濕，睜得好大，她的雙手慢慢交疊身前，宛若在謝幕。

在這個時候，他呼喚了她的名字。

❶此指《皇后》合唱團的〈波西米亞狂想曲〉。

他的妻子把粉藍居家服拉到腰部上方，讓他看到她大腿上方紅腫、破皮的地方，還有深藍色的瘀青……

2

索恩與漢卓克斯打賭，輸了。

發現屍體後還不到四個小時，索恩就接起電話，幾秒鐘之後，他低手將吃了一半的三明治、朝辦公室另一頭的垃圾桶丟過去，差了好幾英尺。他趕緊把嘴巴裡的食物嚼吞下去，因爲他知道接下來食慾會立刻消失無蹤。

漢卓克斯在西敏殯儀館打電話給他。「你必須承認，」他聽起來精神抖擻，「我速度超快……」

「爲什麼老是要在我吃午餐的時候跟我講這個？再等一個小時不行嗎？」

「拜託，老哥，我們在賭錢哪。嗯，準備好了嗎？我估計死亡時間是凌晨兩點四十五分左右。」

「去你的。」索恩望向窗外，M1公路另一邊的成排低矮灰色建物。他不知道到底是窗戶骯髒，還是因爲亨頓本來就這樣。「希望這線索有十英鎊的價值，講吧……」

「好，你要哪一種版本？醫學專業術語？一般詞彙？或者是病理學家爲豬屎腦袋警察所特別準備的簡易版？」

「講這種話，要扣你五英鎊。繼續說下去……」

漢卓克斯講述死亡與分析細節的熱情程度，遠遠不及他對兵工廠足球隊所大方展現的狂愛。

身為曼徹斯特人，不肯支持戰力破表的曼聯隊也就算了，他還會在例行賽的時候、大膽比出全場唯一的勝利手勢表態。他喜歡穿各式各樣的黑色衣著，光頭，耳洞數目驚人，還有其他神秘部位的身體穿環，每交一個新男友就刺一個……

他的語氣可能聽起來冷淡，似乎只是在據實詳述，但索恩知道菲爾・漢卓克斯何其關切那些死者，當死屍在對他說話、講出自己的秘密的時候，他傾聽得有多麼認真。

「繩索絞殺所引發的窒息。」漢卓克斯說道，「還有，我認為行兇的位置是在地板上，死者的膝蓋有地毯磨痕。我判斷兇手是在死者斷氣之後才把他放在床上，刻意擺出那個姿勢。」

「好……」

「很可惜，兇手到底是什麼時候勒死他的，到底是在性虐之前？之後？還是在性虐的過程之中？我依然無法確定。」

「所以，你也不是那麼完美嘛？」

「有件事我倒是很確定。下手的人要是在同志色情片發展，一定前途光明。我們這個兇手的屌超大，在死者的那個地方留下了許多傷痕……」

索恩知道自己剛才丟掉三明治的確是明智之舉。這些年來，他與漢卓克斯之間的類似對話有多少次，他早就數不清了。他的心情已經可以坦然，但他的胃依然覺得不舒服。

索恩把它稱之為漢氏飲食減肥法……

「分泌物呢？」

「抱歉，老哥，什麼都沒有。只查到那地方不該出現的某種異物，也就是他保險套上的殺精劑。這傢伙很小心，面面俱到……」

索恩嘆氣，「賀蘭德人呢？還跟你在一起嗎？」

「老哥，怎麼可能，他一逮到機會就馬上溜了。你為什麼要派他過來？老實說，你不願意過來盯著我工作，害我覺得很受傷……」

講完屍體後的話題，總是變得輕鬆多了，足球、玩笑、東聊西扯……

「不過，菲爾，賀蘭德警員看你驗屍的次數還不夠多，」索恩說道，「他還是會神經緊張。我是在幫他，讓他堅強……」

漢卓克斯大笑，「說得好……」

索恩心想，的確是說得好。他自己很清楚，一看到驗屍台與手術刀的時候，絕對不可能變得堅強，充其量也只能假裝而已……

站在偵查室裡面，準備向小組成員做簡報，索恩覺得自己的感覺一如往常，自己好像是個讓大家害怕、但卻不怎麼得人緣的老師，有輕微精神病的體育老師。在他面前的三十多個人——有警探、制服警察、文職人員，還有輔警——可能跟小孩也差不多。就連索恩在說話的時候，也可以看到底下出現各式各樣的反應，和坐在冷風颼颼的禮堂裡的學童一樣。

有些人看起來全神貫注，但之後卻得向同事確認自己的工作內容到底是什麼。也有另外一種人，表現過於積極，會主動發問，也會猛點頭贊同，等到該上場的時候卻能閃就閃。還有霸凌的人與被欺負的對象，也看得到書呆子與白痴。

倫敦警察廳，名稱裡有「服務」這個字，強調的是照護與效率。索恩心裡有數，房內的絕大部分的人，有時候也包括他自己，要是能夠回歸到「警力」的初衷，會比較開心。

必須要狠狠對付某人的時候。

自漢卓克斯與他討論第一次驗屍結果之後，已經過了四天，如果說這位病理學家動作快速，那麼鑑識部門團隊可說是更勝一籌。七十二小時取得DNA結果的確相當辛苦，尤其飯店房間本來就是DNA鑑識的惡夢犯罪現場。他們曾經在某間通鋪創下紀錄，採集到了至少十二人的DNA，男女都有，然後，還有狗貓，以及至少兩種無法辨別的其他動物。

然而，不可思議，他們居然找到了相符的比對結果。

當然，想要找到兇手依然一樣困難，但他們現在至少可以確定他的受害者是誰。資料庫裡早有死者的DNA檔案，原因很簡單。

索恩清了清喉嚨，大家也隨之安靜下來，「道格拉斯・安德魯・蘭姆費利，三十六歲，十天前從德比監獄出來，先前因性侵三名年輕女子而遭判處七年徒刑。我們已經精確掌握他出獄後的活動路徑，不過，截至目前為止，他的動線相當一致，酒吧、賭博店，還有位於新十字的住家之間來回移動，他和母親住在一起，還有她的那個……？」索恩望著羅素・布里史托克求援，他伸出三根手指。索恩的目光再次回到全場，「她的第三任丈夫。我們希望等一下可以得到更多蘭姆費利行蹤的線索，警員賀蘭德與史東持搜索狀進入了他家，蘭姆費利太太的合作意願不是很高……」

有個滿臉痘疤、坐在前面的實習警員猛搖頭，他明明與這名女子從未謀面，但卻一臉憎惡。

索恩狠狠瞪了他一眼，「她只是剛失去了自己的兒子而已。」索恩說道，他還刻意停了好幾秒，讓大家沉澱之後，才繼續說下去。「在飯店女老闆的話可信的前提之下，除非殺人兇手的長相正好酷似藍姆費利，否則，我們已經可以斷定是死者自己訂的房間。他覺得不需要給名字，但很樂意立刻付現。我們必須查出原因，他爲什麼這麼急切要去那間飯店？他要見的人又是誰？」

索恩雖然強忍笑意，但一回想起當初那個可怕的飯店老闆的時候，還是不禁露出微笑——她染金髮，面貌酷似拳擊選手喬．巴格納，一天抽六十根菸的大菸槍。

「誰來付我換那些床單的錢？」她開口問道，「這個瘋子偷走的枕頭毯子呢？全都是百分百純棉產品，都不便宜啊……」索恩點點頭，佯裝在低頭寫東西，心裡在想不知道這女人的記憶力是不是跟她睜眼說瞎話的能力一樣優越。「還有那床墊上的血跡，我是要去哪裡籌錢把那麼多髒東西弄乾淨？」

「我看看是否能幫妳找到表格申報。」索恩嘴裡是這麼說，心裡卻在想，媽的我最好是會幫妳，妳這個臉這麼長又五官猙獰的老母驢……

在偵查室裡，剛才那個被索恩惡瞪的實習警員舉起手指、打算發問，索恩點點頭。

「長官，我們是否考慮到監獄紛爭的這個角度？搞不好，兇手是蘭姆費利在德比監獄認識的人，他剛好惹得某人不高興……」

「是剛好碰到某人的屁股啦！」某個留著鬍鬚的警員說出了這句話，他懶洋洋坐在索恩的左側、面對著偵查室的後方。索恩不認識這傢伙，應該是和這裡的許多人一樣，被叫進來的，他們來自各個不同的小隊，被抓來充場面。他提到了「屁股」，引來哈哈大笑。索恩勉強咯咯乾笑了兩聲。

「我們正在研究那個方向，蘭姆費利在入獄前的性傾向絕對是女人……」

「不過，有些人在裡面的時候也會培養出這種興趣，是不是？」這一次，他同事的笑聲就顯得有點勉強。索恩等待眾人的笑聲逐漸止歇之後，稍微壓低聲音，重新凝聚大家的注意力、掌控局面。

「在座的大部分同仁，馬上得準備追查目前可能性最高的嫌犯群組……」

那個實習警察會意點頭，又是一個書呆子，他當現在是閒聊時段。「蘭姆費利性侵受害者的男性家屬。」

「沒錯，」索恩說道，「丈夫，男友，兄弟。這個，爸爸是有點勉強。把這些人全部都給我找出來，查問過濾。我們要是運氣好的話，也許有機會把這個名單上的人幾乎刪光光、只留下一個人。基絲頓警探已經做好了名單，等一下就會進行分配。」索恩把筆記放到椅子上，拿起椅背上的外套，差不多可以結束了。「對，沒錯。蘭姆費利是格外噁心下流的罪犯，也許有人很不服氣，這傢伙付出的代價還不夠……」

那個留著色情片男星鬍鬚的警員，露出賊笑，對著他前面的制服警察低聲講話。索恩穿上外套，瞇起雙眼。

「什麼？」

突然之間，他變得和體育老師沒兩樣，伸手要求查看學生嘴裡嚼的是什麼東西。

那警員不爽嚷嚷：「我覺得無論是誰殺死了蘭姆費利，都等於幫了大家一個忙，這王八蛋是咎由自取。」

自從DNA的比對結果送回來之後，索恩已經多次聽到這類的言論。他的目光飄向那名警員，他知道自己應該狠狠修理這個自以爲是的傢伙，他知道自己現在應該對著大家講道理，什麼是警察的職責，還有，無論案情爲何、受害人是誰，都必須保持公正態度之必要。他應該要提醒大家這個人已經坐牢付出代價，甚至還得講出每一個人的生命都等值、不應有差別之類的那些話。

但他就是說不出口。

能夠拖延升官的時間，總是讓戴夫·賀蘭德樂得要死，或者，如果有可能的話，他會乾脆推辭不要。不過，如果只有他自己與另外一名警員，事情就沒這麼簡單了，而且讓他心裡有點彆扭。

道理很簡單。他現在的職階是警員，就算延後升上警探與更高的職位，還是可以與實習警察、制服警察坦然相處。但與同樣是警員的同事在一起活動，狀況就恢復成正常狀態，比的是個性，還有氣勢。

和安迪·史東在一起工作，賀蘭德覺得自己的位階高他一等，他也不知道爲什麼會這樣，不免讓他有些心煩。

截至目前爲止，兩人相處很愉快，但史東可能有點「傲慢」。賀蘭德覺得，他很酷，也喜歡招搖，在女人堆與長官之間很吃得開。史東身材挺拔，長相俊俏，超短的深色頭髮，藍眼珠，還有，賀蘭德雖然無法確定，但他總覺得史東在走路的時候、也知道自己所散發的魅力。但賀蘭德很確定一件事，就是史東穿的都是好西裝，剪裁的精緻程度絕對不只是還過得去而已，所以跟他在一起的時候，賀蘭德總覺得自己像是個臉頰紅通通的小童子軍。如果叫師奶們來投票，賀蘭德應該還是可以小勝，但這是因爲她們覺得他像兒子、想要照顧他，他很懷疑她們看到安迪．史東的時候還會不會流露母性。

當史東一罵起他們的長官，也是驕傲到不行，雖然賀蘭德自己不排斥這種遊戲，但要是罵到湯姆．索恩的時候，狀況就變得有點複雜。賀蘭德自己很清楚這位探長的過失，他一直是索恩的受氣包，而且還不止一次把他拖下水……

對，儘管如此，但索恩對他評價很高，也認爲他的某些表現相當具有貢獻，這，對賀蘭德來說，幾乎可算是夫復何求了。

他在這個小隊的時間遠遠超過安迪．史東，賀蘭德覺得輩分多少還是有些意義吧，但顯然不是。當他們帶著搜索狀、一大早出現在瑪麗．蘭姆費利的家門口的時候，主要的發話者一直是史東。

「早安，蘭姆費利太太，」史東的個頭這麼高，但講話的聲音卻是出奇輕柔，「我們有搜索狀，而且……」

她立刻轉身，蹣跚走進鋪著厚地毯的廊道，不發一語，留下敞開的大門，裡面有狗兒在狂吠。

史東與賀蘭德站在樓梯底部，開始討論分配的區域。史東朝客廳張望，透過那半敞的門，他們看到某個一頭銀亮白髮的男子躺在搖椅裡，專心沉浸在《克洛伊》脫口秀節目裡。史東靠在門邊，對賀蘭德發出噓聲示意，他的頭朝廚房的方向點了兩下，蘭姆費利太太似乎是往那個方向走去。

「你覺得她是不是要弄茶給我們喝？」

不是。

對賀蘭德來說，搜查受害者的住所還需要搜索票，實在是很奇怪的事。不過，就和史東先前講過的一樣，蘭姆費利曾經是遭判刑定讞的性侵犯，而他母親的態度也讓他們別無選擇。不僅是因爲她對兒子之死的悲傷轉爲了怒火，而是對於一連串特定問題的影射所產生的全然憤恨。依照她兒子死亡的狀況看來，這的確是有必要追查的方向，但她根本對此置之不理。

「道格一直有女人緣，眞的很有桃花運。」

她連說了兩次，現在，正當賀蘭德在她兒子房間裡逐一檢查抽屜與壁櫥的時候，她突然出現在房門口。五十多歲的瑪麗．蘭姆費利，雙手緊揪住睡衣外的開襟毛衣，盯著賀蘭德，不過，她根本沒注意賀蘭德在幹什麼，只是顧著和他講話。

「道格喜歡女人，女人也都很愛他，」

賀蘭德在搜房間的時候，非常小心翼翼。就算蘭姆費利沒有盯著他，他依然會採取同樣審愼的態度，而當他在翻找放著背心與內褲的抽屜、以戴著手套的手伸進枕頭與被褥裡面的時候，更是刻意保持尊重。在蘭姆費利出獄後的這段短暫時間當中，顯然不曾添購過什麼新衣或其他用品，但他入獄之前的衣物倒是都還在，就連還在念書時的也一樣……

「他從來就不需要擔心沒馬子，」蘭姆費利的母親說道，「就連他出來之後，她們還是在打聽他的消息，打電話給他。你有沒有在聽我說話？」

賀蘭德側轉過去，勉強點個頭，彷彿一切事先套好的一樣，他正好在這個時候從單人床底下拉出一大疊偷藏的色情雜誌。

「看到沒？」瑪麗．蘭姆費利指著雜誌，「你絕對不會在這種東西裡面看到男人的蹤影。」她的語氣好驕傲，彷彿賀蘭德正在忙著擦拭灰塵的是學位證書或是諾貝爾獎提名通知。最後，他蹲坐在床邊，翻閱那堆淫濕的《Razzle》、《Escort》、《Fiesta》雜誌，他發現自己面紅耳赤，趕緊背對那個站在門口的驕傲母親。這些雜誌是八〇年代中期到晚期的出版品，全都是早在道格等候英女皇發落，與其他六百五十名人犯關在一起、展開牢獄歲月之前的東西。

賀蘭德把髒兮兮的雜誌推到一旁，又把手伸到床底下，取出一個折疊多次的褐色塑膠袋。他一股腦把裡面的東西丟出來，以厚橡皮筋綑紮的一疊信封瞬間滾落到地板上。

當賀蘭德看到在最上方信封、由整齊的打字機字體印出的那個地址的時候，突然有點興奮，只是那麼一點而已。他發現的那個地址也許根本不重要，但總比穿了十五年的襪子與老舊的打手槍雜誌有意思多了。

「安迪……！」

瑪麗．蘭姆費利把毛衣揪得更緊了，她向前一步，踏進房內，「你找到了什麼？」

賀蘭德聽到史東上樓的腳步聲。他抽掉橡皮筋，取出了第一個信封裡的信紙。

「所以，自願式窒息性愛就可以完全排除了？」督察長羅素．布里史托克問道，他的表情有點靦腆，看著坐在桌邊的索恩、菲爾．漢卓克斯，還有探長伊芳．基絲頓。

「嗯，老實說，我不確定我們現在能排除任何狀況，」索恩說道，「但我覺得『自願』這個字有點在暗示這是自己搞出來的。」

「你明明知道我的意思，少耍嘴皮子……」

「那個房間裡完全沒有情色遊戲的痕跡。」漢卓克斯回道。

布里史托克點點頭，「難道不會是玩得過火的性遊戲嗎？」索恩扮鬼臉，恰好被布里史托克逮到。「怎樣？」索恩沒接腔，「喂，我只是在問問題而已……」

「都是傑斯蒙德要你問這種事吧。」索恩回道。他從來不掩飾自己對他們總警司的個人意見，傑斯蒙德根本就是從某種培養適合組織工作的奸巧雄蜂的過程中，蹦出來的樣板人物。他們總是和顏悅色，詢問一連串的膚淺問題，非常了解經濟現況，很巧，聽到叫索恩的傢伙就很感冒。

「這些都是需要解答的問題，」布里史托克解釋，「有沒有可能是在玩性遊戲？」

索恩很難想像類似崔佛．傑斯蒙德這樣的人，是否曾經從事過像他、布里史托克，或是其他警察日復一日在經手的事務。無法相信他曾在酒吧關門的時候與人出拳幹架、被打斷骨頭，或者盜用公款，或是肉身阻擋刀子攻擊別人的身體。

或者，告訴某位母親，她的獨生子在某間骯髒小旅館遭人性侵、勒死。

「這不是遊戲。」索恩說道。

布里史托克看著漢卓克斯與基絲頓，大嘆了一口氣。「既然你們兩位都露出微微不屑的表情，那麼我就當你們也同意索恩探長的意見了，是吧？」他伸出食指關節、把眼鏡往鼻梁上方推了一下，然後又撫弄他深以為傲的那頭濃密黑髮。他的額前鬈髮不像平常那麼誇張，而且現在還悄悄長出了一些銀髮。他有時候會流露出一副略帶傻氣的模樣，但索恩知道只要布里史托克一旦拋開了那一面，絕對是他共事過的第一名硬漢。

索恩、布里史托克、基絲頓、民間專家漢卓克斯這四個人，再加上賀蘭德與史東，是重案組（西區）第三小隊的核心人物。

第三小隊成立之後，已經運作了一段時間，他們負責決策、擬定辦案方向，主導調查——甚至在某些狀況下——就算沒有得到高層的許可，也依然自己作主。

「好，」布里史托克說道，「我們已經派出所有的人去追查蘭姆費利受害者的親戚，大家還是覺得需要動用全部的人力嗎？」

桌邊的每個人都在點頭。

「不過，希望很渺茫。」索恩回道。他有些事情一直想不透，怎麼樣都和復仇家人的情節兜不起來。他難以想像會有某種忍氣吞聲多年的怒火，最後醞釀成為可怖的歹毒情緒，然後，在那間旅館房間裡完全發洩出來。他在那張血跡斑斑的床墊上，看到了某種幾乎像是精心安排的戲劇場面，就和漢卓克斯說的一樣，刻意擺出那個姿勢。

還有，那通在凌晨打給花藝師的電話，依然讓他好生困惑……

索恩覺得那通留言有蹊蹺。他不敢相信怎麼會有兇手如此粗心大意，所以，唯一的解釋就是對方希望警察能夠聽到他在答錄機裡面的聲音，彷彿是在對他們做自我介紹一樣。

「簡報時提到的那個呢？」基絲頓開口，「蘭姆費利在監獄裡的時候轉性成了變態？值得追查嗎……？」

索恩瞄了一眼漢卓克斯，那個刻意忽略基絲頓的措辭、或根本對這種事鳥都不鳥的男同志。

「對，」索恩開口，「無論他在監獄裡面的時候到底有沒有轉性，他在入獄之前絕對是異性戀，別忘了他性侵過三名女子……」

「性侵與性向無關，而是與權力有關。」基絲頓回道。

伊芳．基絲頓與警員安迪．史東一樣，之所以加入這個團隊，是爲了替補索恩失去的組員，他每天都想要忘卻當時的情景。在索恩緝捕歸案的所有殺人犯當中，他只要一想到罪魁禍首被判處三個無期徒刑、關在貝爾馬什監獄裡面，心中就一片快意。

索恩望著菲爾．漢卓克斯，「先別管蘭姆費利了，我們能確定兇手是同志嗎？」

漢卓克斯沒有任何遲疑，立刻回答：「絕對不可能。就和伊芳說的一樣，反正性侵與發洩性慾無關，也許兇手是希望我們誤判他是同志。當然，他可能是，但我們必須考量其他的可能性……」

「無論他是不是，」基絲頓說道，「他很可能是被某個充滿強烈恨意的獄友設局……」

布里史托克清了清喉嚨，覺得接下來的話有點讓他尷尬，「但至於雞姦的部分……」

漢卓克斯悶哼一聲，「雞姦？」他拋下自己的曼徹斯特口音，變成了紳士愛用的誇張做作語調，「雞姦！」

布里史托克漲紅了臉，「性虐好了，肛交也行，如果你不是同性戀，怎麼會做得下去？」

漢卓克斯聳肩，「閉上眼睛，腦袋裡想的是超模克勞蒂亞．雪佛……？」

「我得靠凱莉．米洛。」索恩回道。

基絲頓搖頭笑道：「你們這些噁心老男人。」

布里史托克還是不信，他瞪著索恩，「不過，湯姆別亂開玩笑，這一點可能很重要，你究竟可不可以做得下去？」

「就要看我殺人的欲望有多強烈了。」索恩回道。

四周的人沉默了一會兒，索恩決定要打破沉默，以免氣氛變得太嚴肅。「蘭姆費利是在自願的狀況下前往飯店，而且是他自己訂的房間。他知道，或者自以爲很清楚，他要見面的對象是誰。」

「而且不管是誰，」漢卓克斯補充，「看來兩人已經認識了一段時間。」

「沒錯，」基絲頓開口附和，她開始翻閱漢卓克斯的驗屍報告，「沒有抵抗的傷口，指甲裡面也看不到任何組織……」

桌上的電話響起，最靠近的人是索恩。

「我是索恩探長。是，戴夫……」

索恩聆聽戴夫講話，其他人則盯著他看了好一會兒。布里史托克壓低聲音問基絲頓：「蘭姆費利到底爲什麼要去那家飯店？」

索恩點點頭，悶哼了兩聲，以牙齒咬下筆蓋，又把它塞回去。他面露微笑，告訴賀蘭德趕快行動，掛上了電話。

然後，他講出答案，讓布里史托克終於解惑。

一九七五年十二月四日

他們坐在Maxi裡面，車子停放在屋外。

她撐了一整個早上，艱難的部分都逐一熬過去了，個人私密，還有侵入的細節。然後，最慘的段落似乎已經結束，她開始嚎啕大哭，走出去，他只能一路爲她開門。她離開派出所，走下通往街道的階梯，高跟鞋敲叩著水泥地，發出噪音，她的啜泣完全無法止歇。

在開車回去的路上，哭聲逐漸成爲怒火，她開始不斷罵髒話發洩出來。當她拳如雨下、落在他的肩膀與手臂的時候，他只能緊緊抓住方向盤。她對他尖聲叫罵、先前他從未聽過她講出這種話，而他的雙眼一直不曾離開路面，他小心駕駛，一如他平日所展現的謹愼態度，在午餐的尖峰路段、慢慢把車子駛過結冰的街道，她的痛苦與憤怒，他都盡量耐受下來了。

他們坐在車裡，兩人都疲憊至極，無法打開車門，只敢目視前方，深怕不小心望見那棟屋子。

那房子，已經變成了一個純粹的處所而已，她昨晚在他面前講出事發經過的地方。他們在裡面的各個房間裡踉蹌而行、吼叫、哭泣，一切就此發生巨變的地方。

再也無法讓人安居的家。

她根本不看他，拚命罵個不停，「爲什麼不昨晚就帶我去派出所？爲什麼要害我空等？」

他已經關了引擎，車子靜止不動，但他的雙手依然不曾離開方向盤，他越抓越緊，駕車的皮手套也發出吱嘎聲響，「妳不肯，就是不肯靜下來。」

「不然你想怎樣？天，我連我自己叫什麼名字都忘了，我根本不知道自己到底在幹什麼，我不該去洗澡的……」

的確，她完全崩潰而亂了分寸。那天早上，他想要向女警解釋這一切，但她只是聳聳肩，看著她的同事，然後，等到他們把衣服脫下來、交過去的時候，女警接下衣服，放進塑膠袋裡面。「親愛的，妳那時候不該洗澡的。」女警說道，「有點不妙。昨天晚上既然出了事，妳應該直接過來的……」

引擎熄火的時間還不到一分鐘，但車內已經寒氣逼人。當眼淚緩緩從他的臉頰落下、溜進他的鬍鬚的時候，感覺好溫暖。「妳說妳想要洗澡……洗去他留在妳身上的味道。我說我懂，但我告訴妳千萬不要，這樣不太好，但妳就是不肯聽我的話……」

她詳述了他對她所做的事情之後，就一直站在客廳裡，任由時間分秒流逝，氣氛毛骨悚然。

他有好多事情想做，卻被她一一拒絕。她不肯讓他抱她，不肯讓他打電話給別人，不肯讓他接近那禽獸的家、踢爛他兩腿之間的那根小東西、變成血泥，狠狠痛扁他一頓。

他看了一下手錶，不知道警察會不會在法蘭克林上班的時候拘捕他？還是等到他回到家裡……？

他得要打通電話到辦公室，告訴他們今天他沒辦法進去了，而且還要打電話去學校確定一切沒問題，希望他們相信了母親前一晚爲什麼如此崩潰的說詞⋯⋯

「那女人是什麼意思？」她突然開口，「那個女警啊！她問我平常去上班的時候是不是都穿那麼漂亮的洋裝？」她把雙手壓在大腿下面，開始輕輕搖晃身體。

大雪飄落，立刻在引擎蓋與擋風玻璃上留下積雪，他根本懶得開雨刷了。

3

在索恩與賀蘭德拜訪過德比監獄的副典獄長之後，他們聊了一下，兩人都老實承認自己很哈她。不過，他們遲遲沒有說出口的是，她的確很漂亮，但如果她不是典獄長的話，他們對她的興趣會更濃厚一點。

他們其實對那種職業沒什麼遐想……

「他的手法非常漂亮。」崔西・雷納涵放下了那封信，其實，應該說是那一疊信件的其中一個複本才是。在道格拉斯・蘭姆費利刑期的最後三個月中，他收到了二十多封信件，他出獄後，還有兩封寄到他家地址，最後，賀蘭德在蘭姆費利的床底下找到了那疊信。

這些信件，全出於兇手所偽裝的二十八歲的妙齡女子，珍・佛里。

獄方索恩與賀蘭德已經了解這些監獄信件的檢查流程——平均一天有五大袋——會由兩三位獄政助理帶到審查室。現任典獄長已經取消了X光機的檢查程序，但依然會派出嗅毒犬，而且每一封信都會開拆、檢查裡頭是否有違禁品。獄政助理不會閱讀信件，而且要是沒有特殊理由，也不會有其他人看到裡面的內容。

「妳的意思是，偽裝成女人的功夫一流，是嗎？」索恩問道。他覺得這些信件模仿女人的口氣可說是唯妙唯肖，而伊芳・基絲頓也有相同看法，但多聽聽別人的意見也無妨。

「哦，沒錯，但我覺得他的聰明程度遠遠不止於此。我以前曾經看過一兩封類似的信，是眞正的示愛書。你要是知道像蘭姆費利這種人收到這種信件的數量，一定會很吃驚。這封信也有那種調調，怪怪的，有點瘋狂……」

「有點像是慾火難耐。」賀蘭德開口。

雷納涵點點頭，「沒錯，你說得對，她刻意表現出誘人性感的姿態，想要逗他尋樂……」

「風騷人妻吧，」索恩補充說道。這個虛構的珍．佛里，配上一個同樣是虛構、而且極其善妒的丈夫，可說是天衣無縫，所以，蘭姆費利沒有辦法回信給她。

雷納涵拿起那封信，又看了幾行，點點頭，「這封信裡所暗示的內容非常完美，但依然看得出某種無望感，字裡行間有股愁緒……」

「彷彿她身處絕境，」索恩說道，「一個絕望至極的女子，寫下了這種信、寄給坐牢的性侵犯。」

賀蘭德鼓起雙頰、吐了一口長氣，「這可眞是把我搞得頭昏腦脹。明明是個男人，卻假扮成女人，而且還僞裝成另外一種女人……」

雷納涵把那封信從書桌上推了回去，「不過，這種手法非常細緻，我剛才也說過了，他絕頂聰明。」這就不需要特別提醒索恩了，因爲他已經徹底研究過每一封「珍．佛里」所寫的信。

他知道寫出這些信的男子的確很聰明。聰明，精於算計，而且有驚人的耐心。

雷納涵拿起照片，「還有，這更是如虎添翼呀……」

聽到她的奇怪措辭，索恩嚇了一跳，但他什麼都沒說。書桌後方的牆壁上掛著女王的制式畫像，彷彿是聞到監獄餐廳飄散而來的難聞氣味而擺出的臭臉。女王的左側是一系列的加框監獄空照圖，索恩其實對藝術幾乎是一無所知，但在這些相當具有現代感的照片旁邊，掛了兩幅巨大的油畫風景圖，實在看起來很老舊。雷納涵抬頭，順著索恩的目光望過去。

「自監獄在一八五三年開始收容犯人之後，這兩幅畫就落腳於此，」她繼續說道，「以前都放在會客室裡面積灰塵。而在六個月前，有個專門收古董贓物的犯人入獄，他看了一眼，臉色瞬間發白，每幅價值約一萬兩千英鎊，所以總共是……」

她露出微笑，眼神落在她手中的那張黑白照片，索恩則看著她桌上的銀色相框。就他所坐的角度，其實沒有辦法看到裡面的照片到底是什麼，但他猜應該是身材健美的丈夫——可能是軍人，搞不好是警察——還有一個笑臉迎人、橄欖色肌膚的小孩。他又望了一眼書桌後方的那名女子，她盯著照片，深色眼眸張得好大。她出奇年輕，可能根本還沒有三十歲，留著一頭及肩長髮，個子高挑，胸部豐滿。就算是瞎子也看得出來，這位副典獄長一定是她底下犯人每夜性幻想的對象。

索恩趁空望向賀蘭德，崔西．雷納涵正忙著研究「珍．佛里」的照片，而他拚命想要克制自己羞紅的臉，索恩見狀不禁被逗得大樂。照片中的女子跪在地上，戴面罩，彎著頭，巧妙的燈光掩蓋了大部分的肉體，但依然可以隱約看出撩人巨乳，精心修剪的恥毛，還有綁在手腕上的皮帶。

賀蘭德一開始的時候就直接講出來了，他覺得很詫異，這種照片居然沒有被查扣下來，尤其蘭姆費利還是性侵犯。當然，這種照片對《布偶奇遇記》裡的那些病人來說很危險❷——布偶是許多警察的戲稱。但雷納涵對於這種說法不是很高興，她仔細解釋了她所謂的「小報上空女郎」

條款，這種類型的照片並不會遭到管制。當然，以小孩爲主題的色情照不可能會流到那種犯人專區，但如果是那種在小報第三頁會出現的上空女郎，那麼獄政助理只會看一眼，跳過那些奇奇怪怪的評註，直接把它放回信封裡面。

「天，」賀蘭德當時是這麼回她的，「小報上空女郎全被比下去了。」

雷納涵放下照片，以鮮紅色長指甲猛摳它的邊緣。

「這一招也很聰明，精挑細選的理想照片。剛好可以吊蘭姆費利這種人的胃口。這是性侵犯最愛的淫夢。不知道你的兇手是從哪裡弄來這張照片，太完美了。」她吞了吞口水，清喉嚨，「蘭姆費利是那種看到性臣服女子會興奮的男人……」

索恩與賀蘭德交換眼神，他們還沒有告訴崔西・雷納涵命案的細節，但他們非常確定這張照片絕非兇手臨時起意出門買的照片。那名裸女所戴的面罩，與菲爾・漢卓克斯從道格拉斯・蘭姆費利屍體上取下的面罩一模一樣……

「還有十幾張類似的照片，」索恩說道，「都夾帶在最後的幾封信，越接近他出獄的日期，照片尺度也就變得更大膽火辣。」

雷納涵點頭，「越來越刺激……」

「等到他一出獄，想必已經是迫不及待。」賀蘭德說道。

她以左手再次拿起照片，又以右手舉起信紙，「你的兇手很敏銳，非常了解這種女人的心

❷ 監獄的精神異常犯人專區，經常對病患施打過量藥劑，使其行爲能力宛若布偶。

理，而且也知道要怎麼徹底撩撥她寫信對象的慾念。」

索恩不發一語，他覺得她的語氣有股詭異的讚嘆之意。

「敏銳，可能就跟男同志一樣吧。」賀蘭德說道。

索恩未置可否，聳肩，他們又回到了那個假設。他必須承認不無可能，但偵查方向鎖定在兇手的性傾向卻讓他越來越不爽。對，受害人遭到殘忍性虐，毋庸置疑，性侵犯自己被性侵，索恩很確定，在追查被害原因的時候，這一點相當重要，但兇手喜歡找什麼樣的人上床？他倒是不確定是否有那麼重要。

賀蘭德傾身向前，看著崔西・雷納涵，「這當然是我們必須考量的其中一個角度——蘭姆費利是被某位獄友所殺害，曾經與他發生非合意性關係的某人……」

雷納涵也回望著賀蘭德，等待他繼續提問，看起來她不是很想要幫賀蘭德接話，「妳覺得是不是有這個可能？蘭姆費利曾經在獄中性侵別的犯人？或者他自己曾被別人性侵？」

副典獄長靠在椅背上，短暫出現一抹不悅之色，不過，當她緊扣雙手、搖頭的那一刻，那個神情隨即消失無蹤，索恩覺得她的乾笑聽起來有點勉強。

「這位警員先生，我想你看太多美國監獄電影了。這裡的確有些骯髒齷齪的事情，但請別誤會，這裡沒有幾個人能被稱之為『老大』，如果你想要在母狗與小狗身上找樂子，應該要去狗舍才是。犯人之間會發生性關係，這是當然的，但就我所知，絕對不會有人因為在浴室裡掉了肥皂、而發生群交事件。」

索恩忍不住笑了，賀蘭德也是。但索恩看到他嘴邊變得緊繃，領口以上的皮膚泛紅，「就妳所知？」賀蘭德追問，「所以這種事還是有可能的了。」

「前兩個禮拜，有個犯人在廚房裡被桃子罐頭的蓋口削掉了耳朵，我猜，應該是因爲打桌球時的爭執所引發的結果，」她露出微笑，性感又極其冷酷，「什麼事都有可能。」

索恩起身，離開雷納涵的書桌，走向門口。「先做個假設吧，如果，我們在找的這個人從來沒有坐過牢，那麼問題就立刻浮現出來了，他怎麼找到蘭姆費利的？他又怎麼知道某個遭判刑的性侵犯到底關在哪裡？什麼時候可以獲釋？讓他有充分的時間好好設局？」

雷納涵轉動座椅、面向她書桌角落的電腦，按了鍵盤上的某個按鍵，「他必須要在某個地方登入資料庫，」她繼續打字，望著電腦螢幕，「這是『本所囚犯資料系統』，這裡囚犯的所有資料都在這裡。如有需要，也可以把它寄給其他監獄，但我一直沒想到這種資料可以拿來……」

索恩看著比較靠近自己的那幅風景畫，帆布上充滿著幽暗濃密的漩渦，他猜應該是湖區的某個地方。「全國性資料庫呢？」

「『全國獄囚資訊系統』。裡面一應俱全——關押地點、犯罪細節、住家地址、出獄日期，」她抬頭看著索恩，「但你還是得輸入名字。」

「誰可以讀取資料？」賀蘭德問道，「妳可以嗎？」

「不行……」

「典獄長？警方新聞聯絡人？」

她笑了，態度堅定搖搖頭，「總部才有權限，這套系統的規定非常嚴格，原因大家都知道……」

索恩道謝與道別的語氣有些唐突，他一向如此。雖然在他們拜訪監獄的過程中，沒看到幾個身著藍色獄衣的犯人，但他卻覺得他們無所不在，典獄長辦公室牆壁的後面、上面、下面、四面八方。遠方傳來的回音，沉重感，六百多個男人所散發的熱量，這些人之所以會關在這裡，全是拜他這種職業的人所賜。

只要索恩一進入監獄、在那綠色或芥末色或淡土黃色的廊道裡走動的時候，總是在心裡偷偷留下麵包屑的路線標記，離開監獄的最快路線，他一定要確保自己謹記在心。

在行經M1公路的回程途中，賀蘭德幾乎都埋首於他剛才走出監獄時、順手拿的那份小冊子，而索恩比較喜歡他自己研究監獄的獨門方法。

他把強尼．凱許的《聖昆汀監獄》專輯塞入卡匣式音響。播放到〈通緝要犯〉那首歌的時候，賀蘭德猛然抬起目光，專注聽了好一會兒，搖頭，繼續研讀他的現況與數據。

曾經有過那麼一次，索恩努力向他解釋，真正的鄉村音樂根本和走失的狗與萊茵石完全沒有關係。那個漫漫長夜，他們玩撞球，也喝了許多杯的健力士啤酒，在場的還有菲爾．漢卓克斯——他帶了當時交往的男友——兩人吵得不可開交。索恩想要帶引賀蘭德體會喬治．瓊斯的美聲，梅爾．哈賈德的高超技巧，還有強尼．凱許令人驚嘆的低聲吟語，他是所有人的陰鬱之父。幾杯下肚之後，他開始高談闊論，也不知道有誰在聽他說話，他說，漢克．威廉斯是飽受煎熬的天才，絕對是他那個時代的科特．寇本，也許他在打烊的時候會高歌一曲

〈你背叛的心〉。其實他想不起所有的細節，但有件事他記得很清楚，在他講出這番大道理之前、賀蘭德的目光早已變得呆滯……

「幹！」賀蘭德開口，「管理一個犯人，每年得花兩萬五千英鎊，你不覺得這數字很驚人嗎？」

索恩其實沒有答案，很多人的年薪只有兩萬五的一半而已，但如果加進獄卒與監獄的修繕費用……

「我想他們也不會拿那筆錢去買地毯和魚子醬之類的東西。」索恩回道。

「當然不會，但還是……」

車裡炙熱難耐。他的蒙帝歐是老車，買的時候沒有冷氣配備，但索恩真正光火的是，他已經大修暖氣兩次，但就是沒有辦法搞定。他打開窗戶，但半分鐘之後立刻關上，微風徐徐固然快意，但噪音卻更加惱人。

賀蘭德再次放下小冊子，抬起目光望著索恩，「你覺得裡面應該要有豪華設備嗎？你知道吧，囚房裡裝電視什麼的？某些人還有電玩遊樂器……」

蒙帝歐在路上奔馳，蒙恩稍微調低音響聲量，瞄了一眼上頭的路標，他們快要到達米爾頓・凱恩斯岔道，距離倫敦還有五十英里。

索恩發現自己先前也曾多次思考過那個問題，儘管他花了許多時間緝捕惡徒入獄，但他卻很少花時間想過他們進去之後的狀況。而當他仔細思考，衡量各種論點，他覺得，綜合看來，失去自由是最可怕的結果了，至於比那個還要更嚴厲的刑罰，他不確定自己的立場到底是什麼。

他輕踩油門，將時速壓到剛好不超過七十英里，切到內側道，反正他們也沒有在趕時間……

索恩很清楚，殺人犯、性侵犯、傷害小孩的罪犯，都必須要除惡務盡。他也知道把這些人繩之以法不只是一種隱喻而已，其實，他們的確在抓人，他一直在抓人。等到這些犯人……到了別的地方，那麼刑期什麼時候應該結束，矯治要從什麼時候開始的這些爭論，都是別人的事了。他的直覺告訴他，監獄絕對不能成爲……他腦海中突然跳出「度假營」這個詞彙。他在心中暗罵自己，這種口吻聽起來像是保守派瘋子。幹，就放些電視有什麼關係，如果他們想看足球賽或是對著主持人克里斯·塔蘭特大吼大叫，那就隨他們去吧……

很可惜，索恩剛想出這個問題的解答的時候，賀蘭德又轉移到另一個話題。

「我的天啊！」賀蘭德又抬起頭來，「英超的球網有百分之六十都是犯人做的。我希望他們爲白鹿巷球場做的球網最好是夠堅固，熱刺隊那些從其他球會轉來的瘦子實在……」

「沒錯……」

「還有一個。監獄農場每年可以產出兩千萬品脫的牛奶，媽的眞嚇人……」

索恩沒在聽賀蘭德說話，他的耳邊只有輪胎奔馳路面的聲響，心裡想的全是那張照片。他想到那名戴面罩的女子，虛構的珍·佛里，當他腦中浮現出那若隱若現的裸體的時候，他發覺自己的鼠蹊部也有了反應。

不知道他是從哪裡弄來這張照片……

索恩突然靈機一動，知道有機會可以找到答案，至少，算是知道了尋求解答的方法。照片中的女子可能不是珍·佛里，但一定是某個眞實的人，索恩剛好想起了某人，還有他的名字。

當他再次開始聆聽賀蘭德講話的時候，他已經在問另一個問題了。

「……有像現在一樣糟糕嗎？你覺得現在的監獄有比他們那個時代好嗎？那是哪一年……？」他指了指卡帶。

「一九六九年。」索恩回道。這是強尼．凱許自己創作、自唱的歌曲，內容是描寫聖昆汀監獄的狀況，歌詞提到只要是待在裡面的人都對那地方深惡痛絕。在現場錄音的時候，犯人只要聽到歌詞裡的每一句抱怨、侮罵、訴求，現場就歡聲雷動，簡直要掀翻了監獄。

「所以呢？」賀蘭德揚了揚手中的小冊子，「你覺得現在的監獄比三十多年前好嗎？」

索恩立刻想到貝爾馬什監獄裡某個男人的臉孔，還有他褲裡迅速脹硬的那塊東西。

「我真的希望不要。」

六點剛過沒多久，伊芙．布倫姆將鑰匙轉到底、緊鎖店門，走了幾步路，進入明亮的紅色大門，回到了家裡。

租店鋪樓上的公寓的確方便，不貴，而她看中的真正原因是能夠在最後一分鐘滾下床，開店門時把自己咖啡放在收銀機邊時、依然還能看到它冒著熱氣的快感。如果得要像她一樣早起、在睡眼惺忪的時刻起床著衣，那麼每天早晨在床上的最後一刻留戀都會變得珍貴無比。在新科芬園花市走來走去、下訂、與大盤商閒聊，而她能想到的其他人在此時全都依然睡得死死的。

她喜歡一年之中的這個時節，只能維持幾個禮拜的珍貴夏天，她不需要被迫在戴著圍巾手套做事、讓中央暖氣殘害她的鮮花的這兩個選項之間，做出痛苦的選擇。她喜歡在還有天光的時候就關店休息，早起也不會那麼痛苦，在一日將盡、夜晚即將揭開序幕的這兩三個小時之間，增添了某種興奮感，彷彿將有什麼事情會發生一樣。

她關上門，爬上狹窄的斑駁木梯、進入公寓。丹妮絲・賀林斯先前花了一個週末、把整個地方以磨砂機整理好，而伊芙則負責家居裝飾的部分。大部分的家務都是平均分擔，雖然她們偶爾會因爲有人偷吃優格、或是借洋裝也沒先問而生對方的氣、冷戰，但基本上兩人相處得很好。伊芙知道丹妮絲充滿了控制慾，但她也很清楚自己偶爾也需要別人好好管她一下。她經常散漫無章，雖然小丹有時候像媽媽一樣嘮叨，但被人照顧的感覺眞的很棒。三不五時就在列採購清單可能很累人，但她們的冰箱裡總是有滿滿的食物，而且從來不缺衛生紙！

她把包包放在廚房餐桌上，打開煮水壺的電源，「喂！賀林斯，妳這個賤老太婆，要不要喝茶啊？」她快吼完的時候才想到丹妮絲今天下班後就直接去她公司旁邊的酒吧，與班恩一起約會。丹妮絲曾在中午打電話到店裡，告訴她今晚不會回去吃晚餐，還問她要不要一起來。

趁著等待熱水壺煮沸的空檔，伊芙走到臥室、換上新的T恤。不，她還是待在家裡好，坐在電視機前面發呆，身旁有瓶冰涼白酒相伴。她懶得換衣服出門了，外頭好濕黏，不舒服，等到她到達那裡的時候，一定會覺得自己全身髒兮兮。酒吧吵鬧，充滿了菸味，而且她老覺得自己像電燈泡，因爲丹妮絲與班恩總是在人前卿卿我我……

她望著臥室後方鏡子中的自己，穿著胸罩與內褲、搔首弄姿。她想到了在一週前接起電話的那個警察，不禁露出微笑。當然，只憑聲音很難去想像對方的樣貌，但她還是努力揣摩，而且樂在其中。她很確定，無論當時到底是不是犯罪現場，他和她講電話的時候，其實也在對她調情，而她也非常清楚，自己順水推舟、向他打情罵俏。或者，一開始主動的人是她？

她穿上FCUK牌的白T恤，走回廚房泡茶。

在她打電話之後，他們在當天就派車取走了她答錄機裡的卡帶。她告訴那兩名警察，其實她很樂意親自送到派出所，不過，她得到的答覆也是預料中事，看來他們是寧可自己帶回去。

她在公寓敞開的窗戶前走來走去，心裡陷入天人交戰，不知道一個禮拜的時間夠長了嗎？她不知道是不是應該直接殺過去，或是打電話比較好？她不想讓對方認為自己太過積極，她既然也牽涉其中，當然有權利知道現在是什麼狀況。在那通電話之後，她不免會有些好奇，這也純屬自然，是吧？前往詢問目前案情是否有進展，也不過就是一般熱心公民會做的事情罷了。

她突然想起來，自己在公寓裡晃來晃去，不記得自己把茶杯放到哪裡去了。算了，反正廚房這麼近，而且就算不記得茶杯，她也絕對記得冰箱的位置。

她打開了酒，有些男人很好笑，會被比較主動一點的女生給嚇跑，她不知道索恩是不是那種人。

也許過個一兩天再說吧……

傍晚熱得要死。

艾維斯，索恩那隻煩躁的貓，看起來很不舒服，一直跟著他繞來繞去，叫個不停，彷彿在請他幫忙剃毛一樣。索恩滿身大汗，煮東西，吃乳酪吐司，他上半身穿的是夏威夷衫，釦子全開，下半身是以前在附近健身房短暫鬼混時所買的短褲。

索恩躺在沙發上看電影。他把電視機的音量調低，打開了收音機、搭配電視畫面。他拿起前一個禮拜的《Time Out》雜誌，翻到音樂專題，想要找出名稱最好笑的樂團。最後，在半夜十二點之前，所有的酒都喝得一滴不剩，已經找不到其他事情繼續拖延下去了，他終於拿起電話。

夜已深，但沒關係，他父親的身體機能早已經多處崩爛，生理時鐘只是壞掉的其中一部分而已。

就某些方面來說，確定父親罹患了阿茲海默症之後，也算是鬆了一口氣。先前的古怪行爲，現在叫作症狀，對索恩來說，已成既定事實的老番癲行爲，雖然還是令人很難受，但至少找到了病灶。該做的事還是得完成，如此而已。聽到那些爛笑話與無意義的瑣事，索恩依然覺得厭煩，但罪惡感持續的時間也不像以前那麼持久不退。現在，他就是慢慢調整自己，罪惡感的形貌也發生了改變，百經折磨之後，轉化成某種情緒，他認得出來那是憤怒，他十分氣惱這種疾病，它不但剝奪了父子生活，還迫使他們必須互換角色。

現在還出現了很難塡補的財務缺口，但他也開始處之泰然。至少，就七十一歲的年紀來說，吉姆．索恩的身體狀況相當良好，但依然需要有看護每天探視，而他的養老金當然無法支付。他的妹妹艾琳，雖然以前和他一點都不親，但現在每個禮拜都會特地從伯明罕來看他，而且總是把索恩父親的狀況、一五一十告訴他。

索恩對此感激在心，但他覺得這根本就是典型的英國風格，等到一切都變得太遲的時候，家人才會出現示好。

「爸爸……」

「哦，感謝老天，我想得快抓狂了。第一任的『超時空博士』是誰？快講啦，眞的是很氣人哪……」

「是不是叫派翠克什麼的？深色頭髮……」

「派翠克·特洛頓是第二任，他的下一任是伯特威。媽的我眞是昏頭了，我以爲你會知道答案。」

「查書吧，我早就買了電視百科全書給你……」

「被討厭的艾琳不知道收到哪裡去了。還有誰可能會知道答案？」

索恩頓時鬆了一口氣，他父親狀況還不錯。

「爸爸，我們得要討論一下這個婚禮的事。」

「什麼婚禮？」

「崔佛。艾琳的兒子，你的姪子……」

他父親深吸一口氣。等到他把氣吐出來的時候，他胸腔發出的噪音宛若低沉獸吼。「這傢伙是王八蛋。第一次結婚的時候早就是王八蛋。我眞不知道爲什麼我得要出席、看那王八蛋再結一次婚是有什麼意義。」

難以想像父親會講出這種話，但索恩必須承認他講得很有道理。

「你自己告訴艾琳你會去參加婚禮。」

長嘆，帶有濃厚痰意的咳嗽，然後是一陣沉默。過了幾秒鐘之後，索恩以爲父親放下電話，不知道跑去哪裡了。

「爸爸……」

「一定是很久以前的事，對不對？」

「上個禮拜六而已。拜託。艾琳一定早就向你提過這件事，她都已經全告訴我了。」

「我得要穿西裝嗎？」

「穿海軍藍那套吧。料子薄，我想天氣會很溫暖。」

「海軍藍那套是毛料啊，穿那套西裝我會熱死。」

索恩深呼吸，心想，隨便你啦。「你聽我說，我那天會過去接你，然後當天晚上要住在那裡……」

「我才不要坐你那台亡命快車……」

「那我就租別的車，好嗎？一定很好玩，我們會度過開心的一天，相信我好不好？」

索恩聽到一陣咯答聲響，玩弄金屬零件的聲音，他父親之前開始一直買便宜的二手收音機，拆開之後，再把零件扔掉。

「爸爸，這樣可以嗎？如果你沒問題的話，我們可以等到婚禮前幾天再討論細節。」

「湯姆？」

「嗯？」

對索恩來說，接下來的靜默，宛如失神的聲音，滑落裂隙之中，剛好超過了伸手救援的範圍，然後，就此消失，慌張滾墜到幽暗盡底。終於，出現了齧合的聲音，宛若膠卷再次找回正確的速度，邊洞卡住了棘輪。

「幫我找到剛才那個『超時空博士』的答案好嗎?兒子?」

索恩猛力嚥下口水,「我會問清楚,明天告訴你好嗎?」

「謝謝……」

「還有,爸爸,聽我說好嗎?還是把那套海軍藍西裝找出來,我確定那不是毛料。」

「哦,媽的,你怎麼先前都沒講西裝的事啊……」

一九七五年十二月二十二日

兩人都待在廚房,隔了好幾英尺,完全不想靠近對方。

距離聖誕節只剩下幾天,窗台上的收音機播放著傳統應景歌曲,剛好填補了他們之間的無言狀態。辛納屈或貓王的老歌,交雜著《史萊德》與《威薩德》的聖誕節熱門新曲,那首〈皇后〉的可怕歌曲似乎要奪下聖誕冠軍金曲的寶座。他不是很愛那首歌,但他知道只要自己再聽到它的旋律,就會忍不住想到她,想到她的身體,事前與事後。她的臉龐,還有那必然流露的神情,法蘭克林欺身上去、把她硬壓到紙箱堆裡……

她背對著他,清洗水槽裡的碗盤,他坐在餐桌前看《每日鏡報》。報紙、肥皂泡泡,開心得不得了的DJ——他眼觀、耳聽著這些東西,但視覺與聽覺卻不斷在重複彼時的畫面,他回想起那天早上在派出所的情形。

想到那個在偵查室裡來回踱步的警官,他對著坐在角落的女警眨眼,又靠在書桌前面,大聲咆哮。

他想起那條子的臉，那抹微笑就像是賞了他一巴掌。

「好，」警官這麼告訴他，「再講一次。」之後，他又要求了一次，那也就再講一次。當她終於崩潰的那一刻，他猛搖頭，向走過去的女警示意，她從制服袖口抽了張面紙。過了一兩分鐘之後，多了一杯水，然後他們又繼續下去。那名警官就在那裡走來走去，彷彿這些年的訓練不曾讓他學到受害者與罪犯之間到底有什麼不同。

他什麼也沒做，什麼也沒說。他的確很想出手，但深思之後還是作罷，他反而坐在那裡，動也不動，看著妻子嚎啕大哭，心裡翻攪的全是愚蠢的念頭，比方說，爲什麼當天氣這麼寒冷，當他穿著最厚重的外套、扣緊了每一顆釦子的時候，這個畜生警官爲什麼卻能穿著無袖上衣？

粗壯的雙臂底下還看得到一堆汗珠？

現在收音機裡傳出合唱團的歌聲……

他起身，慢慢走向水槽。就在伸手可碰觸到她的距離之前，停下腳步。當他逐步靠近的時候，他發現她的肩頭突然一僵。

「那個警探說的話，聽過就算了，好嗎？他重複過程只是爲了要釐清一切，不要有任何環節發生失誤。他在盡本分，他知道將來的局面還會更難堪，他知道被告律師的態度會有多麼強硬，我想他只是在爲我們提前打預防針，妳懂嗎？如果我們現在熬過去了，那麼將來上法庭的時候也許就不會那麼辛苦了。」他又向前走了一步，現在，他就站在她背後。她的頭完全僵止不動，他不知道她究竟在看哪裡，但她的雙手依然在白色的塑膠洗碗盆裡面忙著搓洗……

「親愛的，我有個想法，」他說道，「我們就好好過這個聖誕節好嗎？這也不僅是爲了我們自己而已，對吧？新年也快到了，然後，我們可以冷靜一下，慢慢步入正軌，等待審判。我們可以離家幾天，也許能讓心情穩定下來……」

她的聲音好輕弱，他幾乎聽不清楚。

「親愛的，再說一次。」

「那個警察的鬍後水，」她說道，「起初我以爲和法蘭克林的一樣，我覺得我快吐了，味道怎麼那麼濃……」

當他把手放到她頸後的那一瞬間，她立刻開始尖叫，而當她旋身過去的時候，叫得更大聲了，水飛濺得到處都是，她揮動手臂，又急又狠，完全是出於本能反應，她手中的馬克杯打中他的鼻子。

她發現自己闖禍，又開始尖叫，她伸手去扶他，兩人一起跌坐在塑膠地板上，過沒多久之後，地上變得濕滑，滿是鮮血與肥皂泡沫。

小男孩的歌聲迴盪在廚房裡面，他們吟唱著〈冬青與常春藤〉。

4

在皮爾中心作爲警校生新訓地點的那個時代，貝克大樓還是宿舍。對索恩來說，這棟建築物依然只有實用功能，暮氣沉沉。眞的，有時候經過某個角落，或是推開某間辦公室大門的時候，他會突然聞到一股汗臭與歲月鄉愁的氣味飄散過來……

在一個多月前，第三小隊的成員聽到設施擴充、增加工作空間的消息，自然是十分興奮。其實，最後也只不過增加了文具預算、重新修好的咖啡機，還有一個密不通風的雜物間，而且那裡立刻被布里史托克霸佔。現在，在大偵查室盡頭的狹小走廊尚有三間辦公室。布里史托克使用新的一間，索恩與伊芳．基絲頓共用一間，賀蘭德與史東只能分配到這裡最小的一間，互相禮讓字紙簍旁邊的座位，搶著要有背墊的椅子。

索恩痛恨貝克大樓，其實，應該說看到它就讓他心情沮喪，元氣大傷，連憎恨它的力量都沒有了。他曾經聽過有人開玩笑說他得了「病態建物症候群」，但對他來說，這地方不能算是病態，而是病入膏肓。

他整個早上都在趕進度。坐在鐵灰色的書桌前面，汗流浹背，閱讀有關案情的每一份文件，包括了驗屍報告、鑑識報告，還有他造訪德比監獄之後自己所撰寫的報告。他也看了賀蘭德搜查蘭姆費利住處的筆記、他的性侵被害人的家屬訪談，還有，他曾待過三間不同的監獄，各個時期的同房獄友的述詞。

資料已經有好幾英寸的厚度，但有希望的線索也只有一條。蘭姆費利以前的監獄室友提到了某個犯人格里賓，蘭姆費利曾經與此人起過爭執，當時他們都遭還押候審、關在布里克斯頓監獄。格里賓出獄的時間比蘭姆費利只早了四個月而已，他違反假釋規定，目前通緝在逃……

索恩全部讀完之後，稍事休息，拿起空檔案夾當扇子、對著自己的臉猛搧風，盯著泡綿天花板的神秘焦痕。然後，又把全部資料讀了一次。

伊芳．基絲頓開門進來，索恩抬頭，把筆記放到自己桌上，凝望敞開的窗戶。

「我一直在想要跳下去，」他開口說道，「自殺似乎是頗誘人的選項，至少栽下去的時候會吹得到風，妳覺得呢？」

她哈哈大笑，「我們只是在四樓而已。」索恩聳肩。「電扇跑到哪裡去了？」

「被布里史托克拿走了。」

「不意外……」她坐在靠牆的椅子裡，把手伸進自己的大包包，當她取出那眼熟的保鮮盒的時候，索恩立刻哈哈大笑。

「今天是星期三，所以一定是鮪魚。」

她打開盒蓋，取出三明治，「少自作聰明了，其實，是鮪魚沙拉。我那口子今天早上有點不太正常，硬塞了一片萵苣葉……」

索恩靠躺在自己的椅子裡，拿起塑膠尺拍打著椅子扶手，「伊芳，妳是怎麼辦到的？」

她嘴巴張得好大，抬頭看著他，「什麼？」

索恩手裡依然拿著尺，張開雙臂畫圈圈，「生活，所有的一切，還加上三個小孩……」

「督察長也有小孩……」

「對，可是他就和我們其他人一樣，日子過得七葷八素，但妳看起來一切都打理得很好，從容優雅，連一滴汗都不流。工作、家庭、小孩、小狗，還有幹他媽的午餐盒。」他拿起那把尺指著她，佯裝那是麥克風，「基絲頓探長，快告訴我們，妳是怎麼辦到的？秘訣是什麼？」

她清了清喉嚨，也配合演出。「其實答案大家都知道，但他們能有機會放鬆一下，當然很開心。「天賦異稟，容易使喚的老公，加上嚴格的組織管理技巧。還有，我從來不把工作帶回家。」

索恩眨了眨眼睛。

「好，還有其他問題嗎？」

索恩搖頭，把尺擱回自己的桌上。

「好，我要去買茶，要不要也來一杯……？」

他們兩人一起穿過走廊，經過其他警官的身邊，朝大偵查室走去。

「不過，說眞格的，」索恩開口，「有時候我眞的很佩服妳。」這是他由衷的讚美。在這個團隊裡，大家認識伊芳．基絲頓的時間都不長，但除了那些老屁股與辦事效率不彰的男性同僚會講出奇怪評語之外，他從來沒聽過有人講過她壞話。索恩心想，她才三十三歲，卻被許多同事譏諷有大嬸的味道，她的心裡一定很不爽。這個評語其實與她的個性風格有關，與臉蛋身材無關，事實上，她的姿色體態都相當吸引人。她從來不穿花俏衣服，淡金色的頭髮也總是梳理得規規矩矩。她不是牙尖嘴利的人，一直恪守職責，也不曾驚慌失措，索恩不難看出爲什麼基絲頓已經是高層準備拔擢的對象。

基絲頓在咖啡販賣機前彎身，從出口拿出索恩的飲料杯，茶交給了他，「剛才我提到別把工作帶回家，我是認眞的。」她又丟了一些銅板進去，「就算我想要帶回家也沒辦法，家裡空間不夠……」

偵查室的每一扇窗戶都大敞，書桌與檔案櫃上的某些文件也被風吹落。索恩啜飲著茶，聆聽紙頁在飄翻的聲響，還有那些彎腰撿拾紙張的同事的嘀咕，他心想，自己和這女子可說是天壤之別。他無論到哪裡都會帶著工作，就算回家也一樣，只不過，他把工作帶回家的時候，也很少有機會妨礙到什麼人。他與前妻珍早在五年前離異，起因是她開始與某名藝術學程的講師從事「特殊」課外活動。索恩自離婚後只從事過一兩次的「冒險」，但也不是什麼重要對象。

基絲頓把滾燙的塑膠杯放入另一個空杯裡面，對著飲料上方猛吹氣，「對了，蘭姆費利的案子怎麼樣了？」她問道，「是只有我一籌莫展？還是大家都一樣？」

索恩看到羅素．布里史托克出現在另外一頭。他朝索恩點頭示意，隨即轉身走向自己的辦公室。索恩也朝同一方向走去，他頭也不回，解答了基絲頓的困惑。

「不，不是只有妳而已……」

如果羅素．布里史托克眞的動怒了，那張冰寒的臉足以讓牛奶凝凍。而當他想要努力擺出嚴肅表情的時候，他會顯露出些許悲傷，還會側頭，噘起嘴巴，索恩每每看到總是想笑，只能強忍憋住。

「好，湯姆，我們現在狀況怎樣？」

索恩盡力了，但依然藏不住笑意，他也懶得掩飾，反正，剛才給伊芳．基絲頓的答案太消極了，現在他會給布里史托克一個比較樂觀的說法。「沒有重大進展，但算是有點眉目了，長官。」每當布里史托克出現某種神情的時候，他一定會趕緊補上這一句長官。「受害人的男性家屬，我們幾乎都已經追查到了下落，沒有什麼值得期待的線索。但應該算是運氣不錯吧，蘭姆費利的同房獄友我們幾乎都問過了，格里賓事件似乎最可能是導火線……」

布里史托克點點頭，「我覺得這條線索值得追下去。如果有人咬掉我半邊的鼻子，我想我一定會恨之入骨。」

「這是蘭姆費利的說法，可能只是自己誇張亂講而已。反正，我們找不到格里賓……」

「還有其他方法？」

索恩雙手一攤，「就這樣，也只能從電腦系統下手了。等到警司傑佛瑞斯回報之後，我們可以從全國獄囚資訊系統那條線索著手。」

「他已經回報了，」布里史托克回道，「不需要太高興……」

史蒂芬．傑佛瑞斯是在監獄管理總局工作的高階警官，他的辦公室位於米爾班克的某棟雄偉建築，坐在裡面可以直接眺望對面河岸的密情局辦公室。

傑佛瑞斯以非常低調的方式、仔細檢查了全國獄囚資訊系統是否可能出現漏洞。如果兇手是從這裡取得資料，想必會有一大堆人想要知道他到底是怎麼辦到的。

「警司傑佛瑞斯已經申請了暫時處分，也就是說，如果要把這條線當成調查方向，也不可能會有結果。」

「你一定得要幫我，」索恩說道，「趁我還沒有胡言亂語……」

「湯姆，不要給我搞鬼，好嗎？這就真的是幫了我一個大忙。」

索恩聳肩，看來傑佛瑞斯與總警司崔佛．傑斯蒙德是從同一種鬼地方出來的，「我洗耳恭聽。」

布里史托克瞄著桌上的那張紙，以急快的速度、大聲唸出其中的一個段落，「有權限進入系統的個人除了總部員工之外，也包括了全國的十二個地區辦公室——倫敦、約克郡、米德蘭等地……」

索恩發出哀號，「等於是要查好幾百個人……」

「好幾千人。就算我有那麼多人手，逐一清查也得耗費大批人力。」

索恩點點頭，「好，所以就算最後能有斬獲，也不可能會立刻看到成果。」他拿起自己放在布里史托克桌上的空杯，把椅子旋轉向後，對準角落的字紙簍丟過去。

「丟不中啦。」布里史托克喊道。

紙杯距離垃圾桶還有一英尺多之遠，索恩又轉身回去，「會不會有人偷偷侵入系統？」

「拜託，數千名嫌疑人已經夠可怕了，你現在還想要加上數百萬人……」

「我也不想，但如果系統安全性不足……」

「如果系統不安全的話，早就有一大堆人被修理到挫賽了。全國獄囚資訊系統可以查到英國所有犯人的行蹤，就連恐怖份子也列名其中，裡面各種資料都有，要是有人能夠破解的話，無論是基於什麼理由……天，他們得要去國會報告道格拉斯・蘭姆費利的案子了。」

「不過，他們有針對這一點在追查嗎？」索恩問道。

「就我所知……」

「如果被駭客入侵，他們的系統一定有提示功能，對不對？就像是警報器一樣，有人企圖偷偷進入系統的時候就會發出警告？」

「不要問我，」布里史托克回道，「我連電子郵件該怎麼寄出去都不太清楚……」

不久之前，就連寄送電郵那種小動作，也超出了索恩的能力範圍，不過，他已經在努力學習，也開始懂得如何運用高科技。他甚至還買了電腦、放在家中使用，但截至目前爲止，開機的次數並不多。

「所以，其中一個問題在於人力，另一個則牽涉到了政治敏感性。傑佛瑞斯警司有沒有建議我們還能怎麼辦？」

布里史托克拿下眼鏡，以手帕擦去鏡框上的汗珠之後，又戴上眼鏡。「沒有。但我倒是有個想法。我認爲兇手有別的方法可以取得蘭姆費利的資料。」

「願聞其詳……」

「會不會是從受害者家屬那裡得到線索？在電話簿裡找他母親的名字，佯裝好友打電話過去想要拜訪……」索恩點頭，這的確有可能，「等到他知道蘭姆費利被關的地點與出獄時間之後，開始寄那些信……」

「所以他一切的消息來源都來自於蘭姆費利的母親？」

「蘭姆費利的母親之外……也許是獄卒提供消息。我只是覺得我們可以追查其他方向……」

「羅素，動機呢？」最重要的問題依然無解，「蘭姆費利爲什麼會被殺？」

布里史托克吐了一口長氣，整個人靠在椅背上，「我要是知道就好了。不過，倒是可以再找蘭姆費利太太談一談……」

索恩在布里史托克的話裡，似乎發現了什麼，但他看不清楚它的樣貌，那是某種會讓索恩心跳加快的東西，出現的時間不過也就是那麼一秒而已；像是睡夢中某人的臉，或是他理應認得的物品，但瞄到的那個角度非常陌生，在他還來不及看清楚之前、已經消失無蹤。

當他開口回話的時候，腦袋裡依然在苦思那到底是什麼。「我正在追查其他線索，照片裡有問題……」

布里史托克傾身向前，挑眉看著他。

「等到有結果的時候，我會馬上告訴你。」索恩回道。他低頭看錶，「靠，我要遲到了……」

他才一起身，他位於隔壁的辦公室的電話也正好響起……

賀蘭德正準備走進酒吧，準備要來杯日常的午餐啤酒的時候，手機立刻響起，安迪．史東意味深長看了他一眼，最近很多人都會以那樣的表情望著他，因爲只要他的手機一響，他們就會看到他的臉上寫著「家裡來電」。

「靠。」賀蘭德開口啐道。

史東朝酒吧門口走了幾步，停下來，「戴夫，要不要我先幫你買酒？」

賀蘭德按下電話按鍵，把它貼在耳邊，過了幾秒鐘之後，他看著史東的眼睛，搖搖頭。

二十分鐘之後，他回到家，蘇菲依然還在哭個不停。

「怎麼了？」他伸出雙手抱住她，想也知道會聽到什麼答案。

「沒事，」她回道，「對不起……我知道我不該打電話。」她的臉埋在他的領口，結結巴巴，話語夾雜著哭啼聲。

「沒關係，妳聽我說，我只能待十五分鐘，但我們還是可以一起趕快吃個午餐。等到妳平靜一點之後，我再回去。」

三個月之後，寶寶即將出世，她每個禮拜崩潰一次，當然可以歸咎是荷爾蒙作祟。但他知道眞正的原因不只如此，他知道她有多麼害怕，害怕他會在她與工作之間做出抉擇，害怕他以爲她強迫他只能二擇一，害怕就算有了小孩、也無法讓他下定決心選擇她。

他懂，因爲他自己害怕的程度倍勝於她。

他們在沙發上彼此依偎，一直等到她恢復鎭定。他輕聲細語，壓住她，感覺到她貼在他大腿上的隆起部位，裡面是他的骨肉，他的目光在客廳裡飄移，最後死盯著錄放影機的時間顯示器，等待每一分鐘慢慢消逝。

「我是索恩……」

「我是伊芙．布倫姆……」

他想了一會兒，才記起這個名字，這個聲音，把它們聯想在一起。「哦，抱歉，我心不在焉，我已經滿腦子都在想午餐要吃什麼。」

「現在打來是不是打攪到你？因爲……」

「沒關係，哪裡需要我效勞？」

「老實說，只是有點好奇，不知道現在狀況如何。說來好笑，我完全不知道那到底是怎麼回事。就是，你知道，我想知道你們帶走的那捲錄音帶是否已經……幫你們……解決了問題？」

他記得自己曾經聽過對方的促狹語氣，飯店裡的那通電話，他把話筒貼緊耳朵，這次他心情愉快多了。

「好，但我與人相約已經遲到了十分鐘……」

「沒關係，反正我也不是現在要見面……」

「抱歉？」

「星期六一起吃午餐怎麼樣？你可以問我答錄機的事，無關緊要的幾個問題就好，對外聲稱我在幫忙你查案，你就可以拿公費報帳。十二點半可好……？」

在他結束電話的幾分鐘之後，伊芳・基絲頓剛好走進辦公室，她看到索恩的表情，忍不住開口問道：「到底是什麼事讓你笑得這麼開心？」

「索恩先生，想都別想，我絕對不吃鴨腳。」

丹尼斯・貝賽爾的體格壯碩得跟磚造的流動廁所一樣，聲音卻像是吸了氦氣的合唱團女孩，所以只要他一開口講話，幾乎總是不免有些滑稽，但那次他講出這句話的時候特別好笑……

來這裡是索恩的提議。上次他們相約的地方是某間酒吧，這傢伙的聲音，一如往常，引發了騷動。要是能安安靜靜吃個午餐，應該會好一點，而且索恩很愛這地方，位於中國城的「新月」餐廳，可以吃到倫敦最好的港式點心。索恩喜歡這裡的食物，也同樣熱愛他們的用餐儀式，他喜歡觀賞那些擺著臭臉的老女人、推著餐車繞來繞去，攔下她們，請她們掀開蓋子，讓他仔細挑選小點。

索恩先前已經向貝賽爾解釋這套點餐系統。現在，他剛走入餐廳，發現這傢伙依然滿臉困惑坐在角落裡。索恩遲到了二十分鐘，但找到貝賽爾一點都不難，他六呎三吋（約一九一公分）高，有世界摔角聯盟選手的體格，梳得尖尖的漂白金髮，身上掛了一堆黃澄澄的珠寶。尤其這間餐廳的顧客幾乎都是中國人，稍微瞄一下就看到他了。

今天，貝賽爾穿的是迷彩戰鬥褲搭配淺藍色T恤，雄厚胸肌撐出了衣服上的大字，「婊子」。

「魚翅湯什麼的，沒問題，鴨腳？太可怕了……」

「放輕鬆，柯達。」索恩先前是這麼安慰他的。現在，老女人服務生掀起竹蒸籠的蓋子，他告訴貝賽爾，「我來幫你點東西……」

他們閒聊了一會兒，索恩招待客人輕鬆享用美食，但他也樂得忙著張羅，他喜歡具有這種氣氛的地方，和丹尼斯．貝賽爾這種人打交道，也同樣讓他愉悅自在。

索恩把蝦卷送入嘴內，將珍．佛里的照片從桌上推過去，貝賽爾以餐巾紙抹去手指上的醬油、拿起照片。

「很好，」他說道，「非常好。」

索恩知道貝賽爾讚美的是照片本身，它的構圖與燈光。他自己是硬蕊派色情照片攝影師，早就超越了稱讚模特兒本身條件的層次。

「我就知道你喜歡。」索恩說道。

「的確，有品味，是誰拍的？」

「嗯，柯達，你知道嗎？我心裡是這麼想的，要是有哪個人能幫我找到答案，那就是非你莫屬……」

兩人又聊了一會兒。貝賽爾說，生意蒸蒸日上。雖然視訊業的下流商人曾經一度威脅到他們這種人的生意，但貝賽爾還是興高采烈告訴索恩，他的作品越來越受到市場歡迎，他在一九八三年拍攝的經典「農莊」系列，截圖一直被瘋狂下載，在網路情色界建立了近乎傳奇的地位……

丹尼斯．貝賽爾將高品質作品提供給色情雜誌、讓男性同胞得到性福的歷史，就與索恩入行的時間一樣悠久。從小露性感到生猛的美女開腿照，只要與乳頭與鏡頭有關的東西，貝賽爾絕對是得心應手，他不會壞事，多年來都是可靠的線人，索恩覺得他算是倫敦的奇葩之一。動不動就暴走、東區雜耍演員風格的肌肉男，能讓女孩乖乖脫得精光的天才，還有他的招牌口頭禪，「絕對不會害妳生小孩！」

「好，所以呢，告訴我吧，」索恩說道，「這是不是專業照片？」

貝賽爾盯著照片，把它高舉向光，發出吸氣聲，「對，是有這個可能……」

「柯達，這種答案還不夠令人滿意。」索恩舉起食指，召喚小吧檯後面的女子，他拿起自己喝得精光的青島啤酒瓶，又點了一瓶。

「這很複雜，」貝賽爾説道，「最近業界很流行假裝是素人掌鏡、其實是由專業操刀的照片，好像是普通人的女友一樣。你聽懂我的意思了嗎？意淫人妻，尤其搞那一套的人最愛這味。」

「哪一套？」

「跟性虐有關的東西。手銬、鞭子，還有鎖鏈，戀物癖。」貝賽爾高舉的那張照片，索恩已經研究過一百多次，現在，他再次仔細端詳，俯角拍攝，女子臉部貼地，雙手被綁在背部，這一次，頭套被當成了套索、綁在臀部。

「你拍過這種東西嗎？」索恩問道。

現在貝賽爾嘴裡塞滿了蟹肉燒賣，他回答的態度小心翼翼，彷彿覺得這問題設下了陷阱、引他往下跳一樣，「對，曾經有過，市場上有許多這種變態雜誌，不過我拍出來的東西比這個漂亮……」

「這是當然的。好，如果這張的確是專業照片，你能找出是誰拍的嗎？」

「我想應該可以問問看，不過……」

「可以查出照片是在哪裡沖印的嗎？」

「浪費時間。除非這傢伙是白痴，否則這種事當然可以自己來。數位相機、直接連到自己的電腦，簡單得跟放屁一樣……」

「那就讓你自己想辦法了。我要知道模特兒是誰，還有是哪個人付錢拍照。」

貝賽爾露出痛苦表情，「哦拜託啊，索恩先生。透露一點小消息給你當然沒有問題，但你這個要求簡直就是要我當警察、等於是做你的工作嘛。」

女服務生送來了索恩的啤酒，她聽到貝賽爾恐怖的尖細講話聲，忍不住偷笑，然後立刻溜走了，幸好沒有被貝賽爾看到。

「柯達，你就把它當成第二專長吧。搞不好你也會想要轉換職場，警界一直在注意你這樣的熱血青年……」

「索恩先生，有時候你眞的很雞巴……」

索恩身體前傾，靠在桌子上，拿起一根筷子、對著貝賽爾，距離他的臉只有幾英寸而已。「對，我有時候就是這樣，爲了要證明我所言不假，如果你不好好給我完成這次任務，我就會殺到你的辦公室、拿走你最好的望遠鏡頭，塞進你的屁眼，讓你好好拍一下自己的大腸。那個蝦餅就不要再吃了吧，拜託……？」

貝賽爾臉色一沉，惱怒了好幾分鐘，最後還是拿起照片、塞進他戰鬥長褲的口袋。

「柯達，你眞的應該要試試這些鴨腳，」索恩說道，「你知道嗎？吃了以後會讓你游泳游得更快？」

貝賽爾眼睛睜得好大，「索恩先生，你在唬我的吧……？」

當寇帝卡扶著郵件推車、出現在梯台的另外一頭的時候，威爾契已經站在門口等著他了，幾乎每個門口都得停下來送信，前進速度緩慢得令人氣惱，隨著推車的距離越來越近，也看得出來寇帝卡的臉傷還沒有完全康復。

側臉部位，從嘴巴到額頭，一道閃亮的傷疤，宛若因爲汗濕而顯得無比光滑，應該是眞皮層的顏色。在鮮豔淋漓的紅色映襯之下，那環狀的細白線條顯得更加突出，雙唇還殘留的餘肉宛若一排唇瘡……

送郵推車慢慢朝他的方向前進。寇帝卡勉力展現笑容，遞送郵件是非常輕鬆的工作，好心的獄卒看他在監獄醫院待了一個禮拜，賞給他一點甜頭。

兩個B區的白痴在洗衣房堵到了他。照理說，他們不該接近那個地方，應該要嚴禁才是，但某人在某個地方卻睜一隻眼閉一隻眼，開了門讓他們進去。

被寇帝卡搞上床的那些女人當中，有個其實是女孩，只有十四歲。寇帝卡曾經在威爾契面前信誓旦旦，他以爲那女孩超過了法定年齡，他不是喜歡吃嫩草的人。當然，寇帝卡是在找藉口，知道他一定能夠諒解，他一定也遇到過相同處境。嘿，拜託，現在這種女孩到處都是！威爾契也默認了，對，他知道寇帝卡在講什麼，他自己也碰到過好幾次，偷偷慶幸自己福星高照，他被抓到時的那幾個對象都超過了十六歲。寇帝卡應該也是在他們面前搬出同樣一套說法，那兩個埋伏在洗衣間裡的畜生。他曾經向他們討饒，他說那女孩看起來比較成熟，害他有所誤會，但是他們對於強暴犯講出的那種鬼話完全沒有興趣，他們是就事論事的男人。

其中一個態度沉著、抓住寇帝卡的老二和睪丸，另一個則清空烘衣機，把衣物扔進紅色塑膠籃裡面。然後，他們不知道是沒聽到還是根本不理會寇帝卡的尖叫，把他的身子往下壓、強把他的頭肩塞進那巨大的不鏽鋼滾筒裡面，他的臉也被迫壓在那紅燙的金屬上……

寇帝卡拿出一封信，笑容把那塊燒傷的皮膚往上拉提，又露出了發黃的門牙。威爾契覺得這傢伙簡直就像是歌劇魅影裡的鬼一樣，他接下信之後，立刻退回房內……

當然，信封早已被打開，但他早已不在乎隱私之類的事了。他有幾分鐘的寶貴獨處時間，可以有機會看她寫來的信，被迫在散發獄友屎味的小房間讀信，這將是最後一次了。

又是另外一張照片。他迫不及待找的就是這個，當他發現夾在信紙間的照片的時候，差點興奮失聲大叫。他抽出照片，還來不及看就把它壓在胸前，然後，慢慢把它拿起來，第一眼看到她的時候，不禁大聲呻吟了起來。面罩不見了，但這次她背對相機，低著頭，只看到她的短髮與遮蓋的臉龐。她跪坐在高跟鞋上頭，雙腕被牢牢固定在背後，陰影落在她的肩胛骨與美麗、渾圓的屁股……

有人開門，現在他已經不是一個人了。他趕緊屈膝，藏住自己勃起的老二，把照片再次壓在胸口前。當他的獄友悶哼一聲、坐在床的對面的時候，威爾契已經閉上雙眼，珍的裸體的最後餘韻，再次在眼瞼後方盡現。

一九七六年五月七日

「各位女士先生，大家可能會覺得很驚訝，但我眞誠希望，在接下來的幾分鐘裡，請各位專注聆聽檢方證人所提供的證詞……有請各位仔細審視德瑞克．騰布爾警探所提供的證據。他身爲警察，所做的筆錄當然具有代表性，而我認爲我們對於他的證詞也絕對不可以等閒視之，他在這起令人震驚的案件中所說過的話，大家一定要仔細衡量。

「希望各位要記住這些話……

「這名女子控訴我的當事人犯下這起惡行，負責向她問案的是騰布爾警探，我們需要牢記他講過的一字一句。他提到了『困惑』，還有『注意力不集中』，他也在交叉詰問時坦承這女子『似乎思緒混亂』。我想要請問諸位，如果有某起事件，眞的如其所宣稱的一樣，如此令人苦痛，那麼，精確回想當時的情節怎麼會有那麼困難呢？難道不該是牢牢烙印在心底嗎？是，理當如此。而且這名女子連到底是什麼時候出事都無法確定。在所謂的攻擊發生的時候，她對於我當事人穿著的描述前後矛盾，只聽到一堆胡言亂語，以及講了許多與案情毫無瓜葛、關於鬍後水的廢話……

「也請各位要記得騰布爾警探對於驗傷結果的描述話語。這名女子的指甲裡面沒有任何東西，沒有證據顯示她曾經有過任何的抵抗。騰布爾警探也在法庭上再次陳述了她面對質疑時的說法，『我沒有辦法反駁』。

「沒有辦法？還是不想？

「同時，我們也應該要記得騰布爾警探針對第一次問案、第一次驗傷時的情境陳述。根據他的說法，這個驗傷結果，『比無用還糟糕』，驗傷時間是在據稱的攻擊發生之後的第二天早上，而且所謂的受害人已經洗過了澡。各位還記得他的同事對於剛才展示的第一號證據，曾經講過這樣的說詞：『這件衣服這麼漂亮，不該穿去上班。』各位先生女士，我把這些情節全部拼湊起來之後，對於去年十二月、在那間儲藏室裡發生的事件，有了一個完全不同的版本……

「那件衣服，會不會是在我當事人坦承的雙方合意、狂野的做愛過程中被撕爛？這些瘀傷會不會只是過度激情所留下的印記？還有，之後的淋浴固然是爲了洗去我當事人的氣味，會不會同時也能夠隱藏她發展婚外情的事實？

「某位警官講出了他的證詞、企圖譴責我的當事人，我也請各位仔細回想了他的說法。不過，我很確定，他在不知情的狀況下，已經把情勢推導到另外一個方向。先前我請各位推敲這些證詞，我也看得出來，大家有把我的話聽進去。從諸位的臉上，我看得出來，陪審團的各位先生女士，那些話語已經影響了各位，起了疑心。想必您有所懷疑，懷疑這位女士所宣稱發生的事是否屬實，那麼，我相信諸位待在陪審團房間所需要的審度時間一定相當短暫。

「當然，法律對於合理懷疑的定義相當清楚。我相信，既然如此，而各位也定有存疑，當會做出明智決定，遵從法官指示各位的原則，無罪釋放我的當事人……」

5

又是一個炎熱，潮濕的傍晚。外頭的空氣沉悶，帶有暴風雨即將來襲的味道。討人厭的年輕人在街上來來去去，聊天的聲響透過敞開的窗戶、飄進了客廳裡面。

索恩穿著T恤短褲，一邊坐著吃東西，一邊聆聽對街傳來的派對噪音。他不知道哪一個比較討厭——聲量越來越高的人語？還是破爛的音響系統？或者是一群他不認識的人顯然在享受的快樂時光？

盤子已被艾維斯舔得乾乾淨淨，他開了一瓶便宜淡啤，不再理會外頭的音樂與笑語，花了好幾個小時閱讀資料，這是一個沉浸在殺人事件的夏夜。

這些都是根據「犯罪情報資料庫」搜尋結果所得到的報告——與蘭姆費利謀殺案可能有重疊元素的案件……

賀蘭德與史東已經完成了這份工作。大致上就是找尋與修正錯誤、縮小搜尋範圍、找出可能值得注意的兇案。他們輸入了關鍵字，篩選出符合的資料，再與其他的搜尋進行比對。的確是有幾個受害人爲男性的案件與性侵／謀殺吻合，但這些資料還是必須與其他幾個更爲具體關鍵字輸入系統後的結果，進行交叉比對。

性虐。勒殺。綑綁。曬衣繩。

五年前的一連串謀殺懸案。八個小男孩慘遭凌虐，勒死，被棄屍在樹林、砂石場，以及球場。

組織過於嚴密或關係太過緊密的戀童癖集團，根本抓不到。

某名男子在自宅遇襲。他被曬衣繩五花大綁，家裡被洗劫一空，然後也不知道爲什麼被歹徒活活踢死。索恩不禁想到了達倫．艾利斯，那個綑綁老夫婦的搶匪……

這是一份重大性侵案與謀殺案的總目錄，其中有許多破不了案。當初的可怖細節，如今只不過是某個極其令人痛苦不堪的參考資料庫裡面的項目而已，它只是供人取用的資源，期盼也許能靠著過去的慘劇、爲現在的案子開啓一線曙光。

這次是沒機會了。

其實賀蘭德先前已經取出兩起懸案的檔案資料：第一起，某個三十多歲的年輕人，在二〇〇二年的時候被人發現陳屍汽車後車廂，死者曾遭性侵，被不明物綑勒窒息致死。另外一起，六十多歲的男子，在一九九六年時於立體停車場遇襲，遭人以曬衣繩勒死。

對於賀蘭德一開始的評估與最後的結論，索恩與他意見一致。乍看之下，這兩起案件都值得進一步研究，不過，最後還是看不出頭緒，直接歸檔。

索恩把報告塞回公事包之後，立刻起身，站在敞開的窗戶前面。他足足待了十分鐘左右，一直盯著對面在開趴的屋子，努力想要從那惱人又耳熟的貝斯旋律聽出到底是什麼歌，但還是沒有答案。努力想要拋卻腦袋中過去那些死亡多年的屍體、還無法安葬的那具屍體，以及他拿給丹尼斯．貝賽爾的那張照片……

然後，他打電話給他的爸爸。

經過了令人挫敗的二十分鐘之後，索恩掛了電話，他抱著話機，想像他父親腦袋裡的神經突觸無法接火，思緒在突觸切邊的一團星火中爆炸……

那流瀉而下的彩光突然轉黑，變成了裸女的頭罩，又蓋住了蒼白發硬屍體的恐懼臉色。斷氣的人命，爆炸開花的屁眼，還有床墊生鏽彈簧上的一抹褐血色細痕。

索恩脫掉了身上僅存的幾件衣物，走到臥室，直接倒在床上。四週一片昏昧，他盯著天花板的燈罩廓影，那是他在宜家家居買來的一英鎊家飾品，他發現這東西之所以這麼便宜，就是因爲它也醜得要死。

床上彷彿佈滿了砂粒。

他感覺到這個案子輕巧而可怕的重量壓住了身子，像是某種令人不快、又黑又癢的東西爬遍全身，它那尖銳細長的腳正從他汗水淋漓的胸膛跋涉而過。

索恩閉上雙眼，想起了在佈滿蕨叢山坡上的一段記憶，寧和又令人滿足。

不過，他不確定那到底算不算是一段記憶。如果曾經發生過，那麼細節早已經隨著時間久遠而褪逝。也許這是他以前夢境的記憶，或者是幻想什麼的吧。也可能是許久之前看過的電影或電視節目，把自己融入在劇情裡……

無論那段情節出自何處，總是有另外兩個人和他在一起，躺在山坡上的蕨叢裡。一男一女，或者，應該是男孩與女孩。他們的年紀不明，就與彼此之間的關係一樣曖昧，但三個人都很開心，身處什麼地方不重要，地景總是不斷在變換。有時候他很確定他們的下方有河，有的時候是馬路，蟲鳴慢慢變成了遠方的低沉車聲。

唯一恆久不變的是蕨叢，躺在僅僅幾呎之外的那一對男女，底下的泥地，還有他們三個人上方的蒼穹……

他們似乎吃過了東西，可能是野餐吧。索恩覺得肚子好脹，躺著不動，雙臂大開，微微高舉，他臉上掛著微笑，剛才那最後一陣開懷大笑，依然害他的腹部在激烈翻攪。他一直不確定到底是誰或是什麼事讓他們笑成那個樣子。而且，除了當他憶起、懷想自己躺在山坡上的時候，那股令他全身悸動的美妙又陌生的感覺之外，他也不知道自己還記得什麼。

雖然索恩對於山坡記憶的具體細節很模糊——為什麼會在那裡、什麼時候發生的事、身旁的人是誰都不清不楚——但在這種被瘋狂暴行所侵擾的時刻，它似乎仍然算是，某個相當美好的安憩之地。

外頭開始出現豆大的雨滴，他的頭靠回枕上，想像毛茸茸的蕨葉貼圍住自己的脖子。

外頭來往車輛的燈光在臥室窗前不斷交錯，索恩卻覺得，那只是灑落在自己臉龐上的陽光罷了。

一九七六年六月十二日

他們在購物中心裡來回走動，身體幾乎碰在一起，兩人都面無表情，各拿了一個袋子。在別人的眼中，就是一對相偕購物的夫婦，沒有人知道他們之間的狀況。

兩人之間的巨大空隙。

逐漸被痛苦填滿。

他們所剩下的時間何其短暫……

他們在店裡東摸西摸，拿起商品細看，講出半年前也可能會出現的同樣尋常話語，「我們可以把那個東西放在廚房。」「你覺得買這個放臥室好不好看？」「那個顏色眞的很適合你。」

他們走進一間販賣醜陋裝飾品、無用小物的商店，就像兩個在夢遊的人一樣……

自從審判結束的那天之後，他們恢復了作息。購物、用餐、收拾玩具。一起坐在沙發上看益智比賽節目與情境喜劇，過日子。唯一的顯著改變是她再也沒回去上班了，而法蘭克林卻不一樣，同事充滿歉意、張開了雙臂歡迎他。

他們逛了一家又一家。不意進入某間百貨，當然，他們小心翼翼，避開了化妝品專櫃，他們不想聞到香水的氣味，尤其是那鬍後水。這些日子以來，她只要聞到百露牌的強烈氣味，就可能會吐得亂七八糟。

他們幾乎完整無缺，宛若躲過盜屍者偷襲的倖餘屍體。如果把他們當成「找出不同點」遊戲的對比圖，只會讓大家知難而退。就各方面看來，「事發前」與「事發後」的景況完全一樣，不過，難以窺見他們內在的思緒與情緒，也無從想像，尤其他們自己更是猜不透。

她退縮到自己的內心世界，他也變得格外活潑，誇張得令人難以承受。當他們的身體在屋子裡從事日常活動之際，她的沉默與他的強顏歡笑卻在不同的房間裡彼此追逐，狂躁與懷疑的情緒開始醞釀完熟。

都是我的錯……

她爲什麼不掙扎……？

他望著照片相框，想起陪審團主席的臉。她站在幾英尺之外，轉動明信片展示架，眼前看到的只是對方粗肥手指伸進褲裡、另一手扒摸她的下體，他望著她的眼眸，但他還來不及笑，她已經立刻別過頭去。

突然，法蘭克林的太太從玻璃飾品展示櫃後方走出來，站在她的面前。

他趨前走向她們面前，當他的妻子揚手，準備揮向那個每次坐在法院旁聽席，一臉不屑看著她的女子的時候，他停住不動，看到法蘭克林的太太無視那隻伸向她的手，把頭縮回去，又迅速向前，吐了一大坨口水在他妻子的臉龐。

附近傳出一名女子倒抽一口氣的驚呼聲，另一名顧客退後，嘴巴張得好大，不小心撞到玻璃醒酒器、砸落在地板上。

他走到妻子面前，態度溫柔而堅定，把她引到門口。當他們離開的時候，她一直死盯著那吐她口水的女人，而且也不曾抹去臉上的唾液。

她不發一語，回到那間她自此之後、再也不曾離開的屋子。

6

索恩從肯特緒鎮出發，充分利用他知道的每一條捷徑，穿過一條條的小巷，終於到達海布里角，然後又沿著波爾池路一路東行，前往哈克尼。

索恩迅速瞄了一眼通訊錄，花藝師的家在瑪爾街後頭的某處，就在倫敦場公園的旁邊。這塊綠地所在的腹地，是倫敦最淒鬱的地區之一，這裡曾是綿羊吃草、劫匪潛伏找尋目標的地方。如今待在這裡的是野心勃勃的影片導演或是廣告業人士，坐在這裡的長椅上啜飲脫脂拿鐵，或是牽著他們的惠比特犬在草地上漫步，努力擺出自己彷彿卓然不同的樣貌。

索恩在繁忙的街道開車梭行，四周都是忙著在週六早晨購物的人群，充滿著大聲問好與市場小販吆喝的喧鬧聲，而且每隔個幾百碼，索恩就會認出某張臉龐的神情、或是把手伸入口袋裡的姿態，那是另外一種截然不同的行業的獨特標誌。

這裡，和倫敦其他的十幾個區一樣，街頭犯罪猖狂。搶奪手機等於是某種社交互動方式，而你要是膽敢帶著隨身聽四處閒晃的話，肯定是連地圖都看不懂的無腦觀光客。

最近，盜匪開始成群結黨出沒。

充滿無比智慧的高層，拚命想要打壓，所以特別鎖定了哈克尼這樣的區域，針對青少年犯罪施行前衛性計畫。索恩曾經看過某篇有關這類計畫的報導，兩名熱血菜鳥警察脫去了藍色嗶嘰布西裝，改穿帽T，最後與那些小孩在某間地方社區中心一起被擊斃。曾經有人問過某個十三歲的黑幫少年，是否想過不要惹到警察的方法。

那孩子的回答完全沒有嘲諷的意味，「戴上頭罩就是了。」

這是間小店，兩旁是計程車行與鎖店。店頭設計走的是賞心悅目的老派情調，而櫥窗展示是極簡風，素雅的奶白色背板上，寫出了精心設計的綠色攀緣常春藤的店名字樣。

布倫姆。

店裡放置了點點燭光而變得透亮，背景是低聲播放的古典音樂，這裡販賣的鮮花，索恩沒有一樣叫得出名字……

「是不是在找什麼特別的花？」詢問他的是一個站在迷你木頭櫃檯後面、手裡拿著平裝書的三十多歲男子。

索恩走過去，微笑問道：「現在大家是不是都不買黃色水仙了？玫瑰，菊花什麼的……？」

有個女子從店後的大門走出來、手裡捧著一大把繽紛的花束，她看起來三十多歲。當她一開口，索恩立刻就想起了那個聲音——語調急促、自信、淘氣，顯然伊芙．布倫姆也立刻認出了他。

「嗯，我們可以準備那種特別的東西，索恩先生，但一定會超貴……」

他哈哈大笑，打量了她好幾秒，雖然她的雙手在忙著整理花莖，但他知道她也在偷偷做同樣的事。

她個子嬌小，可能只有五呎兩吋（約一五七公分）高而已，一頭金髮以木紋大髮夾高高束起，休閒服加牛仔褲，外罩褐色圍裙。臉龐看得到雀斑，粲然一笑，看得見上頭兩顆門牙之間的縫隙。

索恩腦中開始浮現她在現場褪去褲子的畫面。

櫃檯後的男子拿起記事本，「伊芙，我是不是要下訂？那個玫瑰還有那些其他東西……？」她放下花束，將圍裙從頭上脫掉，對著他溫柔一笑，「凱斯，我想不需要。」她又面向索恩，「我們可以去轉角那間很棒的小茶店，奶油茶點我愛死了，你覺得呢？畢竟今天天氣很適合，我們可以假裝自己在德文郡或是隨便哪個地方都好……」

在他們前往茶店的路上，其實都是她一直在講話，「凱斯會在週六早上來幫我忙，他愛花成痴，而且客人都好喜歡他。其他時間是我自己一個人打理沒錯，但是到了星期六一大早的時候，我得忙著處理婚禮訂花，提前處理文書作業，帳目什麼的。反正超煩！今天，凱斯可以自己顧店約一個小時左右，讓我們可以出來好好吃喝一頓。他不是天才，但他工作眞的超認眞……老實說，換來的薪水根本一文不值。」

「凱斯其他時間在做什麼？」索恩問道，「沒有被妳剝削的時候？」

伊芙笑笑，聳肩，「老實說，其實我眞的不知道，我猜大部分都在忙著照顧他媽媽。也許她滿有錢的吧，因爲他似乎從來不缺錢。他來我店裡工作，絕對不是爲了錢，絕對不是因爲我給他的那點薪水。天，我好想趕快喝茶……」

這間茶店的風格出奇詭異，格紋狀桌布、裝飾藝術風格茶具組、層架與窗台上放置了多台復古收音機作爲點綴。兩人份的奶油茶點幾乎是立刻送上，伊芙爲自己倒了伯爵茶，索恩則是點紅茶。她把果醬與凝脂奶油均勻塗抹在她的司康上，笑意盈盈，從桌子的另外一頭望著他。

「好，我在吃東西的時候，應該是你開口講話的最好時機，如果我是你的話，絕對不會錯失良機，我知道我自己太愛講話……」

「那個在妳答錄機留言的男人，有沒有繼續與妳聯絡？」她滿臉疑惑看著他，「這是追蹤問題，」索恩解釋，「這樣花公費才名正言順，就和妳先前的建議一樣，我知道他找妳的機率不大，但問問看也好……」

她清了清喉嚨，「沒有，探長，我再也沒有聽到那男子的消息了。」

「謝謝。如果妳想到什麼其他事情，隨時跟我聯絡好嗎？我想我不需要叮嚀妳，我們希望妳暫時不要出國比較好……」

她哈哈大笑，把最後一塊司康送進口中。等到她吃完之後，她直勾勾看著他，伸手阻擋從景窗射入的陽光，「我猜你還沒抓到他吧？」索恩也回看著她，他依然還在忙著吃東西，「他是不是殺了人？」

索恩把食物嚥下去，「抱歉，我不能……」

「我只是把事情全部兜起來而已，眞的，」她傾身向前，「我知道那是個男人，因爲我聽過他的聲音，而且你告訴過我你在重案組，所以我想你在追查這傢伙的下落，也不是因爲他向圖書館借的書逾期不還吧。」

索恩爲自己又倒了一杯茶，「對，他的確殺了人。沒有，我們還沒有抓到他。」

「抓得到嗎？」

索恩開始爲她倒茶……

「爲什麼是我？」她問道，「爲什麼要向我訂花圈？」

「我覺得他是隨機亂挑，」索恩回道。他們在床邊桌下方的櫃子裡面、找到一本破爛的黃頁電話簿，上面有許多指紋，但索恩覺得裡面找不到兇手留下的證據，「他只是隨手翻一下。」

她臉色一沉，「早知道就不要花錢登廣告了……」

雖然她講話的時間是他的兩倍，而且速度比他快了十倍，但索恩依然比平常健談，而且態度也輕鬆自在多了，在這一個小時左右當中，他覺得自己已經有好長一段日子、不曾和任何人這樣開心暢聊，當然，他的意思是指女人……

服務生收走了他們的盤子，她開口問道：「婚禮是什麼時候？」

索恩這才驚覺他們在這麼短的時間裡、已經聊了這麼多的話題。「距離今天還有一個禮拜。天，眞是生不如死……」

「你和你表弟合不來？」

當女服務生把帳單放在桌上的時候，索恩對她笑了一下。「幾乎不認識他，如果他出現在這裡，八成也認不出來。這就只是家庭聚會，想必妳懂的……」

「對，你可以選擇自己的朋友，但沒有辦法選擇家人。」

「所以妳的狀況和我一樣悲慘？」

她把桌上的食物碎屑輕輕撥入手中，然後全扔到地板上。「你表弟年紀多大？和你差不多？」

「不，艾琳比我爸小多了，而且她很晚才生崔佛，我猜他應該才三十出頭吧……」

「那你呢？」

「妳是問我多老了嗎？」她點點頭。索恩打開皮夾，在帳單上丟了十五英鎊，「四十二歲。媽的……再過十天就四十三歲了。」

她把幾根散落的髮絲塞回髮夾裡，「我不會說看不出來之類的話，因為那種話總是聽起來很假。但看看你現在的模樣，我想你這四十三年來一定活得相當精采。」

索恩點點頭。「這一點我不會和妳爭辯，但妳也知道……聽到很假的話，我也不會介意的。」

她露出微笑，戴上杏形的小巧太陽眼鏡，「好吧，看起來是有四十，勉強可以說是三十八、九歲。」

索恩站起來，拿起椅背上的皮衣，「我只能努力接受事實了……」

回到商店之後，他們交換名片，握手，兩人站在門口，有些彆扭。索恩四下張望，「也許我該買盆植物什麼的……」

伊芙彎腰，拿起一個像是迷你金屬桶的小物，某盆類似仙人掌的植物，交到他手上，「你喜歡這個嗎？」

索恩看到這東西只想要敬而遠之，「該付多少錢給妳？」

「一毛都不用付，這是提早送給你的生日禮物。」

他仔細端詳了好一會兒，「好，謝謝……」

「這是某種翠葉蘆薈。」

索恩點點頭。從她的肩後可以看到凱斯站在櫃檯後面、緊盯著他們的一舉一動。「所以我應該拿來當洗髮精……」

「它的葉子裡面有凝膠，對於割傷或擦傷很有效。」

索恩盯著它的劍狀長葉，邊緣全是怒放的尖刺，「這種功效倒是隨時派得上用場。」

他們走出大門，到了人行道上，一開始的輕微彆扭感又回來了。索恩發現花店旁邊停了台銀色摩托車——全新的復刻版經典偉士牌，他的下巴指向那台車，「妳的？」

她搖頭，「天，不是啦，那是凱斯的。」她指向路的另外一頭，「我的在那裡……」

索恩看過去，發現他的蒙帝歐後頭的確停了一台白色廂型車，側邊塗噴了花店名稱，與店門口一樣的攀緣常春藤設計字樣。

「妳姓布倫姆[3]，果然很適合開花店。」他說道。

她哈哈大笑，「沒錯，就像是殯葬業者的姓叫作迪斯[4]一樣。我還能有什麼其他選擇呢？既然姓了布倫姆，我也只能想到賣花而已……」

索恩其實聯想到了好幾個其他的字詞，但他搖搖頭，講出來的話可能會破壞這美好的下午，「沒錯，妳說得對。」

他想到了與布倫姆發音類似的其他字詞……

瘀青、腫瘤、血跡……

在剛才的那一個小時當中，威爾契面對那一套蠢問題，已經回答了四次。

「出生年月日？」

也許這些獄卒使用的是同一份清單，只是不斷傳給下一個人而已。你本來還以爲至少會有哪個人能想出什麼比較古靈精怪的問題……

「母親的娘家姓氏？」

但沒有。同樣的老招，想要套話揪出企圖冒名逃走的犯人。這套流程已經多年不變，但前兩個月出了狀況之後，他們最近根本不敢冒險。北方的某間監獄有兩個巴基斯坦人在出獄日悄悄互換了位置，那些蠢蛋居然眞的就放錯了人。好幾名獄卒的退休金就飛了，然後，八卦傳遍了各地，惹得每一個犯人都哈哈大笑……

「你有沒有刺青？」

「這是在玩《百萬大富翁》吧？我可以問現場觀眾嗎？」

「威爾契，你是要打算給我耍嘴皮是嗎，我們可以從頭再問一次……」

威爾契微笑，逐一回答問題，在這種場合裡，他不會做傻事。每穿過一道門，也就意味走完了一次詢查程序，表單上每多打一個勾，與監獄中心的距離也就越拉越遠。只差一步，就可以走

❸ 意思爲花朵。
❹ 意思爲死亡。

出最後一道大門了。

一而再、再而三回答無聊問題，簽名。拿取放行證的回條與出獄補助費。拿回自己的私人用品，破爛的皮夾、腕錶、黃色金屬戒指。永遠是「澄黃金屬」，而不是「黃金」，這些王八蛋就是怕自己不小心搞丟了……

穿越另一道門，再通過最後一名獄卒的審查之後，他聽到對方向他道別。

威爾契走向大門，他步履緩慢，享受踏出的每一步，再過個幾秒鐘，他就會聽到後頭的沉重大門匡啷關上、感受到白日熱度貼上臉龐。

還有，仰頭可見的澄黃金屬色豔陽。

對於索恩與漢卓克斯來說，週六晚上坐在電視機前面、配啤酒與外帶咖哩，已經成爲一種日常生活之樂。一年之中有九個月可以看足球，可以拌嘴。今晚，距離新的賽季還有七個禮拜，他們應該會一起看部電影，或者就只是開著電視，閒坐，等到喝了兩三瓶啤酒之後，就懶得管到底在播什麼節目了，也可能只是放音樂，聊聊天而已。

已經將近晚上九點鐘，天色才正逐漸變暗。他們在肯特緒路上漫步，離開了餐廳，準備回索恩家。兩人都穿著牛仔褲與T恤，只不過索恩的衣裝寬鬆許多，也沒那麼搶眼。漢卓克斯提著塑膠袋，裡面是沉重的淡啤罐頭，索恩則負責拿咖哩。「孟加拉騎兵隊」雖然有外送服務，但這是一個適合散步的美麗傍晚，而且他們在等待食物的時候，還額外享受了一杯冰涼印度翠鳥啤酒，以及從廚房飄送出來、刺激食慾的香氣。

「爲什麼要性侵？」索恩突然發問。

漢卓克斯點頭，「嗯，很好的問題。你也知道，性侵謀殺這種事——只要我們把專業術語擱在一邊——就可以放鬆心情、暢聊受害人八卦……」

索恩對他的挖苦置之不理，「每一個細節都經過規劃，處理得一絲不苟，他絕對不冒險。雖然是在地板上殺死藍姆費利，卻把床鋪都剝得乾乾淨淨，拿走了所有的現場物件，確保不會留下任何跡證……」

「不想被警察抓到，這一點並不奇怪。」

「對，但兇手如此小心翼翼，幾乎像是在操作某種儀式。無論強暴是在殺人之前或是之後，我不覺得這是計畫的一部分，也許他只是臨時起意，失去控制……」

「我自己是不覺得有哪裡不對。兇手沒有失去理智，也不是衝動行事，他很清楚自己在幹什麼。他戴了保險套，所以他還是很小心，一切依然在他的掌控之中……」

「葡萄酒莊園」酒吧外頭已經聚集了幾十個人，已經漫溢到了人行道上，笑鬧喝酒，享受美好的天氣。他們只能繞開人群、走上馬路，漢卓克斯也被迫落在索恩後頭。

「你覺得性侵不在他的計畫之中？」漢卓克斯再次與索恩並肩而行，「你覺得他只是臨時起意？」

「不，我覺得他老早就有周詳計畫，只是性侵似乎……」

「比其他部分更暴力，對，我也這麼覺得，但性侵很難優雅，是不是？」

有個準備要過斑馬線的老先生剛好聽到這段對話。他猛然轉頭，沒注意通行燈號，只是站在原地看著他們走過去。某個氣急敗壞的駕駛等在斑馬線前面，怒氣沖沖瞪著老先生、一直按喇叭……

「我也不知道自己爲什麼這麼在意，」索恩回道，「明明是謀殺案，但性侵的這個部分似乎別具深意……」

「你覺得兇手是在特別強調什麼嗎？」

「難道不是嗎？」漢卓克斯的回答是聳肩加點頭，他提起塑膠袋，以手臂護住袋底。「的確，」索恩回道，「好，爲什麼這齣單純的怨仇劇本要留伏筆……？」

他們走過了三明治小店與銀行的門口，音樂從敞開的窗戶後頭流瀉出來，饒舌，藍調，加上重金屬。索恩從來沒有感受過如此輕鬆的街頭氣氛，溫暖天氣總是在惡搞倫敦人。當氣溫升高的時候，大家汗流浹背擠通勤電車，脾氣也變得火爆。稍晚，等到氣溫降低幾度之後，大家手中拿著啤酒，上演的又是另一段截然不同的故事了……

索恩露出苦笑。他知道等到夜幕降臨、酒精開始發作的時候，此情此景繼續存在的機會，可說是微乎其微，接下來，出現的會是令人比較耳熟的週末夜晚背景音樂。

警笛、尖叫，還有玻璃破碎的聲音……

彷彿一切都經過事先預演的一樣，當漢卓克斯與索恩經過夜間營業雜貨店的時候，兩個站在外頭的青少年開始互推。可能只是無傷大雅的玩笑，也可能是出事的前兆。

索恩停下腳步，後退。

「喂……」

個頭比較高的那個轉身，上下打量索恩，他的手依然緊揪住另一個男孩藍色的席爾菲格襯衫，這小傢伙看起來不超過十五歲，「媽的你有什麼問題嗎？」

「我沒有。」索恩回道。

矮個子掙脫了對方，直接轉向索恩，「你要是不給我滾的話，一分鐘之內，保證你會有大麻煩。」

「快回家吧，」索恩說道，「你媽媽應該在擔心你的安危。」

高個子在偷笑，但他的同伴卻笑不太出來，他立刻打量街上的四周狀況，「你是要準備被我打得滿地找牙是吧？」

「如果你想要逼我逮捕你的話，請便。」索恩回道。

現在他們兩個都哈哈大笑，「喂，他媽的你是警察啊？少來……」

「好，」索恩回道，「我不是警察，你們也只是兩個自己在玩鬧的無辜小鬼頭，對吧？我不需要擔心那個吧，嗯，你們也知道，如果我眞的是警察的話，會檢查你們口袋裡有沒有那種東西。」

他看到高個子對他的朋友使眼色，「爲了保險起見，我還是檢查一下好了……」

索恩面露微笑，傾身向他們進逼，漢卓克斯趨前、在他耳畔低聲說道：「拜託，湯姆，算了啦……」

有個年紀大他們兩三歲的女孩，從店裡走出來，她把兩瓶特南特的特大號啤酒交到那兩個男孩的手上，自己也開了一瓶，「怎麼了？」

藍襯衫男孩指著索恩，「這傢伙應該是警察，說要逮捕我們。」

女孩喝了一大口啤酒，發出咕嚕聲響，「不會啦……他哪會逮捕人哪，」她拿著啤酒罐，指了指索恩手上的袋子，「他怎麼捨得讓自己的晚餐冷掉呢……」

那群孩子笑得更開心了，漢卓克斯把手擱在索恩的肩頭。

索恩小心翼翼把袋子放在地上，「我突然不餓了。現在，把口袋翻出來給我看……」

「你喜歡玩這招是吧？」女孩說道，「興奮得勃起囉？」

「把你們的口袋給我翻出來。」

男孩盯著他，一臉冷酷，女孩則又喝了一大口啤酒。索恩向前逼近了一步，然後，他們開始有了動作。矮個子男孩在朋友附近徘徊，退後了一兩步，慢慢恢復鎮定。女孩以更慢的速度離開現場，還拉住高個男孩的袖子一起閃人。他們瞪著索恩，緩步退到街上。

女孩把空瓶扔到路上，在索恩背後大喊：

「死同性戀！變態……」

索恩突然前傾要去追他們，但漢卓克斯一直緊抓他的肩膀，此時更是緊捏不放，「算了啦。」

「不可以。」

「別管了，冷靜一下……」

他的肩膀奮力扭開漢卓克斯的手，「小混蛋……」

漢卓克斯走到索恩前面，拿起袋子，交還到他的手中。

「湯姆，到底是哪一件事惹得你這麼火大？是因為她喊我變態？還是因為你也被罵進去了？」

索恩沒辦法回答這個問題，默默拿起袋子，兩人繼續往前走，幾乎是立刻向右轉進了安傑勒路，通往索恩公寓的單行道。這條斜切到威爾斯親王路的狹窄捷徑，曾經是佛里特河的小支流，如今成了倫敦「失蹤」的地下河道之一。當維多利亞女王登基的時候，住在這裡的男孩還可以在水裡抓鯉魚與鱒魚，但後來河流發臭污染，已經沒有任何魚種能夠存活下去，只好把它導引到地下，以巨大鐵管封埋。

現在，當索恩走回家、經過這條消失河流的路線的時候，他覺得事隔兩百年之後，這裡依然奇臭無比。

✦

十點剛過沒多久，漢卓克斯已經立刻倒在沙發上睡著了，而且似乎是打算一夜好眠到星期天早上的樣子。索恩收拾他旁邊的東西，關掉電視，走入臥室。

他打到她的公寓，無人回應，但一打手機，她幾乎是立刻接了起來。

「我是索恩。希望這時候打給妳不算太晚。我記得妳店門口的標示註明週日休息，所以我想不知道妳——」

「好啊，沒問題……」

索恩倒回床上，接到他的電話，她似乎很高興。

「我想要謝謝妳，」他說道，「今天過得很開心。」

「太好了，我也是。要不要再聚一次？」

在接下來的短暫空檔中，索恩望著那廉價而醜陋的燈影，靜靜聆聽她的笑聲，背景出現一股他無法辨識的噪音。「靠，」他說道，「妳這個人眞是速戰速決……」

「這不重要吧？我們幾個小時前才見過面，你現在就打電話過來，所以顯然很急的人是你。」

「顯然是這樣沒錯……」

「對，這樣吧，明天是補眠日，我傍晚要忙。好，老實說，你到底有多急？一到十分，請給分……」

「呃……七分怎麼樣？」

「七分剛剛好。要是再少一點，我會覺得很沒面子，如果再多一點，我會懷疑你是跟蹤狂。好，那星期一吃早餐怎麼樣？我知道一家很不錯的咖啡……」

「一起吃早餐？」

「有何不可？我進花店之前去找你。」

「好，我差不多得要九點左右進辦公室，所以……」

伊芙大笑，「索恩，我以為你這個人腦袋很靈光！我們講的是我要開始工作的時間。五點半，新科芬園花市……」

一九七六年七月十七日

他聽到噪音，已經是半個多小時之前的事了。哀號、吼叫，還有玻璃碎裂的聲音。他聽到她走動時的腳步聲，從臥室走到浴室，然後又繞了回去，他一直沒去修理的地板，也因而不斷發出了吱嘎聲響。

他在小沙發上掙扎了半小時，想要起身去查看狀況，但終究沒有行動。他必須先累積一些能量與自制力之後，才有勇氣上樓一探究竟……

他坐在電視機前面，不知道這種狀態還得持續多久。醫生說過，要是她持續服用鎮靜劑，情緒會逐漸平穩，但他完全不知道會出現那種狀況。值此同時，他還是得完成日常該做的事，打點一切。她沒辦法去商店購物，也沒辦法送小孩上學，天，她已經一個禮拜都沒下樓了。

慢慢爬上階梯，腳步僵直緩慢，宛若活死人一樣……

他聽在耳裡，看在眼裡，覺得一切天崩地裂。公司讓他請假休息，但他不能請一輩子的病假，而且她對家用支出完全沒有絲毫貢獻，現在，債務累積得又多又快，就和他對她的疑念一樣。菌菇，就像是疑慮一樣，在陪審團主席站起來、清喉嚨的那一刻開始，不斷在他們生活中每一個潮濕陰暗的角落冒芽滋生。

他走進臥室，腳底摩擦著地毯。他低頭一看，望見十多片碎裂鏡面裡的扭曲倒影，然後，他走向她躺臥之處，不過就是毯子底下的一團人形罷了。他轉身，朝原來的方向走回去，地板又發出了吱嘎聲。

進入浴室之後，他踩過一坨坨的濕滑象牙白臉霜與尿黃色香水，把破碎的瓶子全踢到了牆角。

如此眾多令人想望的誘惑氣味，以詭異的方式混雜在一起、滲入地板與牆面，讓他好想吐……

他走到水槽邊，擔心自己眞的會嘔出什麼東西。卻赫然發現上頭小櫃裡的物品全散落在水槽裡面。

腮紅、口紅、眼影全落在瓷缸底部。

潤膚霜宛若像是有毒廢棄物一樣，塞住了排水口。

爽身粉、洗髮精、沐浴油，全被倒出來，濺得到處都是。

石膏板牆上留下了她漂亮香皀的邊角撞痕，嬰兒肌膚的粉紅色，瘀青的藍色。鏡面碎裂，上面佈滿了指甲油，一片鮮紅，宛如動脈噴出的血跡……

他開了水龍頭，任流水嘩啦啦流入那充滿濃郁香氣的沼澤裡，把水潑在自己的臉上。他張望四周，處處可見她沾了爽身粉所留下的手印，還有淡色嬰兒乳液的手指抹痕，看來她想要拋棄自己殘留過往的所有記號。

在他們發現她的秘密之前，她過得很好不是嗎？她很清楚，自己幹了這種事，但只要她與法蘭克林別說出去就沒問題了。而現在罪惡感正啃噬著她，對不對？害她整個人瘋了，或是逼她只能裝瘋賣傻，眞相是什麼，也不重要了。

半分鐘之後，他回頭走下階梯，心想，她撒謊，她撒謊，她撒謊，她撒謊……她，撒了謊。

7

索恩當初沒多想，覺得伊芙．布倫姆應該是晨型人——那種無論在一大清早的什麼時候、都能保持精神奕奕的超級討厭鬼。結果，當他看到她的模樣時，不禁鬆了一口氣，她窩在安靜角落，手裡緊抓著保麗龍杯，裡面是滿滿的濃茶，然後眼神渙散，歪著一張臉，顯然她和他一樣，都覺得自己像是一塊裡頭裝了屎、熱氣褪散的暖暖包……

索恩的臉部肌肉牽了一下，勉強擠出笑容，「我以爲妳早起會很開心，」她瞪著他，不發一語，「喧鬧聲與繽紛色彩讓妳精神大振，百萬朵鮮花的甜美氣味讓妳陶醉不已……」

她臉色一沉，「狗屁。」

索恩微微發顫，雙手來回搓揉皮衣的袖身。這應該算是多年以來最熱的夏天了，但是在一大清早的這種時候，依然冷得刺骨。

「所以呢？」他開口問道，「花藝的魅力消失了是嗎？」

她唏哩呼嚕喝了一口茶，「是啦，有些事情的確搞得我有點爽……」

某台堆滿五彩繽紛長形貨盒的推車經過索恩身邊，他趕緊側身讓對方過去。推車的那名男子對伊芙眨眼，她送上中指回應，他看了哈哈大笑。

「小伊芙，妳明明就很哈我。」他大聲叫嚷，說完之後，繼續推著推車離開了。

她轉向索恩，「好，所以你熱愛你工作的一切囉？是不是？」

「沒有，倒也不是樣樣都喜歡。我不喜歡驗屍或是武裝突襲，也不喜歡參加組織團隊的研討會……」

「所以囉，你也一樣……」

她的臉上終於露出了一絲微笑，開始享受他們一搭一唱的對話，「我覺得你似乎是喜歡工作而已，但還算不上熱愛……」

「沒錯，」索恩點點頭，「我很難做出承諾。」

她對著茶水吹氣，蒼白臉色看不出任何表情。「標準的男人。」她講完之後哈哈大笑，索恩又看到了第一次見到她時、他愛得要死的齒縫……

他們按部就班，在這棟廣大的室內市場裡面、順著寬廣的水泥走道走來走去。他跟在她後面，隔了幾步的距離，手裡緊握著自己鐵鏽色的茶，覺得自己開始慢慢甦醒，皺痕舒展，整個人納氣而飽滿……

花商與顧客在對著彼此吼叫吹口哨，在這巨大的倉庫裡發出回聲。客人不斷掏出二十元與五十元的英鎊鈔票，數算之後，放入對方的手中。穿著綠色或螢光色外套的送貨員揹著貨盒或是開著吵雜的起貨機。這所有的顏色——切花、招牌、顧客的刷毛衫與羽絨外套——在懸掛於四十英尺高巨樑的千盞刺目日光燈管的映照下，格外顯得突出。

這個地方有兩座足球場那麼大，而伊芙．布倫姆顯然對這裡是瞭若指掌；到哪裡去找盤商與專賣店；哪裡去買花盆燈泡與雜物；在成千上萬的各種植物、花朵、樹木之中找到她要的東西，這一切完全不是難事。她忙著下單、殺價、與攤商和市場工作人員應酬寒暄。

「好，親愛的小伊芙……」

「小可愛，最近好嗎？」

「妳終於出現了！妳這陣子躲到哪裡去了？親愛的……？」

雖然她先前講了些不爽的刺耳話語，但索恩依然看得出來，關於工作的這個部分，她的確樂在其中，立刻綻放的笑容，展現友善的打情罵俏。如果她的顧客喜歡她的程度，只要有這些賣家的一半的話，那麼想必她店裡的生意一定好得不得了。不過，依然可以看得出來她很會討價還價，要是價格不理想，她絕對不會出手採買。盤商們在敲打電腦鍵盤或是在粉紅色的訂貨記錄簿上塗寫的時候，總是猛搖頭，「賣給妳的根本是割喉價……」不到半個小時，她已經大功告成，而且還有許多搬貨工人自告奮勇，要幫她把貨盒搬到她那台白色小貨卡的停放位置。

等到公事處理完之後，她帶著索恩又做了最後一次的市場巡禮，讓他見識到各式各樣的奇怪花朵——包括她喜歡的、討厭的、味道最香甜的，還有長得最奇怪的都有。她特別指給他看那整齊堆疊在小方盒裡、宛若水果一樣的紅色與黃色非洲菊，粉紅色的牡丹，形狀宛若針插的海神花，還有陰莖狀的火鶴花，它們的花冠像是丹尼斯．貝賽爾鏡頭下的某種主題。索恩看到了足以塞滿百年來上流社會婚禮男士西裝釦眼的康乃馨，還有應付千場盛大葬禮也綽綽有餘的百合花。他也看到了雛菊與飛燕草，心焦男子能夠在凌晨時分買到的東西，在加油站販售的便宜又怡人的花束。接下來，是每枝五英鎊的瘦長藍橘色天堂鳥，還有養在巨大花盆裡的結果檸檬樹，顯然都是為了漢普斯特德和高地地區的餐桌與客製化溫室裡所準備的專屬裝飾。

索恩點點頭，隨口發問，看來興致盎然，當她問起的時候，他說他很開心。其實，雖然她的專業讓他很驚豔，她的熱情也多少感動了他，但他腦海中夢想的是培根三明治……

半個小時之後，索恩的幻想果然成眞，嘴邊充滿油光。伊芙陪他吃了臘腸、蛋，以及薯片，就像是長途卡車司機的早餐一樣。不知道她平常吃早餐是不是偏好這種風格，不過這間店看起來也沒有什麼其他健康餐飲的選擇。

「妳經常這樣嗎？」索恩問道。

「你是說促進動脈硬化還是指特別起個一大早？」

「來花市……」

「感謝老天，一個禮拜一次而已。有些人一週會來這裡報到個兩三次，但我比較貪戀我自己的床。」

索恩又喝了一口茶。在這兩個多小時當中，他喝下的茶已經超過了平常一週的總量。他感覺那些喝下去的東西像是水槽底部的髒水一樣、不斷在他的腹內攪動。

「那麼今天早上買的這些花，要怎麼撐到下個禮拜？」

「好，如果得下個禮拜才能全部賣出去，那我的生意可就慘了。我需要的其他花材來自荷蘭。有個瘋子荷蘭人週五的時候會開大卡車過來，在東倫敦的每個小花店兜售鮮花。價格比這裡的花市貴多了，但我可以睡到自然醒，別說了……」

她把手伸進眞皮小背包，拿出一盒Silk Cut，她遞到索恩面前，「要不要來一根？」

「不用，謝了，我不抽菸。」這句話說得言不由衷。他已經戒菸十五年，但依然會很想哈一根。

她點了菸，猛吸了一大口。等到菸氣進入體內之後，又慢慢吐出來，還伴隨著滿足的低吟。

「再過一個禮拜就是你的生日了，對嗎？」

「妳記憶力不錯，」他鼓起雙頰吐氣，「我老了，腦袋也越來越記不住東西。」他假裝臉色一沉，「對了，謝謝妳的提醒啊……」

他的腦袋裡突然有火光閃現，發出嘶嘶聲響之後，隨即死滅。他努力回想，他知道那與案情息息相關，他曾經看過的東西，或是他可能根本不曾看過的東西……

他的目光移回到伊芙身上，發現她正在講話，他聽得不是很清楚，「抱歉，妳在說什麼……」

她傾身靠在桌前，「如果你能破案的話，一定是很棒的生日禮物吧，對嗎？」

索恩慢慢點頭，微笑，「嗯，我早就想到要犒賞自己一些CD……」

她彈了一下菸灰，指尖撫摸著菸灰缸的邊緣，「你是不是不喜歡講工作的事？」

他看了她好幾秒之後，才開口回答。「有些事情我不能說，尤其妳還牽連其中。至於那些可說的部分，也沒什麼刺激可言……」

「我剛才帶你逛花市的時候，你在想我和你一樣覺得無聊對吧……？」

「我不覺得無聊。」

「你偵訊的那些犯人的說謊技巧，是不是和你一樣糟糕？」

索恩大笑，「希望如此。」

她捻熄香菸，又靠在椅背上打量他，「我很有興趣，想要了解你的工作。」

他想起自己那天在茶店與她聊天的感覺，似乎好久不曾和哪個女人聊天聊得那麼開心，而他與人講起自己工作的事，彷彿是更久以前的事了。「謀殺案很快就會變成懸案。」

「所以你得要火速逮捕兇手？」

索恩點頭，「如果你想要查出眞相，通常在頭幾天就會出現結果，但案發至今已經過了兩個禮拜……」

「世事難料……」

「很不幸，這種事我很清楚。」

她把椅子往後一推，起身，「我得暫時離開，排放一點體內的茶水……」

趁她在洗手間的時候，索恩望著霧濛濛的窗外。這間餐廳位於旺茲沃斯路與九榆路之間的小巷，從他所坐的位置可以看到佛賀橋的尖峰車潮。車輛載著坐在裡面的人，北行前往維多利亞與皮卡迪利，或是南下到坎伯威爾與克拉珀姆，前往工作的商店、辦公室，還有倉庫，大家會哀嘆或抱怨，又是一個可怕的星期一，然後，也不會因爲抓不到兇手而浪擲了一整天。

很難不對這種生活動心，但索恩打死也不會與他們交換人生。

伊芙回來了，他們上方剛好有電車轟隆隆駛進滑鐵盧，害她必須提高聲量。「我忘了問你，」她開口，「植物還好嗎？」

「抱歉？」

「那盆翠葉蘆薈……」

索恩眨眼，想起了那天凌晨五點、他睡眼惺忪跌跌撞撞走進客廳裡的情景。艾維斯，以奇怪的姿勢蹲坐在那金屬小盆上，她拚命壓低腹部以免碰到尖刺。一雙貓眼直盯著索恩，能夠在那些白色小石頭裡面尿尿似乎是讓她非常爽快……

「長得很好。」索恩回道。

索恩的電話響了。

「你在哪裡？」布里史托克問道，「我們發現了格里賓……」

「我正在……」

「當我提到『發現他』的時候，只是表示我們知道他人在哪裡好嗎？我們得要趕過去『抓人』，賀蘭德正在你家門口等你……」

「告訴他我在半小時之內就會回家……」

「你到底在哪裡？」

索恩望向伊芙，她微笑，聳聳肩，「我在慢跑……」

性侵兒童的罪犯長得是什麼樣子？

索恩知道這問題沒有意義，老實說，不可能有解答，自然毫無意義可言，而且，這也是個極端危險的問題。

不過，大家累積的認知都是自己很清楚答案，大可以雙手一攤、把它立刻講出來。但真正的答案出現的時候也都太遲了，不是嗎？等到那男子被抓到、模糊的照片在報紙頭版首度曝光之後，孩子也早已受了傷，難以彌補。然後，彷彿大家的先見之明得到了確證，當然！瞎了眼都看得出來，是不是？這傢伙明明就是那種人的典型長相，早就心裡有數……

如果真的這麼明顯，如果這些男人犯下的罪行就清清楚楚寫在臉上、大家都看得見，那麼為什麼住在隔壁的鄰居卻渾然不覺？如果真能看透那畜生的眼神，那麼為什麼還會任由他們大搖大擺在街上逍遙？為什麼他們還會有機會碰觸到你的孩子？為什麼妳會嫁給那種人？

因為，索恩早有深刻體悟，你看不出來，無論你有多麼想要辨識出他們，無論你多麼努力，沒有人看起來就是天生戀童癖，其實，每一個人都有可能。

索恩看起來有嫌疑，羅素．布里史托克也是，還有伊芳．基絲頓……

雷．格里賓的長相，並非是大家認知的那種性侵犯，他並不符合眾人的刻板印象，與八卦小報上的戀童癖天差地遠。他不是那種皮膚坑坑疤疤、頭髮稀疏油膩之人，也沒有戴著厚重眼鏡，手裡拿著一袋硬糖果或是身穿髒兮兮的兜帽夾克。而格里賓除了遭道格拉斯．蘭姆費利號稱咬爛的鼻子之外，還有大光頭、冷酷的雙眼，以及表明「快給我滾蛋」的微笑，他根本是個長得像持槍搶匪的戀童性侵犯。

持槍搶匪是什麼長相就無所謂了……

索恩把照片與他研讀過的資料整理好之後，交給坐在後座的史東與賀蘭德。史東看著照片，「天，他和我想的根本不一樣。」

索恩不發一語，只是望著副座車窗外的風景。

布里史托克閃燈，踩油門，他們前方的車輛讓開、讓這台無警方標誌的富豪汽車先行。「我知道你的意思，」他回道，「不過，他看起來就是心有怨念的那種人，對吧？」

索恩對這句話完全無法辯駁。車子以時速九十英里的高速前進，M4公路旁邊的連綿油菜田與麥田景色急退向後，讓人看了有點頭暈。他出現嘔意；剛才閱讀的內容讓他覺得有點噁心……

布里史托克提高聲量，讓大家集中注意力，「好，在我們到達那裡之前，大家都應該可以看完注意事項……」索恩把自己的車窗搖下來，露出一吋的空隙，布里史托克瞄他一眼，繼續說下去，「這個決定有點倉卒，但我們沒什麼選擇。事況緊急，但我們一定全力以赴，好嗎？」後座那兩個人發出嘀咕，索恩轉頭看著布里史托克，「格里賓過往有暴力犯罪紀錄，如果蘭姆費利的說詞屬實，格里賓吃癟也只有那次而已，所以我們不能冒險……」

史東傾身向前，兩手各擱在前座頭枕位置，整張臉湊在中間，「有多少人要攻進去？」

「應該是我們四個，外加兩個本地小警察……」

史東點點頭，開始迅速閱讀重點。

「也要注意那個女人，」布里史托克提醒他們，「珊卓拉．庫克前科累累，吸毒、竊盜、賣淫。她在霍樂威監獄待了三個月，因爲她以自己的指甲當武器，毀了某名警員的半張臉……」

賀蘭德的身體向前，扭來扭去。要是布里史托克踩煞車的話，賀蘭德很可能會撞到他的後腦勺。「派翠西亞．庫克是打電話舉報格里賓的人，對嗎？」

史東看了他一眼，「也就是珊卓拉的姊姊……」

索恩吸了一大口冷冽的空氣，關上窗戶。

「好，她爲什麼要檢舉自己妹妹的男友？」賀蘭德問道。

布里史托克想要從照後鏡裡面瞄賀蘭德的眼神，「這是另外一個我們不能搞砸早上這場任務的原因。」他回道，「格里賓沒有向警方報到，固然違反了假釋條件，但他違反的不只這一條而已。」

「靠……」史東已經看完了注意事項，把資料交給賀蘭德。

索恩轉頭，看著賀蘭德，「戴夫，屋裡有三個人。格里賓、庫克，還有庫克的十一歲女兒。」

索恩又轉身坐正、拉緊自己的安全帶。他的內心世界起了變化，心跳速度稍微變快，也變得更大聲。頸背周邊出現了些微的搔癢感，不斷醞積。有隻小蟲在此時撲上擋風玻璃，血肉模糊，看得他不禁倒抽一口氣。

✦

這裡是某間現代住宅區的馬蹄形死巷，而他們的目標在最遠的那一間……

當廂型車緩緩經過這些房子、駛入車道的時候，索恩也盯得目不轉睛，仔細研究這些屋主們在細節上所努力展現的個人仕紳化品味。五彩繽紛的明亮大門；長得滿溢出來的天竺葵吊籃；寫著「榆樹」或「薊草」的木質標示牌。大多數的房子都沒人，車庫裡的車也開了出去，大多數的住戶早在幾個小時前就外出工作，但還是有幾扇窗簾在掀動，這應該是這裡有史以來最刺激的場面了。

倫敦郊區有一種趣味十足的城鎮類型，看不出來它們到底走的是城市風格還是鄉村路線，這裡就是其中之一。位於倫敦西方、距離市中心二十五英里，座落在M25公路與奇爾頓之間的艦尬位置。對於這裡的通勤人口來說，能夠坐擁連綿山丘、與古典雅致的鄉村地名連接在一起，就算是每天得陷在車陣裡艱辛前進，這樣的通勤距離也值得了。但對於他們的青春期子女來說，卻又是另外一個版本的故事。氣氛沉悶，讓這個地方簡直就是無聊，就算有古董商店，也沒有辦法抑制他們在週五晚上尿尿在牆上與在市中心吵鬧叫囂的欲望……

索恩看到對面樓上窗戶裡面有個女人在看他。他看到她臉上流露出警覺神色，而且立刻縮了回去，顯然一定是準備要打電話，這種反應不意外。那些在車道的那一邊、躲在窗簾後面偷瞄的人看到的只是一台藍色的貨卡廂型車。不過，對於像她一樣、在車道另外一邊的住戶來說，卻能看到四個穿著外套牛仔褲與運動鞋的男子，以相同的速度、躲在車旁慢慢向前移動，讓廂型車掩護他們的一舉一動。

車子緩緩繞過馬蹄形圓環，躲在後面的警察也以近似的弧度同步移動。它開始放慢速度，他們也一樣，最後，車子停下來，熄火，那四名男子也立刻緊靠在一起，耐心等待。

車道的另外一頭，距離五百碼左右的地方，有兩台警方的廂型車已經封住了入口。交警阻攔車輛前進，駕駛全都放慢速度，看得目瞪口呆，另外還有六名穿著制服襯衫的員警，負責驅趕好奇觀望的路人。

索恩靠在廂型車後面，豎耳傾聽，他聽到遠方傳來兩個不同方向的噪音，住宅區後方田野另一頭的川流車聲，還有附近某處的收音機聲響，他拚命想要撇開干擾，專注聆聽布里史托克正在講的話……

「大家準備好了？」布里史托克問道，凌厲目光盯著索恩、賀蘭德以及史東。索恩知道他在凝聚每一個人的專注力，大家都點點頭。這次的工作應該算是夠簡單的了，但只要幾秒鐘的時間，稀鬆平常的任務就可能功虧一簣。

「好了……」

布里史托克停頓了一秒，出拳敲打廂型車的側邊，兩名員警立刻從前面跳下車。車門還在懸晃個不停，他們已經衝到了那棟房子前面，個頭最大的那個還扛了個巨大的金屬破門鎚。

索恩與其他人繞到廂型車的另外一邊。布里史托克與史東立刻前往大門側邊、堵住房子的後方。索恩與賀蘭德轉到另外一個方向，隨著那兩個衝鋒員警跟過去……

悶哼、短淺的呼吸、橡膠鞋底經過柏油路、人行道，以及草地時所發出的砰然聲響，還有遠方的收音機依然迴盪在耳邊……

索恩走到大門口警察的旁邊，他蹲下來，準備向前衝刺，點點頭，兩次深呼吸。大個頭警察咬牙切齒，開始擺動破門鎚。

「警察……！」

索恩聽到屋內與後方傳來吼叫聲，但對方沒有要開門的意思。他開始踢門鎖，當破門鎚再次強攻的時候，他立刻閃邊。這次開了，索恩以額頭頂門，率先衝進去。

「警察！屋內的人馬上給我站出來……」

索恩聽到背後傳來破門鎚落地的匡啷巨響，上面的某處發出腳步聲，樓上有女子在尖叫……

女子，索恩心想，不是小孩……

「裡面的人全部給我出來！」

他看到前面有一道深長走廊，右側有兩道、三道門……

「那裡！」

索恩向左邊瞄了一眼，大個頭警員正從旁邊過去，他兩步併作一步衝上階梯，短大衣底下的寬闊背肌在抽動。

走廊的另外一頭是廚房，他望過去，看到布里史托克與史東站在後門外面。賀蘭德一個箭步衝過去，把後門打開。

房門逐一被撞開，發出巨響。第一個房間，什麼都沒有……他退回到走廊上，轉頭看到布里史托克與史東朝他奔來。

第二個房間，傳出尖叫……

「這裡……」

索恩從站在門口的警察旁邊擠過去，衝入房間。空間不大——只有一張沙發、搖椅，還來不及關的寬螢幕電視。另外一頭是通往另外一個房間的拱道，索恩猜應該是用餐室。

格里賓站在搖椅旁邊，雙手擱在頭上，表情木然。他的目光先望向索恩，然後又飄到門口，珊卓拉．庫克被刑事偵緝科的小警察架了過來，她擠過布里史托克與史東，還差點撞倒了賀蘭德。

「你們到底要幹什麼？」

索恩沒理她，轉而面向格里賓，「雷蒙．格里賓，我要逮捕你，因爲你違反假釋條例，也就是……」

他突然停下來，看著拱道的右側角落，有個人影緊張兮兮走出來，擠在小房間裡的其他七個人逐一轉頭，大家都盯著那個小女孩。

「雷，沒事吧？我好怕……」

格里賓雙手高舉過頭，朝她走去，還張開了雙臂，「沒事，親愛的……」

不過幾秒鐘的時間，出事了。安迪．史東證明了自己的超強速度與氣力，索恩、賀蘭德，還有尖叫的珊卓拉．庫克都來不及拉住他。

「媽的別給我碰她……」

格里賓的雙手放到女孩肩膀上的時候，史東已經衝過了半個房間。當格里賓伸手把那顆金髮小頭拉到自己厚實的胸膛前面，把她轉過來、當成護身盾牌的時候，史東已經壓到了他的身上……

格里賓伸手抓住史東的衣領，踉蹌後退碰到電視，它也應聲撞牆倒下。索恩的雙拳立刻攻向對方滿佈刺青的結實前臂，死命往下壓，又以自己的頭猛敲格里賓的臉。現在，有三雙手抓住史東，分別揪住他的衣領、皮帶，以及袖子，把他往後拖向搖椅，格里賓瞬時跪下來，女孩哭哭啼啼跑向媽媽。

史東想要站起來，告訴周邊的人他很冷靜，抓住他的那些臭手可以移開了……

索恩走過去，蹲在格里賓的旁邊。

他的頭倒靠在電視機上，一手抓住地毯，緊握成拳，鮮血從另外一手的指間滴落下來。他頭部後方的電視螢幕裡面傳出了一陣掌聲，有個女人正在發表歡迎收看的開場白，邀請現場觀眾分享自己的度假惡夢。

二十分鐘之後，這條安靜死巷的居民全貼在窗邊，看著格里賓被帶出來，他拿著血紅的手帕、緊壓著自己的殘存鼻肉。

到了午茶時間，已經完成了第一次的偵訊。大家垂頭喪氣，雖然還有幾項疑點有待釐清，但至少，對索恩來說，顯然格里賓與道格拉斯．蘭姆費利的命案完全沒有瓜葛。

電話剛好在十一點之前響起，全世界也就只有那傢伙會有那種聲音。

「索恩先生，我覺得你運氣還不錯。」

「柯達，快講。」

「嗯，不要太興奮，因爲結果還得要等個好幾天，但目前很樂觀，你記得我講過的那個笑話嗎？我等於是在做你的工作……」

索恩仔細傾聽，似乎是很値得追下去的線索，但歷經格里賓事件的挫敗之後，他發現自己很難開心得起來，現在不論看到什麼，幾乎都等於是另一根垂死掙扎緊抓的稻草罷了。

他走進臥房躺下來。

變冷了。

下面的野蕨變得潤濕，還有，上方的天空也逐漸陰寒。

一九七六年八月三日

「妳好臭，像是死屍的味道，臭死了……」

聽到這種抱怨，她的目光卻無動於衷，看不出有否認的意思，他全身的重量壓在她身上、兩個人的臉之間的距離只相隔了幾英寸，但她也沒有露出痛苦神情。

他從她身上移開，挨到了床尾，餐盤依然放在那裡，她根本沒動。

「媽的我眞是受夠了，」他說道，「妳想要餓死，請便，但不要叫我爲妳煮這種鬼東西，拜託好嗎？」

她起身，靠在枕頭上，目光飄向他後方。

「什麼？」他大吼，「這算什麼啊？」

他盯著她，足足看了一分多鐘。她的臉龐，一如往常十分空茫，給了他想像空間，揣摩她的神色變化，模擬她現在理應出現的表情。他腦中浮現的是她雙目低垂、嘴唇緊繃、緊咬下巴的模樣，他還看到了她的羞慚。

他抓起盤子，把它高舉過頭、扔到牆上。看不出她有絲毫的畏縮，她根本連眼睛也沒眨一下。

他站在門口，轉身看著她。她的眼神如玻璃般一樣淡然，豆子在她背後的牆壁滾落而下。

「在法院裡的時候，他們想要知道妳是不是在半屈半就的狀況下被強暴，那件洋裝，還有其他的細節什麼的。他們想要釐清的只是妳的行爲，是不是有挑逗、主動接近的意思。但他們不知道另外一半的故事，對吧？那是妳自己的要求，我很清楚。根本就是妳要他那麼做的，妳抓住他，把他拖進那間儲藏室，自己開口要求他，是妳告訴他自己想要怎麼玩……」

當他關上房門之後，他聽到她講話的聲音，不斷重複著那個字：

「是不是……是不是……是不是……」

她聽不到自己講話，當下，她只聽到自己腦海裡的尖叫聲。

8

索恩右轉，離開了查令十字路。早晨十一點鐘左右的氣溫炙熱難耐，他脫下外套，把它掛在手臂上，走向老康普頓街。

就算放寬了所有的條件，也很難給蘇活區一個準確的定位，近年來，這似乎也成爲它的一大問題。這裡算是波西米亞還是骯髒下流？風格鮮明還是低俗？索恩知道都有，可能這樣也好，但這種想法仍然讓人陷入天人交戰。四十年過去了，曾在五〇與六〇年代主掌蘇活區的黑道人物，已經成爲時髦的象徵。拜英國黑幫電影新浪潮之賜，穿著帥氣西裝與油頭後梳的黑幫老大比利．希爾、傑克．史波特，還有他們的手下，已經正式成爲當今的偶像。雖然他們現在看來有了全新的性感魅力，但當初就是這些傢伙與七〇年代的後繼者逼走了這裡的居民，喧囂的核心地帶就此陷入死寂。

蘇活區能夠起死回生，泰半要歸功於這裡的同志人口。現在，市區裡僅存幾個地方還存有眞正社區感，這裡正是其中之一；在幾年前「鄧肯海軍上將」酒吧發生的可怕爆炸案之後、反而更加強烈的那一股團結感。菲爾．漢卓克斯曾經帶他來這裡喝酒過幾次，索恩很難說出自己感受到百分百的自在，但他不能否認這裡的氣氛的確很棒。

索恩走過了希臘街，費里斯街，右邊可以看到愛德華王子劇院與隆尼．史考特爵士俱樂部的遮篷。年輕人坐在餐廳外頭，享受炎熱的天氣，健身有成，難得有機會炫示，一定要好好把握。

蘇活依然是吃吃喝喝的好地方，但有義大利咖啡吧，一定會看到星巴克或咖世家；只要有某個家庭式熟食店的出現，必定會被兩家 Pret A Manger 夾擊……

索恩突然覺得好餓，他發現自己陷入難題。明明知道自己沒有時間提前吃午餐，但他也知道如果自己等一下用餐的話，很可能會毀了晚餐，但他眞的很期待今天晚上這一頓……

在迪恩街的轉角處有間販售性癖服裝的專賣店。索恩停下腳步，望著花俏的櫥窗擺設。穿著緊身橡膠衣的假人，脖子上套著狗鍊，還有遮蓋臉龐的防毒面具。他想到了珍・佛里的照片；這也是他前來此處的目的。

他看了一眼手錶，要遲到了……

「你到底有沒有認眞看照片？」貝賽爾先前在電話裡問過他。

「什麼？」

貝賽爾的語氣洋洋得意，「研究呀，你明明懂的嘛……」

索恩不是很有幽默感，「我很累了，今天諸事不順，所以快告訴我，你到底……？」

「索恩先生，我的意思是眞正仔細研究，看是在你們那裡的哪間實驗室都好。把它放到那種高科技的放大設備底下、拆解成微小的畫素……」

「柯達，我是在倫敦警察廳工作，媽的我辦公室連個電扇都沒有……」

「我家裡有不錯的設備，拿來搭配噴槍用的，你知道吧？我盯著那裡看了好久。然後，耶！」

「怎樣……？」

「那張照片的背景是純白的，對嗎？通常是捲軸加床單。好，右下角有一塊小小的記號，看起來像污斑，記得嗎？」

「不，我沒印象……」

索恩右轉，然後又立刻左行進入布魯爾街。如果想要見識蘇活區骯髒的那一面、還有複雜緊密的店面關係的話，這裡的密度遠遠高於其他地區。偷窺秀旁邊是壽司吧，指壓按摩店對面提供的是更私密的服務。

某個待在小隔間裡的無聊金髮女郎叫住他，邀他入內觀賞保證「活生生的雙人秀」，索恩不知道有哪種秀是會找死人來演。

「來啦，親愛的。」那女子叫喚索恩，他只是微笑，搖搖頭，但她看起來完全不在意。當然，性產業一向如此，唯錢是問，不過，索恩知道妓女掩飾的功夫比較好。他只讀過自己最愛的歷史名妓的資料，但他眞希望有機會可以會會她。這位在十八世紀、以「科貝特小姐」之名、遊走在這裡的街頭工作的傳奇妓女，要是恩客的那根「五朔節花柱」少於能讓她爽快的九英寸的話，她必須加收費用，每少一英寸，多收一基尼。

兩百五十年過去了，每天晚上在這些街頭工作的人換成了組毒大隊，而不是風化小組。嗅毒犬發揮訓練所長，但索恩覺得這根本是在浪費時間與精力。耗費大批辛苦人力與資源，卻只是爲了要抓偶一爲之的吸毒者與賣劣貨的小咖毒販，而且這種事還得要有點好運……

「你總是說自己需要一點好運，記得嗎？」

索恩開始在沙發上伸懶腰，他一手緊抓住電話貼耳，另一手往下摸艾維斯的貓肚子，「柯達，你到底要不要講重點？」

「好，這不就來了嗎？你運氣好，我掃描照片，把它存進我的電腦，花了我好長的時間，知道嗎？要是原始檔案的畫質夠好，你就可以搞定一切了，是吧？」索恩很想告訴他哪可能有這種事，但貝賽爾的聲音眞的變得比平常高亢，他只要興奮起來就是這樣子。「好，我把這討厭的照片放大、做像素化處理，拉近，突然看到那塊褐色的斑點，我認得它，聽懂了吧。」

「認得它？」

「那是燒傷的痕跡，就像是白色舞台布幕的焦污一樣。我爲什麼會認得它呢？因爲事發當時我在現場。九個月之前，我正在拍３P的東西，其中一個蠢賤貨，一定是嗑了太多藥，居然踢翻了一盞大燈。」

索恩現在已經站了起來，「要是知道這王八蛋到底叫什麼名字，再加上詳細的住址就太好了。」

「查爾斯．杜德。查爾斯，沒騙你，但他堅持自己和親王同名。好像可以裝得比較高級一樣，其實這爛人是來自肯維島……」

「柯達……」

「他的攝影棚在布魯爾街某間魚販店的樓上。」

索恩知道那間店，「好，聽我說……」

「索恩先生，恐怕你還得等個幾天，我查過了，現在他人在歐洲。」

索恩開始盤算策略，他該繼續等下去？還是取得搜索狀、趁杜德不在的時候狂搜他的住處……？

「索恩先生，我覺得我這次是圓滿達成任務，」貝賽爾說道，「你覺得呢？」

「我還要知道他什麼時候回來……」

在那場對話結束的三天之後，也就是現在，索恩望著街道另外一邊的書店，貝賽爾待在裡面。這傢伙正在瀏覽藝術類的庫存書，不過樓下拍賣區應該也找得到他自己的作品，比起眞正的藝術書籍多了那麼一點淫穢……

索恩過街，被左側疾行的男子猛撞了一下，索恩的反應的確是標準的英國人，自己向對方道歉，那男子悶哼一聲，揚手之後繼續往前走。

貝賽爾在書店裡向他招手，索恩朝對街點點頭，繼續走路。貝賽爾放下裸體畸形人的精裝攝影書，溜出書店門口，默默跟在索恩的後頭。

威爾契漫步沃德街，放聲大笑。這些年來，他待過各式各樣的地方，學到了許多事情。永遠不要道歉，這是其一，還有要怎麼辨識條子，也是其中之一……

自從他出來之後，經常四處走路遊蕩。小旅社讓人心情低迷，他的確很享受在外頭東晃西晃的時光。天氣好得不得了；在外頭曬個兩天，他的膚色已經黑了一點回來。要是他看起來健康一點，久待監獄的慘白不要那麼明顯就好了，他不禁想到了街上的那些女子，幾乎等於是衣不蔽體，看起來都超辣，飢渴得不得了。幹，如果全球暖化會讓她們變成這樣，誰還管臭氧層有沒有破洞？

這條街上的櫥窗裡貼出了新電影的宣傳海報，威爾契駐足了一會兒，研究其中兩部，片名取得不錯。也許等到他的救濟金下來的時候，可以好好消磨兩個下午。在他入獄之前，他很喜歡看電影，除了太矯揉做作的電影之外，他都盡量能多看幾部是幾部。

在他被逮捕的前一天晚上，他也去了電影院，看的是《厄夜叢林》。她一直貼著他，遇到恐怖片段的時候更是縮在他懷裡，從頭到尾都把手放在他的膝上。顯然她很有興趣，這種訊號他判讀得出來。只是後來那賤女人後悔了，害他遭殃。

直到現在，他依然難以相信他們居然會做出那樣的事。把人一路送進監獄，弄得他精神耗弱，睪丸像是要爆炸了一樣，然後轉身過去，若無其事宣布他們不喜歡這種事，他搞得太過火，也太猴急了之類的屁話，他覺得根本就是鬼扯，什麼她不希望他覺得自己很輕浮，對方行爲少了一點說服力……

第二天下午，警察來敲門，他全身起了雞皮疙瘩。媽的他不敢相信有這種事，當他們拿起棉花棒採樣的時候，他依然在猛搖頭。

他看得出來那名男警探心覺這案子根本是鬼扯，他們只是在浪費時間而已，當他告訴他們那笨蛋賤女人在電影院時有多麼淫蕩的時候，那警察還點點頭，幸好他還看得出來眞相。但那女警態度就不一樣了；她立刻就對他吐槽。

「你是訊號解讀專家？是不是？」她面無表情問道。他們開啓錄音機之後，捲軸一直發出嘎嘎聲，「那我在想些什麼，告訴我……」

「妳在想，要不是因爲自己是女同志，早就對我產生性幻想了，對不對？」

他凝望櫥窗，看到自己的笑臉，想起當初脫口而出這句話的時候、那女警的表情。但一想到八個月後出現的那同一張面孔，他的笑容立刻收斂了下來；當他被押入法庭的時候，那女警在另外一頭露出了得意大笑。

他又走向隔壁的櫥窗，看到布魯斯．威利最新鉅作的宣傳海報。某些新型飛彈，還有布魯斯的倨傲笑容，旁邊還有個裝了假奶的超正金髮女郎。也許下個禮拜，或是這禮拜的週末左右，無論他有沒有拿到救濟金的支票，還是會進去戲院看電影。他還負擔不起這種花費，出獄補助費撐不了多久，而且，明天晚上他還得花一大筆錢，支付開房間的錢。

「你確定他在裡面？」

「索恩先生，一點都沒錯。他昨天剛從荷蘭回來，去那裡買了一點各式各樣的小東西。」

索恩點點頭，看來從荷蘭過來的貨車不只是載運鮮花而已……

他們站在魚店對面的馬路，雷蒙德喜劇酒吧的閃爍霓虹燈招牌映照在商店玻璃上。紅色與藍色的光點在鮭魚、鯡魚、鰈魚的銀亮魚頭之間來回舞動。而魚店的隔壁是一道褐色的窄門。貝賽爾把雙手硬塞在緊身皮褲的口袋裡，身體重心不斷在他那雙高級運動鞋之間來回游移。

「好，那我就不妨礙你幹活了，行吧？」

索恩伸手拿錢包，他不知道貝賽爾聲音如此尖細，是不是與褲子穿得太緊有關係。他拿了五張十英鎊的鈔票，貝賽爾接下之後，拿出一個信封給他。

「照片還給你……」

索恩的腳已經跨入馬路，聞言又回頭，揚了揚那個信封，「最好不要讓我上網的時候看到它彈跳出來，不會吧？」

貝賽爾哈哈大笑，一連串的刺耳尖細笑聲。「我不知道你在看那種網站……」索恩開始過馬路，「嘿，你不會提到我的名字吧……？」

索恩停下腳步，讓某台車輛先行，他連頭也沒回，開口說道：「哦，所以我不能說『丹尼斯寄給我的囉』？」

「我說眞的啦……」

「柯達，放心，你很清白，像玻璃一樣乾淨得吱吱響。我可沒有在賣弄雙關語笑你……」

索恩按下骯髒白色對講機的按鈕，往後退了一步。他抬頭望著毫無動靜的灰色窗簾，又瞪著眼前某個他叫不出名字的醜陋巨魚的幽黑魚目。這家魚店維持原始的門面裝潢，依然可以看到窗戶邊框的磁磚飾樣，但價格與進貨品項當然是緊追當地的二十一世紀新潮流。一小口就得付五英鎊的劍魚魚排，蛾螺根本消失無蹤

「誰啊……？」

「杜德先生？我想租用您的攝影棚，不知道哪個時段方便……？」

索恩聽到對講機喇叭嗶剝作響，聲聲都充滿了對方的猜疑。他回望那條醜陋的魚，發現自己正在對著它挑眉，你覺得他會讓我進去嗎？

大門發出嘟嘟聲，開了。

查理．杜德站在未鋪地毯的光禿窄梯上方。這傢伙五十多歲，細薄雙唇，兩側的頭髮蓋住了禿頂地中海。他露出微笑，擋在入口，想要裝出迎客的姿態。

等到索恩帶著手裡的搜索狀爬到梯頂的時候，對方的微笑立刻垮了下來。

「你有搜索狀嗎？」

「不需要，是你自己請我進來的。」

「好，顯然你不是戴維督察長的手下，一切明明早就說好了……」

四十年過去了，蘇活區的諸多樣貌依然不變。索恩記住了那個警官的名字，走過杜德身旁，推開那扇根本沒上漆的合板門。

杜德急忙跟過去，「媽的你是在玩什麼把戲……？」

這間攝影棚不過就是一般雙人房的大小，裡面的主要擺設的確也就是一張雙人床。它和一般房間很不一樣，全部的牆面都漆成黑色，天花板安裝了一組軌道燈，索恩猜這裡所陳列的情趣用品與服裝應該與某些國會資深議員的臥室如出一轍……

站在床尾的某名男子轉身，把肩上的巨大攝影機放了下來。在他的背後，約莫距離床架一英尺左右的地方，索恩果然看到白色背景布幔右下角的燒痕。

兩個又白又瘦的女孩躺在床上。其中一個從對方的身體下方抽手、伸到地板上拿起菸盒。另外一個瞪著索恩，她的面色茫然，蒼白得宛若簇新白紙。

「這是什麼狀況？」攝影師問道。

索恩露出微笑，「不用管我……」

杜德舉手安撫攝影師，面向索恩，「好，你聽我說，這裡沒有任何的非法勾當，所以你怎麼不趕快滾啊？」

「查理，那麼你剛從荷蘭帶回來的那些東西又算什麼？」索恩節節逼近，把杜德逼到牆角，「抱歉，我知道你比較喜歡查爾斯這個名號……」

杜德瞇起綠澄色的雙眼，心裡不斷在犯嘀咕，想要知道到底是誰這麼大嘴巴，「你要幹什麼？」

索恩從信封中取出照片，「它是在這裡拍的，」他交給杜德，「我只是想要知道是誰拍的照片，不是什麼難事吧……」

杜德搖頭，「老弟，不是在這裡。」

索恩緊貼在杜德背後，聞得到他的臭汗與髮油味。他伸出食指、越過杜德的肩膀，指著照片上的污斑，然後又把杜德的頭抬高，逼他看著背景布幔上的焦痕。

「再給我看仔細一點，查理……」

杜德轉頭看照片，攝影師又把機器扛回肩上，女孩躺在床上懶洋洋變換姿勢，他對她們低語，不知道在講些什麼。

「就算是在這裡拍的，我當時也不在現場，」杜德把照片還給索恩，又把頭斜靠在床柱上，「這種東西，現在可說是多如牛毛，我自己通常是忙別的東西……」

有個女孩開始誇張呻吟，索恩瞄了她一眼。另一個女孩的頭埋進同伴的下體，攝影機也立刻對準這個畫面。躺在床尾的呻吟女孩盯著天花板，依然在忙著抽菸。

「你的意思是，你對這張照片沒有印象？」

「有時候，客戶反而希望我不要待在這裡比較好。你知道我的意思嗎？也許某些畫面我寧可眼不見為淨，既然他們付了大把鈔票租這個地方，那麼——」

「鬼扯！」索恩把照片塞到杜德臉上，「你說你有沒有看過動物？未成年小男生？」

杜德甩開索恩的手，搖頭。

「這是高品質照片，尺度也沒比那些東西大膽。除了這張之外，還有一系列的類似照片，所以好好給我想一想，查理……」

杜德變得很不爽，雙手開始來回撫弄油膩的髮絲，他開口回話，索恩看著他下唇乾掉的白色唾沫沾到上唇、然後又黏回原處，「我人就是不在這裡，懂嗎？要是我在現場，每一張照片當然都會記得清清楚楚。你自己剛才不也說過了嗎，這張照片根本無傷大雅，所以我幹嘛要唬弄你……？」

那個趴在床上、被同伴服務的女孩，把她的菸捻熄在菸灰缸裡面。攝影師靠得更近了，「繼續啊，」他對另外一個女孩喊話，「舌頭往上舔，去親她的屁股……」

「好，」索恩說道，「那你回想一下，有誰要求在拍攝的時候必須清場？大概是過去六個月左右……」

「拜託，你知道有多少人租用這個地方嗎？」

「不是常客，應該是只找過你一次的客人。」

「對，但還是……」

「就只是一個男人和一個女孩子，好好想一想……」

攝影師怒氣沖沖，踢了一下床尾，轉過身來，「幫幫忙好不好，你們兩個可以閉嘴了嗎我正在收音……」

那個忙著猛舔友伴的女孩抬頭，面向索恩。她的整張臉龐浸沐在強光下，更凸顯了海洛因所發揮的效果。杜德在這個時候開口說話，索恩覺得很慶幸，自己剛好可以趁此機會別開目光。

「是有那麼一個，大概是四、五個月之前。就跟你說的一樣，只來過一次，他只要租兩個小時而已。通常就算他們想要清場，我還是會在這裡把燈光架好，但這傢伙說他可以自己來，他說他很清楚自己該怎麼搞定。」

「女孩呢？」

「我沒看到女孩，只有他一個人出現而已……」

「給我名字。」

杜德悶哼一聲，不可置信看著索恩，「好，我查一下檔案行不行？搞不好還得問我的秘書，眞是夠了……」

索恩走向門口，「查理，穿上外套。我需要這個王八蛋的照片，希望你對人臉的記憶力還不錯，就和你記女人奶子和屁股一樣厲害……」

「抱歉，老兄，門都沒有。我爲什麼會記得他呢，其實是這樣子的。一開始我以爲他是快遞，你知道，送一些負片過來什麼的。他穿皮衣皮褲，安全帽還是深色面罩……」

索恩立刻就知道杜德講的是實話。彷彿有什麼東西緊壓著他的後腦勺不放，他的好運快用光了。

「你看過他不止一次吧，怎麼可能來一次就可以……」

「一次來預約，另外一次就是來拍照，」杜德的語氣變得有些得意，「但沒看過他的臉長什麼樣子。那兩次都是一身重機騎士打扮。我記得他站在樓梯間的樣子，像殺手一樣全身皮衣勁裝，等著我離開現場……」

房間的另外一頭，發出按摩棒的嘰嘰聲，攝影機繼續開錄。

索恩轉頭，猛力拉開大門。無論供詞有沒有價值，之後再處理就好。他剛才一頭闖進了另外一道無形的牆，現在，它的感覺好眞實，好黑暗，就和他背後那間粗俗打砲房四周的牆面一樣。

他兩步併作一步，跳下樓梯。每一步帶來的震力穿透全身，卻沒有辦法讓他揮別腦中盤據不去的影像，躺在床上的那個女孩抬起頭、望著他的時候所出現的神情……

她的嘴唇與下巴散發著微光，但那雙眼睛就像隔壁魚店櫥窗裡陳列的死魚魚目一樣，漆黑死滅。

一九七六年八月十日

他已經許久不曾看到她的面容出現任何表情。他本來不覺得她會有什麼反應，但她臉上的變化依然讓他不禁一凜。看到她下巴差點掉下來，還有當他的手緊緊抓住檯燈底座的時候、她的雙眼睜得好大……

「拜託。」她在呼喊，拜託……

當他把檯燈高舉過頭的那幾秒鐘，他想到了那句話所代表的不同用法，它所承載的各種意涵。強調的部分稍做變化，就會召喚出許多的微妙變體。

他想到了那句話被誤讀之後所產生的多種可能性。

拜託不要。

拜託就來吧。

拜託不要停……

拜託對我動手吧，讓我一了百了，拜託……

求求你。

當他使盡所有的氣力、把燈砸下去的時候，他心想，總而言之，這個字出現得剛剛好——在她生命的最後一刻。

至少，從她現在講出這句話的態度看來，那是她的肺腑之言。

接下來的一連串毆擊，讓他更加心無旁鶩，等到她的臉終於變得模糊難辨的時候，他的思緒也逐漸清明，想起自己最後一次是在車庫的哪個地方看到拖繩。

9

現在是到達現場之後、毫無事情可裝忙的可怕空檔……有人向他們保證，自助餐餐盤上的保鮮膜一定很快就可以拿下來，還有DJ準備器材也不會花太久的時間。他們已經在吧檯預付了一百五十英鎊，所以，在等待重頭戲開始之前，每個人都可以喝個一兩杯，再向新郎新娘敬酒一次，大家可以趁機彼此熱絡一下……

不幸的是，在這間橄欖球俱樂部酒吧裡的賓客不夠多，還沒有炒熱氣氛的小圈子出現；索恩也無法隱身在噪音的保護層之下。他為父親要了一杯苦啤，自己則是半杯健力士，然後找尋最近的角落坐下來。他啜飲啤酒，努力展現出自己對蘇格蘭蛋、豬肉派、冷義大麵沙拉的基本熱情。只要有人看他，他會立刻舉杯，拚命掩藏無聊或悲傷，或者，千萬不要讓別人看出自己對快樂的渴求。

他的父親顯然沒有這個問題。金姆・索恩坐在吧檯前的椅子上、接受眾人的前呼後擁。他對著兩個在偷喝薑汁啤酒的青少年講笑話，只要是在聽他講話的女人，他一定會告訴對方自己的記憶力和金魚一樣短暫，因為他得了一種名字很好笑的病。說到這個，他已經忘了，那名字叫什麼來著？他眼睛閃閃發亮，告訴身邊的女人，要是他以前和她們之中的哪個人上過床，但已經完全不記得的話，還得請她們海涵。

索恩看到父親舉措有節、開心自在，他自己心裡也非常開心。尤其在二十四小時之前、出現那通毀了他與伊芙．布倫姆共處之夜的電話，現在的情景更是令人格外鬆了一口氣……

廚房裡的大型天然松木餐桌上，已經擺放了四個人的餐具。索恩還沒有看到其他人，伊芙從爐火前轉身看他。

「也許你會覺得奇怪吧，其實他們還待在她的房間裡，」她發出宛若舞台劇悄悄話般、大家都聽得到的聲量，「另外兩個是給丹妮絲和班恩的，我想他們剛才在吵架……」

索恩倒了兩杯酒，他也低聲回道：「知道了，嚴重嗎？我是不是應該要準備把他們的餐具撤掉……？」

伊芙走到餐桌前，拿起自己的酒，「不可能。班恩不會爲了吵架這種事而不吃晚餐。來，敬你。」她喝了一小口，拿著杯子走到鹵素爐前面，上頭放了好幾個大型銅鍋。她聽到公寓另外一頭傳來的腳步聲還有大聲吵鬧，下巴朝房門點了兩下，「他們兩個很暴力，但通常爲時不久……」

索恩刻意擺出輕鬆語氣，「暴力？」

「我的意思不是眞的暴力。他們只是大吼大叫，偶爾會丟東西，但都是摔不破的材質……」

索恩看著她，她又開始忙著做菜，背對著他。他緊盯著她的頸後，還有肩胛骨，奶白色上衣映襯著她的棕色肌膚。

「我自己比較是火爆型。」她開口說道。

「我拭目以待。」

「別擔心，到時候你就知道了。」

索恩四下張望這間廚房，牆上掛了兩張加框的黑白電影海報，鉻鐵色的煮水壺、烤吐司機、果汁機，還有看起來很貴的大冰箱。看來花店經營得不錯，不過他不確定哪些是伊芙自己的東西、哪些是房東的財產。他猜那一排陶盆香草應該都是伊芙的，還有在佔據某面牆的巨大黑板上面、所出現的拉丁文專有名詞的潦草字跡，應該也是伊芙寫下的花朵名稱。他看到自己的名字與手機號碼也被信手寫在左下角，不禁一陣歡喜。

「好，你的那兩位朋友，到底在吵什麼？不是很嚴重吧……？」

她轉過身來，舔了好幾根手指頭，「你記得凱斯嗎？週六來我店裡幫忙的那個人。班恩過來的時候，他人也在這裡。班恩覺得他有點煞到丹尼絲，但丹尼絲叫他不要耍白痴胡思亂想……」

索恩記得自己在花店裡與伊芙講話的時候、凱斯死盯著他的表情。也許他煞到的不只是丹尼絲而已……

「妳自己怎麼看？」索恩問道，「凱斯和丹尼絲之間……」

此時傳出開門、重力關門的聲響，過了一會兒之後，有人推開了廚房門，進來的是一名纖瘦的金髮女子。她打赤腳，穿著寬鬆的軍用風格短褲，上半身搭的是男用黑色背心。她大步走到伊芙的後面，狠狠捏了她的背一下。

「靠怎麼這麼香！」

她轉身，目光投向索恩。她的頭髮比伊芙短了一點，顏色也比較淡。雖然她個子纖細，但身上的背心卻展露出她鍛鍊有成的肩臂。她粲然一笑，可以當砧板拿來切培根的顴骨也順勢鼓了起來，讓原本精緻的五官變得有點刺眼。

「嗨，你就是湯姆對嗎？我是丹妮絲。」她幾乎是以跑的速度在廚房裡走動，她握了一下他伸出問候的手之後，又一屁股坐在餐桌的另外一頭，「所以怎麼叫你才好？湯姆？還是湯瑪斯？」她拿起酒瓶，爲自己斟了一大杯酒。

「湯姆就可以了……」

她靠在桌邊，講話的態度彷彿兩人已是多年老友。「你知道嗎？伊芙一直千方百計要請你來？」她的聲音出奇低沉，而且語氣還有點誇張，索恩不知道該怎麼回話，只能小口啜飲紅酒，「她眞的是絞盡腦汁，依我看呢，就在此時此刻，她沒辦法從爐子前面轉頭回來，原因鐵定只有一個，因爲她的臉紅紅……」

「閉嘴啦！」伊芙哈哈大笑，但沒有轉頭過去。

丹妮絲灌了一口酒，又對著索恩大笑，「好，我終於親眼看到了，」她說道，「專門抓殺人犯的男人。」

經歷了早上在蘇活區的那一場風波之後，索恩需要放鬆一下。現在，他覺得開心多了，眼前這女子雖然瘋瘋癲癲倒也可愛。

「就在此時此刻，我是個抓不到殺人犯的男人……」

「大家都有低潮的時候，湯姆，也許明天你就抓到好幾個啦。」

「我只要先解決這個就好……」

「好，」她舉起酒杯，宛若在乾杯，「逮到一個眞正大尾的殺人犯。」

索恩靠在椅背上，瞄了一眼伊芙。她似乎感應到他的目光，轉身，看著他的雙眸，露出甜笑。

索恩又望向丹妮絲，「那妳呢？從事什麼工作？」他看著她鼻子上閃閃發亮的小刺環，心想，演員、詩人、表演藝術工作者……

她翻了翻白眼，「哎喲，資訊業。抱歉，我想只有呆子才會幹這一行。」

「嗯……」

「別擔心，我看到你已經眼神渙散愛睏了。媽的，你覺得我有什麼感受呢？整天都被愛看《魔戒》的人重重包圍，開的玩笑不是和軟碟就是和硬碟有關，功力可以打趴電腦……」

伊芙站在爐邊，哈哈大笑，索恩馬上知道她與他想到一樣的雙關語（口交），「我知道，」他回道，「在我工作的地方，打趴電腦是截然不同的意思……」

當那名男子大步走進廚房的時候，索恩猜他應該就是班恩了，第一個收起笑容的人是丹妮絲。他走到流理台那裡，整個人靠在伊芙工作區的旁邊，開始啃指甲，又對索恩微微點了一下頭，「你好啊……」

索恩點頭回禮，「嗨，你就是班恩吧？」

丹妮絲刻意拉高音量，蓋過把紅酒倒入她酒杯的咕嚕聲響，「哦對，他就是班恩。」她講出他名字的時候，刻意擺出假到不行的微笑，班恩似乎不是很領情。

伊芙拿起擦碗布，「好啦，你們兩個也夠了吧。」她靠過去，親了班恩的臉頰，「再五分鐘左右就可以上菜了……」

班恩走到冰箱前面，打開箱門取了一罐淡啤，他面向索恩，舉高手中的啤酒，「要不要來一罐？」

索恩舉起自己的紅酒杯示意，「不用，謝了……」

班恩從自己女友的後方繞過去，坐在索恩旁邊。這男人個頭很高，體格強健，金色鬈髮，金紅色的山羊鬍，以及修整得頗性格的鬢角。班恩看起來已經三十多歲，但卻打扮得超級年輕，索恩猜他身上穿的應該是滑板裝，與他的年紀相差了顯然有十五歲。他伸手，自我介紹，「我是班恩．詹姆森……」

索恩也伸手回禮，他突然覺得有點彆扭，自己穿著斜紋棉褲加瑪莎百貨買來的黑色馬球衫，未免稍嫌正式了一點……

「我餓死了。」班恩說道。

伊芙把四個盤子送上餐桌，「很好，我煮了一堆菜……」

在接下來的半分鐘裡，只聽到瓷器與玻璃杯在碰撞，刀叉摩擦盤面，以及當菜餚上桌時、椅子在磁磚地板上挪動的聲音。

「看起來好好吃。」索恩說道。

丹妮絲與班恩點點頭，嗯哼附和，伊芙笑了，然後也安靜下來。

索恩轉向右方，「班恩，你也在資訊產業工作嗎？」

「啊？」

「我在想你們是不是在工作場合認識的……？」

「哈，不是，我是影像工作者。」

「哦，會不會有哪部作品我剛好看過？」

「除非你剛好看過一堆公司訓練錄影帶啦。」丹妮絲接口。

索恩覺得自己的腳彷彿踩到了桌底下的什麼東西，他推了兩下，希望那是伊芙的腳，她果然抬頭看著他……

「對，我現在做的是這些沒錯，」班恩回道，「但我也有自己的創作構想，正打算開始處理自己的計畫。」

丹妮絲把手伸過去、握住班恩的手，用叉的動作也隨即停了下來，她完全不掩飾自己的奚落之意，「對，親愛的，你當然有機會……」

班恩攪弄了一下義大利麵，目光停留在盤內，完全沒有抬頭，「好，小丹，那妳公司怎麼樣？哪個系統當了？有沒有什麼好玩的電腦病毒要跟我們分享……？」

索恩吃了他的第一口食物，瞄到伊芙在看他，她露出甜笑，對他輕輕聳肩。他瞄了一眼丹妮絲與班恩，兩人眼光飄來飄去，就是不肯看著對方。吵架表面上似乎是結束了，但顯然兩人仍然想要逞口舌之快。

「好，」伊芙雙手交疊胸前，「如果你們不肯親親和好，那就去隔壁吵個痛快，自己打電話叫披薩外送，這提議不錯吧？」

丹妮絲先挑眉看著伊芙，然後班恩也是，伊芙開始努力裝出嚴肅的表情。看到她假裝生氣的模樣，這對情侶之間的劍拔弩張似乎也開始逐漸消融，兩人立刻搖頭，交頭接耳了一會兒，爲自己的蠢行道歉。索恩看著他們三個人緊握著手——當他們說出對不起的時候，何其自然，也不會因為有外人在場而覺得不好意思——這些人因為深刻友誼而建立起來的能量、溫暖，以及力道，讓索恩看了好感動。

他微笑，揮手表示不在意，這三個人了不起，也讓人嫉妒……

當他手機響起的時候，丹妮絲傾身向前，似乎是非常興奮，「湯姆，可能是第一個殺人犯要落網了……」

當索恩看到手機來電者姓名的時候，他內心突然一緊。他原本想要離開廚房接電話，甚至假裝這是公務來電，但他隨之一想，覺得這種反應未免太超過了一點。他張嘴默聲說了句「對不起」，接了電話。

「湯姆，狀況眞的很糟糕，非常糟糕。我已經準備好明天的東西了，為了這一趟遠門都準備好了。我把它們全擱在床上，正要仔細挑選的時候，卻發現這套藍色西裝有問題……」

索恩靜靜聆聽，父親原本的恐慌以可怕的速度轉為歇斯底里，他注意到伊芙與她的朋友假裝沒注意到任何異狀。當索恩聽到電話另外一頭傳來的只有啜泣聲的時候，他推開椅子，眼睛盯著地板，離開餐桌。

「爸，聽我說，我明天一大早就會過去，我之前就講過了，一定說到做到。」他走到廚房窗戶前面，向外遠眺倫敦場公園，金絲雀碼頭頂端的燈光在對他眨眼。他不知道伊芙與其他人是否聽到了哭聲，他正在苦思接下來該怎麼辦。

伊芙起身，走到他身邊，把手放在他的臂上。

「沒關係，爸爸，」索恩回道，「聽我說，我得先回家好嗎？先收拾行李，再去拿出租車。冷靜一下，好不好？我會盡快趕到……」

那個接待櫃檯後面、自以爲是的賤女人，眼睛盯著威爾契，簡直是把他當成了賊。酒吧裡其中一名商人剛進來的時候，對著自己不愼帶進來的鞋底狗屎哈哈大笑，他的等級彷彿就和那一坨屎一樣，媽的這裡也不是什麼麗池飯店好嗎……

「我在兩天前打電話過來預約房間。」威爾契說道。

櫃檯人員緊盯著她的電腦螢幕，臉上也立刻出現了冰冷的假笑。「是的，」她回道，「只待一晚，對嗎？」

威爾契眞想伸手過去甩她一巴掌，他有點想找經理出來，要求自己理應得到的服務水準與禮貌，「對，一晚，有附早餐對吧？」

女孩頭也不抬，「對，先生，您的房價包含早餐。」

威爾契不禁心想，要是他們兩個一起下來吃早餐的話，不知道會怎麼樣。他不知道她是否想要留下來吃早餐，他本來想問她，最後還是作罷。

「先生，我馬上就好……」

櫃檯人員忙著敲鍵盤，威爾契張望飯店大廳。植物全是塑膠製品，灰色地毯粗糙得不得了，要是跌倒在地可能會刮破皮膚。櫃檯旁邊放了一個標牌，上面寫著斯勞格林伍德飯店，歡迎湯普森鑄造公司蒞臨……

「先生，填完那份資料就可以了。」她把入住資料表格遞過去給他，他愣了好幾秒，才想起自己的小旅社地址，「我需要信用卡壓印，我們不會收取費用，但……」

「不需要，我付現。」他在表格上簽完名之後，準備從外套口袋裡拿出一捲十英鎊的鈔票。

「先生，真的沒關係……」

威爾契雖然掏錢出來，其實他有卡可用，但他想要讓她看到現金，他摘掉橡皮圈，開始數錢。那間小旅社固然可怕，但獲釋時沒有固定住所——的確還是有好處，他的出獄補助費比一般犯人的額度超出了兩倍有餘。

「先生，不需要預付，等到退房的時候再付帳就可以了。」她把卡片型鑰匙放在那一疊現金上，把它推回去，「三一三號房，四樓。」

他緊抓著自己的錢，拚命壓抑大吼的衝動，「媽的我很清楚，我知道妳根本在敷衍我，妳也夠了吧？」

櫃檯人員臉色漲紅，把頭別過去。

威爾契拿起裝有牙刷、保險套、準備明早換穿的乾淨內褲與襪子的塑膠袋。他一度想要和酒吧裡那群湯普森鑄造公司的員工鬼混一下，喝點小酒。但他隨即決定還是立刻進房，先洗個澡，盡情享受每一刻……

他自顧自傻笑，走向了電梯。

這種事只會出現在家族聚會式的婚禮。索恩知道，別的婚禮絕對看不到這種景況：至少超過七十歲的老太太，在角落擺出彆扭舞姿、與小男孩共舞，兩個四十多歲的女人隔桌大吼大叫在聊天，音量驚人，所以她們對於食物／服裝／服務的議論之聲還蓋過了瑪丹娜／綠洲合唱團／喬治·麥可的歌聲；小孩子跪在光滑的舞池地板上溜來溜去在玩耍，而更小的小朋友如果不是在尖叫、就是在嘈雜的音樂聲中昏昏欲睡。

有些人和你的關係是基於血緣，一輩子的事，有些人和你的緣分不過就是一兩個小時而已。彼此打量，逼視，最後別開目光，只需要一個眼神或是淡啤下肚，就可以上床幹砲或大打一架。

自從新人下了舞池、隨著〈紅衣女郎〉這首歌跳了第一支舞後，已經過了二十分鐘，而索恩依然死守在角落，不曾離開。這個位置可以讓他看到大廳的狀況，盯著他老爸。

他的目光飄了過去，父親已經離開吧檯前的座位。索恩起身，爲自己又點了一杯健力士。趁酒保在備酒的時候，他開始在大廳裡四處閒晃。

他遇到了不熟的人，也有完全不認識的賓客，DJ的粗濫燈光道具讓他們的臉龐染上了顏色——紅色，然後轉換成綠色、藍色。索恩朝大廳另外一頭的右側張望，那裡的拱道通連到另外一個比較小的房間，他看到他父親在自助餐大桌旁走動，喃喃自語，把他永遠吃不完的食物堆疊在紙盤上……

「爸爸，別緊張，一個人怎麼吃得下那麼多隻雞腿？」

「關你屁事……」

「太多了……唉，你的手要扶住下面呀……」

「媽的……」

脆弱的紙盤摺邊，無法承負這麼多的食物，整個折彎，翻了，他不禁想到那塊躺著死人而出現凹陷的床墊……

索恩突然一陣光火，因爲他現在得扮演父親保母的角色。然後，他的怒氣越來越大，他知道如果就算自己現在待在家裡，也是一事無成，所有的線索陷入膠著，根本沒有所謂的全新辦案切入點，他找不到任何眷戀的理由。

他彎身撿起散落在地上的食物，想了一會兒之後，決定乾脆把它踢到桌子底下。

這個房間超大，或者，只是看起來超大而已。他知道自己的感知能力還是有點不太正常。

天，只要沒有室友，就連這種爛房間也感覺很豪華……

威爾契現在也只能想些有的沒的，不然他一定會衝進浴室打手槍。當初。珍找到了住在小旅社的他，他的確就是這個反應，隨手拿了張她的照片，另一手的手腕開始不斷上下抽動，聽到她的提議，他覺得簡直是難以置信。

那個時候，他全身起了雞皮疙瘩，她怎麼知道他落腳的地方？但他怎麼會在乎這種事呢？當然，他高興死了。他壓根兒沒想到自己會與她又有了聯絡。他原本以爲她也是那種愚蠢浪蕩的女子，在犯人入監的時候拚命寫信，等到他們出來之後就躲得遠遠的。他之前的確是這麼認爲，所以在他出獄的時候、就把她寄給他的那些信都丟了。當然，那些照片他倒是珍藏得好好的，他絕對不會把它們扔掉……

他拿出隨身攜帶的照片，天，珍看起來超正。他滿心期待也許有機會看到她帶面罩過來，甚至連手銬也準備好了。他偷偷準備了這張照片，希望他們兩人可以重現畫面。在面罩下之下、或是在陰影中所抬起的臉龐到底是什麼模樣，已經讓他陷入了漫長的無盡想像，但現在他即將要看到她的眞面目，事實如何他也不在意了。他知道她胴體的輪廓，而且她會臣服在他的腳下，任他予取予求。而且，他一直堅信，等到要實戰上場的時候，既然能夠搞到乾柴烈火，又何必在乎對方的外貌呢。

威爾契慢慢吐了一口長氣，看了一下手錶。他隔著長褲搓揉自己，心想要是她打算慢慢磨的話，不知道自己可以撐多久……

有人敲門，三聲，好輕柔。

在回去酒吧的途中，索恩的父親已經看來無恙，而他自己剛好被艾琳姑姑逮個正著，她問他是否玩得開心，不知道他有沒有空可以和她的某個想要當警察的表親聊聊天？索恩心想，他寧可去洗屍還比較好，但他嘴巴還是說好，當然很樂意，然後趕緊擠向酒吧，希望他剛才點的酒還在那裡……

他一口氣喝光了第三杯啤酒，放下杯子的時候，看到酒吧另外一頭有人在瞪來瞪去。某個堂弟還是誰的，和新娘的朋友互看不順眼，似乎是很想要大幹一架。索恩心想，就算他們要打得頭破血流，他也不會多管閒事。

他發覺自己錯了，光怪陸離的事不是只會出現在家族聚會式的婚禮而已，家族聚會式的葬禮亦復如此，只不過大家不太可能會在迪斯可酒吧辦葬禮而已。關鍵字在於家族，如果你剛好是影集《東倫敦人》裡的某個角色，或是帶有勞工口音的電視名人，抑或出身倫敦東南方某個特定區域的人，講出這個字的時候，還要特別延長第一個音節，加上伸出食指、儼然在挑釁的手勢。

索恩望過去，他猜等一下才會爆發衝突，也許，在停車場吧。

他心想，就是在這種出生、婚姻，以及死亡的場合中，可以看到暗流浮升到表面，變得洶湧難測，隨著泡沫漂上來，不斷在啤酒與百加得烈酒的漩渦中打轉。傷感、侵略、忌妒、懷疑、貪欲。

過往，就是夾纏在一起的種種束縛……

這些東西，只會保留給我們最親近的人，藏在內心深處，陌生人難以窺見，只不過就連大多數的親人的確都是陌生人。

索恩看到一個十六、七歲的小男生，走過酒吧，朝他的方向而來。應該就是那個要尋索生涯建議的表親。索恩想了一會兒，覺得現在心情不錯，正好可以給他一點……

在一開始的時候，他應該會先提出幾個數據，比方說，究竟有多少殺人犯會對陌生人下手，然後，拿這個數據與殺人者與被害者有關聯的案件數字互相比較，就可以發現前者所佔的比例有多低。他也會告訴這個男孩，當這種事情牽涉到家人、他們彼此之間的衝突與家務事的時候，他千萬不要、也永遠不要感到有什麼好驚訝的。他會告訴這個愚蠢又熱血的年輕人，家人，其實是危險人物。

他們什麼事都做得出來。

當那男人衝進房內的時候，威爾契立刻知道自己麻煩大了。對方的臉上流露出一股威爾契熟知的殺氣，他在監獄的這些年當中，只要看到那種面孔就拚命閃避。他經常在那種長相普通、老實的殺人犯與持槍搶匪的臉龐上看到那股神情。想必寇帝卡一定也在那間洗衣房裡看過同樣不屑、充滿威脅的面孔，然後整張臉就被抓去高溫煎烤了……

威爾契覺得他應該要更奮力掙扎才是，但他簡直是無能爲力。對方比他孔武有力，在裡面的那些日子磨練了他的心志，但他的身體卻變得軟弱鬆弛，看書的時間太多了，待在健身房的時間不夠長……

在氣數將盡的最後時刻，威爾契心想，原來在無法掙扎，無法抵抗殺戮的時候，痛苦的感受更加劇烈……

對方在他脖子上不知纏住了什麼東西，他喉底的尖叫也因而消失，成了被扼抑、如泡沫般的嘶嘶聲。他的身體也一樣，無能爲力，雖然出於本能而不斷想要擺脫痛苦，但每一次想要逃離撕扯與刀刺的身軀扭動，只是讓那根箝制呼吸的繩索勒得更緊而已。

威爾契一頭栽到地毯上，他覺得那條東西把脖子咬得更緊，牙尖卡在舌裡，越陷越深。他死命抵抗把他脖子往後拖拉的那雙手，不斷扭曲身體，就在斷氣的前幾秒鐘，全身蜷曲成胎位。

威爾契心想，*我快死了，現在的姿勢就像個小嬰兒一樣。*他眼睛睜得好大，但頭罩讓他什麼都看不見，一股更柔和、深濃的幽影，終於開始慢慢降臨在他身上……

索恩剛剛把父親弄上床，他穿越走廊、朝自己的房間走去，就在這個時候，電話響了，他進入房間之後，才接起電話。

「妳這麼晚還不睡……」

「很好啊，你說是不是？」伊芙答道，「明天要睡到自然醒。嗯，婚禮怎麼樣？」

「完美。無聊的長篇大論，難吃的食物，還有人打架。」

「我是問你真正的婚禮部分……？」

「哦，那個啊？嗯，馬馬虎虎。」

她哈哈大笑。索恩坐在床上，把電話夾在肩膀與下巴之間，開始脫鞋，「嗯，昨晚的事很抱歉……」

「幹嘛說這種傻話。你爸爸還好嗎？」

「唉，就是讓人煩心，以前就是這樣。」索恩覺得電話另外一頭有車流聲，他猜伊芙應該在外頭，但覺得還是不要多問她在哪裡比較好。「不過，說眞格的，匆匆離開很抱歉，東西吃光了嗎？」

「別擔心，遲早會……」

「抱歉……」

「沒關係，反正總是會剩很多。我每次煮一堆，都會被丹妮絲吃光光，所以我一點也不擔心。」

索恩開始解開襯衫釦子，「對了，幫我謝謝她和班恩，那天晚上看他們鬥嘴很有趣……」

「很好玩是吧？不過我覺得我太早當和事佬了。過沒多久，大家都看到有酒杯飛向某人的臉……」

「有機會再見識一下。」

她打了一個大哈欠，「天，抱歉……」

「我還是趕快讓妳去上床睡覺吧。」他猜她應該在計程車的後座，車子已經停在她家公寓的外頭。

「湯姆，祝你一夜好夢。」

索恩又倒回床上，「對了，妳記得妳問過我有多想見妳嗎？我那時候答的是七分，現在可不可以提高到八分……？」

八個小時之後，索恩的電話再次響起。持續不斷的尖鳴把他拖出了深眠夢境，他在夢裡拚命想要挽救某個流血不止的男子，每當他伸出手指、蓋住傷口的時候，另外一個血洞又出現了，他彷彿像是卓別林一樣在搶救漏水。就在所有傷口似乎都被覆蓋著的時候，鮮血居然從他自己身上的多處破洞噴湧而出……

「長官，你最好趕快回來。」賀蘭德說道。

「快說是什麼事……」

「兇手又訂了另外一個花圈……」

第二部

宛若曙光

一九九六年十一月二十七日

艾倫．法蘭克林彎腰，撿起自己掉落的車鑰匙的時候，不禁因痛苦而臉色抽搐。還有兩個禮拜就要退休了，而他的身體，果然像是精準的鬧鐘一樣，告訴他現在的確是時候了。背痛，還有海外養老小屋的話題，幾乎是在同一天出現……

他挺直身子，沉重的吐氣聲迴盪在幾乎荒涼無人的停車場。他們今晚應該還是會繼續討論這件事，就他們兩個人，邊喝酒邊聊天。席拉傾向法國，而他鍾意的是西班牙。不論最後他們選定哪裡，他們是走定了，畢竟，這裡沒有任何的留戀。他與西莉亞生的三個小孩都已經長大成人，還生了小孩。他早與自己的兒子失聯多年，也從來沒看過自己的孫子。當然，還是有朋友，而且他也會想念他們，但畢竟比不上他與席拉遠走高飛的計畫，他們兩人沒有真正的牽絆……

他找到了路華汽車的鑰匙，把它插入鎖孔裡。

到了最後，八成還是席拉勝出，通常都是這樣。他也不得不承認，大部分的時候她都是對的，今天早上就被她料中了，她告訴他今天會變冷，一定要記得保暖。

他轉動鑰匙，解開了中控鎖。

他伸出手，準備要去抓門把的時候，有東西從他面前咻一聲閃逝而過，緊咬住他的脖子，把他往後拉，害他踉蹌摔倒……

他的人先倒地，然後公事包也跟著掉了，他還來不及大叫，一隻腿已經斷了，被彎折向後，另外一隻直伸在前方，他立刻伸手去保護喉嚨，把手指塞在繩索與脖肉之間。

對方的雙手一陣亂摸，抓住了他的手指、硬是要把它們扒開。一記重拳擊中他的太陽穴，就在他昏搖不已的時候，發現自己充血僵麻的手指已經滑出了繩索，他的頸後感受到一陣溫熱的呼吸……

他看著自己的腿伸向前方，腳板死命猛踢路華汽車骯髒的灰色輪圈蓋。

他突然想起在他下面的那名女子的臉龐。他聞到了自己的氣味，他深愛的鬍後水，再次感受到他雙臂裡的那股力道。

他看到她雙腿朝儲藏室兩側堆高的紙箱亂踢，還聽到她穿襪的腳丫子碰到紙箱的低沉聲響，然後，他感覺到他身體下方的那些動作逐漸轉弱，停止，看到她的雙眼閉得死緊。

天色變暗的速度似乎非常快，也許停車場的燈光有設置什麼定時器吧，光度變得黯淡，省電。他只看得到自己的腳，還有雕花鞋的後跟依然不斷猛踩輪圈蓋，那一塊便宜的塑膠頻頻劈啪作響。

然後，他眼前一陣黑，血液衝了上來，當繩索猛力收緊的那一刻，他聽到了眼球裡的心搏鼓動聲。

他看到了自己的妻子，正在花園裡對她微笑，還有被他壓住的那個女人，拚命想要把頭別開，然後又是妻子，那女人，最後那女人佔住了原本是他妻子的位置，告訴他天氣會變得好冷。

她朗聲大笑，提醒他不要忘了帶圍巾……

10

卡蘿・查姆柏蘭一直是早起的人。而就在七點鐘剛過沒多久，她先生眼神朦朧、拖著腳步進入廚房的時候，她早已經醒來好幾個小時了。他打開煮水壺的電源，自顧自點點頭，他知道她接到那通來電之後，想必是輾轉難眠。

電話是在昨天傍晚響起，剛好是《模仿明星賽》與《盲目約會》這兩個節目之間的廣告空檔。當來電者表明身分，表達需求之後，卡蘿終於明白剛才傑克把話筒交給她的時候，爲什麼他的臉上會充滿了疑問。

警司從頭到尾所說的話，她都聽得很清楚，他的語氣裡聽得出惱怒，顯然他先前沒料到她居然會有這麼多問題。過了十五分鐘之後，她終於答應會思考一下對方的請求。

對方告訴她，他們之所以建立了這個新團隊，是爲了要善加利用某些過去的資源——他是怎麼說的？——前幾年遭到閒置的人力。基本概念就是讓能力優秀的前警官可以運用累積多年的寶貴經驗、重新監視多年懸案，想必能爲他們開拓全新的視野……

自從她掛了電話，兩人又回到電視機前面觀賞週六夜晚的電視節目之後，卡蘿幾乎都在天人交戰。她當然就是所謂的「閒置人力」，但她也很樂意，不，渴望，能夠有所作爲，而她也聽出這名年輕警司沒說出口的疑慮，她馬上就猜到他和諸多同僚腦中所浮現的畫面，一群上了年紀的退休警察扶著助行器、從義本度假區拖著腳步離開，他們揮舞著皺角的警證，大吼大叫，「我八十二歲了，你知道我還是很行吧……」

傑克把泡好的茶放在她面前，語氣輕柔問道：「親愛的，妳打算接下這份工作了，是不是？」

她抬頭看著他，她的笑容很緊張，但還是努力硬撐了好一會兒。

「我還是很行。」她回道。

索恩趕忙從霍夫鎮趕回去，狂操那台租來的Corsa、連衝了三條不同的高速公路，而布里史托克也在同一時間抵達格林伍德飯店，封鎖現場。等到索恩抵達的時候，這具稍後被證實身分爲伊安．威爾契的屍體，被人發現已經是將近三個小時之前的事了，而他遇害的時間，也早已超過了十二小時。索恩無力可施，只能盯著死屍而已。

「嗯，這間飯店是稍微高檔一點。」漢卓克斯說道。

賀蘭德點頭附和，「他們還送了幾杯咖啡上來……」

「大廳也裝了閉路電視，」布里史托克說道，「我猜，很陽春的設備，但會拍到什麼很難說。」

這是間典型的商務旅館。熨褲機、煮茶機、浴室裡也備有普通香皀。這間簡樸乾淨的旅館房間，當然與他們三週前的那個骯髒地方不一樣。當然，只有一點除外，同樣慘不忍睹。

這裡和派丁頓的命案現場一樣，床鋪被掀開，被褥也都被拿走了，衣物散落得到處都是，但屍體的位置卻看得出是出於兇手的精心安排。死屍被擱放在正中央，頭部面牆，皮帶纏繞著手腕，蒼白的雙手毫無血色。還有頭罩，圍在脖子周邊的那條繩子，以及蜿蜒而下、宛若肉汁般的紅褐色乾涸血跡，一路流到了大腿……

這個受害者比蘭姆費利的年紀大了一點，可能將近五十歲了。

布里史托克把目前掌握的有限資料告訴了索恩。他聽完之後，站在窗邊，瞄了一眼大馬路另一頭的田野。這裡距離馬路只有兩分鐘的路程，最近的大圓環也不過隔了五十碼而已，但是在這個星期天的早晨，索恩卻只聽得到鳥鳴還有屍袋的沙沙聲。

這一次兇手是自己訂了花圈，他拿了受害者的簽帳卡、於前一晚的八點三十分過後，在某間二十四小時營業的花店下單。正因為如此，他們已經知道了死者的身分……

「這一次他就不想在答錄機留言了。」布里史托克說道。

索恩聳肩，兇手可能已經從先前的錯誤中記取教訓，也可能在伊芙·布倫姆答錄機的那通留言之中、已經達到了他的目的。

「二十四小時的花店？」索恩搖頭，「到底誰需要在半夜買花啊？」

「不算是眞正的二十四小時，」布里史托克解釋，「但總是有人至少會留到十點鐘。他們不保證你訂的花可以隔日早晨送達，但顯然他們爲了這筆大單，特別盡心盡力……」

早上九點鐘，送貨員以輕快的腳步、帶著花圈到了飯店櫃檯。櫃檯人員不知道爲什麼有些不知所措，打了電話到三一三號房，無人回應，她請送貨員稍等，自己上樓查看狀況，五分鐘之後，飯店裡大多數的人都被她的尖叫聲給嚇醒了……

「長官……？」

索恩從窗前轉身，看到安迪．史東走進房間，他手裡拿了一張紙，掛滿笑容，走向索恩與布里史托克所站立的位置。

「受害者入住登記使用的是自己的眞名……」史東說道。

布里史托克聳肩，「也沒有理由要用假名吧，是不是？他以爲自己來這裡是要準備打砲的。」

「我覺得是眞的成了砲灰。」賀蘭德回道。

等到史東停止大笑之後，索恩盯著他，「快說……」

史東低頭瞄了一眼那張紙，「伊安．安東尼．威爾契，八天前剛從萬德斯渥茲監獄出來，因性侵案判處五年徒刑，服刑三年假釋出獄。」

索恩喃喃自語，「我不知道我們怎麼一直沒想到這一點。行兇者針對的不是蘭姆費利這個人，而是因爲他與威爾契都曾經犯下過強暴案。天，通常這類案子我們只是輔助偵辦的角色……」

布里史托克伸懶腰，塑膠連身衣也窸窣作響，「嗯，這一次，我們要自己來。」

現在，局勢即將產生變動：在前一個半禮拜的時候，他們的辦案順序大風吹，由於發生了蘭姆費利謀殺案，所以舊案也就沒那麼急了，而三個禮拜過去，一無所獲，順位又發生轉向。小組成員爲了某起青少年因電玩刺殺朋友而遭起訴的兇案、拚命忙著在準備法庭資料，不然就是在蒐集與毒品有關的槍擊案文件。資源重新分配本來就是常態，現在又得要重新洗牌。既然蘭姆費利謀殺案已經變成了蘭姆費利與威爾契的雙起命案，那麼比較單純的案件就不是當務之急了。

現在，第三小組也不會處理其他案件了……

「一，二，三……」

索恩看著四名警員奮力抬起床墊上的屍體，把它移到早已鋪在床邊地板上的黑色屍袋。皮帶早已取下來了，但死者雙手依然緊扣在後，十指交纏。幾個小時前，已經出現屍僵反應，屍身以詭異的方式滾落、成爲側臥姿勢，膝頭縮在胸前。警員們互看一眼，過了一會兒之後，某名警探走向床前，他把手放在死屍胸前，讓它轉爲平躺姿態，然後又盡量把它的雙腿拉直，勉強讓屍體攤平，讓他們能拉上屍袋的拉鍊。

「我忘了問，」布里史托克說道，「婚禮怎麼樣？」

索恩依然盯著那名警探，在雙手必須碰觸裸屍的處理過程中，他一直緊閉著雙眼。

「也沒比現在好到哪裡去。」索恩回道。

十五分鐘之後，也就是剛過中午十二點，小隊的核心成員都到了飯店大廳。他們準備要分頭行動。驗屍工作要趕在兩點鐘開始，索恩等一下將跟隨漢卓克斯回到威克斯海姆醫院，布里史托克則與其他人回到辦公室。

在督察長與傑斯蒙德通電話、然後又吩咐伊芳．基絲頓回去偵查室的時候，其他人全坐在假皮扶手椅裡面，共享桌上的那壺咖啡。他們不像飯店工作人員與住客一樣興奮得嘰嘰喳喳，只是透過櫃檯的平板玻璃窗向外遠眺，目送屍體進入殯儀館廂型車。

布里史托克也挨過去，和大夥兒在一起，他把手機放回外套口袋。「嗯，大家都得要加把勁，我也是……」

索恩問道：「無所不知無所不曉的總警司大人這次又提點了什麼？」外頭的殯儀館廂型車已經準備要離開現場，漢卓克斯準備要進入自己的車內跟過去，他向索恩揚手道別，索恩也對他揮了揮手。

「他說的都對，」布里史托克回道，「在他們鋪上新床單之前，記者就會聞風而至。好，對外呢，我們沒有辦法證實或否認這起案件與蘭姆費利謀殺案有關聯，」他停頓了一會兒，確定大家都有把話聽進去，「這也合理，那些小報一定會花一整天盯這個案子，大聲疾呼民間要保持警戒，舉辦投票。殺手爲民除害？是或不是？」

「難道是與復仇之類的動機有關嗎？」史東問道，「你覺得有沒有這個可能？」

索恩伸手拿咖啡壺，爲自己又倒了一杯咖啡，「這是在報私仇，行兇者做出這種事也並非爲了你我……」

「或許吧，」布里史托克回道，「但一定有人會問難道我們不該心存感激嗎……」

飯店經理從接待櫃檯走出來，與一小群帶著高爾夫球具的客人悄聲講話。他們走到門口，又停下來聊了一會兒。經理與他們握手道別，看著這些滿臉困惑的球客彎腰、鑽過警方封鎖線，搖頭，終於離開了。但索恩猜他們在打第一洞的時候，已經不需要聊新車或是度假什麼的，現在，已經有了新話題。

布里史托克清了清喉嚨，「好，鑑識人員會盡快處理採樣，但我們在等待的時候，也還有很多事得忙……」

「最後一定是一無所獲，」索恩說道，「這裡比上次那個地方乾淨，但依然還是旅館房間，光是採樣就得搞到下個禮拜。」

「也許這次運氣不錯。」賀蘭德回道。

「禮拜六晚上樂透中獎的機會還比較高……」

布里史托克拿起湯匙，敲了敲自己的咖啡杯，「我們就先來建立一下兇手的犯案模式好嗎？討論一下我們現在可以做什麼……」

賀蘭德舉手，「長官，如果我眞的在週六中了樂透，那我要正式提出要求、退出此案，帶著雙胞胎超模一起飛去熱內盧。」眾人哈哈大笑，果然讓低迷氣氛一掃而空。

「我要知道伊安・威爾契出獄之後的詳細活動狀況，」布里史托克說道，「他住在哪裡，與哪些人見過面……」

史東插嘴，「他出獄的時候沒有固定住所，監獄給了我他的旅社地址。」

布里史托克點點頭，「很好，大家要盡快打電話給更多的典獄長，每一間收容性侵犯的監獄都要聯絡，也要通知即將出獄的囚犯，這部分不難。我們還得追蹤最近六個月出獄的所有性侵犯、猥褻罪犯、暴露狂，確定他們有沒有收到過類似信件，要是有的話，一定要予以警告。」

「目標預計有多少人？」賀蘭德問道。

布里史托克拿起一袋餅乾，掐在指間晃啊晃的，「根據內政部的最新統計資料，全英國幾乎天天都有一個性侵重罪犯出獄，」他以牙齒咬開包裝，把塑膠袋呸到一旁，目光掃視桌邊的每一個人，「我知道，聽起來很可怕是吧？就從今年初開始計算好了，我們得要找出一百五十名左右的性侵犯……」

史東挑眉，「嗯，至少理論上來說，我們會知道他們人會在什麼地方，但這個工作量應該還是很可怕。」

「沒錯，應該不輕鬆。」布里史托克回道。

「我們能不能先釐清一下正當性？我的意思是，就像你先前講過的一樣，這些人也不能算是完全無辜的受害者，對吧？」

布里史托克眨眼，正要開口嗆回去的時候，索恩搶先一步，「安迪，這種事不需要你費心。」

「我知道，我只是想說……」

索恩揚手，「只要是出現屍體，我們就是不可能證明殺人行為有其正當性……」

✦

他們離開飯店，走向自己停車的地方。布里史托克與其他人分道揚鑣，朝自己的富豪汽車走去，順便把索恩拉到一旁，他偷瞄了一眼安迪．史東。

「我想聽你的看法……」

索恩點點頭，「嗯，他剛才講的話的確與你先前的觀點一致。蘭姆費利、威爾契犯錯在先，咎由自取。某些人很可能是抱持這種想法……」

布里史托克按下遙控器，汽車警報鎖嘎一聲解開了，「我指的不是他剛才的發言，而是格里賓那件事。」

索恩老早就心裡有數，他知道在上次突襲行動的時候、史東的行爲不可能就這麼算了，「了解……」

「別擔心，我們又不是安全局。他畢竟是爲了要保護那個小女孩。不過，我還是希望你能夠讓他知道他已經踩到了紅線。」

「應該的……」

布里史托克進入車內，發動引擎，「只要菲爾的驗屍工作完成，在威克斯海姆醫院記得要馬上打電話給我……」

當索恩走向自己的Corsa的時候，賀蘭德在碎石路面跑跳過來找他，「等一下要不要喝一杯？」

「我想喝好幾杯。」索恩回道。

賀蘭德伸手撫摸那台租來汽車的前蓋，「你該買的就是這種東西啊。」

「我哪時候得要買這種東西了？」

「拜託，你的車爛斃了。這台不錯，但是……」

「這台車是白的……而且我的車也沒壞……」

「那你就說說看有哪裡好吧。」

索恩打開車門，遲疑了一會兒才進去，「什麼？是要叫我馬上想出優點嗎？」

賀蘭德哈哈大笑，在索恩進去之後，彎腰對他說話，「如果我們討論的是女人的話，我看你早就把她甩了。」

電動車窗搖了下來，「賀蘭德，你的腦袋眞的怪怪的。」

「對了，你和那個花藝師怎麼樣了？」

「關你屁事。」

此時，傳來引擎發動之後的隆隆聲響，索恩望過去，看到史東正坐在自己的車子裡，看著他們，福特的銀色Cougar雙門轎跑車。他的下巴朝那裡點了一下，「你覺得史東的車怎麼樣？」

「有點太招搖了。」賀蘭德回道。

索恩看到史東的手不斷拍打著方向盤，「你還是趕快走吧，他看起來很想趕快回去。」

賀蘭德準備要離開，又停下腳步，「你爸爸參加婚禮玩得開心嗎？」

「開心？對，應該是吧……」

「我是要告訴你……」史東已經在按喇叭了，「威廉・哈特奈爾是第一任的超時空博士，我在網路上找到了答案。」

「我會告訴他的……」

索恩轉動鑰匙，發動車子，看著賀蘭德跑回去，鑽進史東的車內。當那台轎跑車從他前面呼嘯而過的時候，他還聽到了開得越來越大的音樂聲，大馬路上都聽得到，而安迪・史東只顧著往前衝，根本沒把路況放在眼裡。

索恩看錶，再次將引擎熄火。還不到一點鐘。驗屍工作要到兩點才會開始，但開到醫院不過只需要十分鐘而已。他呆坐了好幾分鐘，心想不知道該睡一覺還是看報紙打發時間才好，然後，他聽到遠方的吼叫聲，歡呼，有人在擊掌叫好。熟悉的噪音，令人心癢，隨著溫暖的午後空氣飄散過來。

他花了二十分鐘才找到比賽的地方，與大馬路相隔四分之一英里的小公園裡。球季還有一個半月才開始，但是熱愛在週日運動的足球迷怎麼會在乎這種行事曆，他們連體型和技巧之類的小事也早就不在意了。一組紅隊，另外一組黃隊，還有十幾個瘋子觀眾，盡情享受踢得並不完美的每一秒。

索恩開心極了，他站在邊線忘我觀戰。再過一個多小時，他就得盯著漢卓克斯小心翼翼劃開人體器官，以熟練手法切剖人肉，把它儲存起來……

能夠看著紅隊黃隊忙著奔跑，吼叫，鏟人，索恩也得到了暫時的滿足。

索恩拿起啤酒杯，從吧檯前轉身。除了羅素．布里史托克、某個身體不舒服的小鬼，以及伊芳．基絲頓之外，小組的資深成員幾乎都來了。現在有一股無法言說的放鬆需求，好好享受一個開心的夜晚，他們短期之內應該不會有這種機會了，因爲案情又有了新發展，已經出現了第二具屍體。

索恩不打算待太久，他累壞了，喝個一杯吧，或是兩杯，然後就直接回家……

一夥人聚集在兩張小桌。賀蘭德與漢卓克斯坐在一起，對面是安迪．史東與薩米爾．可林，他是擔任辦公室主任的警探。他們正在玩「不幹就去死」，這遊戲是要逼對方在兩個令人興味索然的性伴侶之間、硬挑一個出來打砲，在過去這幾個禮拜當中，整個重案組都玩瘋了，最讓大家爭執不休的是肥女政客安．威德康柏與卡蜜拉這一組的對戰。菲爾．漢卓克斯努力嘶吼，想要讓大家聽到他的說法，他既然是同志，不管是誰都不會成為他上床的選項。最後大家同意了他的說法，給了他一個新的對戰組合好好思考一下，藝人吉米．薩維爾與總警司崔佛．傑斯蒙德……

這間「皇家橡樹」酒吧除了能讓大家喝得爛醉之外，還有什麼其他特色，還真的是沒有人能想得出來。它是距離貝克大樓最近的酒吧，其他就沒什麼值得推薦的了。警察是這裡的常客，可能多少有點關係，這裡的酒客，幾乎人人身上都有警證。

索恩張望四周，明明是週六夜，這裡卻一片荒寂：一對情侶坐在廁所附近，瞪著自己的飲料，似乎是在鬧彆扭；整間酒吧好安靜，只聽得到同事活色生香的熱烈討論，還有角落無人使用的猜謎機所發出的尖細樂聲。

先前在解剖室的時候，人還比較多一點：菲爾．漢卓克斯、三名禮儀師、證物官、平面攝影師；全程錄影的攝影師、第一個抵達格林伍德飯店的小警員，必須在此確認這正是三一三號房床上的那具屍體，還有索恩也在場……

九個人，聚集在冰冷的房間，裡面配有水管、方便清洗的檯面，還有排水凹槽的地板。幾乎聽不到的低語與咬薄荷糖的咀嚼聲被放大，在奶白色的龜裂磁磚之間迴盪。一小群人，在靜靜等待伊安．威爾契的屍身被開剖，解體。

索恩曾經參加過數百次的驗屍工作，雖然這已經變成了無可奈何的過程之一，但他最近發現自己越來越難以將其拋諸腦後。現在雖然充滿了內心的衝擊，但遠遠比不上每次解剖過後的那幾天之中、纏繞不去的感官細節……

大半夜突然睜開眼睛醒來，因爲想到了腦袋輕噗一聲、落入玻璃罐的畫面。以清水拍打剛刮過鬍子的臉，看著它呈漩渦狀流下去、一閃而逝的呑水畫面。宛若手指壓住屍肉、被吸陷下去的情景。

工作的氣味，某種生肉的臭氣，深藏在汗水與員工自助餐混雜的氣味裡……

九個人聚在一起，等待，宛若在奇怪派對裡、互不相識的尷尬賓客。現在是到達現場之後、毫無事情可裝忙的可怕空檔……

終於，漢卓克斯掀開白色布單，詢問那臉色同樣蒼白的小警察，請他確認是否是先前看到的同一具屍體。從那表情看來，他唯一能夠確認的是自己快要反胃了，他奮力嚥了嚥口水。

「對。」他說道，「沒錯。」

然後就全吐出來了……

賀蘭德走向吧檯買酒，索恩立刻坐在他的位置，也就是在安迪．史東的旁邊。可林傾身向前，急著想把索恩拉進來玩遊戲，他還來不及開口，索恩已經把身子轉過去、面向角落，盯著史東。

「媽的這遊戲眞白痴。」史東說道。索恩剛到酒吧沒多久，而史東看起來比他多喝了三、四杯，「如果不幹就得去死，不管那女人是誰都得幹下去，是不是？所以有什麼意思呢？」

索恩喝了一大口淡啤，靠近史東，「我們那天去抓格里賓，出了一點狀況，我得講幾句話提醒你。」

史東本來看起來快要醉了，這時候卻突然清醒過來，「我是要保護那小孩，我不知道他接下來會做出什麼事……」

「督察長也說出一模一樣的話。不過，私底下，我還是得告訴你，你踩到了紅線。大家都希望之後不要再出這種事了，了解嗎？」史東望著前方，不發一語，「安迪？」索恩又喝了一大口酒，一整杯淡啤只剩下一半。「沒有人喜歡格里賓這樣的人，但你的行爲太過火了。」

「世界上就是有這麼多敗類，我就是不懂爲什麼有這麼多混蛋可以四處逍遙。」

「聽我說……」

史東轉頭，講話的聲音低沉，速度急快，彷彿在透露什麼危險訊息。「我有個好朋友在巴恩斯的兒童保護小隊工作。他告訴我，他們正在追捕蘇格蘭的某個專找小孩下手的殺人魔。這傢伙已經殺了三個小孩，他們已經取得了嫌犯的畫像，有名女子宣稱自己曾經在某個公眾假期的時候、在海灘看到了這個男人，所以呢？他們呼籲那天有去那裡的民眾提供度假照片，看看是不是有人無意拍到了那個王八蛋……」

索恩點點頭，他記得這個案子，但不知道爲什麼史東要特別向他提起。

「好，他們一共蒐集到數百捲底片，沖洗之後逐一過濾，一共有數千張面孔，」史東拿起酒杯，盯著它，發呆了好一會兒，「那女人找不到自己先前看過的那個男人，不過警察倒是在裡面認出了三十個專門性侵兒童的罪犯。靠，就不過是個週末，只是在某個海灘而已，三十個……」

史東喝光了酒，「好，我想該去上洗手間了……」

索恩看著史東離開，也喝光了自己的啤酒。他決定把那台Corsa留在貝克大樓的停車場，等一下搭捷運回家省事多了……

接下來氣氛輕鬆自在，時光過得飛快。索恩講了兩個父親的笑話，引得大家開心大笑；賀蘭德和蘇菲在電話裡吵架，在大家面前忍不住臉色一沉，但還是努力裝出若無其事；現在大家面臨了選擇女主持人對戰的難題，不知道該挑凡妮莎．費茲還是伊瑟．朗茲恩哪一個才好；賀蘭德又和蘇菲通話，最後乾脆把手機關了；索恩下十英鎊、與漢卓克斯打賭熱刺隊在接下來這個球季的最後成績一定會強過兵工廠；漢卓克斯已經是滿滿的醉意，他告訴賀蘭德，自己有好幾個同志朋友都很哈他……

大家離開酒吧，迎向清朗的溫暖夜晚，互道晚安，此時史東抓住索恩的手臂。

「我朋友還講了別的事。他們逮捕了一個傢伙，在網路上抓了一堆裸童的照片，你知道嗎？他辯稱他之所以想要找這些照片，仔細看過每一張小孩的面孔，是希望有一天能夠找到自己的照片……」

索恩想要輕輕把手抽開，但史東卻緊緊捏住他的手臂。

「鬼扯吧？」史東說道，「根本是荒唐，只是藉口罷了，你不覺得嗎？這怎麼可能是眞的，長官你說是不是……」

索恩進入大門，然後走入與樓上那對夫婦鄰居共用的走道，他吁嘆一口長氣，拿了信件，把帳單從一堆披薩外送菜單裡挑出來之後，找自己家門的鑰匙。

當他一進門的時候，他就發覺不對勁。屋內不應有風，某股味道隨著微風飄送過來……

他立刻進入自己窄小的家門，貓咪自己湊上來，磨蹭著他的小腿。他放下包包，將信件擱在電話旁邊的桌上，穿過角落，進入客廳。

他瞪著錄放影機的位置，空空如也，又抬頭望著那佈滿灰塵、他一直懶得粉刷的層架，本來在那裡的音響也不見了。電線被清得乾乾淨淨，也就是說，他們顯然在這裡待了一段時間。匆忙的竊賊只會把後面的細長電線拔斷，連插頭也乾脆留著不動。

他撿起本來整齊豎立在BOSE喇叭上頭、如今卻散落一地的平裝書，看來現在拿走他喇叭的人不是很愛看書，但他們倒是偷走了所有的CD……

這些王八蛋一定會把他的精心收藏全數銷贓，換來一整天飽食海洛因。

索恩走到廚房，望著歹徒攀爬進來的小窗，他自己忘了關的。兩天前的晚上，他匆匆忙忙打包要去參加婚宴的行李，沒有時間好好將家裡的門窗上鎖，因爲他得趕緊衝到愚蠢老爸的家裡去安慰他……

除了櫃子上的明顯缺洞之外，整個家裡似乎還算完好，就和他離開之前一樣。他猜臥室衣櫃裡應該有一兩個行李箱也不見了，大搖大擺從前門離開，隨興得很，彷彿像是帶了什麼沉重的東西準備去度假。

當他打開臥室房門的那一刻，剛才那股味道立刻撲鼻而來，索恩立刻猜到它的位置，他摀住嘴巴，接下來的動作也只能逼他暫時鬆開憤怒的拳頭。當他掀開被子的那一瞬間，他第一個想到的是想必這傢伙技巧十分高超，才能處理得如此精確，把大便屙在床的正中央。

索恩立刻退出房間，怒火暴起。艾維斯挨在他腳邊喵喵叫；不知道是餓了，還是想要趕緊撇清自己與床上那坨屎沒有關係，隨便啦。索恩不知道現在打電話給爸爸、對他大吼一頓會不會太晚了。

他看了一眼手錶，凌晨十二點十分……

他剛剛邁入了四十三歲。

這整個星期天，只要他一開始享受自我放鬆，就會立刻想到那討厭的留言，整個人變得渾身不自在，易怒。自從週六晚上他從斯勞回來之後，那通留言就已經在他的電話答錄機等著他。他根本不理會，整個人累得癱倒在床上，第二天早上才聽取留言。他萬萬不想聽到這消息，壞了他的心情。

他需要解決這個問題。

他在自己的公寓裡四處走動，著裝，想起當自己走進飯店房間的時候、威爾契的臉部表情。絕妙透頂，蘭姆費利也是如此。那是一種自以為馬上就要得手某個東西、然後突然驚覺狀況根本不一樣的表情。

他不知道他們在強暴那些女子的時候、是否在她們臉上看到那樣的表情。

他並不清楚他們各別犯行的細節，但他很清楚大多數性侵案的發生地點不是在黑漆漆的小巷和荒涼的巴士站。他知道大多數的強暴犯都認識受害人，也都是她們信賴的對象，朋友、同事、先生……

他們一定看過自己侵害的那些女子恍然大悟的驚恐表情，恐懼與驚訝，萬萬想不到會發生這種事。

萬萬沒想到會是這個人。

他喜歡看到這些男人所出現的相同神色、扭曲了他們充滿期待的得意臉孔。他會先欣賞一會兒之後，才拿出刀子和曬衣繩……

他穿上外套，拿起鑰匙。對著大門口旁邊的鏡子檢查儀容，低頭看了一眼答錄機。留言的事，當然等到之後再說了。

11

從地鐵站出來、走到貝克大樓，只是一段不到十分鐘的路程，卻已經讓索恩滿身大汗。他發現大門口有個徘徊的人影，周邊煙霧繚繞，等那個人轉身過來的時候，索恩嚇了一跳，居然是伊芳．基絲頓。

「早安，伊芳。」

她點點頭，迴避他的目光，像是個被抓到在單車棚抽菸的四年級中學生，臉色立刻漲紅，「早安……」

索恩指著她的菸，幾乎已經燒到了菸屁股，「我不知道妳……」

「哦，你現在不就知道了嗎，」她努力擠出一絲微笑，又吸了一口菸，「恐怕我也沒那麼完美吧……」

「感謝老天。」索恩回道。

基絲頓的笑容看起來溫暖多了，「啊，抱歉，我是不是開始讓你覺得有威脅感啦？」

「哦，不是我，但我覺得有一兩個菜鳥是有點害怕。」基絲頓哈哈大笑，索恩發現她依然把包包揹在肩上，「妳還沒有進去辦公室嗎？」他開口問道。她搖搖頭，從嘴角噴了一口煙，「拜託，妳怎麼會壓力這麼大？」基絲頓挑眉看著他，那表情彷彿覺得他根本看不出來她的苦。

他們站著不動好一會兒，目光朝不同的方向凝視，而且不發一語。索恩決定要先採取行動，以免等一下兩人得被迫開口聊炎熱的天氣，他把手擱在玻璃門上面……

「等一下樓上見了……」他說道。

「啊媽的，」她似乎是剛好想起來，「聽說小偷上你家闖空門，很遺憾……」

索恩點點頭，聳肩，推開了門。慢慢爬上階梯，他好驚訝，沒想到倫敦警察廳耳語傳播的速度與效率如此嚇人。

住在肯特緒鎮的某名派出所警探，剛好認識伊斯林頓的某位警員，這個人又打電話給科林代爾的某人……

把幾個愛嚼舌根的人丟進這堆人裡面，就可以產生製造謠言、八卦、廢話各種不同的戰力，比這個組織原本應該要打擊犯罪的本事還要厲害……

索恩花了將近五分鐘的時間，才穿越整間偵查室。沿路都是奚落與玩笑，他一路過關斬將，準備迎接角落那台剛修好的販賣機的獎賞，一杯咖啡。

「很遺憾，老哥……」

「長官，你臉色不太好看，是不是睡沙發？」

「湯姆，是不是沒有參加過犯罪防治講習營啊？」

「生日快樂……」講出這句話的是賀蘭德。

索恩一直想要保持低調，昨晚在酒吧裡的時候，他刻意不提，他一定是以前不知道哪個時候曾向賀蘭德提過自己的生日日期，「謝了。」

「你回家的時候收到一份不是很令人開心的禮物吧，我的意思是遭小偷，很不……」

「對，很不舒服。」

「有人說他們偷走了你的車……」

「賀蘭德，你是不是在偷笑？」

「長官，我沒有……」

昨天晚上，就在索恩把床墊拖到門外的時候，才想起來自己回家的時候沒看到外頭的蒙帝歐，其實他進門的時候也不記得桌上到底有沒有車鑰匙，那時候，他在心煩別的事情……他放下床墊，走到街上東張西望，也許他把車子停放在別的地方了。

沒有，靠……

「那麼，等一下去橡樹酒吧慶祝生日？」賀蘭德問道。

索恩從他旁邊走過去，販賣機幾乎近在眼前。他轉身過去，摸口袋裡的零錢，回話的語氣平靜，「低調一點，好嗎？」

「看你覺得怎樣都好……」

「不要像昨天晚上一樣，你和菲爾應該就夠了。」

「好……」

「我可能會問一下羅素想不想來……」

「要是你認爲今天不合適，改天也行。」

索恩一股腦把銅板丟進咖啡機裡面，「你聽我說，處理完第二具屍體的後續程序之後，再加上天知道我得花多少時間打電話與居家保險公司交涉，查出是哪個單位負責清運那沾屎的床墊，我覺得我應該是要好好喝一杯……」

等到賀蘭德離開之後，索恩起身，一邊啜飲咖啡，一邊盯著佔滿整片牆的那面大型擦寫式白板。黑色簽字筆畫出了歪扭線條所組合而成的各式欄位，指向地址與電話號碼的箭頭，辦公室主任分配給各個小組成員的當日任務，與本案間接相關的名單，以及本案關鍵人物的名單：蘭姆費利、格里賓、杜德……

還有一個獨立的欄位：珍．佛里？？

現在，道格拉斯．蘭姆費利的下面又多寫了一個名字，它的下方留有大片的空白、以防有新的死亡名單。這個欄位最上方的標題還沒有更動，當初有誰會想到「受害人」必須加上複數呢，但現在也勢必如此了。

索恩聽到有人在吸鼻子，轉頭一看，是薩米爾．可林站在他後面。

「你的頭還好吧？」

索恩瞄了他一眼，「什麼？」

「昨晚喝完酒之後，我覺得難受得不得了……」

「我沒事。」索恩回道。

薩米爾．可林警探，個性合群、體格壯碩的印度人，濃密的銀色頭髮，一口濃重的倫敦腔，講起話來像是時速一百英里的連珠炮。他那尺寸驚人的大半個屁股壓住書桌邊緣，「對了，那些帶子根本沒有用……」

「什麼帶子？」

「格林伍德飯店的閉路監視器錄影帶。」

索恩聳肩，果然不出所料。

「有兩個可疑段落，」可林繼續說道，「但都是背影。攝影機的範圍只有酒吧、櫃檯，還有電梯。如果你知道攝影機的位置，選擇從樓梯進出，根本不會被人發現。」

「他當然知道。」索恩回道。

他們兩人一起盯著白板好一會兒，「我們這一組和其他小組的差別，就是這個吧，你說是不是？」可林問道。

「什麼？」

「他們只有一個受害者，我們卻是一大串……」

在電影與電視劇當中，總是會出現某個特殊鏡頭，凸顯恍然大悟的那一刻，典型的老套手法。對眞實生活中的人來說，這不過就是想起自己究竟把車鑰匙放在哪裡，或是想起忘記歌名之類的事。但對於螢幕上的警察而言，通常是比較可怕的眞相，案情出現突破的關鍵時刻。然後，等到完全滲透之後，鏡頭會特寫英雄的臉龐，可能是迅速急拉，有時候則是慢慢推過去。不管鏡頭移動是哪一種速度，等到貼近之後，就停留在那裡不動，顯露出大徹大悟之後的眼眸光芒……

索恩不是演員，他不會做出展現鋼鐵意志的點頭姿態，也沒有謎樣般的專注目光，他只是站在那裡，握住咖啡杯，張著嘴巴，像智障一樣……

一大串……

這個字宛若板球一樣擊中了他。他覺得汗珠突然從身上的所有毛孔冒出來，然後又縮了回去，刺癢；一陣燥熱，冰涼。

「湯姆，你還好嗎？」可林問道。

等到貼近之後，就停留在那裡不動……

索恩急忙穿越偵查室，進了走廊，衝入布里史托克的辦公室，熱咖啡潑濺到了他的腕部，也無知無覺。

布里史托克抬頭，看到索恩的表情，放下了筆。

「什麼事……？」

「我知道他怎麼找到他們的，」索恩說道，「怎麼找到那些性侵犯……」

「怎麼找到的？」

「其實應該很簡單。這傢伙可能在獄政單位工作，或是經常窩在潘托維爾與斯克拉比斯附近的酒吧，希望可以結交獄卒當朋友，但我覺得這可能性不高。在一天工作即將結束的時候，找出準備要殺害的性侵犯並不是什麼難事。家人、法庭紀錄……或者他也可以乾脆找報紙檔案、過濾一下當地的報紙就行了……」

「湯姆……」

索恩立刻趨前，把咖啡杯放在布里史托克的書桌上，在狹小的辦公室裡踱步。「但關鍵是在後面，重點是出獄日期與地址。我曾經以為可能是與家人有關，但威爾契沒有固定住所，他的家人早與他斷絕關係，數年前就搬遷到別的地方。」他看了一眼布里史托克，彷彿一切已經呼之欲出，但長官只是點點頭，依然在等他把話說完，「出獄日期很難說，對吧？犯人會移監，假釋日期一再變動，原有刑期又多加了幾天。兇手必須能夠取得最新的準確資訊……」

「這是在玩《超級大富翁》嗎？我是不是得打電話向朋友求援？」布里史托克問道，「還是你給我好好講清楚，他到底是怎麼找到他們的？」

索恩很克制，只露出了些微笑意，「就和我們一樣。」

布里史托克鏡片後方的雙眼，慢慢眨了兩次，原有的困惑變成了宛若懊悔的表情，或者，應該說有些期待，「性侵犯登錄系統。」

索恩點點頭，拿起咖啡，「天，我們得立刻展開行動才行，這件事居然把我們搞了這麼久……」

布里史托克深呼吸，開始在牆面與桌緣之間的空隙來回走動，想要努力消化這則重要但何其駭人的新訊息，希望能釐清頭緒、讓自己能掌握狀況，最後，他終於開口。「應該不需要我多說吧？」

「什麼？」

「不要走漏消息……」

索恩抬頭，目光飄到布里史托克的後方。太陽已經移動到雲朵的後方，但是在這間小小的辦公室裡，依然和烤箱一樣。他知道自己的後腰處滿滿是汗，「這是當然，不需要特別提醒我。」

「當然，事屬……敏感，但原因不止於此。」

索恩知道布里史托克說得沒錯。八卦小報多年來一直喜歡把這套登錄系統稱之爲「政壇的燙手山芋」，發生這種事情，「公開個資、使其蒙羞」政策是否恰當的爭論，將會再次浮出檯面。

他再次望向布里史托克的時候，發現督察長露出微笑。

「不過，湯姆，我們可能靠這條線將他繩之以法。」

索恩要聽的就是這句話……

布里史托克在書桌旁來回走動，「好，我們先從性侵犯登錄之後、會予以知會的組織開始，這些單位都會得到性侵犯的所有細節，」他開始扳算手指，「社福部門、假釋部門……」

「當然，別忘了還有我們，」索恩回道，「羅素，別忘了還有這個最引人注目的單位，是吧？」

麥克佛森旅社位於卡姆登園道的某條小巷裡。在過去的悠悠百年之中，這棟建物曾經是劇場、電影院、賭場，如今它面貌寒傖，幾乎等於是只剩下空殼，而裡面就是那間臨時搭建的便宜小旅社。

「眞靠北。」史東忍不住出口抱怨，他歪著頭，望向頭上那片污穢破爛的天花板。

賀蘭德抬起頭來，這裡還看得到裝飾線板的金色塗層痕跡，灰泥的葉狀裝飾漩渦爬遍天花板，然後又向下延伸到大廳角落的四根裝飾大柱，「以前一定很漂亮……」

地板上堆放了一個禮拜份量的《每日星報》，史東伸腳踢開，他皺著鼻子，嗅聞腐濁的空氣，臉色一沉，「眞是可惜了……」

兩人繼續往前走，賀蘭德向史東簡述了這地方令人嘖嘖稱奇的演變史。劇場變成了電影院，到了七〇年代，電影院功成身退，取而代之的是更受到大眾歡迎的賓果賭場，三十年過去，刮刮樂與英國樂透對賭客來說更加便利，賓果賭場的存在已嫌多餘。

「音樂廳最後變成了騙稅的樂透店。」賀蘭德說道。

史東悶哼一聲，「我想那些頭獎號碼從來沒出現過吧？」

「你看我不是還在當警察嗎？」

他們的腳步聲在嚴重磨損的石材地板間發出了回音，踩到偶爾出現的光禿地毯，或是起皺的大面鋪毯的時候，響聲也瞬間被吸消，「不知道以後會是什麼樣的地方取代現在的樂透商店？你覺得呢？」

賀蘭德搖頭，「誰知道，這就要看天意的變化了。」

他們跟在布萊恩後面，距離約十碼左右，這位旅社總監五十多歲，身材魁梧，灰色長髮，單耳戴著巨大的圓狀耳環，身著彩色背心，他頭也沒回，直接伸開雙臂，作勢擁抱這個地方。

「不過，這地方總是命運多舛……」

現在，當年的華麗洛可可風采已經褪色，這個四十英尺長的空間，已經被裂開的水槽與金屬床所佔據。廚房與傳菜口，兩個小電視，都加上了繩鍊與掛鎖、扣住附近的暖氣管。床鋪後方，貼牆的位置，有一排佈滿刮痕、多處凹陷的置物櫃——某些沒有鎖，某些根本連門也不見了，鏽蝕斑斑，上頭滿是塗鴉。

「議會賤價收購，」布萊恩說道，「這條路底的游泳池被拆掉時的那個禮拜，他們買下了這個地方，原來的麥加賓果賭場也沒了……」

賀蘭德一邊走路，一邊低頭檢視地板，許多床鋪下方都放了鞋子，大多數都是運動鞋。還有幾個破爛的行李箱，數十個塑膠袋。

史東脫下外套，「大部分是流浪漢吧？」

布萊恩回頭看著他們。賀蘭德覺得此人頗有威儀，看起來能夠制住場面，看來這裡有時候的確需要他發揮這種功能。「各式各樣的人都有。無家可歸多年的街友、逃家者、毒蟲，還有像威爾契一樣的更生人……」

「他們白天通常都去哪裡？」賀蘭德問道。

這名大個頭男子放慢腳步，讓賀蘭德與史東與他並肩往前走。「四處遊晃，乞討，找別的落腳處。」他發現賀蘭德一臉困惑，嘴角泛笑，繼續解釋，「這地方有暖氣，也可以有東西吃，但願意留住的人不多。大多數的人都怕東西被偷走，就算他們眞的想要找個地方睡覺好了，上百個男人擠在一起，咳嗽聲此起彼落，在床上翻來覆去，床墊的彈簧咿咿啊啊，這比在家裡放整套鼓具的鄰居還可怕……」

「我的前女友總是害我沒辦法一夜好覺，」史東說道，「講夢話，磨牙……」

布萊恩淺淺一笑，「現在這個時候算是夠安靜了，到了晚上用餐時間，你根本連自己講話的聲音都聽不見。天色一暗，大家就會陸續回來，九點鐘的時候就擠滿了人。」

賀蘭德看著那些床，有的是三層，有的是四層，開始想像那樣的畫面。

低頭一看，滿坑滿谷的人。

旅社總監停下腳步，拍了拍某個置物櫃敞開的門，立刻又退到旁邊。「這是威爾契先生的櫃子，如果兩位需要任何協助，到前面的辦公室就可以找到我……」

兩人都戴上手套，史東檢查寄物櫃，賀蘭德則趴在地上，找尋被害性侵犯床底下的東西，這是兩個多禮拜以來的第二次了。

不到兩分鐘的時間，威爾契的遺物已經全數蒐集完成：綠色的破爛旅行袋，裡面塞滿了衣服，散發出一股慈善機構的舊衣氣味；裝滿髒兮兮褲子與襪子的塑膠袋；白漆濺痕斑斑的收音機；電鬍刀；兩個爛紙袋……

寄物櫃後方放了幾本書，其中一本的書頁裡夾的全是珍・佛里的照片。

「找到她了，」史東說道，還以指尖夾起了其中一張照片，「比以前更火辣。」

賀蘭德站起來，走過去看了一眼，「有幾張？」

「六張。沒看到信件，一定是丟了……」

史東把照片塞入證物袋，塞入外套內袋，賀蘭德把所有東西扔進黑色塑膠袋之後、把它提起，根本一點都不重。

「遺物不多，是吧？」

史東關上寄物櫃的門，聳肩。「他咎由自取。」

時間已經將近中午，氣溫相當高，賀蘭德抹去頸後的汗珠，他覺得史東應該是有意見，他想了一會兒之後，開口問道：「因爲威爾契曾經坐過牢，所以你一點也不在乎？」他繼續追問，「還是因爲他坐過牢，而且還是性侵犯？眞的，我很好奇……」

史東想了一會兒，「我覺得，如果他是詐欺犯，我在意的程度會高一點。」

賀蘭德仔細端詳史東的表情。然後，當他們回頭走向大門口的時候，他忍不住哈哈大笑，

「我不相信，你心裡的量尺居然因人而異……」

他們回到園道，朝停車繳費機走去，史東把他的Cougar停在附近。每隔一段時間，人行道兩側就會出現賀蘭德手上那種袋子所堆積而成的垃圾山。自從杜莎夫人蠟像館成立之後，卡姆登的週日市集已經成爲全倫敦第二大的觀光景點，想要清光垃圾，簡直有點像是要爲福斯橋重新上漆一樣艱鉅。

「嗯，狀況如何？距離寶寶出生還有幾個月？」史東問道。

賀蘭德把垃圾袋換到了另外一手，「十個禮拜。」

「蘇菲現在的身材一定跟房子一樣大……」

賀蘭德微笑，望著日本餐廳的櫥窗，各式各樣的壽司塑膠盤，有紅，有黃，也有粉紅色，他告訴自己，一定哪天要來試試。

他們左轉，史東以遙控器開了車鎖，「那現在呢？很興奮吧？」

「對，她很興奮。」

史東開了車門，隔著車頂望著賀蘭德，「我是問你……」

「屁股翹起來，停在半空中，就是這樣。現在，做手指動作就好……」

查理．杜德就是閒不下來。工作室被某間網路視訊公司包下來，他也樂意提供自己的服務，免費。當電話響起的時候，他正在喜孜孜擔任現場指導的工作，對著床上那個百無聊賴的女孩下指令。

「親愛的，先呻吟個一分鐘……」

當他開口打招呼、等待對方回應的時候，握住話筒的手一片汗濕。

「我聽到你的留言了……」

杜德立刻認出來了。他頭也沒回，直接以手勢示意床上的女孩繼續下去，然後把手移到嘴邊，取出了香菸。

「我一直很納悶，不知道什麼時候才會接到你的回電。」

「我這個週末很忙。」

杜德拿了個塑膠杯，把菸灰撢入杯底一吋高的殘餘冷茶，「什麼好玩的事？」

接下來的這幾秒鐘，對方都沒說話，只聽到靜電的噪音，「你說要幫我一個忙。」

「老弟，已經幫了你的忙，」杜德說道，「搞定，幫了你一個大忙。」

「繼續說吧……」

杜德覺得電話另一頭的聲音聽起來一派輕鬆，當然，也許他是裝出來的，畢竟他也只能拚命假裝冷靜，因爲他已經猜到接下來會發生什麼事，必須要分點錢出來才是，也希望萬一要討價還價的時候、能夠主導局面。不過，的確很可能會發生這種場景。從他的語氣聽起來，似乎是已經知道杜德要說什麼了……

「警察拿了張你在這裡拍的照片，過來找我，那個戴面罩的女孩。」杜德等待回應，對方沒講話，「我被問了一堆問題……」

「杜德先生，那麼你有沒有撒謊？」

杜德以大拇指和食指夾住香菸，吸了最後一口。「對，是有幾個無傷大雅的小謊，還有一個卑鄙的天大謊言。」他把菸屁股扔進塑膠杯，看著床上的那個女孩，「我告訴他們我從來沒有看過你的臉，還說你從來沒有取下過全罩式安全帽。」

女孩的屁股在東搖西晃，杜德覺得她的呻吟聲有點太過頭了——這蠢貨像是食物中毒一樣在慘叫。在她的大腿上端，看得到紅色的污班。終於，電話另一頭的人說話了。

「拜託，杜德先生，別害臊，就直接講出來吧。」

杜德把手伸進襯衫口袋，又拿了一根菸，「老弟，我哪是害羞的人……」

「很好，因爲眞的不需要這樣……」

「反正，和錢沒有關係。」

那男人哈哈大笑。「好，不要再拐彎抹角了。如果我沒記錯，你的工作室轉角就有提款機，對不對……？」

索恩到達布蘭特十字與葛德斯格林之間的某處，他發現自己很難保持清醒……

當天早上，他向自己與賀蘭德所做出的承諾，他的確辦到了，他及時離開「皇家橡樹」酒吧，還來得及搭上最後一班南行的捷運。他很疲累，而且回到公寓之後還有許多事情得處理，所以雖然得趕車，他倒也不覺得有什麼好留戀的。

當他離開的時候，菲爾．漢卓克斯剛好開始發飆。他以前就曾經多次發表過自己對於性侵犯登錄系統的不滿。在酒吧的時候，只要有人開啓了這個話題，誰都攔不了他……

「不要忘了男同志，」漢卓克斯曾經這麼告訴他，「那些變態程度不過就是和自己十七歲男友在兩情相悅下做愛的邪惡畜生。」這一字一句講得咬牙切齒，曼徹斯特的扁平母音腔調讓他的十足火氣夾雜了一絲諷刺。

索恩知道漢卓克斯的確有理由生氣。那些依然被「嚴重猥褻」這種詞彙所定罪的男人，居然必須被虐童與性侵犯算作同一夥人，實在很荒謬。就算將來有那麼一天，男同志合意性行爲的法定年齡降到十六歲好了，索恩很清楚，那些在平等條款出現之前而遭到判刑的罪犯資料，依然會保留在登錄資料庫裡面。

索恩在走出酒吧之前聽到他朋友簡潔有力的評語，他只能大表贊同。

漢卓克斯是這麼說的：「這根本是打擊同志的法令。」

在索恩前往科林代爾捷運站的途中，接到了伊芙祝賀他生日快樂的來電。他邊走邊聊，經過了肯德基，這種店不只賣肉漢堡，還吃得到炸魚薯條。他的胃在慫恿他趕快進去，但這時候他正好告訴伊芙家裡遭小偷的事，還有對方留在床上給他的小禮物，他也因此打消吃東西的念頭了。

「嗯，眞有創意。」伊芙說道。

索恩哈哈大笑，「對，而且還是自製的禮物，超貼心是吧？」

索恩走得很慢，他聊天聊得開心，但依然保持警覺，這是他的老習慣，注意自己的所在位置與行爲，隨時注意對街、接下來的轉角、路旁停放車輛後方是否有狀況。這裡不是托特納姆或哈克尼，但在這種會爲了九點九九英鎊的耳機而慘遭槍殺的時代，依然不應該大意……

「好……你打算什麼時候要換掉那張床？」伊芙問道。

「哦，遲早會買啦……」

「希望如此。」

他們雖然還是在談笑，但索恩卻察覺到互動有了變化，一股不耐。彷彿她在跑步，希望他趕快跟上來一樣。

「嗯，我們可以待在妳家吧，是不是！」索恩問道。

伊芙愣了一會兒之後，才開口回答：「這會有點麻煩。丹妮絲對這種事不太高興……」

「有男人去妳家？」

「有男人在這裡過夜……」

索恩聽到伊芙在嘆氣，彷彿她早已和別人討論過這個話題，對象應該就是丹妮絲。「等一下，她男友班恩也會留宿，不是嗎？」

「我知道，這眞的很荒唐，但相信我好嗎，不值得爲了這種事……」

這時候，索恩到了車站，兩人也準備結束談話。他忙著把銅板塞進自動售票機，一邊與伊芙匆忙討論下週的見面時間，當他搭乘電扶梯向下的時候，她向他道別，他還來不及回一聲再見，手機已經沒了訊號。

列車幾乎是一片空蕩蕩。一對十多歲的小情侶坐在車廂的另外一頭，女孩的頭倚在她男友的肩上，他撫摸著女友的髮絲，輕聲說話逗她開心，她的臉上也盈滿笑意。

索恩深呼吸，他覺得腦袋一片昏脹。其實他只喝了兩杯啤酒，但卻覺得頭好沉，列車的每一次晃動都讓他越來越難受。他需要保持清醒，強烈睡意召喚他乾脆閉上眼睛；倒頭就睡，但他萬萬不想放任自己在車上打盹，醒來的時候已經到了最後一站摩爾頓。

他想到了剛才與伊芙的對話。明明在安排約會時間，爲什麼他不肯積極一點、把時間提早？當她提到床的時候，他是不是陷入恐慌？也許這個案子、他父親生病、再加上家裡遭竊，讓他的壓力倍增，沒辦法面對其他的事情，也許他只是在潛意識裡面排出了優先順序，現在的他當然沒有閒情逸致去想些有的沒的……

到了漢普斯特德的時候，有名男子從索恩右側的門上了車，雖然車廂內有許多空位，但是他卻選擇站在後頭、緊抓住頭上的欄杆。索恩仔細端詳那個人，個子很高，削瘦的五官，一頭亂糟糟的白髮，還有一連串明顯的詭異抽搐動作，索恩發現自己看得目不轉睛……

索恩立刻發現他的抽搐一共有三部曲，應該是妥瑞氏症。首先，他會做出誇張的挑眉動作，然後突然抬高下巴。一秒鐘過後，整顆頭拉向側面，最後，緊咬牙關，發出宛若響板的噪音。索恩滿懷罪惡感，依然看得痴迷，望著那三部曲不斷重複，而且他發現他自己忍不住隨著每一次的抽搐、配字，當音效。挑眉，抬脖子、咬牙。這三個快速連續動作似乎象徵了驚訝、充滿興味、最後，是大失所望。對索恩而言，「哦！哇嘿！喀啦！」這幾個字剛好就呼應了抽搐三部曲。

過了一兩分鐘之後，那名男子似乎控制住了，索恩終於別開了頭，轉移目光。左邊的小情侶已經下車了，現在坐在那裡的是一對老夫老妻，看起來沒那麼可親。女子看到索恩的目光，立刻低頭看著車廂地板，彷彿地上有垃圾一樣。

索恩轉身，望向右側的時候，那個抓住欄杆的男子依然站著不動，而且直勾勾看著他。

他整個人往後靠，直到他那宛若嬰兒般的搖晃大頭碰到車窗之後才停下來，玻璃貼住他的頭皮，好涼快。

他乾脆閉上了眼睛。

他等一下得要在卡姆登車站換車，只剩下兩站的距離而已了，最多也只剩下一兩分鐘的時間，他可以保持清醒，計算停靠站，在自己的秘夢小山坡裡遊晃……

索恩一想到這個，立刻就睡著了。

他有好多事情要做，得從相機裡下載照片，列印，但他覺得自己休息一下也無妨。上網十分鐘十五分鐘也沒差，之後他就會繼續工作，將所有的照片整理好，將它們投郵寄出……

他喜歡在電腦前工作，現在，他覺得自己彷彿已經相當熟練。先前他覺得自己需要好好學習，也努力充實自己，只不過短短兩年的時間，他已經跳脫了新手階段，現在無論是處理什麼機種都游刃有餘。

他打開書籤列，食指敲打著滑鼠，等待網頁開啓……

只要處理事情的技巧開始純熟之後，享受它的樂趣可說是輕而易舉。他拿著刀子與曬衣繩、對著那些王八蛋下手的任務就是如此，他很確定自己樂在其中。他覺得這兩個關鍵字很有趣，「純熟」（skilled）與「殺人」（kill），「殺人」剛好就包在「純熟」這個字詞裡面。

他第一次找到這個網站的時候，是爲了要尋求靈感、能夠好好拍出珍的照片。現在，他偶爾會回去看一下有沒有任何的更新，純瀏覽而已……

從各個方面看來，這個禮拜過得很不尋常。照理說，他應該要處理其他的事情才對，但卻因爲考量到杜德在向他嗆聲，只好被迫更動行程，一切重新安排。都沒問題了，很好處理。

自從他上次看過之後，現在已經多了好幾個新的連結，有一兩個正苦苦等待他打開，他點選進去，屏息以待……

他眞的很想回去好好幹正經事，最重要的是，過往的流程出現了變數，是一大挑戰。現在監獄都已經接獲警告，沒辦法再寫那種信過去了。

「哇靠……」

那女子被人剃光了頭髮，而且慘遭五花大綁。頸圈上有個鐵環，環鏈直接扣連她腳踝之間的皮帶，扣帶宛若蜘蛛網一般纏繞在她的臉上，她的嘴張得好大，裡面塞滿了一顆紅色球狀的巨大口塞……

可惜了。要是他還得拿出更多照片的話，這應該算是他夢寐以求的那一種，但現在說這個也未免太不實際了。對付蘭姆費利與威爾契，是一種甜美、漫長、緩慢的挑逗，至於接下來的那一個，就必須簡單，直接，更富有「當面硬幹」的味道。

他希望可以玩得開心，最好能像求婚一樣有趣。

12

卡蘿・查姆柏蘭覺得自己像是突然年輕了二十歲。所有思緒與悸動的節奏稍微變快、變得更激動了一點，她的渴望變得更加強烈，精神大振。昨晚躺在床上的時候，她躺在床上「自助了事」，天，當然讓她先生是又驚又喜，也許她大腿上的那個破爛檔案夾可能會變成他們兩人的救贖……

十二個小時之後，當傑克拿著一盤吐司走向她的時候，他依然滿臉笑容。她向他投以飛吻，他拿起擱在角落的連帽外套，出門去買報紙了。

卡蘿今年五十二歲，當年倫敦警察廳執行荒謬政策、逼迫服務三十年以上的警察一定要退休的那個時候，她已經當了十年的督察長。說來也是三年前的事了，但每天一想到都會讓人憤怒，直到那通電話突然響起，一切才為之改觀。

卡蘿很驚訝，但心情根本輕鬆不起來……

她知道自己得要做出多少程度的貢獻，依然得貢獻心力，但她也很清楚，這個機會到來的時機恰到好處，現在正好是意志消散至極的最後一刻了。她老實說，她必須承認自己最近越來越無精打采，對於現況變得很認命，就和她的先生差不多。

她聽到大門關上的吱嘎聲，轉頭，看到傑克走到了馬路上，五十七歲，已經老態龍鍾……

卡蘿拿起大腿上的檔案夾，她的第一起懸案。右上角貼了標籤，「重案審視小組」。

便條紙的紙頭註記的也是這個名稱，但他們卻自認是「懸案小組」，而在員工餐廳的時候，其他人則只是把他們戲稱爲「皺紋小組」。

他們愛怎麼叫是他們的事，但她依然會展現她的好功力，就和以前一樣……

那天，她前往維多利亞區，從警察廳的總資料庫取走檔案的時候，她立刻發現到不過就是在三個禮拜之前、曾經有個重案組警員閱覽過這份檔案。有意思，她草草抄下那名警官的姓名，心想要找個時間打電話給他，問問看他在找什麼資料……

三年了。這三年來她看遍了自己先前不曾接觸過的書籍，也開始下廚房，玩園藝，因種種理由而失聯的老友也重新相聚，看到《重建犯罪現場》節目的時候會隱隱不安。她已經三年沒有碰觸這些東西，但體內依然感受得到顫動，當她打開檔案、閱讀案情的那一瞬間。振翅搖落灰塵的蝴蝶也隨即開始飛舞。

七年前，某個空曠停車場裡面、有名男子活生生被勒死……

他生命中的第四十四個年頭，已經過了一個禮拜。他的車子找到了，被燒得面目全非，但這也不算什麼了。湯姆．索恩已經很確定今年流年不利，七天前，他匆匆從婚禮趕回來參與驗屍，而在這七天之中，案情的進展就跟那坨在床上等他回家的大便一樣令人嘆氣。

他們費盡千辛萬苦，終於建構出威爾契自出獄之後、到被人發現屍體的這段期間的動向，但依然一無所獲。

他們詢訪了一百多個人，只要有任何蛛絲馬跡都不放過，但根本沒有聽到能讓血壓飆升的線索。

白板上的「行動」事項已經執行完成、全部都打了勾。他們確實派出人手仔細調查。聯絡那些乖乖到登錄系統填寫資料的性侵犯之外，也要追蹤其他不是那麼勤勞的罪犯，有些人是忘了，有的是亂填日期，或是刻意謊報自己在別的地區，趁機躲起來。打從格林伍德飯店飽受驚嚇的櫃檯人員，到伊安・威爾契被殺前幾天時半醉鄰床床友等人的證詞，也已經被反覆查核過了。

警察工作有百分之九十九都是這樣的內容。經由這樣的程序，再加上那麼一點好運，也許會有機會，唯一的機會，可以查到線索。這種時刻冗長乏味，當然，索恩痛恨極了。

在等待那難以捉摸的好運到來的時候，就連他自己發想的靈感也被證明一無是處……

週一早晨——索恩坐在羅素・布里史托克的辦公室裡——聆聽長官的教訓，這個想法根本行不通。先前他認為兇手可能具有進入性侵犯登錄系統的權限，而總警司崔佛・傑斯蒙德能夠藉此戳破他的幻想，更是喜不自勝……

「其實，」傑斯蒙德說道，「這些資訊都已經是公眾財，無論是八卦報或是非八卦報都會出現。每個單位都有不同的社區通知政策，要看個案與需求程度而定。這些資訊會通知學校、青少年育樂中心之類的地方，我們也沒辦法確定後來還會有誰知道這些訊息。」

布里史托克挑眉看著索恩，傑斯蒙德才剛開始暖身而已……

「對，我們可能要找的對象是個獄卒，但也可能是某名老師的朋友的朋友，剛好有個大嘴巴，也可能是哪個粗心大意的社工的鄰居，在大家週日早上洗車的時候喜歡鬼扯閒聊……」

「你的意思是我們浪費了一個禮拜的時間？」索恩問道。

總警司聳肩，彷彿剛才索恩在問他是不是變瘦了？還是曬黑了？「等到我們抓到兇手的時候，你可以再問我一次啊。」

現在的傑斯蒙德似乎得意洋洋，索恩看著他，心想，你真的很喜歡惡搞我，是吧？

「長官，我了解你的意思，」索恩回道，「但這也沒差，我的意思是，至少在短期之內，可以繼續以兇手能直接接觸相關組織的前提下辦案，社福部門、假釋部門……」

傑斯蒙德側著頭，準備要開口質疑，布里史托克想要幫腔，「長官，這是很有希望的調查方向。」

索恩悶哼一聲，「我們唯一有望的調查方向……」

「哦？我想你們最好還是另謀方向吧，」傑斯蒙德回道，「知道了嗎？」

索恩不發一語。他看著長官伸手、把一小撮沙金色頭髮往後撥，又盯著他鼻子兩側的奇怪區域，可以看到如蜘蛛絲的靜脈與點點雀斑交會在一起。他的乾澀雙唇抿出一絲微笑，然後，一如往常，露出了讓索恩難以忘記的閉目笑容。

索恩自顧自微笑，他想起自己曾經對戴夫．賀蘭德這麼形容過傑斯蒙德的臉，「你也知道，那種臉啊，」他當時是這麼說的，「出了第一拳扁他之後，就會欲罷不能。」

傑斯蒙德傾身貼在書桌前，「不過，說真的，我們來討論一下你的假設好了。比方說，何不設想兇手可能與警務機關有直接關係……」

「警察。」索恩回道。

傑斯蒙德只是重複自己的話，繼續施壓，「與警務機關有直接關係，好，除了牽涉的人數多得可怕之外，各個單位使用性侵犯登錄系統資料的方法也不盡相同。有些是透過全國警務電腦，還有的是藉由現存的系統取得的間接資訊，或是自己創建的資料庫……」

布里史托克吐了一口大氣，索恩已經發現大勢已去，就連他自己也不禁開始動搖。

「天，而且有些人還在使用手寫的紙本系統。」傑斯蒙德回道，「我們都很清楚，這種方式有多麼『可靠』。」

布里史托克點點頭，「一切都很『可靠』！」

索恩開始恍神，想到了大家八卦傳千里的功力……

「其實，整個體系的運作就是一團亂糟糟，」傑斯蒙德說道，「管理與分享性侵犯的資料並沒有單一政策可以遵循，有些是靠其他單位給資料，有的則是互相支援。有人認爲要是能讓所有的地方警員都能查詢基本資料，才可以讓資訊徹底發揮功能。其他地方，其他的派出所，卻只是有個指定的警員接收登錄系統的更新資訊……」

索恩彷彿聞到他床上多了另外一坨屎……

事實擺在眼前，兇手想要找到性侵犯，幾乎各種管道都有可能，靠網路，或是靠字紙簍裡的垃圾。顯然就算花上十倍或是十五倍的人力來清查，以這條他滿懷期待的線索來追緝兇手，最後也是徒勞無功。

「也不是只有我們有嫌疑而已，」布里史托克回道，「如果有人需要登錄的時候，法院會發送通知給我們，而且在放他出來的時候，也要得到監獄或醫院或是其他獲釋地點的確認。唉，反正這是理論，有時候，你第一次聽到性侵犯的事是在自己的管區，而且是由他們自己親口告訴你的，天……」

傑斯蒙德又靠在椅背上，閉上雙眼，展露微笑。「好，當我建議你們最好要另覓調查方向的時候，我純粹是就事論事。我想要找出最快最好的方法逮捕兇手……」

索恩點頭，心裡在狂吼……

「哦！哇嘿！喀啦！」

大偵查室裡依然忙碌如昔，但每一名警官都很想知道接下來的狀況會有什麼演變。無論是在講電話的還是低身研究文件的人，都在不時偷瞄布里史托克辦公室的方向，他們知道在那扇緊閉的房門裡面，最後的決策會影響到每一個人。

每一句的閒聊內容都隱含了不安，有些人的加班意願就是不像別人那麼高，還有些人，基本上根本就是懶得工作……

「傑斯蒙德剛才走過去的時候，臉色超難看。」基絲頓說道。

賀蘭德從電腦螢幕前抬起頭來，「如果妳問我的話，我覺得他一直就是那個樣子。」

「我知道你的意思，」基絲頓回道，「他本來就愛擺臭臉。但我還是覺得一定是我們哪裡做錯了，所以他們才會一直待在裡面不出來。」她望向大偵查室另外一頭的走廊，那裡有三間小辦公室——分屬布里史托克、她與湯姆·索恩，以及賀蘭德與史東……

基絲頓坐靠在書桌邊，把手擱在賀蘭德工作的電腦上頭，「你就不能回去自己的辦公室工作嗎？」

賀蘭德盯著自己的螢幕，「安迪在裡面工作……」

電腦上方都是塵垢，基絲頓取了面紙，吐了點口水，拚命擦拭自己的手根，「沒事吧？」

現在賀蘭德終於抬頭看她，「沒事，很好啊。只是有時候待在這裡比較容易專心……」

基絲頓點點頭，雖然她的手已經很乾淨了，但依然猛擦個不停。「薩米爾．可林告訴我你最近常加班到很晚，拚命工作……」

賀蘭德憤恨按了滑鼠好幾下，「靠！」他抬頭眨眼，「抱歉……？」

「這也不錯，在寶寶出生前趕緊多存一點錢。」

賀蘭德臉色突然暗沉了一下，雖然努力擠出了笑容，但已經來不及掩飾眼睛四周的愁鬱。

「對，」他說道，「我的意思是，養小孩很貴，本來就這樣不是嗎？」

「老弟，你以為尿布錢很貴是吧，等著他吵著要買CD或最新款球鞋的時候，你就等著看吧，是男孩還是女孩？知道性別了嗎……？」

賀蘭德搖頭，他與基絲頓四目相接了半秒之後，又盯著她的下巴，「蘇菲不想知道。」

「我就會想要提前知道，」她打開衛生紙團，把它撕成小片，「我的另一半想等到出生的時候，但我這個人眞的不喜歡意外。我叫他先到外頭等我，等我們完成掃描之後，他們告訴我一個人就可以了。我每次生小孩都這樣，所以我得一直憋著，在小孩出生前都不能透漏口風……」

賀蘭德笑了，基絲頓把衛生紙碎屑握在掌心，站了起來，「你之後要不要休個假？」

「之後？」

「你現在累積了這麼多的加班時數，應該可以休一個禮拜，花點時間在家陪蘇菲和寶寶。對了，我們的權益聯合會還在爭取要提高育嬰假天數，至少兩天以上。兩天！這種數字眞是丟人現眼……」

「我們其實沒談過這件事……」

「我想她一定希望你可以找她講清楚，」基絲頓看到賀蘭德的眼眸閃動，她點點頭，充滿憐惜，「她一定很討厭你加班加成這個樣子……」

賀蘭德聳肩，又把頭埋回電腦前，「嗯，妳也知道……」

基絲頓離開電腦桌，走到某個字紙簍前面，將衛生紙碎屑全灑進去。

賀蘭德目送她離開，心想，*其實，妳應該不知道吧*。

索恩探頭出來，向偵查室裡面張望，他一聞到午後的悶熱空氣與發酵的鬍後水氣味就想吐，只能努力壓抑自己的嘔意。他向伊芳．基絲頓招手，她注意到了，立刻走過去。

「告訴大家，準備到另外一頭集合，」索恩說道，「十五分鐘之內要舉行簡報。」

索恩沒等她回應，隨即轉身離開，回到走廊上、朝自己的辦公室走去……

他知道傑斯蒙德說得很對。而他自己對於登錄系統的判斷也沒錯，但就算兇手是社工或是假釋官，甚或是警察，他們還是得找到別的方式將他繩之以法。

他把外套丟在桌上，整個人頹然坐在椅子裡。有一小疊他一直沒碰的郵件，他開始逐一整理……

萬一他是警察呢？

索恩覺得斷無可能。他入行這麼多年，看過許多害群之馬，曾經和許多懶鬼共事過，但裡面絕對沒有殺人犯。這種念頭很有趣，甚至還有許多誘人的想像空間，但除了方便拿來當作電視劇裡的梗之外，他覺得這根本不值一哂。

他把一疊信原封不動直接丟進垃圾桶，裡面顯然是公告或是無聊的內部備忘錄，他總是把狀似有趣的東西留到最後一刻……

這個案子依然有某些部分讓他想不透，他曾經在簡報的時候提出過這一點。被褥整個被拿走了，還有其他的東西，無以名狀的想法，他沒辦法把它明確說出來。

他曾經看過的東西，或是他可能根本不曾看過的東西……

當照片從白色信封裡滑落出來的時候，索恩愣了好一會兒，才回神注意到他眼前的東西。然後，他看到了，心臟開始狂跳個不停。

運動員的體能狀況要是越來越好，心跳回復正常的速度也會越來越快，所以索恩一想到得把那些東西攤在桌上的時候，他也刻意放慢自己的反應速度，至少生理上是如此。等到他從抽屜拿出剪刀、剪開綁住那一疊照片的橡皮筋之際，狂亂的心跳已經逐漸變慢，他拿鉛筆頭挑開照片的那一刻，呼吸也徐緩多了。而等到他想要看個仔細、想起哪裡可以找到他需要的手套的時候，心跳已經再次恢復正常。

現在已經看不出他有任何的顫抖動作，汗濕胸膛底下的心跳也不再急顫。

索恩站了一會兒，進入走廊，朝偵查室走去。他大步向前，覺得自己出奇冷靜，思慮清晰，腦中浮現了可怕的結論，同時他也做出了一些小小的決定。

殺手的冷血程度，甚至超過了他的想像……

他原本等一下要見伊芙，看來他也只能打電話取消，搞不好她明天有空……

當他一進入偵查室，基絲頓立刻從右方朝他走來，急著要和他說話。他舉手揮了一下，示意她先離開。那個盒子，放置的地方有些奇怪，位於遠處角落的檔案櫃上方，他拿出塑膠手套，宛若從面紙盒猛力抽出衛生紙，下一雙手套的透明指狀部位也立刻外露在盒口。

賀蘭德在索恩背後講話，但他立刻轉身而去，來不及聽清楚賀蘭德到底在講些什麼……

不管等一下是什麼時候要舉行簡報，想必內容一定精采多了。無論傑斯蒙德認為調查應該採行哪一個方向，顯然都變得困難重重。那些照片，裡面所蘊含的線索，必須讓一切從頭再來。

大有進展。

不算是一點好運，真的，但也很接近了……

索恩進入自己的辦公室，立刻走到書桌前面。他明白雖然自己做出這個動作，戴上手套、小心翼翼拿起照片的邊緣，依然是多此一舉。當然，這是必要的步驟，但手套的確沒這個必要。他知道照面表面可能會留下沾附的指紋，但他也很清楚那個人在處理的時候一定格外謹慎。從目前得到的照片或信件當中，除了郵務人員與獄方人員的指紋、以及受害者本人的毛髮與皮屑之外，根本一無所獲。畢竟，這是一個會從犯罪現場帶走床褥的兇手。

不過，每個人還是偶爾會犯錯……

索恩迅速翻看照片，血肉模糊面容的特寫，原本的薄唇變厚，爆裂。而在全身照的照片中更捕捉到揮打的動作，留下變態的殘影。眞是難以置信，這全都是在受害者斷氣前所拍攝的照片，被痛扁得何其悽慘……

他把那些室內照先推到一旁，低頭細看其他照片，想要找出兇手是否無意間留下了失誤。他的目光落在兇手刻意擺在最上頭的相片，他原本要檢視的第一張照片，隔壁商店的櫥窗……

殺手的小玩笑。

索恩瞇眼望著照片，隱約感覺到賀蘭德與基絲頓的目光從門口投射過來。他希望能在這些扭曲變形的影像中、找出某張慘不忍睹、但依然堪用的照片，只不過看到的全是模糊難辨的血肉。他想要在小小的黑色鏡面裡找尋攝影師的倒影，卻苦尋無果。

他想要在死魚的眼裡找尋兇手的面容。

他很確定自己挑到一個優秀的人選。

檢視這份名單的時候，必須小心翼翼，他絕對不會做出把它列印出來、用大頭針釘在牆上這種事。如今他挑選的時候，不需要花太多時間，因爲他現在挑選對象已經越來越精準快速。前兩個對象，他刻意先找出面貌俊朗的兩個人，之後等到有時間的時候，再仔細研究他們的背景資料。這一個也是，根據種種執行面的理由——地點、居家環境等等——排除了好幾個名字之後，最後勝出的是這一個。

不過，天，他有好多對象可以挑選。重大刑案，他有興趣的人選，絕對會出現在登錄系統裡面，而且，當他們的姓名在五年、或七年、或十年之後從資料庫裡移除的時候，取而代之的是上百筆的新資料。

這是一個越來越欣欣向榮的產業……

就目前的狀況看來，這次的對象應該可以順利搞定。他一個人住在安靜寧謐路段，還不知道他有多少朋友，但看起來周遭是沒有什麼親人，這一次搞不好就不需要去旅館了……

他對此充滿了矛盾情結。在獨户住宅或公寓裡行事比較簡單，但也充滿了讓他不安的不確定因素。想要事先進去勘查環境有其難度，他不確定在這種地方對鑑識蒐證是不是會比一般旅館容易，而就算在大門口掛上「請勿打擾」，也還是很難完全避免鄰居突然造訪。

對付蘭姆費利或是威爾契的下手地點，他別無選擇，但截至目前爲止，飯店這個地點運作得不錯，他不是很想要改變致勝模式。利用飯店，當然可能會遇到更多的目擊者，而且也有保全監視系統的問題，但這也沒什麼。他早就知道大家要是沒注意看的話，其實根本什麼都不記得，如果你知道要怎麼躲避攝影機的話，被它們拍到的機率甚至更低。

他一直避人耳目，不想被人看到他的面貌，已經很久很久了。

13

「不知道送一束花需要多少錢？」

「哦，快遞費用是五英鎊，花束是三十英鎊起跳。」

「天，我不想花那麼多錢，我根本還沒吻過她……」

伊芙大笑，「那你確定卡片上還要獻吻嗎？」

「當然，」索恩回道，「她早就在等我的吻了……」

「靠，現在有客人，我得掛電話了……」

「聽我說，昨晚取消約會，我眞的很抱歉，我沒辦法……」

「沒關係。但你要把它放在心上好嗎，我指的是接吻的事，之後見囉。」

「好……但我沒辦法確定什麼時候。」

「等你要下班的時候打電話給我，我們可以找時間喝點小酒什麼的……」

「好……」

「說眞的，如果你眞的動念想要送東西，鮮花未必保證會有親吻。反過來說，巧克力呢，就能讓你享受一切……」

她掛了電話。

索恩滿臉笑容，把手伸進連身衣、將手機放入外套口袋。他拿起礦泉水瓶，喝了一大口，轉身，看到對面站了個背包家族，父母，一對金髮子女，四個人全都揹著小背包，站在封鎖線的另外一頭，滿臉期待看著他。索恩也瞪回去，他們最後終於發現沒什麼好看的，悻悻然離開了。

六個小時之前，想要說服旁觀者離開可沒那麼容易，當時的確還是有些場景可以讓他們回家之後向朋友拿出來炫耀。他們到達的時候，夜店剛好打烊，街道上熱鬧得很，爲數可觀的群眾立刻聚過來，看到警方封鎖線後頭的狀況不禁瞠目結舌。一百碼之外的兩側是沃德街與攝政街，大家站在那裡，興奮得緊盯不放。當查爾斯·杜德的屍體被抬出來的時候，醉客厲聲質問，而觀光客則忙著拍照片。

等到屍首入袋、被載走之後，管制範圍也不再那麼嚴格。他們的封鎖線圍住通往杜德工作室的那道窄門，拉到隔壁魚店的交界處，藍帶在空中輕輕飄揚……

「老兄，那裡出了什麼事？」

索恩抬頭，看到某個戴著一堆珠寶、留著雞冠頭的精瘦男子，站在封鎖線後面對他點頭示意。這傢伙穿的是緞面運動褲，搭配無袖迷彩背心，連續猛吸了三口菸之後，把香菸扔進排水溝。

「突擊檢查，」索恩回道，「我們在演《時尚警察》，我馬上就要展開行動，如果我是你的話……」那男子踉蹌向後兩步，做了個鬼臉跑開了。在這條窄路的另外一頭，有個穿小可愛搭短皮裙的女孩，靠在偷窺秀小亭的外頭，啃著培根三明治。她對索恩粲然一笑，想必剛才一定聽到了那段對話，索恩也對她回笑。現在不過是早晨九點剛過沒多久，但顯然先挑逗一下路過男客、測試他們的生理反應也不算太早。天氣夠暖和，露天咖啡店已經坐滿了喝卡布奇諾與大啖糕點的客人，他們正佯裝自己身在他方享受異國風情。

索恩看著他們，眞希望自己也能待在他方，他現在想到的東西，保證會讓大家把早餐全部嘔出來……

前一天傍晚，他們破門而入，索恩早就知道他們要找尋的目標是什麼。那股濃重氣味，朝他的口罩直撲而來，答案已經呼之欲出，而當索恩爬上狹窄階梯的時候，他的腦中已經浮現上頭的慘狀，畢竟，他已經事先看過了照片。

已經過了好幾個漫長、炎熱的日子，眞實的景況，更加慘不忍睹。

屍體慘遭吊斃。兇手以曬衣繩當作臨時套索、纏住杜德的脖子，然後將它拋過工作室上方的燈架上面，綁住床尾，屍體的重量還拉起了大床，傾斜的那一端離地約有十二英寸高。那些在杜德垂死掙扎時所拍的照片，拍出了他的痛苦痙攣，還有死抓著脖子、拚命踢腳的情景。現在，杜德已經死了好幾天，屍身僵硬，懸吊半空中。只有底下貝克盧捷運電車經過時發出的隆隆震動所引發的微顫，造成屍體開始輕輕晃搖……

只要列車經過，索恩就會產生一股奇怪的衝動、想要阻止屍體晃動。走過去抓緊從那髒兮兮的短褲伸出來、活像腫脹血腸的兩隻大腿，扣住那雙緊貼住塑膠涼鞋綁帶、微微顫搖的發紫腳板。

索恩站在套房中央的床邊，想起那一對裹纏在尼龍布床單裡、臉色蒼白的小女孩。

他看著鑑識人員靠在床墊旁邊，忙著刮擦上頭屍體滴落而下的所有東西。

他抬頭望見杜德嘴裡伸出來的舌頭，變成了藍色，而且腫大得一如男人的拳頭，告訴他，滾吧。

等到他們把繩索割斷、將屍體運送上車之後，索恩一心充滿感激，終於能夠遵從死屍臉色的指示，滾回家換套衣服，勉強吃點東西。他待了四個小時，完全無法入睡，隨後又回到犯罪現場。

他對面的女孩，呑下最後一口三明治，伸出手背擦了擦嘴巴，又從小亭子後面拿出她的手提袋。她對索恩聳聳肩，開始塗抹口紅。

索恩聽到開門聲，轉頭過去，賀蘭德走了出來，走向索恩，邊走邊忙著拉開連身衣的拉鍊，大口呼吸新鮮空氣。

「靠，裡面熱死了。」

索恩把水瓶交給賀蘭德，「還要多久？」

「我看，幾乎快結束了。」

賀蘭德站在索恩旁邊，靠在魚店櫥窗上。兩人望著對面的偷窺秀小亭與露天咖啡廳，有個服務生還對他們笑了一下。他們看起來可能只是一對在享受美麗好天氣的朋友而已，雖然身穿塑膠連身衣，但這根本不算什麼眞正的奇裝異服。

「所以看來他早就整理過現場了，」賀蘭德說道，「杜德遇害，就是因爲兇手要殺人滅口。」

「可能吧……」

賀蘭德轉身，雙手支在窗前，鑑識人員已經以粉末法採集過這裡的指紋。魚店老闆沒時間把他的魚貨收進冷凍庫，也沒空清理，賀蘭德盯著漂在鐵盤水面上面的粉紅色血渦與魚內臟，「他知道你拿到照片了，」他的下巴又指向魚店櫥窗，蒼蠅猛撞玻璃，在遍佈四處的鰓蓋上頭嗡嗡亂飛，「他知道你看得懂這張照片的意義。」

索恩點點頭，「哦，他知道我來過這裡。」賀蘭德挑眉，瞄了他一眼，「不用那麼興奮。對，他可能曾經跟蹤過我，或者可能是鬼上身的崔佛・傑斯蒙德，但我覺得應該是有比較簡單的解釋方法，」賀蘭德轉身，想要聽答案，「我覺得你說得沒錯，杜德是因為有可以提供給我們的線報而遇害，而且他一定是揚言要說出來。」

「杜德想要勒索兇手？」

索恩雙手交疊胸前，「只不過這個蠢蛋不知道他是兇手，對吧？我沒有證據，但顯然……」

「很合理啊。」賀蘭德回道。

「當然，杜德說謊。說什麼那傢伙一直戴著全罩式安全帽，沒有留下任何聯絡紀錄，都是鬼扯，我那時候應該逼他說出真相才是……」

「誰會料到呢。」

「我早就該知道了。像杜德這種爛貨，說謊和呼吸一樣自然。他不知道我們到底在追查什麼人，也不知道原因，但這不重要。如果他以為我在追查哪個沒繳電視執照費的人，覺得他可以藉機榨點錢的話，當然吐出口的只有謊話。」

他們看到某個中年男子把錢交給偷窺秀小亭，匆匆入內。女孩發現索恩在看她，她的大拇指與其他四指的指尖合攏在一起、做出打手槍的姿勢。索恩不知道這女孩的意思是指那男人等一下會做這件事，或是她覺得那男人就是個爛咖，也可能覺得他們都是爛咖……

賀蘭德清了清喉嚨，喝水，「所以，在你過來找他、把珍．佛里的照片拿給他看之後，他立刻聯絡兇手……」

索恩離開魚店櫥窗，轉身望著那間位於三樓的工作室。「我仔細找過了，看起來根本沒有電話簿之類的東西……」

「也許被兇手拿走了。」賀蘭德說道。

「有可能，」索恩把手擱在眉前阻擋陽光，「反正，就讓我們再仔細搜查一次，要是有任何記載地址或電話的紙張，一定要給我找到。」

「電話通聯紀錄呢？」

索恩點點頭，很高興賀蘭德的腦袋動得這麼快，已經算是緊追在他後頭。「我已經派安迪．史東去追了，無論是室內電話或手機，只要是杜德的電話，統統要給我找出來，自從我來過這裡之後所撥出的每一通電話都要清查……」

「如果他有地址的話，可能是自己跑去找兇手……」

「要是這樣的話，我們的麻煩可就大了。」索恩拿起礦泉水瓶，他喝了一大口已經變得微溫的水，在嘴裡含了一會兒之後才吞下去，「我們根本不知道兇手一開始是怎麼和杜德搭上線。杜德這種人不會打廣告，做生意全靠口耳相傳，靠的是人脈……」

「只要是能找到的人，我們全都訪查過了。」賀蘭德說道，「就連那些在工作室裡拍老婆奶子的老公也都提供了證詞。」

「那就再找他們聊一聊，看看是不是有漏網之魚，上次沒問到的人。」賀蘭德發出哀嘆，頭往後一仰，撞到了魚店玻璃櫥窗。「快去忙吧，戴夫，」索恩說道，「伊芳正在處理新的名單，等一下我也會幫忙。」

在賀蘭德脫掉連身衣的時候，索恩發現對面咖啡店有兩個看起來像是媒體人的男子從餐桌前站起來，互相握手致意。他們一身休閒打扮，短褲加運動鞋，不過他們的高檔手機與精品太陽眼鏡卻洩了底。也許是談好了某部廣告，或是哪個電視節目終於能夠開拍。

他懷疑這兩個傢伙是否知道在將近八十年前，距離這裡不過數百碼的地方，費里斯街某間咖啡店上頭的閣樓裡，約翰・羅傑—貝爾德第一次向公眾展示了電視的運作方法。

索恩打開門，愣了一兩秒之後才進去……

天，要是他的人生也有廣告休息時段一定很棒，如果能有一個為電視量身打造、鐵定抓得到的兇手，那就更好，他覺得自己也早就像個電視影集警察了。那天早上，索恩已經看過不計其數的行人圍繞著他，盯著塑膠連身衣、警方封鎖條……然後興高采烈地東張西望，想要知道攝影機在哪裡。

✦

等到西敏殯儀館的驗屍工作完成之後，他們走到寺院附近的某間義大利小餐廳，吃著披薩，搭配培若尼啤酒，討論案情。

「我看杜德是先被打到不省人事之後，」漢卓克斯說道，「兇手再把繩索纏住他的脖子，把它拋過燈架，把他吊死。」索恩點頭，喝了一大口啤酒，「得要花相當的氣力……」

「所以我們知道他不是什麼瘦小體弱之人，還有呢？」

「他殺人手法很殘暴……」

「這一點我們早就知道了。」

漢卓克斯又倒了一點辣油在剩下的美式辣披薩裡面，「杜德發現狀況的時候，立刻就清醒過來，但那時候已經太遲了，兇手早已綁好繩索，拿起照相機猛拍照。」

「多久？」索恩問道。

「應該兩分鐘之內就暈過去了。」漢卓克斯叉了一小塊青椒，送入口中，「之後腦部缺氧，死得很快……」

索恩陷入沉思，杜德固然是個人渣，但罪不致死，在繩索的末端激烈舞動，宛若隔壁魚店的垂死之魚。他抓爛了自己脖子的肉，透過半閉的雙眼、瞪著那個瘋狂的主事者冷靜拍照，想要留下他最慘烈的身影……

「當大家在討論這類型兇手的時候，他們會提到『按部就班』以及『非按部就班』這樣的語彙，」索恩說道，「兩個基本範疇。第一種是小心策劃，遵循某種近乎等於是儀式的殺人模式，事後清理得不落痕跡。第二種則是憑恃本能，對於自己的所作所爲沒有什麼控制力……」

「所以這個王八蛋是哪一種？」

索恩放下刀叉，披薩還剩半個，但他已經吃不下了，「我也在思考這件事情。就某部分來說，他算是按部就班型，寫給監獄囚犯的那些信件，還有他必須除掉杜德，他也動手了。曬衣繩、完全蒐集不到跡證、他寄給我的那些照片……」

「顯然他對此是樂在其中……」

「不過，爲什麼要先把對方打到半死？杜德的臉簡直像是廉價絞肉一樣，爲什麼不乾脆敲他的後腦勺，再把他吊起來就好？」有個女服務生一直在他們附近走動，明明想偷聽又裝得若無其事，索恩舉起盤子，她小心翼翼接過去，立刻閃人，「就某種程度來說，他們時時刻刻都在憤怒，你知道嗎？我看過的兇手哪個不是隨時隨地在生氣？」索恩喝光了最後一口啤酒，吞下肚的時候，眼前浮現了威爾契與蘭姆費利的屍體，他們的脖子，還有體腔內被惡搞的慘狀。「不過，這傢伙，暴怒的程度眞是他媽破表了……」

「你今晚沒事吧？」漢卓克斯抹嘴問道，「我可以去你家。」

「什麼？」

漢卓克斯看了一眼聚在櫃檯的那些女服務生，「我只是在幫你轉換話題而已，以免她們等一下打電話報警。」

「老弟，她們一直在注意我們，還不都是因爲你。才不是因爲我們的精采用餐對話內容。還有，不行，今天晚上你不能過來，我要和某人約會，她長得比你好看多了。」

「怎麼可能。」

「沒有令人尷尬的刺環……」

漢卓克斯賊笑，「別太鐵齒，也許她在某些特殊的私密之處有刺環。」

女服務生再次出現他們的桌前，她拿走了漢卓克斯的盤子，裡面剩下一圈完整的披薩邊皮。

「你又長不出一頭鬈髮。」索恩說道。

漢卓克斯伸手撫摸自己光溜溜的頭頂，「既然我苦心經營出這樣的外表，有沒有頭髮也不是那麼重要……」

傍晚的天光已經漸漸染上夜色，等到索恩衝到伊芙坐的位置，也就是靠近香菸自動販賣機旁的小餐桌的時候，幾乎已經接近最後點餐時段。兩人還有時間可以喝一瓶紅酒，讓索恩開口道歉害她久等，讓伊芙告訴他不需要講這種傻話，而且還有充裕的時間讓索恩可以講出自己的一天是怎麼過的，只不過他幾乎什麼都沒說。

這是間氣氛融洽的小酒吧，就在哈克尼帝國劇院附近。他們步出酒吧，走到梅爾街，東張西望了好一會兒。明明不需要扣上的外套鈕釦，他們還是全扣了起來，兩人開始研究停在街上的車子，填補突然出現的尷尬時刻。

伊芙走到他面前，把雙手擱在他肩頭，「現在，關於那個吻呢……」

索恩不需要多問了。

他們接吻，他的雙手在她的腰際游移，而她則撫摸他的頭頸，還輕輕咬了他的下唇。他伸出舌尖、碰觸她的齒縫，然後他張嘴，暢懷大笑，兩人放開了彼此。

「我早就知道妳準備好要接吻了。」索恩說道。

她放下雙手，狠狠捏了他的背，「我什麼都準備好了。」

走回伊芙的公寓，只需要幾分鐘，而回到索恩的家，則需要搭乘一小段的公車或是計程車。

但這並不是伊芙看到索恩臉上出現猶豫表情的原因。

「你還是沒買新床，對不對？」她開口問道。

索恩努力裝出歉疚小男生的表情，他覺得自己這種模樣應該算可愛，「我一直抽不出時間……」

她抓起他的手，兩人開始散步。

「我其實只有上個禮拜天有空，但有一大堆鳥事得要處理。」索恩覺得自己就不需要多加解釋了。他沒告訴她這堆鳥事包括了重買音響與那二十多片CD，要是沒有這些音樂，他眞的活不下去。這些晚上他都蜷在自己的沙發上睡覺，有些人可能會質疑他買東西的順序有問題。擁抱伊芙·布倫姆共眠一晚，明明就是馬上可以唾手可得的事，就連他自己也必須承認，先買這些東西眞的是瘋了。

他們沿著梅爾街走了一會兒，然後左轉，跨越鐵軌，切進倫敦場公園。今晚已經不像前些日子那麼悶熱，但依然溫暖，還有許多人在公園裡閒晃。

「你該不是在等保險給付吧？」伊芙突然開口問道。

「什麼？」

「拿給付買新床。」

索恩大笑，「我想我買張新床應該沒問題，基本上只是要換個新床墊，不至於破產。但我的確需要保險給付買新車，我已經開始覺得搭公車很煩，搭別人的老舊汽車也一樣很討厭……」

「你要買什麼車?」

索恩不確定自己上禮拜大部分的時候是在打電話追保險公司?還是坐在餐桌前研究汽車雜誌?他回道:「其實什麼車都沒差。」

伊芙挨到索恩身邊,讓後頭在慢跑的那個人先過去,「警察是不是也會像一般人一樣訛詐保險?」

「嗯,訛詐這個用詞有點過分嚴重。可能音響的廠牌型號有點弄錯,好吧,還包括了價錢。當我在列CD清單的時候,也可能早就不知道把原來的奇怪包裝盒扔到哪裡去了,但誰管那麼多啊,反正我可能也忘了自己買過什麼東西。」

兩人沉默不語,又走了一分鐘左右,在公園邊界停了下來,看著一群小夥子靠著兩盞路燈泛光與滿月盈光在踢友誼賽。

索恩想起他在一個多禮拜前看到的那場球賽,靠近斯勞飯店的公園,就在驗屍之前的那一場……

「今天又發現了一具屍體,」索恩說道,「嗯,應該說昨晚一直拖到今天吧,所以我才必須取消約會。」

伊芙捏了捏他的手,「是同一個人嗎?留言在我電話答錄機的那個人?」

他們不再繼續觀戰,走到了與伊芙住家與商店平行的那一條街。

「他專門殺害性侵女人的強暴犯,」索恩說道,「強暴女子並坐過牢的人。昨天發現的那一具狀況不太一樣,但就是他幹的沒錯。媽的我真不知道他為什麼要這麼做,也不清楚他什麼時候會再犯案，我也不知道到底該如何阻止他繼續橫行下去。」

「那就不要啊。」

索恩大笑，盯著人行道，小心翼翼繞開了狗屎，「能決定的人不是我……」

「他殺的又不是什麼老太太，對吧？」

他們轉進某條小巷，徐步走在路中央。

還是手牽手，兩人相隔了約一臂長的距離。

「我經常看到警方資源何其匱乏的報導，」伊芙說道，「所以爲什麼不把資源放在更值得追查的案件上面？」

「還有比殺人更重要的案件嗎？」

「是這樣說沒錯，但你看看他殺死的人都是什麼貨色……」

索恩深吸一口氣，他之前不該提起這些事的，他眞的不想和她吵這個，「好，無論妳認爲那些人幹了什麼壞事，無論我們抱持什麼樣的看法，他們都因爲自己犯下的罪行而坐過牢了。我對司法體系沒有什麼太大的敬意，但眞的——」

「好吧，那你就這麼想吧，這傢伙等於是在幫忙降低再犯率。」

索恩看著伊芙，她雖然在微笑，但眼睛周圍藏了心事。顯然她很堅持自己的意見，索恩知道再吵下去場面會變得非常難看。「伊芙，我沒辦法這樣想，不能因爲他們是強暴犯就——」

「你的意思是，因爲你是警察嗎？或者……純粹是你的個人立場？」

他們走到了小路的盡頭，伊芙的花店矗立在對面街角的幽影中。索恩突然轉換話題，風馬牛不相及的程度就與漢卓克斯在午餐時的提問一樣。

「好，如果我要睡在妳家的話，丹妮絲到底會不爽到什麼程度？」

伊芙重嘆一口氣，「我告訴過你了，她有點彆扭……」

「她不在家過夜的時候呢？難道她不曾在班恩家過夜嗎？」伊芙搖頭，「爲什麼沒有？」

「我不知道，他和她一樣奇怪。拜託，你也看過他們兩個人在一起的時候是什麼狀況……」

「她沒有權利告訴妳可以帶誰回家過夜。」

伊芙把掌心貼在他的胸膛，「其實她從來沒有明講。聽我說，不値得爲了這種事吵架。」她抓住索恩皮衣的衣領，把他拉到自己面前，「而且呢，你只要買張床墊就可以解決了，只要你一句話，我就可以買給你……」

兩人在伊芙公寓門口接吻，大門突然打開，兩人也瞬間停下動作。丹妮絲站在門口，露出吃驚表情，她後面還有個人跟了過來，索恩認出對方是他第一天在花店裡看到的男子。

「嗨，伊芙。」他開口打招呼。

丹妮絲走到街上，那男人也跟在她後頭一起出來，「凱斯只是過來告訴我他星期六不做了。」丹妮絲說道。

伊芙走過去，把手擱在凱斯的肩上，「凱斯，沒事吧？」

他搖頭，面紅耳赤，「一言難盡……」

伊芙面向索恩，「凱斯母親身體狀況一直不是很好……」

四個人就杵在那裡好一會兒，氣氛有些彆扭。丹妮絲穿著無袖上衣，一陣涼風吹來，害她直搓手臂，整個人微微顫抖。

凱斯穿起拿在手中的丹寧外套，「我要回家了。」他自顧自點頭，點了好幾下，轉身，立刻大步走開，其他人靜靜目送他離去。

「親愛的，我要去睡了，」丹妮絲說道，「累死了。」她蹦蹦跳跳過去摟住伊芙的脖子，「明天早上見了……」

索恩看著她親吻伊芙的雙頰，而當她也靠過來親吻他的時候，他有些吃驚，她的吻落在他的臉頰與嘴唇的交界地帶。

「晚安，湯姆……」她轉身，輕巧鑽入門內，把它掩上，但還是留了一點隙縫。

索恩看了一下手錶，應該還有機會可以搭上前往肯特緒鎮或是卡姆登的夜間公車。

「我也該走了。」他開口說道。

伊芙假意瞪他，「你要是不買床的話，怎麼可能有機會和別人打砲啊。這個週末我帶你去宜家家居……」

「哦拜託，不要。」索恩回道。

索恩看到凱斯在他前方一百碼左右的街道上闊步向前。他刻意放慢腳步，不想再撞見他，感覺會有點彆扭，畢竟已經互道晚安過了，他不想再來一次。當索恩看到凱斯轉進小巷的時候，不禁鬆了一口氣，而凱斯還回頭看了他好幾秒之後，才消失不見。

索恩走到那個巷口的時候，特別注意了一下，已經看不到人影。

索恩急忙走向達斯頓街的公車站，他心覺有件事讓他相當困擾。他之所以問伊芙能否待在那裡過夜，純粹是因爲她曾經提過丹妮絲會不爽，他敢大膽提出要求，是因爲他很篤定自己沒辦法過夜，要是眞能如此留下來，其實他反而會覺得怪怪的……

公車站對面有個看起來不怎麼樣的漢堡餐車店，索恩突然覺得好餓。從這裡走到夜間營業的貝果店需要五分鐘，現在，他陷入了食物中毒與錯過最後一班公車的兩難抉擇。

十分鐘之後，轟隆隆的公車映入眼簾，索恩已經開始後悔了，剛才不該吃下那個漢堡。他伸手在夾克裡找出公車票的零錢，說也奇怪，自己一個人回家，居然會出現某種類似輕鬆自在的感覺。

使用他身旁那台健身車的男子，停了下來，坐了一會兒，閉目，調勻呼吸。男子離開機器，走到放置飲水機的地方。而他自己依然跑得急快，雙眼緊盯著那男子大口喝水，將汗濕的毛巾甩到脖子上，走進了重訓室。

當他在聽的那首歌結束的時候，他拔掉耳機，下了健身車，開始跟蹤他。

霍華．安東尼．修森習慣有固定作息，而且總是認眞把自己打理得很好。有了這兩個特徵，也就表示跟蹤他、了解他的這項任務不但一點都不難，而且還充滿了樂趣。他本來就有在健身，而每個禮拜多做幾個小時也沒關係，加入同一間健身房、確保自己能盡量在修森運動的同一時段出現，何其容易。當然，也不是每次都能遇到，有時候他抽不開身，但觀察過的次數已經讓他摸清了這個對象。

他知道的已經夠多了。修森曾經做過的事，還有他也出現在名單上，這一切已經夠了。當然，能多知道一點對方的底細總是好的，確定自己比修森強壯到什麼程度，等到時機到來的那一刻，處理他有多麼容易。觀察他扭曲、滴汗的面孔，搶先窺見他被絞殺時會是什麼模樣……

他走進重訓室，修森正在做擴胸運動。他挑選了一台在他隔壁的划船機，也開始做起重訓。他立刻發現修森在偷瞄重訓室另一頭的某名女子，她正在彎腰，做伸展運動，肌肉緊貼著黑色萊卡布料。修森推聚前臂，每一次使力都發出了呻吟，而目光一直駐留在女子的鏡中倒影。

他知道這正是霍華・修森來此的目的。

他不知道修森出獄之後是否曾經再次犯案。既然已經被逮到一次，是不是就此變得更小心？也許只是剛好這幾年來都沒被抓到吧。他望著鏡中的那名女子，是否心裡在想著要硬上她？把自己搞得汗流浹背，目光宛若汗濕雙手在她身上游移，不斷催眠自己，這女人是何其飢渴……

修森放開把手，砝碼落下，回歸原位，發出匡啷巨響。他轉身，鼓起雙頰吐氣。

「你說我們這是何苦啊？」

這是在送分。他本來就打算在今天與修森攀談，也許在飲料吧主動閒聊，不然在更衣間也可以……

「眞是瘋狂，對吧？」修森的下巴指向那名身穿黑色緊身衣的女子，「都是爲了這種女人，害我搞死自己了。」

他對修森微笑回禮，深覺這句話發人深省，不過，他想到的是截然不同的理由。

14

卡蘿．查姆柏蘭的工作份量，等於佔了兩人小組的四分之三。

上頭派了一個研究員警官給她，不過這位前警探葛拉漢姆．麥基，套句她先生的說法，他的能耐不過就是花拳繡腿罷了。他在私底下總是把話講得很白，他覺得在自己外出查案的時候，卡蘿就應該待在辦公室裡弄咖啡接電話。

要是在幾年前發生這種事，她早就不費吹灰之力、讓他痛不欲生。不過現在她一心只有工作，這是他的、但也是她的任務。雖然可能會花掉比較多的時間，但至少會進行得很順利，她有信心，其實她還不是那麼確定，但如果她現在經手的這個案子能夠讓她在第一次就成功出擊的話，應該就不需要繼續證明自己的功力，可以直接收山。

開車前往海斯廷斯所花費的時間，其實並不如她預期的那麼久，但她先前還是特地提早出門，以防萬一。傑克與她同時起床，爲她弄早餐，讓她能夠好好準備出門。她看得出來，自己週日得出門辦事，他不是很高興，但他還是努力強顏歡笑。

「媽的這時間根本不該出門，好好的星期天就毀了。現在我感觸很強烈，妳又回到警界服務了……」

她在下車前對著鏡子檢查妝容，粉底可能太厚了一點，但現在也已經來不及補救。不過，她對自己的頭髮倒是很滿意，前晚她染了頭髮，大部分的灰白髮絲都不見了。

傑克說，她整個人看起來很有精神。

她走到大門口，敲門，她告訴自己要保持冷靜，面對這種狀況早已不下千次，眞的不需要緊緊死抓公事包的提把，儼然自己快要摔倒一樣……

「席拉？我是『重案審視小組』的卡蘿．查姆柏蘭，我們通過電話……」

卡蘿看得出來，應門的女子萬萬沒想到她居然是這個模樣，就算她染了髮也沒救。她離開警界之後，每年都胖了十四磅，再加上她的身高不過五英尺出頭而已，對於自己的外貌，她很有自知之明。她的頭髮也許的確如她所願，是具有時尙感的人工赭褐色，不過——無論傑克怎麼安慰她——對於其他部分，她眞的無能爲力。無論她覺得自己看起來有多麼亮麗，她心裡有數，這三十年所歷經的職場滄桑全寫在臉上。

有時候，她會在早晨盯著浴室鏡裡的自己，凝望那雙憂鬱、快要看不見的眼眸，彷彿是兩顆陷在蛋糕粉裡的小粒醋栗……

那女子把大門又推開了一點，無論她到底有多麼失望或是困惑，卡蘿衷心期盼席拉．法蘭克林秉持美好的英國謹愼傳統，不會因此多說什麼。

「我去準備煮開水。」她終於開口。

她們待在廚房，一邊備茶，一邊閒聊天氣與交通，席拉．法蘭克林還忙著擦拭桌面，清洗茶匙。幾分鐘之後，兩人坐在簡樸的小客廳裡面，她臉色一皺，滿是困惑。

「抱歉，不過我記得妳先前說過這個案子重啓調查……」

卡蘿不曾說過這種話，「如果造成妳的誤會，我很抱歉。其實，我是在重新審視這個案子，如果，的確是有機會重啓調查。」

「我明白了……」

「妳與艾倫結婚多久了？」

艾倫．法蘭克林的遺孀，是個身材高挑、極爲纖瘦的女子，卡蘿猜她的年紀應該是在五十五到五十九歲之間，其實也只比她自己大了那麼一點而已。她頭髮後梳，整個臉龐上只看得到那雙定神時間不過數秒鐘的綠色眼眸。當她在回答卡蘿問題的時候，目光宛若貓鼬一樣、在自己的茶杯邊緣後方不斷閃躲。

她在一九八三年認識了法蘭克林。那時候他應該是四十好幾了，比她大了十歲。他在數年前拋下妻子與工作，離開了高契斯特，搬到海斯廷斯重新開始。兩人因工作而結識，幾個月之後立刻閃婚。

「艾倫工作勤快，」她開心大笑，「眞的，做什麼都一氣呵成。對了，其實我當初也沒多想就嫁了。」

一如往常，卡蘿早已做足了功課，爲數不多的背景資料已經全部掌握，「艾倫的小孩作何反應？他們那時候幾歲？十六？還是十七……？」

席拉微笑，但看得出有些勉強。「差不多是那個歲數吧。其實我根本不確定他們現在幾歲了。在我們結婚之後，我應該是曾經與那兩個小孩見過一次面。最後，只有一個小孩肯在艾倫的葬禮上露臉……」

卡蘿點頭，彷彿覺得這是再正常不過的反應。「他的前妻呢？」

「我從來沒有見過西莉亞，也沒有和她通過電話。老實說，在他們離異之後，我連艾倫有沒有打過電話給她都不知道……」

席拉身體前傾，把茶杯與茶碟放下來，「我知道聽起來也許很奇怪，但事情就是這樣，那畢竟是艾倫的過往……」

「了解……」

卡蘿努力克制自己的反應，她不該流露出對這些人生活的評斷，不該顯露在自己的臉上，但何其困難。她與傑克也相當晚婚，偶爾也會與他前妻出現緊張關係，但她們畢竟是以禮相待，尊重對方的身分，而傑克的女兒也一直是他們生活中不可或缺的一部分。

「我眞的很努力想要與小孩聯絡，」席拉說道，「我有一陣子常勸艾倫，他應該要去看小孩才是，他總得努力看看，搭起溝通的橋樑，但他對這種事一直很扭捏。」

「也許他覺得前妻在挑撥他們之間的感情。」

「他從來沒有這麼說。反正小孩那時候也多少算是大人了，而我們也想要趕快過自己的生活。」她開始把茶具放入剛才從廚房拿出來的托盤裡，她起身，「我那時候快四十歲了，從來沒有享受過兩人世界……」

席拉回到廚房，卡蘿也跟進去。「艾倫從來沒有提過自己爲什麼要與西莉亞離婚？」

「其實沒有，我想應該是很不愉快。」

就卡蘿所接收的訊息來判斷，這評語可能算是客氣的說法了。「但會不會是因爲贍養費？他們一定有透過律師聯繫吧……？」

「在最後那幾年，我們連他們住在哪裡都不清楚，現身艾倫葬禮的那個兒子，還是因爲看到新聞才知道他爸爸死了。」

「我明白了……」

茶杯與茶碟已經清洗乾淨，當席拉從水槽前轉身過來的時候，卡蘿看到她正在端詳自己的臉，也許她一直想要掩飾的評斷已經藏不住了……

「嗯，一直就只有艾倫和我而已，」席拉說道，「我們自己覺得這樣的生活就夠了，以前發生的事都不是很重要。老實說，我和他也抱持相同的心態，我從來不會爲了前男友之類的事而煩心，而且我們與我家人見面的次數也不多。艾倫與他以前的家人斷了聯絡，因爲他有了我。」卡蘿站在門口，席拉朝她走過去，茶杯上的水滴不斷落在塑膠地板上，當她開口的時候，臉上的神情似乎柔和多了，「他一直都是這麼說的，現在，我是他的生命。他的以往並不順遂，所以他當然不願多想，艾倫想要逃離過去的生活……」

卡蘿點點頭，「可以借用妳的洗手間嗎……？」

她靠在洗手台邊，任由水龍頭的水嘩啦啦流了一陣子。

卡蘿．查姆柏蘭一直不是很相信直覺，但在她將近三十年的職場生涯當中，她知道應該還是別那麼鐵齒才好。當初，一九九六年，艾倫．法蘭克林的謀殺案一直破不了，就是破不了，主因是看不出動機。

她聞到香皀的氣味，開始洗手……

不知道艾倫・法蘭克林到底在閃避什麼，他雖然躲在這裡、找了新工作又有了漂亮的新婚妻子，到了最後，可能還是在那個停車場被堵到了。

席拉・法蘭克林正站在梯底處等她出來。

「妳有沒有艾倫以前的東西？」卡蘿問道，「我的意思不是指衣服或……」

「閣樓裡有兩個箱子，我猜裡面應該是文件什麼的。當初我們搬進來的時候，是艾倫把那些東西搬進了閣樓。」

「可以看一下嗎？」

「天，當然沒問題。其實，要是妳能幫我拿下來的話，簡直是幫了我大忙。」席拉的目光飄向卡蘿後方，望向上方的階梯，她緩緩眨眼，泛著淚光，「我想我終於可以開始整理東西了……」

這不能算是什麼模擬繪像，不過，反正能著墨的重點也不多……

當火車從國王十字車站出發之後，索恩從包包裡拿出圖片、把它放在桌前，盯了十分鐘之久。

杜德工作室對面咖啡店的服務生在發現屍體的隔天提供了證詞，他說幾天前曾看到某個摩托車送貨員在這裡徘徊，其實他不確定那戴著深色全罩式安全帽、全身皮衣的男子是否有進入大門，甚或是上樓。當時是天氣炎熱的下午，他得服務好多桌的客人……

當天是星期三，兩週前的事。五天之後，他們闖進那扇狹小的褐色房門、謀殺現場的氣味撲鼻而來。

所以，查理・杜德也不能算是從頭到尾都在扯謊。向他租用工作室的那名男子的確戴了全罩式安全帽。根據索恩的判斷，杜德宣稱自己從來沒看過底下的那張臉，這才是眞正的謊言。杜德原以爲這句話可以爲他掙點錢，沒想到最後卻讓他付出更爲慘烈的代價。

他聽到餐車進入車廂的輪動聲，抬起頭來。平常他是不會把泰晤士聯線的食物當成週日早餐的選項。但他餓了，開始在口袋裡找零錢。

在那個機車騎士徐步走上樓梯的那天下午，杜德應該還是覺得自己非常安全。他很可能誤以爲自己掌控全局，準備要好好趁機勒索一大筆錢，他完全不知道自己交手的是何許人也。

無論是蘭姆費利或是威爾契兇案的目擊者，都沒有人看到戴著全罩式安全帽的可疑人士，不過，這一切也必須再做確認。無論是哪一天的下午，蘇活區到處都看得到單車、小綿羊，還有電動腳踏車，交送文件、錄影帶、三明治，還有壽司。他們花了整整兩天的時間去追查這個地區從事正當生意的送貨員，逐一清查。其實，這兩天都白費工夫了，只是證實了索恩聽到服務生供詞時、心中立刻浮現的假設。

在那頂全罩式安全帽之下，就是兇手的面孔，而他掛在肩上的黑背包裡面，裝的則是一大捆藍色曬衣繩。

「親愛的，需要點什麼嗎？」

推車停在索恩的桌前，他挑了茶與餅乾。掀開紙杯蓋之後，熱水無可避免潑濺出來，他趕緊拿餐巾紙擦拭乾淨，準備浸泡茶包。

他再次盯著前幾天自己畫出的那張草圖。戴著全罩式安全帽的男子實在是太籠統了，根本不能算是正式的圖像，不過，索恩還是開始在自家餐桌上塗塗畫畫，接下來的那幾天，無論是在自己的辦公桌前，或是在來往亨頓大樓的通勤電車上，他不斷添加新的筆觸。索恩的繪畫天分就差不多是他跳中世紀舞蹈的水準，不過，在他笨拙粗獷的幽黑色塊當中，他得到了某種領悟，在鉛筆勾勒的濃重影線之下、召喚出面罩背後的黑暗世界，比那塊染色的塑膠殼更濃黑、更冷酷……

他抬起頭來，望著窗外疾飛的風景，火車進入哈特福郡，綠蔭越來越濃密，房子也越來越大。

索恩喝茶，吃了巧克力。透過窗上的映影，看到對面的老先生很猶豫，不知道該點些什麼才好。餐車女服務生對著同事翻白眼，某個穿著運動褲的青少年也在後頭唉聲嘆氣，他被卡住了過不去，滿是不耐。

前兩天晚上，艾琳從伯明罕打電話給他。他父親的居家看護突然長了帶狀疱疹，狀況有點嚴重。艾琳委請鄰居幫忙，在週五帶了砂鍋過去看他，又找了一個臨時看護，但她得要星期一才能上工，沒有人可以確定……他爸爸會不會吃東西。

她問他是否能過去探望的時候、語氣彷彿是在請他幫忙一樣，索恩當時充滿了歉疚感。現在，距離聖奧爾本斯只剩下幾英里，他口袋裡放著一盒父親最愛的薄荷糖，罪惡感反而更加深重，他好期盼自己此時是在別的地方，心裡想望的是在河邊找間酒吧、與伊芙共度週日。

車廂尾端的自動門開了，那兩個餐車女服務生奮力將餐車推過去，經過那個穿運動褲青少年的身邊，他對她們聳肩，轉頭，對著窗外吐菸氣。

索恩想起伊芳·基絲頓在貝克大樓外面抽菸的情景。他不覺得自己把她當成了朋友，兩人從來不曾在下班後有過任何交誼活動，但那次巧遇似乎是觸動了他什麼。索恩沒有多想，從包包裡拿出通訊錄，找到基絲頓的住家電話，撥了過去。她八成現在正托著下巴，等待週日午餐……

有個男人接起電話，應該是基絲頓的先生。

「嗨，請問伊芳在嗎？」索恩問道。

「她不在。」

索恩等待對方講出其他的話，但就是沒有。「沒什麼重要的事。可否麻煩你轉告她湯姆·索恩來電，我看我等一下再打打看好了……」

「你再打來是沒關係，但我不知道她什麼時候才會回來，她說她只是出去兩三個小時而已……」

五分鐘之後，當索恩走出聖奧爾本斯車站、找計程車的時候，心裡依然在想著剛才這一段對話內容。也許伊芳·基絲頓的老公天生就是口氣很差的人，或者他自己也想出門打高爾夫球或找地方看報紙、但最後卻得在家顧小孩而心情低落，或者，兼而有之。無論他動怒的原因是什麼，應該也不會向一個陌生人透露心事。

「她說她只是出去兩三個小時而已……」

索恩看到前面的一對小情侶進了唯一的計程車。他又想到了伊芙，還有他們可以一起從事的活動。拜託，要是她想拖他去宜家家居，他一定會千方百計閃躲……

他們父子倆待在客廳的時候，索恩提到了煮東西的事，惹得他爸爸滿臉漲紅，罵他「沒腦小畜生」。半個小時之後，他們到了酒吧，他父親似乎開心多了。一杯苦啤，加上一碟臘腸與炸薯片，簡直就和他腦袋裡化學物質的變化一樣，讓他的心情立刻出現戲劇化的轉折。

「這是我的第三條規矩，你知道吧？」他父親問道。

他們坐在角落的位置：索恩、他的父親，還有他父親的朋友維多。其實以前他們有一群人常聚會，但自從他父親被診斷出阿茲海默症之後，其他朋友就不常和他見面了，似乎只有維多不覺得自己會發病……

「什麼？」索恩問道。

他父親舉起酒杯，看起來樂不可支，「這個，『不喝啤酒』。在『不進廚房』與『不單獨出門』之後的第三條規矩，我的愚蠢規矩，知道吧？」

索恩點點頭，他知道……

「不要喝醉，」吉姆．索恩清了清喉嚨，壓低聲音，裝出電台DJ的調調，「接下來進入阿茲海默暢銷金曲排行榜第三名……」索恩與維多哈哈大笑，他父親開始哼唱《熱門歌曲之王》節目的主題曲，然後突然停下來，望著維多，神色充滿驚慌。「有史以來稱霸最久的前三名是誰？我的意思是，依週排行來看的話……」

維多身體前傾，情緒突然變得急切，「貓王……克里夫．李察……」

「廢話，當然啊，」吉姆十分惱火，「我是想不起第三個啦。拜託，我當然知道這兩個……」

索恩想要幫忙，「《披頭四》……？」

索恩看到他父親與維多展現雙簧般的默契，先對看一眼，然後又望向索恩，同時開口回答：「不是……」

索恩看得出來他父親開始冒汗急喘，而且他還穿了兩件毛衣，讓他更顯窘迫，「他那張臉我記得很清楚，你知道嗎？喜歡男人的傢伙，」他開始提高聲量，「哎呀，他演奏的樂器……就是那個有鍵盤的東西，黑色和白色的鍵盤……」

「鋼琴，」索恩回道，當他父親搜尋不到正確用語的時候，經常會講出這樣的內容。那個放在嘴巴裡、拿來清理牙齒的東西。培根，還有……那個從雞身上生出來的東西。

維多伸拳拍了一下桌面，模樣耀武揚威，「艾爾頓·強。」

「我知道，」吉姆回道，「媽的我當然知道……」他開始伸手猛戳自己盤中的炸薯片，一片接著一片，他彷彿隨時都可能會嚎啕大哭。

「我再去買點酒，」索恩立刻開口，「如果你已經破例，那就乾脆喝個痛快……」

維多喝光啤酒，把空瓶交到索恩手上，「當然，你父親可能根本沒有阿茲海默症……」

索恩看了他一眼。這種討論沒有意義，雖然，嚴格來說，維多說的也沒錯。阿茲海默症很可能，可能永遠無法獲得確認。他們會說，百分之九十確定，而這種話算大好……還是算大壞，就看你怎麼認定了。

「還是同一種酒嗎，維多……？」

「吉姆，你有沒有在聽？」維多說道，「沒辦法確定這到底是不是阿茲海默症……」

索恩輕輕扶住維多的手臂，「維多……」

然後，維多瞪了他一眼，索恩瞬間懂了。他發現自己正在摧毀維多的引子、讓他父親無法說出自己鍾愛的那段台詞，他羞愧不安……

他父親放下刀叉，接口說出自己的台詞，「維多，沒錯。諮詢師也告訴我，唯一能夠確定的方法就是等驗屍。我說，真是多謝，但免了，我還沒那種興趣和那堆人躺在一起、等著給他們解剖！」

當索恩站在吧檯前、等著酒保過來的時候，維多與他父親依然在哈哈大笑……

他們已經告訴過他，這種痴呆症狀的「中期」階段會出現什麼狀況。聽起來有點模糊，不過，索恩覺得既然還有下一個階段，那麼一切無恙的日子應該還可以持續一段時間吧。只要這些爛梗笑話出現的次數多過恐懼與絕望，那麼，他會好好振作、努力壓抑心中的焦慮。

卡蘿突然覺得莫名其妙，其實不過就是那麼一兩分鐘的時間而已，她不知道自己到底在幹什麼，應該和她老公互換位置才是。拜託！她是中年女人，這時候應該像傑克一樣，窩在家裡的沙發上、欣賞犯罪影集《心跳》，而不是身著厚外套，在他們冷得要死的車庫裡、翻找髒臭的紙箱。

那不過只是起初的想法罷了。等到她開始鑽研艾倫．法蘭克林的過去——他的第一段過往——寒意立刻消失無蹤。她再次找回了那股詭異刺激的感覺，尋索某個東西、對它緊追不捨，雖然她根本不知道「它」到底是什麼。

此刻，在這條位於沃辛的安靜小巷裡，她周邊的鄰居都待在前廳與廚房，與她年紀相仿的女子如果不是在玩字謎遊戲，就是沉迷在無聊的羅曼史小說裡，或者，把早餐穀片倒入碗內，迎接早晨……

卡蘿從其中一個箱子裡取出一疊佈滿灰塵的空白文件，她直接以手的側邊抹去上頭的髒污，她絕對不會與那些女人交換人生……

那兩個箱子裡有一大堆文件；各種尺寸都有，原本潔白的紙面已經泛黃，還帶有一點潮氣，裡面還有信箱，小包裝的檔案卡、自黏標籤和生鏽的訂書針。法蘭克林結識席拉的時候，正在海斯廷斯的保險公司上班，不過，顯然他還是想要保留些許先前工作的紀念物。

至於其他的東西，要是出現在《古董鑑定巡迴秀》節目裡面，絕對不會引發什麼令人血脈賁張的激烈反應：一九七五與一九七六年份的雷茲牌日誌；包在舊報紙裡面的盤子與茶杯；牛皮紙信封裡的兩張照片——兩個男孩；一個是嬰兒，另外一個兩三歲，另外一張照片，也是這兩兄弟，已經變成了一臉拙相、毫無笑容的青少年。

卡蘿剝開一團乾燥的報紙，裡面是個大型銀器。她將它放在一旁，把皺巴巴的報紙攤在停車場地板上、將其展平。地方報，她看了一下日期——應該是法蘭克離家出走，或是被老婆甩掉的那天的報紙。看來高契斯特當天沒什麼重大新聞：針對某條預定環狀道路的小型抗議事件；整修完成後重新開幕的休閒中心；高街珠寶店的破窗竊盜案……

她露出微笑，好久不見的字眼，破窗竊盜。不知道爲什麼，二十年多前的犯罪事件似乎也單純多了……

她拿起銀器，湊近一看，才發現是個銀盤。雖然因爲包了報紙的關係而變得微黑，但依然可以看出上頭有刻字，她把它舉高，對準裸露電燈泡的光線，閱讀上頭的文字：

一九七六年五月，來自巴克斯提爾家族夥伴的祝福。

歡迎回到工作崗位。

讓我們好好歡慶一次或是好幾次，

徹底忘記這件事！

卡蘿一度想要打電話給席拉．法蘭克林，但她有預感這位太太應該幫不上什麼忙。她的先生不會把自己的過往告訴她，也許他偶爾會溜進閣樓，凝神盯著這個銀盤，或者想要刻意遺忘也說不定。不管怎麼樣，卡蘿知道她只能靠自己解決問題。明天就開始，也沒那麼困難，她會命令那個懶鬼麥基打幾個電話。

她站起來，滿臉痛苦，先前她還特別準備了靠墊、鋪在水泥地板上，但她的膝蓋依然相當痠痛。她關掉車庫的燈源，四週一片漆黑，站了一會兒之後才走出去。

她好納悶，不知道艾倫．法蘭克林在一九七六年時爲何需要慶祝，還有他似乎想要刻意遺忘某段回憶，到底是什麼原因……

從聖奧爾本斯搭火車的二十五分鐘的回程中，整個車廂裡只有索恩一個人。

他從自己的袋子裡拿出CD隨身聽，打開某個名叫《羊排》的樂團的專輯，這是漢卓克斯送給他的生日禮物，在他家裡遭竊、還沒去淘兒音樂城花了三百英鎊補貨之前的那一兩天，他手邊唯一的CD就是這張專輯。這是「另類鄉村」音樂，漢卓克斯是這麼告訴他的，顯然，索恩得要加緊腳步跟上時代才行……

索恩按下播放鍵，讓音樂在耳邊流瀉，想到了與父親道別的場景，充滿了興味。

那時候，維多已經離開了半小時，還泡在壺裡的那個不知道什麼茶已經變得透涼，索恩與父親一起站在門口，兩個人都腸枯思竭要找話說，只是，原因各不相同。

吉姆．索恩從來就不是什麼善於表達感情的人，偶爾會握手，但今天沒有。不過，他今天卻雙眼發亮，挨近索恩身邊，彷彿要分享什麼偉大的智慧格言一樣，他告訴索恩，艾迪．柯克蘭的〈三步登天堂〉，在他出生的那一天登上排行榜冠軍。

索恩脫掉鞋子，把雙腳擱在對面的座椅上。他覺得，父親所說的話，還有他記得的過往，自有其動人之處……

耳機裡的音樂徐緩，悅耳，詭異。索恩聽不清楚歌詞斷句的地方在哪裡，還聽得到喇叭聲在狂吼。不是強尼．凱許的〈火山帶〉那首歌曲裡的蒂華納式喇叭，也不是墨西哥街頭樂風格，而是規規矩矩的喇叭樂聲，就像是靈魂樂唱片裡會出現的那一種……

索恩取出《羊排》樂團的專輯，也許，等到改天再放吧。他放入史提夫．厄爾的〈火車飛奔而來〉，閉上雙眼。

靈魂樂很好，不過，在某些時刻，真材實料的音樂聽起來真的順耳多了。

超簡單。

這些畜生的可悲程度，總是讓他驚喜連連。牽著他們的鼻子何其容易，而且還是像牽狗一樣讓他們趴著跑……

自從他們第一次閒聊之後，他在短短不到一個禮拜的時間就已經有了具體想法，知道自己該在什麼時候、什麼地方殺死修森。這實在他媽的太簡單了，他不禁有些後悔，幹嘛在那些人身上下這麼多工夫。歷經好幾個月的籌劃，醞釀，寫信。其實大可以等到他們出獄、隨便在哪間酒吧就可以讓他們上鉤，只要微笑，打聲招呼就行了。

像修森那樣的人，不需要什麼細膩的手法。精蟲衝腦的惡徒不懂，根本無法體會，他們只會掏出硬邦邦的老二當武器……

他立刻就得到了修森的信任，既然有了這個後盾，剩下的部分就相當簡單了。時間，地點，安排細節。

其實一切都是關乎信任，得到之後，繼續保持下去。獲取他人的信任，是他的強項之一。他總是能夠得到大家的信任，這就像是他的天賦，不費吹灰之力就手到擒來。

不過，他自己卻從來不與人交心。他早就不相信任何人了。他很清楚，要是這麼做的話會有什麼下場。

15

卡蘿拿起電話，開始撥號，每按下一個按鍵之前，都會小心翼翼重複核對筆記本上的數字。電話另外一頭出現了響聲，她伸手調正牆上的畫，等待。

她先前交付麥基處理，自己則冷眼旁觀，看到他手忙腳亂卻一直搞不定，最後還是自己下場。她花了兩天半的時間打電話、拚命搜尋公司資訊查詢資料庫，終於得到了成果。這也不禁令她想起過往的工作內容，大部分的時間都是在幹這種鳥事。

「又沒人逼妳，」傑克說道，「就算妳放棄的話，也不可能會有人因此而看輕妳。」

沒有人會這麼認爲，但她自己除外……

她追到了巴克斯提爾，也就是艾倫・法蘭克林近三十年前在高契斯特工作的公司，但結果令人好生挫敗。她立刻發現這間文具大盤商不但在八〇年代初期就搬遷到其他地區，而且連公司名字都改了，她幾乎等於要從頭開始。她詢問了英格蘭南區每一家供售一般褐色信封的公司，一無所獲。然後，當傑克正打算開口談離婚的時候，她運氣來了。北安普頓某間公司的人事經理認識文具供應業的每一個人，幾乎與大家都打過高爾夫球。願上天保佑這個好心人！他非常樂意幫忙，最後告訴了她該去哪個地方找到那個人，還給了她某間位於金斯林的公司名稱……

「嗨，波伊爾・休頓公司，您好，有什麼需要我效勞的地方嗎？」

「是，麻煩你了，」卡蘿回道，「我想要找保羅・巴克斯提爾。」

「立刻爲您轉接……」

安迪・史東坐在那裡，白色亞麻襯衫已經一片汗濕，他明明在寫報告，但心裡卻惦記著其他的事……

他想到了早晨醒來時身旁的那個女人。他記得她前一個晚上的表情，還有當她一早下床的時候、不發一語望著他的模樣……

兩個禮拜前，當伊安・威爾契遇害的那時候，這女子剛好在格林伍德飯店、參加一場無聊的會議。史東曾經找她問案，並且留給她電話號碼，告訴她要是她之後又想起了什麼，可以打電話通知他。她想起自己看上了這警察，打電話給他，問他要不要出來喝一杯。

他覺得是自己的警察身分挑起了她的情慾。許多女人似乎都覺得這種職業很有性魅力，權力、手銬，還有警匪對峙的故事。無論到底是基於什麼原因，等到新鮮感消失之後，大部分女子對他的興趣也立刻消失無蹤。

交往的時候，性事通常很美妙……

他喜歡主導床上的一切，他喜歡在上面，看著女人的手臂張放在頭部兩側，他會扣住她細瘦的手腕，在抽送的時候懸空身體。他有固定重訓的習慣，培養出強大胸肌與臂力，所以這個姿勢想要維持多久都沒有問題。

昨晚一開始的時候，他的表現相當精采，她瞪大眼睛，仰望著他，嘴裡喃喃講出了他喜歡的話，也就是當他只要開始想像床笫之事時、期待聽到的那些話。她說他太大了，可能會害她受傷，他把頭往後一仰，咬緊牙關，抽插得更用力……

然後，一切就被她毀了。她開始呻吟，抓住他的肩膀，她說她喜歡粗野的玩法，然後，她嬌喘連連，她說，她要他狠狠傷害她……

不過幾秒鐘的時間，他立刻軟掉，從她體內滑了出來。他趴到床上，側身，聽到她在嘆息，他感覺得到她拚命靠向床邊，以免兩人身體有任何接觸……

有名同事從史東辦公桌前經過，向他打招呼，他抬頭看了一下，微笑，繼續打字。他想起自己手裡托住雙腿間那團東西時所感受到的溫度，還有那女子慢慢躲離他的時候、摩擦床單所發出的聲響。

卡蘿還在等待電話接通……

席琳．狄翁的歌聲在她耳邊迴盪的時間應該也沒超過兩分鐘，但她覺得自己等啊等得都變老了。

每逢如此，也就是辦案經常出現的無所事事的時刻，她就不禁暗自竊喜，當初之所以接下這工作，是因爲她確定自己可以在家裡工作。她猜他們也不會配給重案審視小組什麼超炫的辦公室設備，而且依照小組只有兩人（或者應該說理論上）的編制看來，她要是能有個小櫃子就算是走運了。

傑克早已爲她在空房間騰出了一個角落。他們把她女兒用過的舊電腦安裝好之後，又花了二十英鎊多買一台無線電話的子機。她的檔案系統就是佈滿相框邊緣的黃色便利貼，而先生則兼當她的咖啡機，當卡蘿望著書桌上方的鏡子的時候，她看到了佈滿灰塵的帽盒，插頭消失的老舊檯燈，還有一組幾年前的時候看起來還不錯的瓷狗偶。

如此擁擠，但她喜歡在工作環境的每個角落都看得到自己的東西。

她正式進駐自己辦公室的那一天，傑克站在她背後，兩人都凝視著鏡面。卡蘿坐在自己的新書桌前面，看到她後方的單人床堆的是他們多年來累積的垃圾，不禁露出微笑。鏡中影像，等於是她退休生活的寫照。

「看到那些東西，妳就不會太激動了吧。」傑克說道。

電話背景音樂突然消失，令人感激涕零，「請問哪裡需要效勞？」電話那頭的男子開口問她。

「嗯，保羅．巴克斯提爾，麻煩你……」

「親愛的，他不在這個部門，這裡是會計部，我看看能不能幫妳轉過去……」

喀嚓喀嚓了十秒鐘之後，某個熟悉的聲音再度出現，卡蘿開口的時候，心都要沉下去了。

「保羅．巴克斯提爾，麻煩你……」

「又是妳？抱歉，親愛的，妳又回到了總機，我幫妳轉過去……」

陽光刺目，就連大偵查室裡最髒的窗戶也逃不過穿透而入的強光，到了中午，整個空間宛若三溫暖的蒸氣室一樣。伊芳．基絲頓其實不用再上唇膏了，但她還是照做不誤，只要能找到藉口、躲在廁所裡幾分鐘都是好事。

她很少化濃妝，只是點到爲止，但這樣就夠了。這一行的人特別喜歡批評，一看到妳就立刻有了評斷、口耳相傳，甚至在妳的座位還沒有安排好之前，成見就此根深蒂固。

她很清楚大家對她有什麼看法，她也知道湯姆．索恩這種人怎麼看待她，對她的所作所爲抱持什麼樣的評價。這些評語偏離事實的程度有多麼嚴重，她自己心裡有數。

化妝——使用的顏色、妝感的濃度、什麼時候化妝——等於是在散布訊號。它表露出妳的心情，可能是這樣，也許是那樣。隱藏、說謊、掩蓋……

她站了好一會兒，望著裂面鏡中的自己。她移動頭部，微調了幾英寸，讓那條裂縫正好劃過臉部的正中央，讓它與自己的容顏融爲一體。

她決定再試個一分鐘……

她開始在心裡倒數計時，再過五十五秒，她就要摔電話了，泡茶，去找她先生，對他大吼大叫發洩一下情緒。不，她會再拿起電話，打給麥肯，對他發飆……

卡蘿開始低聲罵髒話，幹，幹，幹！她放棄了自己的園藝、下午時段的懷舊電影，還有《讀者文摘》，就是爲了打這通電話……

「保羅．巴克斯提爾辦公室您好……」

她差點大聲歡呼，「感謝老天，巴克斯提爾先生在嗎？」

電話那頭的女子聽起來語氣很猶豫，「哦，他剛才還在這裡，可能是提早去吃午餐了，我幫妳看看是不是能找到他……」

對方放下話筒，傳出了噹啷聲響，然後，一片靜默。三十秒之後，卡蘿聽到了人聲，接下來是隱隱笑聲，當話筒拿起來的那一刻，笑聲變得響亮，突然，又出現別的聲音，最後，只聽到等待她重新撥號的電話音。

卡蘿深呼吸，又撥了一次電話，狠狠猛戳每一個按鈕，簡直把它們當成了波伊爾．休頓員工的眼珠。

「嗨，波伊爾．休頓公司，您好，可否請您稍候一下……」

卡蘿大叫：「不要！」

太遲了……

戴夫．賀蘭德本來心情還算持平，但一聽到那小兔崽子得意洋洋的時候，他就忍不住了。

「喂，我不需要講得那麼詳細吧……」

「哦，這得看狀況，是不是？」賀蘭德回道，「或者，這麼說吧，那就看看你希望被我修理到多慘了。」

「我在那裡當過模特兒，這樣夠了沒？」

「對，拍型錄是吧？幫百貨公司拍秋裝新品……？」

「你想知道我和查理．杜德之間的關係？好，我這就告訴你，有人找我幫忙當模特兒拍照，夠了嗎？」

「你有沒有和其他人提過這件事？」賀蘭德問道，「講出杜德的名字或是告訴某人關於那間工作室的事？」

電話的另外一頭出現空洞的淒厲笑聲，「對，這份工作讓我深以為傲，是吧？我的意思是，《倫敦屌男孩》和《壞壞小鮮肉》都是他媽的經典，也許你都看過……」

賀蘭德掛上電話，又槓掉清單上的一個名字。

查理．杜德認識一大堆人。他們仔細清查他通聯紀錄上的每一通電話，每個人之所以會與他為友，或是「生意夥伴」，似乎都有某個正當、有時候是充滿苦衷的理由。攝影師、底片沖印商與供應商、影片製作公司、妓女。每個人都被問了同一個問題，是否知道有其他人可能認識杜德，名字統統都要講出來，此外，再加上索恩那位聲音尖細的線民額外提供了許多人，最後統整出一份人數更加龐大、等待逐一清查的名單。

賀蘭德強忍哈欠，今天的工作即將告一段落，除了能把一份可供參考的名單交給風化小組之外，根本一無所獲。看來顯然很難從這裡找到與兇手有關的線索，這和索恩當初的預期完全相反，因為杜德發現刊登廣告的確有用，不需要靠什麼口耳相傳。在他撥打的前幾通電話中，有個傢伙是在性虐雜誌工作的專員，當他們知道這位重要客戶再也無法刊登小廣告、宣傳他的工作室設施之後，也得體表達了哀悼之意……

賀蘭德靠躺在椅背上，拉直手臂伸懶腰。他在浪費時間，就如同昨晚在家裡一樣。拚命撥打明明不是很急的電話，槓掉名字。藉口，就是想要逃避……

蘇菲那時候已經換上睡衣、走了過來，她一手托腹，另外一手拿著茶杯。她把茶放在他的面前，從他背後張望桌上的文件，她把手擱在他的頭頂。

她溫柔一笑，「這個小壞蛋踢了我一整天……」

過了半分鐘之後，賀蘭德終於抬起頭，她已經站在門口。他拿起自己的茶，對她露出表達謝意的微笑。

「我知道你覺得是我在逼你做出選擇，」她說道，「但我真的沒有這個意思。對，有時候我對你的工作深惡痛絕，我也很討厭你的固執長官，而且你還對他崇拜得要命，而這一切你自己都很清楚。對，如果你能多休息，我會很開心，還有，不要，我真的不想看到你做蠢事。不過，戴夫，我不會要你做出選擇，不是現在。」然後，她轉頭凝望窗外，「我好害怕……」

接下來，只聽得到老肯特路上傳來的車行聲，還有樓下鄰居的收音機聲響。賀蘭德拿起電話，又抓了筆，「我們晚點再說好嗎？」他看著書桌上的文件，那一串毫無意義的名單，「這份資料真的很重要……」

索恩望著他的同仁忙進忙出。賀蘭德、史東、基絲頓……

還看到十多名其他警察與文職人員在交談、書寫、思考——衝勁正逐漸消退。彷彿高溫讓空氣變得凝滯，索恩站在門口，觀察整間偵查室，想到了那具屍體幾乎被打殘的四肢……

相同的模式一再上演。發現被害人屍體的那幾天，大家忙成一團，整組人馬陷入緊急狀態，他們知道接下來的這些小時，這幾天是破案的絕佳機會。發現杜德屍體之後，他們忙得像無頭蒼蠅一樣，查詢通聯紀錄、詢問他生前的聯絡對象，蒐集供詞，追查送貨員，等待一切可能的線索。

然後，慢慢地，一如往常，辦案的慌亂節奏開始趨緩，就像是受害者在瀕死之前的掙扎動作一樣，越來越慢。沉悶取代了激狂，拿起電話、蒐集供詞成了反射性動作，原本微小的希望火光慢慢寂滅，案件本身也開始變得像死屍一樣冷僵，東搖西晃……

需要一點什麼才可以。這個案子，還有苦心偵辦的人，需要被狠狠踢一腳才能回魂。一股外力，就像是從外頭轟隆而過、造成查理．杜德屍體搖晃的運行列車一樣。

索恩不知道那是什麼，也不清楚到底該從哪裡找到這股力量。

「我是保羅．巴克斯提爾……」

「你就是保羅．巴克斯提爾本人？」

「對，妳哪位？」

卡蘿覺得自己背頸不再那麼緊繃了。「我是卡蘿．查姆柏蘭，倫敦警察廳的重案審視小組成員。說出來你一定不信，我為了要找你，眞是費盡了千辛萬苦……」

「找我……？」

「找你，還有你的公司……」

「工商名錄找得到我們公司的資料啊……」

「對，但我要找的是巴克斯提爾家族……」

對方安靜了下來，卡蘿聽到巴克斯提爾在喝東西，還有吞嚥的聲音，「哎呀，好久以前的事了。我父親的公司被購併……應該是在一九八二年吧。等到我們遷移到這裡之後，我繼續擔任業務主管，這是當初談好的購併條件之一……」

「反正……」

「所以哪裡需要我效勞呢？」保羅．巴克斯提爾哈哈大笑，他的聲音低沉性感，悅耳，就和電台音樂主持人一樣，「倫敦警察廳是否需要新的附抬頭便條紙？」

「你記得有個名叫艾倫．法蘭克林的員工嗎？他離開你的公司，大概是在——」

巴克斯提爾立刻打斷她，「天，我知道，當然記得。他出事的時候我正好在倉庫幫忙，協助我父親，我記得，那時候快過聖誕節了……」

「那時候到底出了什麼事？」

她聽得出巴克斯提爾回答的語氣充滿困惑，甚至有些懷疑，「嗯，我想大家都沒辦法確定事情的眞相到底是什麼，不過我對於那起訴訟案倒是記得很清楚。天，還有後續的可怕事件……」

卡蘿突然發現自己已經激動得站起來，靠在書桌旁邊。她看到鏡中的那名女子，流露出三年來從所未見的興奮表情。那股悸動讓她覺得自己宛若得了心臟病一樣，整個胸膛痛麻，又彷彿是腦裡的大洞瞬間吸光了她的吐納，像是一道流光，迅速竄過她全身的血液與骨髓。

宛若人生的新曙光。

「喂……？」

她隱約聽到電話另外一頭傳來巴克斯提爾在講話，她坐回椅子裡，又等了一秒鐘之後才開口。

「好，巴克斯提爾先生，我什麼時候可以過去拜訪你？」

一定會處理得乾乾淨淨……

這是修森自己提出的建議，天衣無縫不是嗎？！修森原本邀請他回去自己位於雷頓斯通的那間小公寓，但卻被他客氣婉拒，因爲他早就決定自己要繼續鎖定飯店。修森立刻講出了他的想法——他的想望和其他人一樣。對他們這種人來說，約在飯店，等於是爲這場幽會平添一股刺激感。當然，對修森而言亦復如此，只不過，他到時候才會知道過程會有多麼刺激難耐……

目前，他因應每一次的場合需要、所挑選的飯店，完全都是基於事件調性與對方的特質所做出的考量，除了安全問題之外，他也會將這些因素納入考量。要是他有機會的話，解決蘭姆費利的地點，應該要安排在後街小巷、整個人趴在生鏽的油桶上面。而派丁頓的那個地方也具有那種讓他興奮的齷齪，令他情慾高漲的污穢不堪。威爾契，又是另外一種類型，他偏愛好的空間。顯然，他對於超出自己能力範圍的層次充滿了熱切的期待與想法，格林伍德飯店品質比較高檔，從價格就看得出來。

他爲霍華・修森索找到的地方，想必也同樣令人滿意。小型農莊飯店，位於綠意盎然的羅漢普頓，位置剛好在里奇蒙公園旁邊，某些房間還可以看到浪漫的樹林美景。

他很有把握，一切都會處理得十分妥貼。霍華・修森熱愛鄉下，他第一次犯案，痛毆並強暴受害人的地點，不就是在艾坪森林裡的某條荒棄馬徑嗎？

一定會處理得乾乾淨淨。

16

只要兩個B加一個C，兩個B加一個C就好……

到了八月底，接到那封信的時候，她只求能看到這樣的結果就好。這是她想念的大學的入學要求，如果她想要進曼徹斯特大學念戲劇的話，必須要拿到這樣的成績，兩個B加一個C。自從費歐娜．米克交出期末報告之後，這幾個字就變成了她數週以來不停默唸的禱詞。

她大多數的朋友都還在慶祝考試剛剛結束，有一兩個家境比她富有的朋友已經隨著父母出去玩了，至於其他人也都在揮霍狂歡。只有兩三個人和她一樣，決定要想辦法存點錢，找暑期打工。她知道有時候自己可能想太多了，但她覺得錯過玩樂的機會也沒什麼關係，就算朋友笑她也無妨。等到上學期才過了一半、他們的助學貸款就已經花光的時候，看他們是不是還笑得出來。

這是一份完美的工作，許多人都想要竭力爭取。她朋友的爸爸剛好是公司公關活動部經理，爲她美言了幾句。這兩個班對她來說非常適合，第一個是一大早，十點多的時候可以完工，第二個班要等到午茶時間才開始，所以她還是有自己的時間可以休息。

費歐娜看到走廊另外一頭有個女孩從客房出來，把髒毛巾扔進洗衣籃裡面，她立刻向對方揮手打招呼。她停妥自己的工作車，開始把香皂與洗髮精丟入小籃子裡面，這股味道她已經很熟悉了，因爲她在自己家裡的個人浴室裡早已存滿了堆積如山的飯店備品。

七點到十點的早班最是辛苦。過去這幾個禮拜以來，她見識到某些人不住在家裡的時候、髒亂得就跟豬沒兩樣，眞讓她大開眼界。截至目前爲止，她還沒看過什麼眞正可怕的場面——像是用過的保險套之類的東西——不過，某些人的行爲還是與畜生無異。但有的人也很奇怪，房間簡直像是沒有入住過一樣。毛巾折疊得整整齊齊，床單也鋪得好好的。費歐娜心想，這種人呢，一定會在幫傭過來之前、先特地把自己的家裡打掃乾淨。

反正，當她在這些客房裡忙進忙出，更換盥洗用品、補充咖啡包、鋪平床單、檢查小冰箱的時候，她都在揣想這些她幾乎遇不到的住客，到底是什麼樣的人。她只能靠著陌生人鞋子上的標籤、浴室裡的氣味，還有床邊的紙本書，想像他們的生活況味。

她覺得，如果她有機會，能夠成爲女演員的話，這算是很好的練習機會。只要有兩個B加一個C，兩個B加一個C……

她把塑膠鑰匙房卡插入鎖孔，推開房門。

的確，有許多兇殺案一直破不了，但是和零破案率的竊盜案相比，索恩覺得自己和其他重案組的同仁的表現，媽的眞是已經算是超厲害了。

「拜託，克里斯，已經快要過了三個禮拜，這個區域大部分的可疑份子，你一定都已經知道是誰了吧……」

電話另外一頭的克里斯．巴拉特笑得好開懷，索恩覺得他們的這段對話應該可以讓肯特緒鎮的警察笑上一整天。

「湯姆，幹嘛那麼猴急，」巴拉特說道，「你也知道實際狀況。週六這麼早打來，居然有人會在這裡接聽你的電話，你就該偷笑了……」

索恩知道在某些地區人力的確吃緊。街頭暴力犯罪更是特定鎖定的目標，原本負責處理如闖空門之類的倫敦日常小案的制服員警，全被抽調到街頭。他很清楚這一點，因為他也是過來人，他們應該已經加倍努力找尋那個把他家搞得天翻地覆的小偷，他也知道，就算是加倍也沒什麼效果。

「不過，克里斯，已經是三個禮拜了……」

「我們找到了你的車。」

「對，但什麼線索都沒找到……」

「畢竟被燒光了啊……」

「只有裡面被燒而已。」

他們在尤斯頓車站後方的某處國宅找到他的蒙帝歐。裡面已經被燒得慘不忍睹，輪胎全被拔光，車頂上還被噴了「臭警察」幾個大字，為貝克大樓的偵查室又增添了笑料話題。

「有沒有查黑市？」索恩問道，「那王八蛋應該幹走了我的CD音響去賣錢……」

「哎呀！我們居然都沒想到那一點……」

索恩嘆氣，把嘴裡的口香糖拿出來，拋向敞開的窗外。「抱歉，克里斯。但你知道嗎？到了這種時候，只要有任何消息都會讓人好過一點。」

「你的保險都處理好了吧？是不是？」巴拉特問道。

「對，沒問題。」索恩還在等他們撥款進來，車子的全險給付，但應該不會有什麼狀況才是……

「所以你眞的那麼擔心嗎？」

濕黏不適的週六早晨，準備要迎接汗流浹背又怠緩的一天。這個禮拜的最後一日像是某種緊繃得不得了的空間，他被困在裡面、根本擠不出去。

「對，我覺得很煩，」索恩回道，「你應該也一樣。等到你一逮到那個把我臥室當廁所的小兔崽子，他一定會煩得要死……」

✦

某個穿著好看西裝的客人從她身邊走過去、準備搭電梯。費歐娜在走廊上向他道過早安之後，伸出戴著橡膠手套的手背、遮住自己打哈欠的嘴巴。她繼續往前走，準備要進入下一間客房，思忖之後要做什麼才好。

通常，傍晚的班算簡單。在清理酒吧桌台的時候，有機會可以和她最喜歡的男服務生打情罵俏一下，或是在使用吸塵器時與坐櫃檯的女孩八卦閒聊。還有幾次，她火速完成工作，找了個安靜角落，別人看不到的地方，好整以暇坐下來看書。

最後，如果不是太累的話，可能會出去喝個一兩杯，與好友見面。也許可以早幾分鐘溜走，提早下班……

但昨天下午卻沒有這種好運。夏日流感開始肆虐，所以飯店很缺人手，她必須一個人負責櫃檯接待，只能趁被借調去會議室幫忙的時候喘口氣，她得準備擺設隔天週六早晨的商務早餐餐桌。

她把裝滿餐具與桌布的手推車送入電梯、按下頂樓的按鈕。就在門快要關起來的時候，一對情侶也進入電梯，女的很漂亮，身著漂亮的裙子與絲質上衣，男的非常帥，打扮比較隨性一點。

電梯到了二樓的時候，那名女子走了出去，原來他們不是情侶。等到門關上之後，那男子轉身看著她，微笑。費歐娜知道自己臉紅了，趕緊低頭假裝數算刀叉。

電梯到達頂樓，發出提示聲響，她調整推車的輪子方向，準備把它推出去。那男子趨前為她壓住電梯門，當她把車子推出去的時候，他又對她笑了一下，她經過他的面前，餐具晃得匡啷作響。

她在走廊上走了幾步之後，回頭看他，但沒看到他步出電梯，不禁覺得有些奇怪。就在電梯門要關上的時候，那個穿騎士皮夾克的男子與她四目相接，他雙手一攤，搖頭，對自己的愚蠢感到無可奈何。

「差了這麼多，我錯過我要去的樓層了……」

有時候，重重黑霧似乎鎖住了辦案方向。他們待在房間裡，努力研究評估該如何抓到兇手，而不論是在哪個季節或是時段，室內的陽光卻彷彿一直在消散。對於那些一直在黑暗中摸索的人來說，總是感覺十分沮喪，不知道是否有人會拿起手電筒指引正確方向、揭示重大線索，只要有這樣的光線出現，幽影就會縮短，不見蹤影。但是，沒有人知道該到哪裡找光。

今天大家開工的氣氛有點懶散，但布里史托克似乎也沒有要施壓的意思，對索恩來說也沒差。他覺得花個十分鐘左右的時間坐在一起閒聊打屁、等一下再悶頭苦幹，應該會讓大家的心情好過一點。

也許能讓某些幽影變得短一點吧……

他們分坐在偵查室裡面的三張桌前，咖啡與茶喝得差不多了，雜誌報紙也都已經翻爛了，大家繼續發呆，看時鐘。

「有誰在週五晚上狂歡？」索恩問道。大家似乎都沒什麼勁回答問題，索恩大笑，「靠，你們這樣怎麼能算跑趴專家！」他轉向史東，「拜託，安迪，你年輕又單身……」

史東抬頭，但也只有幾秒鐘而已，「太累了……」

賀蘭德哈哈大笑，「這麼遜……」

「等到你有老婆小孩的時候就笑不出來了。」布里史托克說道。

「沒錯，」基絲頓走到最近剛安裝好的飲水機旁邊，「戴夫，你應該要趁現在好好享受週末夜，過沒多久之後，只能回味往事了……」

賀蘭德慘叫一聲，目光又回到《每日鏡報》的體育版。索恩伸頭過去看頭條新聞，熱刺隊準備要簽下某個脾氣火爆的義大利中場。

「那週末接下來的時間呢？」索恩把問題丟給了大家，「有沒有什麼計畫？」

眾人的反應——未置可否聳聳肩——其實和以前差不多。索恩心想，相形之下他自己的社交生活可是刺激多了，對了，最近有了重大進展……

「布里史托克家族的週日生活很無聊，而且一成不變。」督察長拿起公事包，準備朝自己的辦公室走去，「遛狗、洗衣服、與我爸媽或是她的父母浴血奮戰吃午餐。嗯，要是我眞的運氣不錯的話，可能還有機會去花市或是特力屋……」

索恩大笑，環顧四下，想要找尋共鳴。他想到了自己上個星期天是怎麼度過的。布里史托克的話讓他想到了另外一件事，索恩望著伊芳．基絲頓走回來，手裡拿著圓錐紙杯、在喝裡面的冰水。

「你知道我上星期天打電話到妳家嗎？」她嚥了嚥口水，一臉茫然看著他。「我打電話過去，應該是快中午的時候……」

基絲頓把喝光的錐杯丟入垃圾桶，「有什麼特別的事嗎？」

「嗯，就算有，我也根本記不得了。」索恩回道。

基絲頓望著他一兩秒之久，她臉上完全看不出表情，「我不知道。」

索恩聳肩，「不重要。」他對著布里史托克一分鐘前所站的方向點點頭，「我只是在想，那個時間打電話找妳應該很合適，猜想妳應該也是星期天得待在家裡的人。」

基絲頓走過他旁邊，拿起剛才自己看的雜誌，丟入她的包包裡。她準備要去洗手間，但又轉過去看著索恩，點點頭，彷彿想起了什麼。「我去健身房了……」

偵訊室又恢復了活力，吵吵鬧鬧，大家都在走動。賀蘭德走過來，顯然聽到索恩與基絲頓對話的尾聲。

「妳應該要和小史東一起去才是，」他說道，「他很愛做重訓什麼的。」賀蘭德望向安迪．

史東，他靠在桌邊與某個實習生聊天。「他只是看起來瘦巴巴，但要是脫掉襯衫的話，簡直像個輕重量級拳擊選手……」

基絲頓看著索恩，挑眉，然後神情再次變得舒展。當她向賀蘭德講話的時候，語氣友好，而且意有所指，「你給我安分點哪。」

賀蘭德正打算要開口說些什麼，不過索恩已經從他們身邊離開了。他知道一日將盡的時候，暑氣與辦案所帶來的挫敗感將會讓他全身緊繃，一如踏板電吉他上的E弦。他想要進去自己的辦公室，打電話給伊芙，安排一下能夠稍微減輕壓力的活動。

「天，妳聽起來比我還累……」

「我告訴過你了，星期六是最忙的時候。」

「所以凱斯的媽媽狀況還是沒有好轉？」

「抱歉。」

「凱斯不能過去幫妳了？」

「哦，沒有了……」

索恩抬頭，看著基絲頓走進來，走近她的書桌。從她的表情看來，她很清楚他現在和誰在講電話，索恩趕緊壓低聲音……

「要不要今晚一起看電影？」

「好啊，有何不可？我公寓裡有本《Time Out》，等我回家的時候來看看有什麼好電影……」

不知道什麼原因，也不知道是從哪裡跑出來的，在他們聊天的時候，索恩的腦海裡突然浮現了案情，模模糊糊的畫面，總是隱約不明的那段思緒。

他曾經看過的東西，或是他根本不曾看過的東西……

伊芙再次開口講話，才剛剛出現的鬼影也瞬間消失，「湯姆？」

「哦……沒問題，也許明天我們可以一起去買點東西。」

她愣了一會兒，「有打算去什麼特別的地方嗎？」

索恩的聲音壓得更低了，還伸手護住話筒。

「賣床墊的店……」

伊芙哈哈大笑，當她再次開口講話的時候，聲音變得更加低沉。索恩聆聽背景的噪音，猜想她的店裡擠滿了客人，她回道：「眞是謝天謝地。」

「妳開心，我就開心了。」索恩說道。

「嗯，也好，正是時候。我早就下定決心了，再也不要提這件事，我可不希望讓你以爲我很飢渴。」

索恩抬頭，基絲頓正在低頭研究文件。「聽我說，今天早上，我花了很長一段時間，研究鏡子裡的自己。我想『飢渴』這個字眼放在我身上倒是很貼切……」

費歐娜只剩下兩間客房。

負責打掃的女孩們會依照樓層或是走廊之類的次序工作，但每個房間清理的先後，每天卻大不相同。在門外掛上「請勿打擾」牌子的房間，當然得排在那些早餐已經吃完、餐盤擺在外頭的房間之後處理，而某些房間得要等到下午的時候才能進去打掃。

二樓走廊的後頭還有兩個房間需要清理，她看了一下手錶，還有二十分鐘就要十點了……

費歐娜拿起水桶，裡面塞滿了海綿、噴劑，還有各種瓶瓶罐罐，然後她又伸腳把吸塵器推到房間門口。她敲了敲房門，默數到五，心裡想的是蛋加培根與床鋪。大部分的早晨都是如此，到了此刻，走廊已經快要打掃完畢的時候，她就開始想回家了，想吃一頓遲來的早餐，然後整個人縮在被窩裡、好好補眠幾個小時。

二十分鐘。如果她運氣不錯的話，應該可以在她的早班結束之前清理完這兩個房間，不過，當然得要看客房內的狀況而定。

她拿起掛在捲線狀塑膠手環上的房卡，準備開門……

她心裡一直迴盪著某首歌，每天早上從收音機時鐘裡傳出來、喚她起床的鬧鐘音樂，那是母親送給她慶祝大考結束的禮物。老歌，只有人聲搭配吉他，但她整個早上想到的都是這個旋律。

她把房卡插入鎖孔，又把它退了出來。門把下面的指示燈轉爲綠色，她壓下門把，整個人貼靠在門上……

她的眼角餘光瞄到走廊有人朝她的方向走來。看起來像是某個總務處的自大老女人。其實她也不是很確定，因爲那女人的臉被一大束百合花蓋住了。

她側身，以屁股推開房門，又把吸塵器踢過去、卡住房門，好讓她可以回頭去拿推車上的其他東西……

兩個月之後，費歐娜將會得到入學機會，到曼徹斯特大學上戲劇課，但她不會去註冊，無論如何，那個九月萬萬沒有辦法。她的確拿到了兩個B、一個C，但已經沒有多大意義了。兩個月之後，她母親會從信封裡取出那張紙，唸出她的成績，勉力裝出興奮的模樣。但她的女兒其實聽不太進去，八週前，那一聲讓費歐娜嚇得肝膽俱裂的悽慘驚叫，依然在她腦海裡迴盪不停，其他的聲響多半也因此而被淹沒。

尖叫聲，還有她自己的畫面，年輕女孩進入房門，轉身。迎面而來的是獨特的惡臭，還有，從水桶散落而出、一路碰撞滾到浴室地板的漂白水、水蠟、抹布，也絕對無法洗刷乾淨的斑斑血跡。

當那名中年女子走進辦公室的時候，大約是十點鐘剛過沒多久，索恩心裡正在想今天「皇家橡樹」的精選午餐不知道會有什麼菜。

她劈頭說道：「我要找警員賀蘭德。」

她沒敲門就直接大步走進來，所以索恩一開始也不是很殷勤，但他還是盡量擺出友善姿態。那女子個子矮胖，應該快六十歲了，索恩看到她，不禁聯想到他的姑姑艾琳，這位訪客的身分，他也立刻有譜。

「哦，沒問題，妳是戴夫的——？」

那女子打斷他，一邊講話又順手拿起基絲頓書桌後面的椅子，砰一聲把它放在索恩面前，自顧自坐下來。

「不，我和他沒關係。我是卡蘿．查姆柏蘭。重案審視小組的前督察長，查姆柏蘭……」

索恩拿起紙筆，記下對方的資料。心想，媽的「皺紋小組」，這時候跑來幹什麼。他在書桌前傾身，伸手致意，「我是探長索恩……」

卡蘿．查姆柏蘭根本沒理他，逕自打開她的手提包，在裡面翻找東西，「嗯，找你更好，其實我本來只是要找賀蘭德，」——她拿出一份破爛的綠色檔案夾，上面貼滿了黃色便利貼，在手中揚了一下——「因爲他的名字……和這個有關聯。」她特別強調最後一句話，把檔案扔在索恩的書桌上。

索恩抬頭看著那份檔案，雙手一攤，他努力裝出親切語氣，「好，我們是不是可以之後再處理？因爲我們正忙著偵辦某起重大案件……」

「我知道你們在辦什麼案子，」她回道，「所以我們眞的應該要趕快解決才行。」

索恩盯著她，這名女子的聲音裡流露出鋼鐵般的意志，擺明了與她爭辯無效。他嘆了一口氣，把檔案拿過來，開始翻閱。

「五個禮拜前，警員賀蘭德，一九九六年的某起殺人懸案。」除了那股堅毅之氣之外，還有某種當上長官之後才會出現的優雅語氣，此外，雖然不是很明顯，但索恩覺得自己還是依稀聽出了約克郡的口音。「受害者的姓名是艾倫．法蘭克林，在停車場遇害，被人以曬衣繩勒死。」

「我記得，」索恩回道，他翻了幾頁，這是賀蘭德當初從「犯罪情報資料庫」取得的懸案之一，「我們研究了其中兩起舊案，但最後還是放棄，看不出來哪裡有……」

查姆柏蘭點點頭，目光落在那份檔案。「這是交到我手中的陳年懸案，其實，是我處理的第一個陳年懸案……」

「我知道這個小組的創設動機，立意很不錯。」

「這起法蘭克林的命案，我又做了一次訪查……」

「是……」索恩突然不說話了，他注意到對方露出一絲幾乎難以察覺的得意表情，然後，她的嘴邊微微牽動了一下，隨即又完全恢復正常。這一切已經足以讓他的體內產生反應，總是出現在頸後位置的那股感覺……

「我們應該要搞清楚艾倫．法蘭克林的底細，那些當初在一九九六年調查他命案的警員也一樣，都該好好清查這個名字的過往資料……」

索恩知道不需開口詢問原因，她一定會告訴他。他睜大眼睛，豎起耳朵，感覺到那股刺癢感越來越強烈，在體內不斷蔓延開來。

「一九七六年五月，法蘭克林站在高契斯特的刑事法院受審。他被控性侵，最後無罪釋放。」

索恩屏氣，緩緩吐了出來，「天哪……」

宛若一道光突然照出了正確的方向……

後來，等到索恩與這個當初他誤以爲是戴夫．賀蘭德母親的女人熟識、而且更加喜歡彼此之後，卡蘿．查姆柏蘭才對他坦承，這一刻的確算是少數能讓她回味無窮的美妙時分，也就是在她說出重大關鍵的那前幾秒鐘，幸虧她強忍得意，否則差點就大笑出來了。

「艾倫．法蘭克林曾經被控性侵某一女子，她名叫珍．佛里……」

第三部

千鈞一髮

呻吟似乎是從深處傳出，一種拚命使勁、充滿愉悅的噪音。由體內揚升而起，爆裂，從那骯髒不整的齒列間、隨著灼熱的呼吸噴送出來。在那禽獸般的聲音之下——狗吠、猴吼、豬嘯——還有在他不斷用力推送之下、熱燙肌膚碰觸冰涼肌肉的拍打悶響所形成的節拍。

他不肯加快速度，似乎沒有立刻結束的跡象。

他在享受愉悅。

他在承擔痛苦。

怎麼會發生這種事？天眞與信任果然與挫折與仇恨形成了互補。一切似乎是在瞬間發生，那是多久以前的事？十五分鐘之前？還是三十分鐘？

掙扎似乎沒有什麼意義可言，終究會結束的，當然。不必多想之後會發生什麼事，也許是靦腆的微笑，可能是道歉，一根菸，或是針對雙方的誤會發表一點感想。

我操，操，操。

直到……

勉強睜大的雙眼，終於撐不下去而緊閉了起來，全新的畫面出現了。一開始小小的，躲在遠處，刻意在隧道盡頭的遙遠光環裡等待。

現在，畫面越來越近，呻吟與拍打聲也逐漸退位，它衝進了隧道，吞噬了黑暗，最後終於完整呈像，也出現從所未見的鮮明色澤。

沒想到它那麼清楚，顏色如此鮮明：濕潤的血紅映襯著白襯衫；繩圈的鈷藍色纏在他脖子周邊，宛若珍奇的毒蛇攀繞他的喉嚨。聲音、身體氣味，還有繩索，刺耳，刺鼻，嘎嘎作響，糞臭。

感覺：親眼目睹的獨特恐懼感，看到那雙被人觀看的眼睛所流露出無可名狀的痛苦。

接下來，最後一個階段，欣賞。體會某種想要掙脫的欲望，最後終於得到了自由，從破損油膩的繩索末端、緩緩扭曲的身體奔飛而出。

17

關於殘屍與創傷人生，索恩從來沒有聽過如此悲慘的故事……

自從卡蘿・查姆柏蘭坐在索恩的辦公室、讓一切眞相大白之後，已經過了一個禮拜。賀蘭德開著雷諾Laguna，載索恩進入艾賽克斯、前往布倫特里。平常這兩個男人就算沉默以對，也依然自在，不過今天氣氛格外沉重。索恩只能期盼，賀蘭德固然也很傷懷，但千萬不要像他一樣那麼嚴重……

如此悲慘的故事……

珍・佛里慘遭艾倫・法蘭克林性侵，索恩深信不疑，只不過，當時無法獲得證實，二十五年過去了，恐怕也很難有機會還原事實。然而，無論是過去或現在，絕對不會有人對這件事提出異議——一九七六年八月十日的那個下午，珍的先生丹尼斯對珍、對自己所做出的那些行爲是何其詭異與殘忍。

索恩應該永遠不會有機會知道，那間屋子裡到底發生了什麼事，那兩人之間出了什麼狀況，引發了那最後緊密相依的恐懼時刻。但索恩知道他會花許多時間去想像彼時的情景：當珍・佛里的丈夫漸漸朝她逼近時、她的驚恐；剛下手殺人者的罪惡感、盛怒，以及懼怕；手上佈滿未乾的血跡，被他拿來替代套索、沾染鮮血而變得濕滑的拖繩。

最可怕的是，那兩個懵懂的孩子，發現了父母的屍體……

聽到賀蘭德伸出雙掌、大力拍打方向盤，索恩有點嚇了一跳。他睜開眼睛，看到他們進入某條緩慢的車道。自從他們上了M11高速公路之後，他直到現在才開始發洩怒氣。週六早晨十點鐘左右，沒理由會塞成這樣才是，但這裡一向如此。

「靠。」賀蘭德低聲啐罵，他們兩人安靜無語了將近一個小時，這還是打破沉默的第一句話。

只要索恩開始思索珍與丹尼斯這對夫妻之間出了什麼問題，某種情緒就會盤據不去，與痛苦無異，而它很可能就是這起事件如此令人恐懼的真正原因。

索恩搞砸了。就他記憶所及，應該算是有史以來最糟糕的出包紀錄，而對他來說，等於是宣告他有其他問題……

根據卡蘿·查姆柏蘭的判斷，當初在一九九六年偵辦法蘭克林命案的警察也搞砸了。他們自己先前發生疏忽，沒有在維多利亞區的總資料庫比對法蘭克林的名字，要是他們有確實查核的話，一定會發現他是二十年前珍·佛里性侵案的男主角。

其實，這筆帳應該要算在當初那些打電話到總資料庫的警員頭上，辦案紀錄有問題。如果不是紀錄的問題，那麼，有可能是電話另外一頭那個死腦筋官僚出了狀況——想必這位仁兄早就退休了，索恩希望，要是早就過世了更好——他根本漏掉了法蘭克林的名字。一眼盯著自己的字謎遊戲，另一眼就疏忽了，這個錯誤所造成的代價非常可怕。

但索恩的更加可怕。

索恩和那群一九九六年的警察不一樣，他根本沒有查核資料。他們從來沒想到要進總資料庫查詢珍·佛里這個名字。嚴格來說，這並非索恩的工作，但這一點不重要。就他的立場來看，他必須扛下責任。他一直忘了這一點，而且就算他曾經想到的話，他也不會覺得這一點有什麼重要。

爲什麼他們需要追某個根本不存在的女子？珍·佛里是某人捏造的假名，不是嗎？珍·佛里只是個虛構人物……

索恩很清楚，要是他們……他……任何人只要曾經在發現蘭姆費利的信件後、簡單打通電話確認，那麼伊安·威爾契可能還有活命的機會，霍華·安東尼·修森也一樣……

車流又開始移動。賀蘭德放下手煞車，立刻前進，「我沒在趕時間，但從來沒看過前面有什麼連環大車禍……」

第三具受害者屍體已經被發現了，位於羅漢普頓的某間旅館，幾乎就是在「皺紋小組」那個女人走進索恩辦公室、丟下震撼彈當時所發生的事。當電話進來的時候，她依然還待在索恩的辦公室裡，他也邀她一同前往兇案現場，這算是他可以表現的基本禮貌。

在那間旅館客房裡，鑑識人員與病理學家忙著工作，裡面還躺著一具貨眞價實的屍體，索恩心想，雖然身處在這樣的場景，卡蘿·查姆柏蘭的神情就像是待在糖果工廠裡的小孩一樣……

接下來的日子當中，偵查分爲兩個不同的方向。查訪這名最新受害者的背景，審視犯罪模式所發生的變化。索恩、以及與他親近的同仁開始處理新的線索，他們要追查卡蘿·查姆柏蘭送給他們的重大新發現。

賀蘭德把車開進某條狀甚普通的道路，兩旁是淺褐色的六〇年代房屋，細瘦的樹木也挽救不了這裡的街景。他們先前特地挑選了一台有冷氣的公務車，現在，他們下車後，覺得整條街彷彿像是三溫暖一樣，兩人穿上外套，露出苦笑。

當他們走向彼得．佛里的住家的時候，索恩想到了線索這件事。爲什麼大家總是說「追查」線索？他覺得，無論這種東西是多麼死氣沉沉，或者你覺得自己的身手有多麼矯捷，某些線索就是有與你避不相見的可惡慣性。

丹尼斯．佛里的弟弟，他們目前追查到丹尼斯或珍的在世唯一親人，實在不算什麼親切和藹的主人。

索恩與賀蘭德坐在髒兮兮的絲絨扶椅的邊緣，儘管全身冒汗，但還是沒有勇氣脫下外套。彼得．佛里穿著寬鬆短褲、鮮豔的夏威夷衫，釦子一路解開到了腰際，大剌剌坐在他們對面的同套沙發上，他手裡緊抓著一罐冰涼的淡啤，不喝酒的時候，手指頭就在細瘦的胸膛前抓來抓去。

「你就是小丹尼斯十一歲的弟弟？」賀蘭德問道。

佛里吞了一大口啤酒，「對，本來不該有我這個小孩。」

「所以他們出事的時候，你還是個學生？」

他搖頭，「不是。你來之前應該也要把事情搞清楚吧。一九七六的時候，我二十二歲，前一年已經離開了大學……」他是標準的艾賽克斯口音，高亢，還有一點氣嘯音。

「那時候你在做些什麼？」索恩問道。

「有什麼做什麼。四處鬼混，當龐克。還在《衝擊》樂團巡演的時候幫他們打過雜工……」

索恩雖然比將近五十歲的佛里年輕了六歲，但也曾經是一名龐克。坐在他對面的這名男子，看來已經不再聽〈白色暴動〉那種歌了，他身材削瘦，但是手臂肌肉卻鍛鍊得很結實，索恩猜想應該是爲了要好好展現他的哥德式刺青。一頭灰髮綁成馬尾，稀疏的鬍子只看得到鬚根而已。從他的外表、還有扔在咖啡桌底下的《Kerrang》看來，索恩覺得彼得．佛里應該算是上了年紀的重金屬樂迷。

「你覺得珍出了什麼狀況？」索恩問道。

佛里站起來，從短褲口袋取出一包萬寶龍香菸，又一屁股坐回去，「什麼？你的意思是丹那時候……」

「之前，和法蘭克林的事。」

「那混蛋強姦了她，不就是這樣嘛，」他的語氣不是問句。點燃香菸之後，他繼續說道：「就是被你們搞得亂七八糟，不然他早就進監牢了……」

賀蘭德忍不住，準備要開口反駁，但索恩卻搶先一步。「佛里先生，這句話是什麼意思？」索恩很清楚佛里在講什麼，他也知道對方說得沒錯。那時候的警察，對待性侵受害者的態度不夠細膩，早有惡名。

「老弟，你有那次判決的全文吧。你仔細看看他們在法庭上是怎麼講珍這個人的，好像她是個淫蕩花痴。尤其是那個警察，還批評她的衣服……」

「的確處理得很糟糕，」索恩回道，「那時候有許多性侵犯都逍遙法外，確是如此，依我看來，你對於珍的遭遇、還有法蘭克林的看法完全正確。」

佛里吸了一口菸，又開始喝酒，然後整個人靠在沙發上，點點頭。他瞄著索恩，似乎是在重新打量這個人。

索恩瞄了一眼賀蘭德，該是要出擊的時候了。他們沒有事先做沙盤推演——誰該問什麼，誰又該當主導者——他們從來不搞這一套，總是見機行事。

「你知道艾倫．法蘭克林死了嗎？」賀蘭德開口，「一九九六年的事。」

現在評估狀況的人輪到了索恩。他仔細端詳佛里的臉，想要知道他的反應。就他的觀察，或者他自以爲看到的結果，是短暫的驚訝，接下來是開心。

「靠，太好了，」佛里回道，「希望他是慘死。」

「的確，他是被人謀殺。」

「這樣更爽。我應該要把謝函寄給誰？」

索恩站起來，開始四處走動。佛里未免爽過頭了，索恩倒不覺得這男人是嫌犯，至少當下沒有這種感覺，但他喜歡看到自己查問的對象被逼到下風……

「彼得，你覺得他爲什麼要這麼做？」索恩問道，「爲什麼丹尼斯要殺死她？」佛里回瞪他，吸吮著牙齒。他把最後一口淡啤倒入口中，捏爆啤酒罐。

索恩又重複了一次剛才的問題，「你哥哥爲什麼要殺死他自己的老婆？」

「我怎麼知道？」

「那些人在法庭裡講珍的事，他都信了？」

「我不知道……」

「至少他心裡一定曾經這麼想過……」

「丹總是在想很多事情。」

「他認爲自己的老婆在搞偷吃？」

「媽的當然不……」

「也許他們之後在床上出了什麼問題……」

佛里突然傾身向前，把空啤酒罐扔在腳邊。「你給我聽好，珍後來變得很奇怪好嗎？她崩潰了，不肯出門，不肯與任何人講話，什麼事都不肯做。你知道嗎，她和我那時候的女友本來很要好，我們經常一起出去玩，但在審判之後，不……強暴發生之後，她就再也不願意出門。丹假裝一切無恙，但他其實只是閉口不談而已，他一直就是這樣。好，當法蘭克林走出法庭的時候，媽的還眞像是曼德拉，好像受害人是他自己似的……」

索恩看著佛里靠回去，整個人陷在沙發裡，他的左手戴了六枚銀戒，右手開始不斷搓轉其中的一枚。

「給我聽清楚了，我不知道丹在想什麼好嗎？他那時候講了一些瘋瘋癲癲的話，但那畢竟是一時衝動。他們會害你疑神疑鬼，對不對？這就是他們在法庭裡幹的好事，讓陪審團起疑，媽的眞是幹得太好了。我的意思是，大家本來應該要相信警察的，不是嗎，要信任他們……？」

佛里抬頭，望向賀蘭德，然後又回頭看著索恩。這是他第一次展現出洩漏自身年紀的神情，索恩看到了彼得．佛里的滿臉皺紋，還有烈性毒品在過去所留下的痕跡，甚至到了現在也不曾斷癮。

「最後，就是崩潰了。」佛里說道，態度平靜。

索恩也沒多想，走過去，彎腰拾起地板上的啤酒罐，把它放到電視旁邊佈滿灰塵的鉻鐵玻璃層架上，然後又回頭看著佛里。

「小孩怎麼了？」

「抱歉……？」

「馬克和莎拉，你的姪子與姪女，他們後來怎麼了？」

「你的意思是當場嗎？在他們發現……？」

「我想知道的是後來的事。他們去哪裡了？」

「進了育幼院。警察把他們帶走，然後社工隨即介入，還有一些心理諮商吧。我記得大部分是在輔導小男孩，那時候他應該是八、九歲……」

「他七歲，他妹妹五歲。」

「對，應該沒錯。」

「所以……？」

「所以，最後只好寄養在別人家裡。」

「了解。」

「喂，那時候只剩下珍的媽媽，而且她年紀很大了。真的，沒有其他辦法。我說過我也想撫養小孩，我和我女朋友，但其實我們兩個人都不是很熱衷，我只有二十二歲……」

「當然，而且你哥哥不久前才拿著桌燈、砸爛他們母親的腦袋……」

「我說了我也動過這個念頭，期望能把他們留下來……」

「你還有和那兩個小孩聯絡嗎？」

「當然……」

「經常與他們見面？」

「偶爾，但他們經常搬家，不是很容易見到面。」

「有沒有名字和住址？」

「誰的啊……？」

「那些養父母，你說小孩經常搬家，他們跟過很多人嗎？」

「不少。」

「有沒有保留他們的詳細資料？」

「現在沒有了。我的意思是，那時候當然有啊，寫聖誕節卡片，祝賀生日什麼的……」

「然後就失去聯絡了？」

「嗯，這是人之常情不是嗎？」

「所以你現在也不知道莎拉和馬克住在哪裡？」

佛里眨眼，冷酷大笑，「什麼，你們居然不知道他們住在哪裡？」

「全英國叫馬克·佛里的人，我們都查過了，而莎拉·佛里、或冠父姓加上娘家姓氏佛里的莎拉也一樣。沒有人記得自己小時候回家進入門廳時，看到自己的父親的身體在拖繩下方懸晃。也沒有人記得自己上樓找媽媽的時候，卻看到她頭蓋骨碎裂、躺在血泊之中。你可以覺得我思想老派，但我不認爲有誰能忘記這種事情。」

佛里搖頭，「老弟，我幫不上你的忙。就算我知道，幫警察也不是我的作風……」

索恩看著賀蘭德，該是走人的時候了。當他們站起來的時候，佛里立刻把雙腿擱在沙發上，從地板上又拿起另一瓶淡啤。

「你知道嗎？在出事之前，在一切變得殘破不堪之前，珍與丹都很正常。就是一對平凡夫婦，有兩個小孩，有一棟過得去的房子什麼的。他們是很棒的一對夫妻，什麼狀況都應付得很好，我本來以爲珍遇到那種鳥事，他們還是熬得過去。我的意思是，夫妻到頭來不就是這樣嗎，而且丹一定會幫助她，因爲他很愛她。但後來的狀況，兩人在審判時的遭遇，還有之後的種種……從此一蹶不振，這一切都是因爲你們。」

佛里提起的是多年前的往事，爲時太晚而無法彌補的錯誤，以及某位早已退休的警官。

但他伸手指向的卻是索恩。

18

索恩喜歡喝昂貴的紅酒，但其實更愛的是便宜的淡啤酒。他在逛賣酒商店的時候注意到這個獨特的品牌，正好是彼得．佛里喝的那一款……

又是一個拖到十點鐘才回到家的週末夜。伊芙應該早就已經上床睡覺了，他當然可以打電話，但他也懶得打。過去這兩個禮拜當中，他只與她見面了一次而已，雖然兩人經常打電話聊天，但他已經察覺到兩人關係變得緊張，他也開始拿工作當擋箭牌。

索恩很清楚，只要碰到談戀愛這種事，他根本就變成了超級大懶鬼。當年他還是五年級學生時、面對自己的馬子就是這種調調，面對認眞交往的女友亦然，而他也一直以這樣的方式對待珍，關係出現僵局，反而讓他樂得輕鬆，他一心只擔心生活方向會發生改變。

當然，到了最後，珍自己改變了方向，與她的創意寫作講師發展出一段充滿創意的關係……

一切都是因爲他對於關係陷入泥沼也無所謂，現在，他隱約覺得舊事將會再度重演，只是對象變成了伊芙。

還不就是床墊的事情，鬧得兩人不愉快。他把腳蹺在沙發（這依然是他的臨時床鋪）的時候，他想起了自己一直沒買新床墊的這整起荒謬事件。他們原定要在一週前進行的採購行程，因爲他另有公事，當然只能被迫取消。他曾經向伊芙開過玩笑，這都是小偷與殺人犯的陰謀、害他們兩人無法打砲，但其實呢，行程耽擱……可說是來得正好。他雖然不想承認，但心裡卻不免有些掃興的想法，要是他眞的和伊芙上床之後。不知道自己還會不會對她有這麼濃厚的興趣，但這還不是癥結點，一日將盡，他整個人就是累爆了……

強尼．凱許的憂傷歌聲從索恩剛買的喇叭裡傳了出來，布魯斯．史賓斯汀的〈高速公路巡警〉，美妙的凱許版本。當他唱到以血濺血的感受是絕頂美妙的段落之際，索恩突然想到不知是否有誰的聲音能夠捕捉家庭的愛與怒、恨與樂，就是他了。當然，如果你經歷過這一切，他的歌聲將會帶來療癒的效果。

貓咪在地板上撒嬌，想要主人抱抱。索恩彎腰，把啤酒放在地毯上，把她放在自己的大腿上。

說來說去，還是回歸到家庭身上……

他想到了佛里兄妹，馬克與莎拉，他們眼睜睜看著自己的家庭毀滅，孤苦無依，最後完全不見蹤影，唯一的可能就是這對兄妹刻意隱姓埋名。

馬克．佛里，現在已經是三十多歲的大男人了，曾經是個受到過度驚嚇、需要專業諮商的小男孩。在他長大成人之後，當年的恐懼是否已經轉爲仇恨，造成他的內心痛苦煎熬？他是否足足等了二十年之後，才殺死了當年性侵他母親的那名男子？那個必須爲母親之死與父親自殺負責的男人？現在，馬克．佛里等於是他們鎖定的嫌犯，但自一九九六年艾倫．法蘭克林遇害、到現在爆發的一連串謀殺案的這段期間當中，又發生了什麼事？究竟是什麼原因讓他醞釀殺機、謀害這些完全不相關的性侵犯……？

不知道爲什麼，索恩一直覺得性侵是案件的關鍵。他不是曾經向漢卓克斯解釋過嗎？在蘭姆費利與威爾契、加上霍華・修森的命案當中，一直都有性侵這個特殊元素，它的特殊性甚至比命案本身還要強烈。現在，索恩終於明白爲什麼了。就算不是完全了解，至少也知道這有其歷史脈絡……

而且，許多與這個案子相關的人依然存在著那個矛盾情結。第三名受害者，又是一個曾經坐過牢的性侵犯。年紀比較大，對，而且出獄的時間比較久，但依然是性侵犯。對於大多數的人來說，尤其是對於那些努力逮到兇手的人，似乎是難以寄予同情的對象。

而如果逼索恩老實說出口，那種矛盾情結，其實他自己也有……

「對我而言，不論是誰殺死了蘭姆費利，都等於是爲民除害……」

「一定會有人這麼問，我們是不是應該感謝兇手的作爲……」

「他殺的又不是什麼老太太，對吧？」

索恩發現很難去駁斥這種意見，但他長大成人之後、幾乎都在追捕兇手，殺人就是不對的行爲，這是他的基本信念，所以他必須努力摒除那樣的矛盾情結。

對某些案件來說，這一點都不難，痛恨殺手，憐愛受害者。索恩永遠無法忘記他曾經花了好幾個月的時間，追捕某名專門想要勒昏女子、害她們變成活死人的兇手。或者，最近的那一起重大案件：追查一對兇嫌，其中一個是善於算計的心理變態，另一名兇手動手殺人則完全是因爲乖乖聽從指使……

也有些案子的界線不是如此涇渭分明，憐憫很難輕易分割給某一方：因遭受家暴而憤恨殺死丈夫的妻子；向警方舉報同夥的搶匪被發現而慘遭滅口；被競爭對手殺死的毒販……

然後，這個案子也一樣。

當索恩把腳擱在地板上、準備站起來的時候，艾維斯突然跳起來，發出嗚嗚聲，一溜煙朝廚房奔去。索恩跟在她後頭，順手把空瓶扔進垃圾桶裡面，然後，對著冰箱發呆了半分鐘。

他走進臥室，從衣櫥下方取出棉被與枕頭。

索恩瞧不起性侵犯，對殺人犯一樣不屑。花時間去研究他看不起的這些人，根本無濟於事。

伊芙與丹妮絲兩個人喝光了一瓶紅酒。自從她們吃完披薩、開了第二瓶紅酒之後，話題也越來越葷腥不忌……

「他要是沒興趣就甩了他吧。」丹妮絲說道。

伊芙搖晃杯子，盯著裡頭的酒，「但問題就出在這裡，他明明很有興趣。」

「哦，妳可以直說吧，對不對？」

「是不難（意同不硬）……」

丹妮絲露出淫笑，「哦，出現那種狀況，通常就表示他們一點興趣都沒有。」

伊芙笑得差點把酒潑在餐桌上，等到她笑完之後，起身開始收拾披薩盒，「我不知道他打算怎麼樣，應該說我也不確定他自己到底知不知道接下來要怎樣……」

在伊芙拿走披薩盒之前，丹妮絲又趕緊拿了一塊冷掉的披薩邊皮，「也許他有精神分裂症，就和他想要抓到的那些瘋子兇手一樣……」

「也許吧……」

「他常提起自己的工作嗎？關於目前手中的案子？」

伊芙把披薩盒折成一半，壓扁，扔進垃圾桶，她聳肩，「其實沒有。」

「哦，拜託，他一定有講些什麼吧，對不對？」

「兩個禮拜前，我們曾經討論過這起奇怪的謀殺案，」伊芙走到水槽邊，開始洗手，「最後算是小吵收場，自此之後，他就完全不提了。」

「嗯，平常絕口不提，但會把這件事拿來當無法見面的藉口？」

「可能我對那件事的看法太偏執了一點……」

丹妮絲把剩下的紅酒倒進自己的杯子裡，然後舉起空酒瓶搖晃，洋洋得意，就在這時候，電鈴響了。

「一定是班恩，」丹尼絲說道，「他今天加班到很晚，得把片子剪完。」她喝了一大口紅酒，立刻蹦蹦跳跳離開了廚房。

伊芙聽到她室友下樓的砰砰腳步聲，大門開啓時的吱嘎聲響，還有班恩進來、兩人在門口擁抱時，他所發出的低沉呻吟……

她當下決定要在班恩上樓之前趕緊上床。等一下會看點書，盡量不要一直去想湯姆．索恩的事，也不要去猜測他明天到底會不會打電話。她走到門廳，打開了自己的臥室房門，對著樓梯下方的丹尼絲與班恩大吼：

「我要上床睡覺了，明天早上見囉……」

她根本不想看到他們兩人黏在一起的放閃模樣。

陽光從狹長房間另一頭的那兩扇巨窗透進來，但不知道爲什麼，光線陰涼，彷彿像是從驗屍間的冷藏門與金屬器材所反射出來的冷光。

雖然百葉窗阻絕了亮光，但索恩很清楚現在是半夜。

他穿著睡褲，上半身是褐色皮外套，以急快的速度在這個房間裡移動，他的腳步輕鬆，隨著隱約聽得見、但不知道從哪裡發出來的音樂蹦蹦跳跳。

三張床之間的距離均等，排列得整整齊齊。金屬床架看來有點像是醫院病床，但它們其實更大、更舒服。三張床一模一樣，都有厚實的枕頭、乾淨的棉質床單，還躺著一具屍體。

索恩走到第一張床的尾端，雙手緊緊纏住鐵欄杆，低頭凝望道格拉斯．蘭姆費利，他屁股朝天，整張臉埋在床單裡面。索恩開始搖床，欄杆匡啷作響，扯開喉嚨大吼，叫聲還蓋過了搖床的噪音。他又搖又吼，充滿了對這名男子的鄙夷，因爲他曾經是那樣的人，還有他曾經做過那樣的事。

「給我起來啊，你這畜生眞懶散，那裡有個女人在苦苦哀求等你，快上啊……」

然後，當那具屍體在床上搖晃的時候，皮膚開始脫落，攤在床單上，像是髒兮兮的緊身衣、集聚在裸骨的旁邊，最後一路褪到了腳踝附近。

索恩哈哈大笑，指著殘屍，也就是那名性侵犯脫落變形的皮膚與骨骸，「拜託，懶骨頭，你這個樣子還能下床嗎？」

他慢慢走到了第二張的床邊，猛搖伊安．威爾契，將屍肉從骨頭上搖落下來。索恩從頭到尾笑個不停，對於這些死人……這些肉塊來說，完全不會有任何感覺。

在霍華．修森床邊的時候，當那張床開始震晃、有吵鬧的東西穿過地板的時候，他只是站在那裡緊盯著不放。一道黑影以弧形劃過巨窗，索恩抬頭張望，影子來回晃動，然後，那股味道朝他直撲而來。

他回頭看著那三張床，大笑，看到了屍體出現變化，也就是他們死後的眞正樣貌。索恩只覺得他們一定可以把糞便精準屙在自己的床鋪正中央，因爲它們的屍體全都被吊在高掛的繩索下方。

當索恩一醒過來，夢境也立刻消逝，黑暗世界把方才的影像吸了回去，只剩下殘存的感覺，奚落、憤怒，以及羞愧。

剛過凌晨兩點三十分。

現在，連感覺也消逝不見，他的腦中依然盤據著那名許久之前受辱又慘死的女子，似乎，一切就是由此而起。現在，她從他的案子裡走了出來，姿態堅定，整個人彷彿肉身未滅，而索恩也準備伸開雙臂擁抱她。

她死了已經將近三十年之久，殺死她的兇手也是，但不重要。

有了珍．佛里，索恩終於找到了一個他能夠懸念在心的受害者。

19

週一早晨，距離道格拉斯．蘭姆費利屍體被人發現的那一天，已經過了七個禮拜。而距離珍．佛里被性侵、其後被毆打致死，遠超過了二十五年之久。索恩依然在努力找出這兩起命案之間的關聯，他衷心期盼坐在他對面的這名女子能夠幫上忙……

除了有點問題的名聲，還有那些關於智商以及當地女子性癖好的煩人老笑話之外，艾賽克斯這地方可說是處處充滿了驚奇。它是英國最老的城鎮，也是羅馬不列顛時期的首都，英國絕大多數的其他地方都比不上高契斯特的豐富歷史背景。不過，索恩萬萬沒想到市中心的議會公共建築居然像是座落在自家院地裡的小型豪宅。

老實說，領養與寄養服務部門的辦公室有些破舊，但依然令人驚嘆。索恩原本以爲這個地區的古典建築或是僞古典建築早在多年之前就被足球球星與土匪搶購一空，而當部門主任招待索恩與賀蘭德入內的時候、看到四周充滿暗色橡木鑲板、天花板上的巨大裝飾木樑交錯的大辦公室的時候，顯然他的驚訝之情顯然全寫在臉上，「這裡原來是馬車房。我知道這棟建築物看起來不錯，但相信我，在裡頭工作簡直跟狗一樣……」瓊安．蕾瑟是膚色微深的黑人女子，年約三十多歲，個子很高——索恩心想——所以看起來有點偏瘦。

索恩與賀蘭德露出禮貌微笑，他們不知道她講完了沒有。過了幾秒鐘之後，她聳肩挑眉，暗示她正等著他們開口。她留著一頭離子燙的棕色直髮，髮量厚重，讓她的臉龐顯得格外嚴峻，直到她露出微笑之後才改觀。不難猜想她聽到黃色笑話時忍不住大笑的表情，或是在聖誕節派對微醺的情態。

「基本上，這地方簡直就是快垮了，」她繼續解釋，「我們只能把重物都放在地板上，檔案櫃必須要靠著牆，找不到平整的地面，要是你不注意的話，椅子的滑輪可能會害你溜向辦公室的另外一頭……」

索恩與賀蘭德禮貌微笑，不確定她什麼時候才會講完。過了幾秒鐘之後，她聳肩挑眉，等於告訴他們，其實她在等他們開口。

房間裡唯一的聲音，只有那具吵得要死的金屬電扇，這東西可能也是古董。書桌的另外一頭，可以看見一整排的娃娃、玩偶，以及絨毛玩具排在髒黃的電腦頂端。

「督察長布里史托克已經和妳通過電話，」索恩開口，他稍微提高聲量，想要確保自己的聲音能夠蓋過電扇、讓對方聽清楚一點，「關於佛里兄妹，馬克與莎拉的資料？」

蕾瑟拿起她書桌上的某份文件，開始低頭詳讀。

「一九七六年。」賀蘭德跟著補充，希望能夠加快問案節奏。

「對，這麼說吧，我想你們也不期待今天就可以直接找到答案吧……」她抬頭看著他們，露出微笑，但索恩實在擠不出笑臉回應，「我只能告訴兩位，唯一確定的是，無論他們的寄養父母是誰，都已經不是在我們這裡登記的有效寄養人。」

賀蘭德聳肩，「我本來就沒有抱太大期望……」

「是啊。」索恩跟著附和，但其實他依然滿懷希望。

「我們在講的是二十五年前的案子，」蕾瑟回道，「他們的養父母可能依然是有效寄養人，但已經搬到了其他地方。」

「我們該怎麼查證？」索恩問道。

她搖頭，「不可能，根本找不到方法，這是我目前的想法，但真的……」

索恩覺得頭痛開始發作。他稍微把椅子往前挪、更靠近書桌，然後伸手指著電扇。「抱歉，我們是不是可以……？」

她彎身，關掉電扇。

「謝了，」索恩說道，「我們想要盡快釐清事實，爲什麼妳剛才說唯一確定的是那件事？」

「因爲我這裡只能取得的檔案都是現有的資料，記載的全是目前的有效寄養人。」

「電腦資料嗎？」

她不以爲然悶哼一聲，「我們一直到十年前才開始把資料打字建檔，就連現在還是有許多手寫文件，跟不上時代的不只是這棟建築而已……」

索恩慢慢眨眼，眨了好幾下，他運氣眞好，明明需要這個機構的電腦設備協助，但它卻比自己每天所使用的那一套系統還糟糕。

「但先前的資料，應該多少還是有紀錄？」

「多多少少，應該是吧。如果你眞的去把它們找出來，天知道上面會有什麼，將近三十年前的幾頁潦草字跡。等等，我想有些檔案已經製成了微片……」

索恩努力壓抑自己的不耐語氣，「但還是有資料？」

「失效檔案……」

「好，這些失效檔案，記載七〇年代中期資料的檔案，到底放在什麼地方？」

「嗯，應該是在切爾姆斯佛德，郡政廳裡面，法律規定我們得要保存下來。」

賀蘭德低語，「資料保護法案……」

「沒錯。只要是曾經接受我們服務的人，都有權利檢視自己的檔案。有些人等了多年之後，差不多到了四、五十歲，會回來找尋當年自己小時候的寄養家庭資料。」

「爲什麼要等這麼久？」

「也許是距離讓他們思念起舊情。而當他們還是小孩子的時候，寄養可能造成了一點心理創傷……」

索恩想到了馬克與莎拉兄妹。無論他們寄養在別人家裡的時候遇到了什麼狀況，絕對不可能比先前的遭遇來得痛苦。「遇到那些來找尋昔日資料的人，」他問道，「你會怎麼說？」

「祝好運。」她又靠在椅背上，以大拇指與食指捏住上衣搧涼，讓胸口吹點涼風，「我們的確是有資料，但我也沒辦法告訴你確切的位置。我剛才講過了，它們應該放在郡政廳那裡，但是要動手找出來就是另外一碼子事了。」

喬安．蕾瑟露出愛莫能助的微笑，令索恩想起過去也曾出現類似的時刻：他與賀蘭德幾乎是坐在相同的位置，地點是德比監獄崔西．雷納涵的辦公室。似乎是好久以前的事了，發現好幾具死屍之前的事……

索恩來回轉動脖子，「我知道我們在討論的是多年前的資料，妳也說過了，系統完全無法發揮應有功能，但應該一定有某種集中儲藏的處所吧？」

「抱歉，我還以爲我剛才已經解釋得很清楚了。我們手邊只保留現存的有效檔案，是因爲辦公室每搬遷一次，就會將失效檔案予以封存。現在，理論上應該是可以從郡政廳拿回來，就像你說的一樣，集中保管在某處，但事實上呢，這些資料全塞在盒子裡，很可能有遺落……」

「爲什麼要搬遷？」

「議會公共建築裡的機關經常互換位置，有人可能明天突然決定這裡應該要當作社福部或資源回收的總辦公室。除非我們得到議會的新合約，不然這地方兩三年之後可能也會變成飯店。」

「好，所以你們經常搬來搬去？」

「我在這裡只待了十年，自從我開始工作以來——已經搬了三——不，四次了。」索恩眞想開口罵髒話，或是將書桌擋板踢出一個大洞也好。「更慘的還在後頭。我知道兩年前檔案室有某些地方淹水，某些資料也毀了……」

索恩與賀蘭德互看一眼，他們的運氣眞是一路背到底……

「學校那裡的紀錄呢？」蕾瑟問道，「也許機會比較大……」

賀蘭德低頭看著筆記本，「在一九八四年之前，還有當地小學與中學的註冊資料，之後什麼都沒有。」

她想了一會兒，「你們確定他們還活著嗎？」

「說眞的，我們也沒有把握。」索恩回道。其實，他們也曾經一度認爲馬克與莎拉兄妹可能已經死了，甚至還有人認爲其實當年是夫妻雙雙遭人謀殺，而丹尼斯・佛里自殺只是故佈疑陣而已，殺死這對夫婦的兇嫌，可能也想要殺死那兩個小孩。只要花個半小時，查閱原始檔案以及丹尼斯．佛里的驗屍報告，很快就會得到這個不無可能的假設。

「接下來的問題也可能只是一賭運氣，」賀蘭德問道，「但不知道妳的部門裡有沒有誰是從一九七六年工作到現在？」

「抱歉，工作人員流動性很高，就和我們辦公室搬家的頻率一樣。」

「有點像是足球球星。」賀蘭德接口。

「眞希望我們的薪水有那麼高。」索恩覺得她對賀蘭德展現的笑容與擺給他的笑臉，根本是天壤之別。

索恩在椅子裡不安晃動，這個動作終於讓賀蘭德的目光從瓊安．蕾瑟回到索恩的身上，該走人了。

「好，那麼，就謝謝了……」

「回頭路好漫長。」她說道。

賀蘭德拿起自己的外套，「這種時候應該是不會塞車。」

「不，我的意思是，你們回頭找這些人，找馬克與莎拉兄妹，這條路何其漫長。我的意思是，要不要從健保資料下手？或是監理處？抱歉，我不想班門弄斧，只是……」

「不要緊。」索恩回道。

她坐在椅子裡，傾身向前，「你們爲什麼要找他們？」

賀蘭德收起筆記本，「抱歉，但我們眞的不能——」

索恩打斷他，講出來有什麼關係？「他們父母雙亡，所以只好送人寄養。他們的父親先殺死他們的母親，然後自殺，是這對小孩發現了屍體。」蕾瑟聽得下巴都快掉下來了，「我們認爲，當初的事件與我們正在追查的某起連續殺人案有關。」

「連續殺人案？」她的語氣彷彿像是聽到了咒語一樣。

「沒錯。」

「你的意思是說，馬克與莎拉兄妹和殺人案有關？」

索恩看得出來她的胸口頂端正在泛紅，而且她的聲音突然變得有些高亢，看得出來她很興奮。

索恩站起來，開始穿他的皮衣，「好，瓊安，我們會派人到郡政廳找尋這些舊資料。我知道妳很忙，但如果妳能夠盡量提供協助的話，我們會非常感激……」

她把椅子往後推，也站了起來，「你不需要派人過去，我很樂意幫忙。我的意思是，對，我的確很忙，但我還是可以抽得出時間。」現在那股潮紅已經漲升到了她的喉嚨底部，「老實說，我自己來會比較快一點，你知道，最好不要有人在旁邊礙手礙腳……」

索恩想了一會兒，她這麼自告奮勇也是好事。要是眞的派人過來找資料，恐怕也只是瞎忙一場。他點點頭，「謝謝。」

賀蘭德在門口抄下蕾瑟的電話號碼，同時給了她自己的名片，索恩也在這時候瀏覽大門旁邊的海報。其中有一幅照片特別吸引了他的注意力：小女孩與小男孩，手牽著手，雙眼直視著照相機，淚濕大眼在苦苦哀求。他們比當年的馬克莎拉兄妹小多了，應該就只是兩三歲的年紀，而且幾乎可以肯定是找來的演員。不過，他們的臉龐依然讓索恩凝神許久……

他發現蕾瑟的手擱在他臂膀上的時候，不禁突然緊張了一下。

「有些人就是可以逍遙法外，」她說道，「好奇怪。」

索恩點頭，心想，某些人的確比其他人狡猾多了，兔脫何其容易。

在開車回去市中心的途中，賀蘭德提到了瓊安．蕾瑟。他開玩笑說道，這種女人看起來是那種害羞緊張的人，但回家後就會躺在浴缸裡，一手拿著可怕的犯罪實錄書，另外一手……

索恩沒注意聽，他覺得彷彿有人把水泥灌進他的耳朵裡。各種思緒在腦海裡掙扎，濕黏疲軟，一如往常，不難從他臉上的表情看出端倪。

「被她說中了，回頭路好漫長，」賀蘭德說道，「可能只是在浪費時間，應該要從其他地方下手……」

索恩發出哀號，賀蘭德說得沒錯，但他依然想要保持樂觀一點的心態。

賀蘭德準備要上高速公路，沿著古羅馬城牆離開了市中心。英國內戰期間，據說這裡的聖母教堂曾經有座名爲「蛋頭先生」巨大的保皇派巨砲掉落下來，而這個名字後來也成爲童謠裡的不朽人物。他們經過古老的城門入口，當年入侵的羅馬皇帝，克勞迪，曾經騎在象背上由此進入高契斯特。索恩覺得好奇怪，兩千年過去了，不知道是出於偶然還是刻意，近代普通人的歷史居然這麼令人猜不透。

索恩先前曾經想到了追查線索的困境，他覺得自己的推論很正確。這條線索看似可靠，絕對不會亂跑，而現在它卻突然加速狂奔，他無能爲力，只能看著它消失在遠方。

彼得．佛里拿在手中的白麵包，因爲指尖沾了報紙油墨而變得污黑，他看著自己的雙手，關節處還看到兩塊痂，指縫裡殘留早上修理摩托車而留下的油污。他利用麵包抹去手中殘存的油汁，然後拿起茶杯，整個人躺靠在紅色的塑膠座椅裡。

他的目光透向咖啡店的窗外，看著來來往往的車流。他想到了自己的家人、死去的兄嫂，還有下落不明的姪子姪女。

四處鬼混……

那兩個王八蛋警察詢問他們出事的時候他在做什麼，他當時給了這個答案，其實，後來他也還是一直在鬼混。只要火氣一上來，工作就撐不下去了。他經常搞砸事情，要是有人開了白目玩笑或是擺臉色，他反應總是很激烈。他不確定這是否因爲先前發生的事所造成的影響，他可能本來一輩子就只能註定當個得過且過、偶爾會出現暴力傾向的魯蛇，但他哪管那麼多，能找到可以怪罪的事情總是讓人舒坦一點。

找到可以怪罪的人也一樣。

他應該要搬離這個地區才是。總會看到有某個媽媽對他很有意見，或者一對年輕媽媽在交頭接耳、拚命護住自己的小孩。只要他和哪個女人走得比較近，一定會有哪個好事的混蛋把他可愛的家庭所發生的事全告訴她。大家記憶力都不錯，但沒有人像他記性這麼好……

他還記得出事前幾天的時候，他曾經與丹發生過爭吵。他想要過去探望一下，他問丹爲什麼這麼久都沒有人看到珍出門，是不是有什麼狀況。丹一聽就火大，告訴他少管閒事，還說他自己很清楚狀況。他還記得哥哥的臉，嘴唇附近的肌肉在顫抖，彷彿在指責他一直在垂涎著珍的美色，簡直就是懷疑他們在他背後偷情。他記得自己的罪惡感，當時與之後皆然，因爲他的確對珍存有遐想，而且一直都是如此。

他想起了那兩個小孩的面容，最後一次見到他們的情景，他們馬上就要被社會服務部門的臭女人給帶走了。莎拉一直很安靜，她應該不是很清楚發生了什麼事，但那男孩的表情，馬克，把整張臉壓在那台汽車的後窗，一把鼻涕一把眼淚。

他離開包廂區，拿起報紙，慢慢走向櫃檯、準備付午餐錢。

他想到了自己的姪子和姪女，他衷心希望這對兄妹能遠走高飛，躲在某個沒有人找得到他們的地方，展開新生活。

接下來的午後時光十分悠長。他準備回家躺著不動，等待天黑。然後，他會開始放重金屬音樂，開始喝酒，一罐接著一罐，直到臥室裡漫天價響音樂的尖吼與重擊能夠蓋過他腦海中的雜音。

當他們一回到貝克大樓，索恩立刻向布里史托克與基絲頓報告了高契斯特的狀況，他們也回報了另一個偵查方向的進展。修森這起謀殺案與先前的兇案有諸多類同之處：死因、命案現場的陳設、親自向半夜營業的花店下訂的花圈——這次對方直接送到了飯店房間門口，一看到收件人的模樣，匆匆丟下鮮花就走了。

但這次也有許多不一樣的地方，出現新的偵查方向有待釐清……

修森早在十多年前就出獄了。兇手挑選他的方式和先前的受害人並不一樣，而且顯然是以別的招數接近他。修森也不像蘭姆費利或威爾契的狀況那麼簡單，如果要查出兇手是怎麼進入他的生活、必須要抽絲剝繭。數百名關係人的訪談仍在進行中：他的同事、一起鬼混的酒友、健身房的會員、最近剛分手的女友……

這些在他全新生活裡所出現的人，大部分都不知道霍華．修森曾經坐過牢。就算他曾經告訴過誰好了——也許反而會讓人覺得他好厲害，或是請他喝點酒——前提是不能講出自己爲什麼坐牢。

不幸的是，霍華．修森以前幹的勾當，全被某人發現了，而且還爲此殺害了他。

索恩在辦公室裡整理郵件，一如往常，大部分都是垃圾信。無關緊要的備忘錄、新聞稿、犯罪數據、新的行動綱要。他瞄了一下權益聯合會的動態月報，發現有篇報導在講述某區地方警察自行錄製了一些吹哨主題音樂、送給了某個知名警察節目主持人。現在這些錄音已經在某些治安欠佳的住宅區與購物中心大肆播放，希望能夠阻絕街頭犯罪。

等到索恩哈哈大笑完之後，他開始聽取留言。瓊安．蕾瑟打了電話給他，她說她隔天早上就會去郡政廳查閱資料，有些檔案顯然已經被搬移到新的儲藏場所了，就在切爾姆斯佛德郊外的某個工業區。下一通留言是肯特緒鎮的克里斯．巴拉特，但沒有伊芙的留言……

索恩拿起電話，一陣酸楚的失望泛湧而起，不禁讓他心驚，當他撥號的時候，對於自己似乎永無止境的猶豫不決、一事無成，依然覺得好納悶……

「也該有消息了吧。」他說道。

「冷靜，」巴拉特說道，「我們還沒有抓到人，不過我們已經知道他的身分，明天早上就可以逮捕歸案。」

「你怎麼找到人的？」

「你想聽嗎？靠，眞的很好笑……」

「說吧……」

「他賣掉了音響，事吧，可能行竊當天就脫手了，拿了這筆錢喝得醉醺醺。然後，他遇到了麻煩……」

「怎樣？」

「你的音樂品味。」

「啊？」

「這傢伙眞可憐，最後弄到每個人都在注意他。我們之所以能逮到那傢伙，就是因爲大家都說在過去四個禮拜當中、他拚命想要把你的CD脫手，卻怎麼也賣不掉。」

「什麼？」索恩先前如釋重負，此刻卻全被怒火抵消了……

現在，巴拉特也懶得掩飾自己的笑意，「總而言之，就是沒有人要買啦。他帶著那堆CD、走遍了倫敦的黑市與二手店……」

「克里斯，只要我能把全部的CD拿回來，你怎麼笑都沒關係。」

「好，如果我是你，等到眞的把它們全拿回家的時候，何不選幾張CD貼在窗戶上、讓大家都看得到呢，你也知道，可以發揮嚇阻功用……」

「我聽不下去了，等到你抓到他的時候，再打電話給我就是了，好吧？」

「當然……」

「然後，給我五分鐘就好。」

「沒問題，我一整天都在……」

「少自作聰明了，我不是要找你，我要找他算帳……」

20

他看過電視上的喜劇演員表演脫口秀，他們說女人很厲害，腦袋裡可以同時有一百個想法在打轉，手中還可以處理好幾件事，但男人根本連同時做兩件事都搞不定，打手槍和操作滑鼠已經是男人能耐的上限了。

即便他知道這種話是鬼扯，但他還是覺得這笑話很有意思，即便他現在坐著工作、同時謀劃下一起謀殺案的時候也一樣……

多工模式算是某種特殊技能，一定是，雖然社會比較難以見容的那件事做起來比較刺激，但白天的工作他也樂在其中。當然，要不是靠那份工作，他也沒辦法進行另外一項任務。

也就是下一起謀殺案……

下一起謀殺案是否會是最後一次犯案，他還沒有答案。不過就許多方面來說，就此金盆洗手也算是合情合理。它將會畫下完美句點。當然，這一次會與其他案件很不一樣，更具有象徵意義，但卻不會減損絲毫樂趣。

日期還沒有確定，但那算是最後的細節。這次下手的對象早在幾個禮拜前就已經敲定，事實上，他應該算是自尋死路。

誰叫他在不當的時間點、出現在不該出沒的地方……

索恩想起在幾個禮拜之前、他在現場目睹的那一場修復式正義大會，他記得達倫．艾利斯以及他吱嘎作響的閃亮白色運動鞋，還想起那位老先生的面孔，對方的處境與現在自己的狀況差不多……

在肯特緒鎮派出所偵查室裡，索恩的對面坐了一個男孩，看起來應該是十七歲，不過，除了那雙無精打采的眼睛之外，他的其他部分其實和四年級的瘦巴巴小屁孩沒兩樣。與諾爾．穆倫同年的人還在伍爾沃斯超市偷筆與糖果，而他卻已經開始偷遍了各種汽車，等到同儕開始偷偷溜進酒吧追美眉的時候，諾爾早就變成了毒蟲，在北倫敦的警界也慢慢累積出了名聲。少年感化院早已收容了他的兩個哥哥，現在應該要提早準備標註他名字的房間了。

但他看起來依然像是個得讓媽媽洗內褲、讓她把牛奶倒進早餐穀片的孩子……

「為什麼要在我床上拉屎？」

這男孩裝出百無聊賴的表情，的確是有模有樣，但他看似隨意搖頭晃腦的動作卻有些不太自然，還看得到指尖在微微發顫。索恩不知道他上次嗑藥是什麼時候的事，也許自從他發現難以脫手索恩的CD、無法把「凱許」（意同現金）的音樂換為現金買毒之後，就一直處於這種狀態……

「快說吧，諾爾……」

「靠，這很重要嗎？你是要幫我講好話？在法庭裡替我求情？」

「門都沒有。」

「那我幹嘛要告訴你？」

索恩靠在椅背上，雙臂交疊胸前。「好，諾爾，闖空門畢竟是你的工作。在裡面找尋能夠讓你買到上好毒品的值錢東西，難免會翻得亂七八糟，我也可以理解，真的。

「你針對的不只是有錢人的住家，遭殃的也不只是那些讓你可能，可能理直氣壯把人家家裡翻得天翻地覆的富豪混蛋，不，打劫你自己的家？摧毀自己的家門？有何不可？去找那些和你住在同一社區的一般勞工白痴下手啊，那些反正最後會髒得不像話的地方，你總是無所不用其極要讓它變得更噁爛，在電梯裡撒尿，把髒針頭丟在小公園裡、弄得到處都是。闖進你鄰居的家，一台黑白電視或廉價珠寶又哪能爲你換來什麼好毒品。靠，這些人家裡要是出現寬螢幕電視或DVD放影機之類的好東西，一定是租來的，誰管那麼多啊？蠢蛋不會買保險，但這筆帳也不能算在你頭上，對不對……？」

「天，你有完沒完？」

「闖空門，完全不覺得有任何不安。看到好東西就拿，因爲你只想到可以把它拿來換成什麼毒品。一切完全無感……」

「你在浪費你自己的……」

「完全無感。然後，當你發現哪天自己的麻吉需要現金、爬進你媽媽家裡的窗戶的時候，看看你會有什麼感覺好了。九號耐吉球鞋的腳印踩遍你媽媽的客廳，然後又走到了她的抽屜前面。然後，也許你的麻吉稍微有點緊張，有點無法控制自己，也許你媽媽剛好那時候躺在床上——」

「因爲你是條子。」

索恩不講話了，他屛氣等待。

「所以我才拉屎在你床上，可以了嗎？」

很合理。有些笨蛋警察以爲自己的家不會被當成目標，索恩不是那種人。這是「守望相助系統」的問題，你永遠不知道到底是哪個鄰居在負責監視……

「你怎麼知道？」索恩問道。

「我先前不知道，進去以後才發現的。你的喇叭後面掉了一張照片，還穿著他媽的警察制服……」

穆倫整個人往後靠，雙手交疊胸前，和索恩先前擺出的姿勢一模一樣。他死盯著索恩，彷彿是在研究音響或錄放影機，評估價格，看看是否有偷走的價值。

「你那時候頭髮比較黑，」穆倫說道，「也不像現在是個死胖子。」

索恩點點頭，他記得那張照片，一直納悶不知道把它塞到哪裡去了。他沒有多愛那張照片，但聽到穆倫在幾個禮拜前看到照片的反應，依然有點刺耳。

「好，所以你瞄了一眼那張舊照片，決定要把我的床當馬桶，是嗎？」

穆倫張嘴大笑，看起來開心多了，他齒齦附近的牙色早已泛褐，「對，差不多就是這樣……」

「你這個不知天高地厚的小混蛋……」

索恩突如其來的動作，加上椅子刮擦地板的聲音，嚇得穆倫後退，動也不敢動，瞬間出現防禦姿態。不過，看來他很快就恢復自信。

「喂，這又不是針對你。」

「我特地跑過來一趟，把你揍得滿地找牙，也不是針對你，很公平吧？我是條子而你是小偷，諾爾，你說是吧？顯然我們之間是有些事情得要好好解決……」

穆倫此時的表情不是無聊，而是憐憫，「你根本不會動手啦。」

「諾爾，你是不是覺得很遺憾？」

「我什麼？」

「遺憾，你是不是覺得很遺憾？」

「對啊，我很遺憾居然會被抓到，靠。」

索恩露出了真誠微笑。穆倫這麼誠實，讓他對這小孩又燃起了一股詭異的信心。也許，等到他即將面對長達數年的痛苦牢獄生活的時候，他會學到一兩個招數、知道該怎麼擺出達倫・艾利斯的那副嘴臉。但就目前而言，穆倫的答案裡有某種令人開心、寬慰的特質，這傢伙真的完全不在乎。

有那麼一時半刻，索恩覺得自己還滿喜歡這小孩的。

那短暫片刻消失了，索恩開始死盯著穆倫暮氣沉沉的雙眼，最後，這男孩從椅子上跳起來，迅速走出房間，甩門。

史東接起電話，蓋住話筒，交給了賀蘭德，「找你的……」

賀蘭德從他們小小辦公室的另外一頭走過去，史東壓住話筒，悄聲說道：「她的聲音還是聽起來很性感。」

賀蘭德不發一語，接下電話。他早就知道該如何忍耐史東的傲慢態度，但只要一看到對方在竊笑聳肩，還有那一副其實我他媽的什麼都知道的表情，卻依然讓他很受不了。

其實，這些日子以來，許多事情都讓他覺得很不順眼。

「我是警員賀蘭德。」

「我是瓊安．蕾瑟……」

「哦，嗨，瓊安。」賀蘭德抬頭，看到史東在翻白眼，而且還刻意張嘴默唸了一次瓊安的名字，賀蘭德若無其事伸出食指，示意他安靜。

「運氣不好，還沒看到真正的檔案，」她說道，「我昨天有留言，提到某些檔案已經搬了家，你有聽到嗎？」

「哦，沒有，不過……」

「別擔心，我還是在追這件事，不過，我發現了其他的東西。」

「好……」賀蘭德繼續聽她說，拿起原子筆隨意塗鴉。

「有個同事覺得那些陳年索引卡應該都還堆在我們的地下室裡面。只要它們還沒有爛掉的話，我會想辦法挖出來……」

「妳覺得裡面會有馬克與莎拉兄妹的資料嗎？」

「這就是我為什麼要打電話給你的原因了。我覺得不可能找不到，但應該沒有記載太多資料，畢竟只是小卡片。你知道嗎？正式檔案的厚度恐怕會有六英寸……」

「上面會有哪些記錄項目？」賀蘭德抬頭，看到史東盯著他看，一臉好奇。

「通常只是基本資料，」蕾瑟回道，「案件編號、出生日期、安置日期、寄養人姓名……」

賀蘭德不再亂寫亂畫，趕緊寫下了「姓名與日期」，「太好了，瓊安，眞的幫了大忙……」

「等到我一找到資料，我就打電話給你好嗎？」

「能不能寄電郵？可能比較安全……」

這麼麻煩她，他開口再次向她致謝，他覺得自己幾乎聽到了對方臉紅的聲響。

「聽起來是好消息。」在賀蘭德掛上電話之後，史東說道。

「她應該可以給我們那對兄妹的寄養父母名單，」賀蘭德繼續解釋，「還有被安置的日期……」

史東若有所思，「她還會繼續去追那些完整檔案嗎？」

「應該吧，不過我覺得這些名字與資料已經夠了。」

「等到你拿到資料的時候，讓我知道，」史東回道，「我來幫忙。」

賀蘭德靠在椅子上伸懶腰，「應該不多，我想我可以自己來……」

「你高興就好。」史東的目光又回到自己的電腦螢幕前面，開始打字。

賀蘭德知道自己講出這句話的時候十分臭屁。何況，他也不覺得這條線是什麼當務之急，索恩一直把這件事掛在心上，所以賀蘭德還是會完成該做的事，但他不禁心想，他們簡直是在浪費時間。

他很不以爲然，知道了馬克與莎拉兄妹二十五年前的下落之後，能夠解決他們目前的辦案困境嗎？

索恩步出地鐵站，走向肯特緒鎮路。他準備回家，往卡姆登的方向前進，將近十二個小時之前、他與諾爾．穆倫會面的警察局也在附近。

他在思索先前那男孩講過的話……

「對啊，我很遺憾居然會被抓到，靠。」

……他不禁想到自己能否讓殺死蘭姆費利、威爾契、修森，以及查理．杜德的兇手感到遺憾。他覺得如果自己眞的能逮到這傢伙，對方的唯一憾恨應該和那男孩一樣吧。

當他手機發出通知嗶響的時候，索恩正站在「孟加拉騎兵隊」餐廳外的人行道，猶豫不決，心想不知該吃什麼才好。他聽了留言，立刻按下回撥鍵給伊芙。

他倒是沒有一開口就先道歉，但也差不多了。

「對不起……」

「爲什麼要道歉？」

「許多事都得向妳賠罪。首先，我都沒打電話。」

與索恩熟識的餐廳老闆從窗戶看到了索恩，他開始揮手，叫他進來。索恩也揮手回應，張嘴默示，又指了指自己的手機。

「我知道你一直在忙。」

「你在哪裡？」伊芙問道。

「正好在回家的路上，順便想想等一下晚餐時段要做什麼。」

「今天壓力很大？」

也許她在他的聲音中聽出了端倪，他哈哈大笑，「我正打算辭職不幹，準備當個花藝師。」

「『布倫姆與索恩花店』聽起來不錯……」

「其實我不行，一大早起來我恐怕受不了。」

「你這個懶鬼……」

然後，索恩惡夢的景象、聲音，還有氣味，突然朝他直撲而來。雖然天氣熱到讓他走路時早已脫去外套、把它披掛在手上，但依然忍不住打了個寒顫……

「湯姆？」

「抱歉……」他眨眨眼，想要拋卻剛才的那幅景象，「妳提到星期六，留言裡……」

「我知道你應該很晚才下班。」

「不，不需要，基本上不用出勤，除非有突發狀況……」緊急會議、新線索、另外一具屍體。「所以，應該沒問題……」

「不是什麼大事，只不過是丹妮絲的生日，所以我和她、還有班恩打算在週六晚上去酒吧玩而已。就這樣，真的，如果你有興趣就一起來吧。」

「什麼？四人約會？」

「不算吧，我只是覺得這種方式比較合你的意，不會有壓力……」

「壓力？」

「嗯，你的態度一直有點……忽冷忽熱……」

「抱歉……」

一陣停頓。索恩又看到了餐廳老闆在揮手，他聽到伊芙把話筒換到了另外一側。

「好，其實我也很抱歉，」她說道，「我不想在電話裡討論這種事，就等週六的時候先好好喝一杯，之後再看看吧。」

「好建議，我也有東西要給妳看。」

索恩聽到了他許久不曾聽到的可愛笑聲，眼前浮現出她的牙縫，「不准開黃腔，」她回道，「現在趕快去吃點東西……」

幾分鐘之後，也就是在索恩抵達餐廳門口的十分鐘之後，他依然不知道該吃什麼才好。冰箱裡還有他可以吃的東西，應該要趕快吃完的食物……

他推開門，印度食物的香氣真是難以抗拒。他的朋友，也就是餐廳老闆，早已開了一瓶印度翠鳥啤酒在等著他。

21

「戴夫，今天下午的比賽你支持哪一隊？」

賀蘭德從書桌前抬起頭來，看到警探薩米爾．可林低頭俯看著他，「抱歉……？」

「慈善盾比賽，你希望誰贏？」

賀蘭德點點頭，這是正式球季開賽前的傳統賽事，由去年的聯賽盟主出戰足總盃冠軍。

「只要不是曼聯就好。」賀蘭德回道。

「老弟，隨便你怎麼說，我們還是會贏球，而且不費吹灰之力，我覺得我們還會繼續蟬聯聯賽冠軍。」

「薩米爾，我不懂，你不是住在豪恩斯洛嗎？」

可林笑著走開，「你只是在嫉妒罷了……」

賀蘭德再次拿起電話撥號，其實他也不是很在乎足球賽事，而且在剛才的十五秒對話之中已經用光了他對於足球賽事的知識概要。

依然佔線中。他掛了電話，繼續看著自己的筆記。自從瓊安．蕾瑟在昨天把資料以電郵寄過來之後，賀蘭德一直想要努力搞定這份名單，已經有了資料，但訪查結果卻令人沮喪。雖然他在安迪．史東面前嘴硬逞強，但有時候就算這些人沒有刻意隱藏下落，掌握行蹤也不是那麼容易的事。

佛里兄妹在父母雙亡之後、曾經在短期寄養中心待了六個月。然後，在一九七七年一月，他們開始得到了第一次的長時間安置，其後還有五次。賀蘭德還有兩對養父母得要訪談，但就目前所蒐集到的內容看來，已經看得出某種模式。這對兄妹幾乎都是立刻就得到安置，但個性變得越來越乖戾失序，尤其在那些已有小孩的家庭中更是明顯。那些養父母承認照顧這對兄妹很困難，但想到他們以前的遭遇，自然也能體諒。馬克與莎拉基本上是很乖的小孩，但是個性孤僻，獨處的時間越來越長，想要拒人於千里之外……

這些資料已經相當令人振奮，但賀蘭德依然不覺得派得上用場。他還沒有找到最後的那一對寄養父母，相信他們應該至少提供某些讓他們可以著力的線索。布里史托克提出了繪製佛里兄妹照片的想法，以數位化的方式模擬他們長大成人之後的長相，然後把模擬繪像廣爲散佈出去。這主意聽起來不錯，諾勃夫婦直到一九八四年初還在照顧這兩個小孩，他們現在還在馬約卡，幾天之後會回來，應該很可能從他們身上要到這對兄妹最後的照片……

賀蘭德拿起電話，第三對養父母，洛伊德夫婦的電話依然佔線中。當他一掛上話筒，電話立刻響起。

是索恩。

「想不想今晚喝一杯？」他開口問道。

「有何不可？」他知道就是當這幾個字一出口的時候，他的心裡開始有了罪惡感。他當然清楚，特別是在週六晚上這種時候，他應該先問蘇菲才是。但他也明白，她只會微笑告訴他去吧，她不介意。「要去哪裡？」

「哈克尼的酒吧。」索恩回道。

賀蘭德腦中已經浮現自己拿起外套、準備出門的時候，不小心看到蘇菲淚眼迷濛的模樣，他也已經聽到他關門的聲響，還有當他走在大街上時的沉重步履，宛若一聲聲的低沉擊響。

「什麼時候？」賀蘭德問道。

「大約八點半。要不要我去接你？」

「啊？肯特緒鎮到大象城堡區，然後又回到哈克尼？也未免繞太遠了……」

「我沒差。」

「我搭地鐵就好，坐到貝斯納格林站之後再走過去。」

「不需要。沒關係，眞的……」

「酒吧叫什麼名字？我們直接在那裡見面好了。」

索恩的語氣等於告訴他繼續辯下去也沒有意義，「我八點半過去，戴夫……」

索恩按了電鈴，然後又回到車子旁邊、擺出恰如其分的姿勢。等到賀蘭德從自家公寓走出來的時候，索恩已經靠在車上、露出得意的笑，活像是六〇年代汽車展的頹廢風模特兒。

「好，」賀蘭德說道，「所以保險給付拿到了？」

「還沒有，但一定拿得到，我先向銀行借了點錢。」賀蘭德站著不動，雙手插在口袋裡，看起來十分遲疑，「這是寶馬汽車。」索恩補充了一句，想要消解賀蘭德的滿臉疑慮。

「這是台非常老舊的寶馬……」

「這是經典款。老弟，這是三千cc的Csi，這種車叫古董車。」

「它是黃色的耶。」

「這種黃色叫作脈衝星。」

「眞是失敬。」賀蘭德在車子周邊緩步繞行，索恩覺得他那個樣子簡直像是在檢查剛發現的屍體一樣。

索恩對著車窗、指了指自己的車內，「這是皮椅……」

賀蘭德站在車子後面，看著車牌，「P？哪一年的車子啊……？」

「後車廂裝有CD音響的換片箱，可以塞滿十片……」

「到底是哪一年？」

索恩知道再怎麼修飾也無法挽救他的答案。「一九七五……」

賀蘭德哈哈大笑，「天，幾乎和我的年紀一樣大。」

「只開了五萬八千英里而已……」

「你一定是瘋了，你有沒有檢查鏽痕？」

「有啊，看過了，似乎保養得很好……」

「我的意思是底盤，你有沒有把車子吊起來檢查？」

「這台車四年前整理過了，那傢伙告訴我，自從引擎重新組裝之後只開了一萬英里……」

「你付了多少錢？」

「離合器其實是新的……不然就是變速器，反正其中一個很新……」

「五千英鎊？」索恩沒有回話，「更多？拜託，你修那台蒙帝歐也差不多啊……」

「這算是禮物，好嗎？我也沒別的地方可以花錢。」

「你根本不懂舊車是出什麼狀況。明明是同樣一筆錢，你可以買到幾乎全新的車子，像是租來的車一樣漂亮，而這種車子長期下來會讓你散盡家財……」

「但真的很漂亮，你不覺得嗎？」索恩從口袋裡取出面紙，開始擦拭引擎蓋上的標誌。

賀蘭德聳肩，打開車門，「你被迫停在路肩的時候也沒差吧，是不是？」

索恩滿臉不爽，一路踱步走到駕駛座旁邊，「我覺得讓你自己走到哈克尼也不錯，你這個小混蛋……」

「我只是就事論事罷了。你覺得開著這台龐然大物急奔命案現場的時候，大家會是什麼感覺？」

索恩靠在皮椅上，轉頭面向也已經坐定的賀蘭德，「下一次，我會找崔佛．傑斯蒙德，問他想不想一起喝一杯……」

一個小時之後，索恩變得心情大好。等到他介紹完自己的新車之後，伊芙與其他人立刻衝過去看車子，大家都一致同意車子超漂亮。過了一會兒之後，女孩們忙著輪流試坐，而賀蘭德依然不死心，想要找尋盟友。

「拜託，班恩，如果換作是你，難道不會想買台比較新的車子嗎？」

「抱歉，我覺得這台很棒，」詹姆森回道，「我自己也有寶馬……」

索恩舉起自己的酒瓶，向班恩致意，同時又對賀蘭德露出譏諷微笑，「你看吧？」

「湯姆說你在拍電影。」

「大部分是工商片。」

「嗯，你事業一定做很大，開的是寶馬……」

「還過得去。但我想要開始搞創作，我弄的劇本……」

賀蘭德點頭，「我想應該很困難吧。」

「只是錢的問題。所以我還是得爲索尼或是德意志銀行之類的高端客戶多提供一點服務，拍一些品質不能太差的教育訓練影帶。」

「你現在拍的是什麼？」索恩問道。

詹姆森喝了一大口捷克百威啤酒，「哦，現在手中的案子都很有趣，幫地方政府拍東西，還有購物頻道的一些廣告。」

索恩從面前的開封零食袋裡面取出一些洋芋片，「嗯，所以那些廣告有問題都該算在你頭上了？」

「抱歉？」詹姆森微笑，雙手向上一攤。

賀蘭德嘻嘻笑，看著索恩，「我不知道你喜歡看購物頻道。」

「我爲了看足球，當然有訂『天空』頻道，」索恩把洋芋片送進嘴裡，抹了抹手指，「但到了深夜也沒啥事好幹的時候，沒錯，我也喜歡看過氣演員把臉塗成橘色、拚命對我推銷清潔用品。」

三個人就這麼坐著，安靜不語了好一會兒。索恩看著窗外、自己停車的地方。賀蘭德啜飲啤酒，隨著低音量的《酷玩》樂團歌聲點頭打拍，而詹姆森則目光熱切，望著站在吧檯前的丹妮絲與伊芙。

車子很安全，而且看起來還是很正。索恩回頭，打量這間酒吧，還算滿新的，時髦的安靜美食型酒吧。伊芙曾經告訴過他，後頭區域有附設一間不錯的餐廳，但索恩覺得現在這裡已經很不錯了，有比利時生啤酒，吧檯上還放了碗裝的橄欖。他們挑選的是角落的位置，一張滿是刮痕的食堂型餐桌，周邊擺放了各式各樣的椅子。索恩佔據了一張破爛但很舒適的真皮扶手椅，而且努力想把某張類似的椅子留在旁邊、保留給伊芙。

雖然這間酒吧生意很好，但裡面卻沒什麼人，大多數的顧客似乎都想好好享受溫暖的夜晚，全都聚集在人行道上的那幾張桌子旁邊。酒吧裡沒有冷氣，但裝設了好幾具天花板電扇，轉個不停，而且索恩準備要喝個痛快的啤酒——非常沁涼。

新車固然是好心情的原因之一，不過索恩覺得今天很難得，他已經許久不曾這麼放鬆了。

伊芙與丹妮絲回來的時候，手上多了好幾瓶啤酒，還有一瓶紅酒，顯然她們剛才在吧檯那裡開心得很，回來時還取笑了一下賀蘭德、索恩、詹姆森，也沒什麼特別理由，純粹因爲他們都是臭男人而已。而這三個傢伙雖然嘴巴抗議又否認，但其實卻很享受這樣的時刻，索恩更是點滴在心頭，他已經許久不曾得到這樣的殷勤關照了。

一夥人聊足球、電視、房價，還有無可避免的話題：工作。

「戴夫，拜託快講啦，」丹妮絲說道，「你們在追捕的那個瘋子呢？那個在伊芙答錄機裡面留言的男人……」

伊芙想要阻止她也來不及了，「小丹……！」她面向索恩，「抱歉……」

索恩聳肩，一點也不在意，「沒關係。」

「哦，對，他的確是個瘋子，」賀蘭德回道，「對，我們在追捕他，依然在追捕他。」

「這傢伙聽起來很變態，」詹姆森說道，「不過，這種故事很吸引人……」

丹妮絲靠向賀蘭德，「你一定很清楚，其實這種人到處都是。不過，要是哪天知道自己居然認識那種人，就算關係再怎麼疏遠，感覺還是很可怕。」

「別擔心，」賀蘭德說道，「妳不是他的菜。」

「我知道，他喜歡挑男人下手，不是嗎？那些專門傷害女子的男人……」

此時出現了一陣令人不安的沉默，雖然短暫，但大家都有感覺，丹妮絲打破僵局，宛若一切都不曾發生過一樣。

「不過，這種情節總是讓大家很著迷不是嗎？我覺得是有點殘忍，但還是比電腦有趣多了……」

索恩接下這個梗，把那個在辦公室「打趴電腦」的笑話告訴賀蘭德，其他人聽了也開心大笑。丹妮絲與班恩繼續與賀蘭德聊工作的事，無論他們是真心喜歡他，抑或是讓他不要覺得自己像電燈泡，總而言之，他現在終於逮到了機會與伊芙聊天。

他把椅子挪到她旁邊，整個身子挨過去。「這提議果然很棒。」

「所以你本來很猶豫，是嗎？」她的下巴朝賀蘭德點了一下，「還特別帶了救兵……」

「妳是不是在生氣？」

「一個小時前，的確很火大，但現在沒事了。」

索恩拿起他的酒瓶，「我只不過想要在他面前炫耀一下新車而已……」

伊芙瞪了他好久，顯然她不是很相信他的話。「好，除了你的案子有點難搞之外，從你過來吃晚餐那天到現在，這麼長的一段時間當中，到底發生了什麼事？」索恩低頭，喝了一大口啤酒，沒接話，「我以為你很積極，先前你是這麼說的。」

「是啊……」

「就連那天晚上你陪我從酒吧走回家的時候，整個人也變得有點怪怪的，其實，應該算是你參加完婚禮之後就變了……」

索恩低頭，壓低聲音，「妳聽我說，當我發現自己似乎要開始與別人認真交往的時候，我就會精神有點不太正常，我不知道我要什麼，然後……」

「認真交往？我們根本還沒上床啊……」

「這就是我的重點。看來我們是會上床，妳知道，應該是十之八九，所以也許讓我變得有點裹足不前。」

「然後你就一直跟我鬼扯，拿沒買新床當藉口……」

「應該是吧。」

伊芙轉頭看著他，等了一兩秒之後，他終於抬起頭來，迎向她的目光，「好，湯姆，那你現在想怎樣？」

索恩的臉上慢慢漾出淺笑，他靠過去，手臂落在伊芙的椅底、滑進去，撫摸她的腰，「我想要去飯店……」

伊芙一開始很吃驚，但隨即也笑了，「什麼？今天晚上嗎？」

「有何不可？花店明天休息對吧？我又剛買了一台漂亮的車，就停在外頭……」

伊芙望向丹妮絲與詹姆森，他們依然與賀蘭德聊得很起勁。「天，太棒了。但這麼做有點怪，今天是小丹的生日……」

「也可以假裝是我生日。」

「我不知道，我不能這樣落跑。」

「她不會在意這種事。」

伊芙抓住索恩的手，捏了兩下，「讓我想辦法……」

一個小時之後，他們在外面依依不捨道別，伊芙抓住索恩的手臂，把他拉過去，「我覺得今晚不太妥當。」

「妳告訴丹妮絲了嗎？」他望向另外一頭，看到伊芙的室友正在親吻賀蘭德的雙頰，詹姆森雙手插在口袋裡、站在旁邊等待。丹妮絲看到索恩在看她，給了他一個詭異的微笑……

「我現在的狀況不是很適合，」伊芙說道，「在你提出邀約之前，我已經喝了一瓶紅酒……」

索恩開心大笑，「相信我，妳喝得越多，等一下會越開心。」

「下個禮拜怎麼樣？我們可以找間海邊的高檔飯店入住幾晚，」她抬頭望著他，慢慢點頭，想必他的表情已經說明了一切。「好，我懂……」

「抱歉，在這個案子結束之前，我不能做出這種……承諾，靠，一整個週末……真的沒辦法。」

「我的提議超蠢……」

「這提議很棒。我們下禮拜找一天吧，週六，或是之前也行……」

「下星期六好了。」

「好……」他們離開酒吧，沿著人行道走了一會兒，「拜託，現在還是不嫌遲啊。真的，我負責找家超高級飯店，看是去西區的哪裡，還附英式早餐……」

她的雙手環住他的脖子，把他拉到自己跟前，她在他耳邊輕聲細語，然後又輕輕吻了他的臉頰，「星期六……」

就在他們兩人分開的時候，索恩看到其他人全站在酒吧門口，還瞄到班恩．詹姆森的臉上閃過一抹近似厭惡的神情。索恩轉過去，發現原來詹姆森看到凱斯朝他們跑過去，手裡還捧著一個塑膠袋。

索恩聽不到凱斯在說什麼，只看到他從袋子裡掏出某個紅紙包裝的東西、交給了丹妮絲。丹妮絲拆開包裝紙，面露欣喜，似乎是個華麗的小盒子。丹妮絲抱著凱斯的脖子，然後又轉身把禮物拿給賀蘭德與詹姆森看。

凱斯轉身，滿臉通紅，望著另外一頭的伊芙，她正與索恩手牽著手。她揮手向他打招呼，開始朝他走過去。賀蘭德則是從另外一頭朝索恩走來，與伊芙交會的時候兩人還相視一笑。索恩把手放在他肩上的時候，賀蘭德似乎還有點嚇了一跳。

「戴夫，我送你回家。」

賀蘭德一臉困惑，他回頭一看，發現伊芙已經和她朋友在一起了，「沒關係，眞的，我搭計程車就好……」

「不需要。」

索恩沿著白教堂路一路南行，朝倫敦塔橋的方向前進。他開得很慢，還在努力習慣新的方向盤與離合器的手感，不過他也很享受這樣的過程，眞希望可以一直這麼開下去。他們緩換進入阿爾德蓋特附近的單行道系統，耳邊迴盪的是梅洛．海格的歌聲。

「好，剛才那是怎麼回事？」賀蘭德問道。

「凱斯有時候會在伊芙的店裡幫忙，我猜他有點……」

「不是，我要問的是明明是你出來約會，爲什麼要特別找我？害我像個白痴一樣杵在那裡？」

索恩望著照後鏡，「我想要讓你見識一下這台車。」這就和他剛才在伊芙講出這句話時的情景一樣，就連他自己也不相信。

「你和伊芙還好嗎？」

索恩猶豫不決。他們之間很少聊到這樣的話題，之後會發生什麼狀況也很難預料。要不是賀蘭德多事問起，他應該什麼也不會說。就連從一般社會規範看來，他們兩人之間的職級差異也很難令人視而不見，保持適當距離的默契通常就是聊些有的沒的，適可而止就好。

今晚，他們只是兩個一起從酒吧歸返的朋友，索恩決定就順勢而行。

「戴夫，老實說，我把她搞得亂七八糟。」

「什麼？」

「不是，不是那個搞，我們連那個都還沒……」

「哦……」

「說來話長，但基本上她覺得我在唬弄她，我的確是這樣。前一秒還興致勃勃，後一秒就覺得沒上床眞是好慶幸。」

賀蘭德似乎若有所思，隔了約十秒之後才開口，「爲什麼會這樣？」

「我不知道……」

索恩是眞的不知道，只要他陷入困惑，他只會覺得好奇怪，不知道伊芙腦袋裡到底在想什麼。他們之間的關係有點像是十幾歲的小孩在談戀愛，大起大落，話也講得不清不楚……

索恩眼前突然出現了一齣短片，裡面的內容一點也不青澀，沒有曖昧不明。他看到自己與伊芙正在搭乘高級飯店的電梯，準備前往他們的房間。兩人緊緊相依，飢渴的嘴唇探索著彼此的頸肩，手指忙著撫摸釦子與肩帶下方的部位。

索恩把方向盤抓得更緊了一點，他聽到親吻停下來時的大口喘氣聲，還有再度相吻時的呻吟。電梯門開了，一聲鈴響，兩人朝自己的房間急奔而去，伊芙裙下的雙腿也發出了窸窣聲響。

他看到自己把房卡插進去，兩人進去之後，嘻嘻哈哈忙著找電燈開關。有具屍體躺在他們的床上，俯臥姿勢，血流個不停。還有藍色項圈，廉價又可怕的那一種，深陷在脖子裡……

索恩緊急煞車，停在紅燈前面，輪胎發出尖鳴，賀蘭德也趕緊伸手扶住前方。

「抱歉，」索恩說道，「還不是很了解這台車的狀況……」

他們沉默了好一會兒，越來越接近倫敦塔橋，前方是聚光燈，他們緩緩經過了亮光區，上橋。

索恩輕推賀蘭德的手臂，下巴朝河面指了一下，「媽的眞是漂亮，對吧？」

他喜歡在夜晚駕車橫越泰晤士河，入夜之後、幽黑河面上高低有致的壯麗景色怎麼看也看不膩。從滑鐵盧大橋向北而行是他最鍾愛的一段路——左邊，倫敦眼，還有東區遠方的聖保羅教堂圓頂——不過，只要在這個時候，無論是過哪一座橋、開往哪一個方向，通常都能讓索恩精神爲之一振。今晚，巴特勒碼頭蹲踞在他們的左方，而他們正下方的貝爾法斯特號似乎呈現出污髒的褐黃色澤，船艦周邊的河水，被兩岸燈光染映成色。

「你和蘇菲呢？」索恩問道，「已經準備好迎接寶寶了吧？」

賀蘭德轉過去，看著索恩，雖然他臉上掛著微笑，但看起來一臉快要吐出來的模樣。「如果你眞想知道答案，好，我已經嚇得挫賽了。」

「正常反應，這種事的確很可怕，我自己是沒有小孩，但……」

「不是只有寶寶而已，還有寶寶所帶來的象徵意義。」

「你知道嗎，我覺得自己像是被風吹得到處跑，已經無法掌控自己要做什麼。」索恩搖頭，正打算要開口的時候，賀蘭德卻一股腦繼續說下去，越來越大聲，語氣也更加高亢，「蘇菲說，之後不管我打算怎樣都可以，但她要待在家裡照顧小孩，家裡只能靠我賺錢……」

「她希望你改行？」

「對，不過她在懷孕之前就這樣了。如果我辭職，她一定會很高興，這一點毫無疑問，不過，她倒是沒有給我壓力。我擔心的是，開始胡思亂想的人可能是我自己，我應該要找別點別的，薪水比較好一點的工作，你懂吧？」

「還是比較安全的工作？」

賀蘭德轉頭，惡狠狠瞪了索恩一眼，「沒錯。」然後又把頭別過去，望向窗外，望著新肯特路上的廣告看板與新車展示間，以近乎時速三十英里的速度向後退去。

「我擔心以後我會怨恨這寶寶。」賀蘭德說道，他歪著頭，貼住車窗，「硬是強逼我做出這種選擇……」

索恩不發一語，按下音響控制面板上的某個按鈕，搜尋CD，終於找到了他想聽的那首歌，等到音樂準備開始播放的時候，他調高音量，「你應該要好好聽一下這首歌。」

「什麼歌？」

「這首歌叫〈媽媽努力不懈〉，講的是某個坐牢的男子……」

「所以歌詞講的就是坐牢吧？」

「其實主要是長大成人與承擔責任，還有做出正確的抉擇……」

賀蘭德專心聆聽了一分鐘之久，或者，他可能也只是在裝模作樣。他們到達了大象城堡的圓環的時候，再走一會兒就到他家了。他突然搖頭，哈哈大笑。

「長大？我又不是那個買了那台充滿中年危機車子的男人……」

索恩到家的時候，肚子餓得要命。趁錄影帶在倒帶的時候，他趕緊把三片麵包塞進烤架下方，他今天忍了一整天，不想聽到比賽結果，現在他一心想要好好觀賞球賽。

前三十分鐘無聊死了，索恩不知道自己這麼大費周章是所爲何來……

熱刺隊上次參加慈善盾比賽，已經是十多年前的事了，但索恩與父親都曾經參與最後那幾次的盛會。他們一起看了九一年對兵工廠的零進球平手賽，還有八一與八二年連續贏得了足總盃之後、那兩年的慈善盾賽事。

他有生以來觀賞的第一場慈善盾大賽，是一九七六年的那一次。前往溫布里球場觀戰，等於是繼熱刺以二比一打敗雀兒喜、贏得足總盃冠軍之後的額外七歲生日禮物。索恩還記得現場的喧鬧聲，還有當老爸帶他爬階梯、朝座位走去的時候，看見綠油油球場時的震撼。自此之後的這些年，每當他與父親一起去看球賽，在白鹿巷球場爬上看台，浸淫在喧譁與燈光之中的時候，他依然還是好愛第一次見識到的那一片壯觀綠地。

索恩不知道他爸爸有沒有看到今天的球賽，如果有的話，想必他一定會講得口沫橫飛。

索恩打了電話，最後只是聽了二十分鐘的無梗笑話。

22

當索恩帶著咖啡回來的時候，卡蘿．查姆柏蘭立刻放下了報紙。

「不太妙。」她開口說道。

索恩瞄了一眼那個聳人聽聞的新聞標題，從咖啡裡面舀出泡沫，「不是我的問題。」

雖然崔佛．傑斯蒙德與他的高層竭盡努力隱藏消息，但媒體還是在兩週前左右的時間，也就是修森遇害之後，發現了這起連續殺人案。布里史托克本來以為八卦小報會有更勁爆的處理手法，但其實也只是一般性的內容而已。某家報紙刊出了穿戴拉鍊式面罩的性侵犯圖像，上頭畫了紅色的大叉叉，底下的標題是「幹掉了三個」。另一家小報蒐集了六名性侵案受害人的證詞，重點標示出「該給這個兇手頒發獎章」還有「性侵犯只有一死才能成為好人」之類的引言……

週一早晨有一堆來自更生人權益與融合社會團體發動的抗議新聞。他們要求警方必須要投入更多人力、早日將兇手繩之以法，而且還指責倫敦警察廳的反應遲緩。剛好在昨天晚上，索恩看到《倫敦現場》節目出現了唇槍舌戰，出席者包括了防治性侵組織的代表、犯人權益的遊說團體，以及資深警官。助理警監坐在中央，旁邊除了一個面露驚恐的女警司之外，還有汗流浹背的崔佛．傑斯蒙德，警監特別提醒其中一個遊說團體代表，這些被害者自己都遭受性侵，此外，他也向其他人保證，警方已經在全力緝兇。

傑斯蒙德像隻被光照到的受驚小兔，開始滔滔不絕講述以暴制暴不等於行使正義……就在這個時候，索恩關掉了電視。

「你的長官很可能會把它搞得像是你有問題。」查姆柏蘭說道。

索恩聞言一笑，「妳以前也這樣？」

「當然，我在亨頓大樓教的課程就是『推卸責任』……」

他們坐在高門森林裡的某間小型素食餐廳的外頭，有綠蔭遮光的餐桌。這種標榜有機的時髦地方，和索恩不太搭調，但卡蘿想要在外頭找個地方吃東西，這地方好歹看起來算是不錯。送上來的高檔麵包索價不菲，但反正是報公帳……

卡蘿．查姆柏蘭的這起懸案已經重啓調查，也等於讓她正式結案。她別無選擇，已經開始搞其他事情了。不過，索恩知道他們欠了她一個大恩情，他覺得至少要讓她知道辦案進度才是。此外，他眞的很喜歡與她聊天，他發現查姆柏蘭是功力超強的諮詢顧問。自從她第一次闖進他辦公室之後，他們已經見面或是通電話聊天了好幾次，有八卦，也有幹譙，也會互相交流看法……

「至少他們還沒有想到這起案件與佛里命案有關，」她說道，「他們還不知道有馬克與莎拉的存在……」

索恩把報紙拿過來，信手亂翻，他瞄了一眼後頭版面的足球新聞，「遲早會知道的。」

「當然，這可能是好事。」

「怎麼說？」

「可能會因此找到他們。」

「或是把他們嚇跑，從此消失不見……」

查姆柏蘭喝完咖啡，推掉了布丁之後，起身，收疊他們的盤子，「我們就慢慢走回停車的地方吧，」她揉了揉肚子，「散步有助消化……」

「戴夫，她要找你……」

可林把賀蘭德從他的辦公室叫出來，又指向那名神秘女子，然後就留賀蘭德一個人站在偵查室的門口。史東悄悄在賀蘭德背後出現，兩人的目光都投向了窗邊，瓊安・蕾瑟正坐在那裡。

「嗯，」史東嘀咕，「臭酸黑女人……」

賀蘭德點頭，面向史東，「你這句話，包含了種族歧視加性別歧視。安迪，其實她和你很相配……」

「去你的。」

「拜託，你身材練得這麼好……」

「眞的，其實她很有魅力，算你走運，」賀蘭德看著他，「顯然她也早有這個意思，第一次是你接到了她的電話，現在她又親自來見你一面……」

賀蘭德走過偵查室，蕾瑟一看到他與史東過來，立刻急著站起來。他知道自己剛才對史東講出那些話，純粹就是他心裡存有奇怪的性幻想。他看得出對方的心意，但他依然希望瓊安・蕾瑟來這一趟是因爲眞的有要事。

五分鐘之後，他們三個人坐在賀蘭德與史東的辦公室裡，擠成了一個小小的三角形，以塑膠杯盛裝的茶水擱在桌邊……

「這些日期搞得我很頭痛。」

「寄養安置的日期？」賀蘭德開始尋找自己大腿上的筆記。

「現在的作法有點不太一樣，不過，在那個時候，等到小孩一到十六歲，我們就會停止監督安置狀況，過了那個年紀，他們就不在社會服務的範圍之內了……」

「這樣啊。」賀蘭德依然在翻找資料。

「我查了兩次索引卡上面的資訊——你知道，就是我寄給你的電郵——不是很合理。」

「哪裡有問題？」史東問道。

「最後的監督紀錄是一九八四年二月，通常是家庭訪視，就算沒有，也至少會打電話……」

賀蘭德找到了他要的那一頁。他的手指沿著清單一路往下，最後在蕾瑟提到的那個日期停了下來，「諾勃夫婦」。他們現在應該已經度假回來了，他也已經在答錄機留言，但是他們還沒有回電給他……

蕾瑟坐在椅子裡，身體前傾，講話時先看著史東，然後又望向賀蘭德，「以防萬一，我查過這兩個小孩的出生日期，問題還是沒有解決。」

賀蘭德盯著日期，翻頁，忙著找資料，他找到了，發現違常之處，「他們還不到那年紀啊。」

蕾瑟點點頭，喉嚨周圍全漲紅了，賀蘭德自己也差點面紅耳赤。他應該要注意到這一點才是，如果他用心的話，絕對會發現狀況有異。他一直漫不經心，不覺得這件事有哪裡重要。當他拿到資料的時候，應該要讓史東幫忙才對。現在，史東坐在那裡看戲，應該是全程都看得很開心，很簡單，何其明顯的事實，居然是由一個平民百姓對著賀蘭德逐一解釋……

「一九八四年？」史東接口，「所以，那兩個小孩是……」

「十五歲與十三歲，」蕾瑟回道，「馬克幾乎十六歲，還算合理。要是只有他的話，我就不會起疑了，但小女孩距離停止監督的年紀明明還有一大截，你知道我爲什麼覺得這一點很重要了吧……」

「什麼樣的狀況下會停止監督個案？」

「我只想得到兩個理由。如果寄養家庭搬到別的地區、甚至是全然不同的國家，那麼我們就會把監督權移交過去。」

「我想也是。」賀蘭德開始翻閱資料，終於找到諾勃夫婦的現居地址，「羅姆福德算遠嗎？」

蕾瑟點點頭，「不在我們的管轄範圍內。」

「不過，有沒有提到他們在那裡住了多久？」史東問道。

「沒有，我得要再查一查。在當地入學的最後一筆資料是一九八四年，所以有可能是那時候搬走的。」他又望向蕾瑟，「瓊安，妳剛才提到其中一個理由是搬家……另一個呢？」

「領養。」賀蘭德與史東同時看著她，兩人都一臉茫然。「現在領養的規定同樣比較嚴格一點。但是在那個時候，只要正式完成領養手續，就結案了，徹底脫離我們的責任範圍。」

「我覺得妳已經查過資料了……」

她聳肩，未置可否，「我認識在領養部門工作的人，所以我打了通電話。他們的資料比我們整理得好一點。你手邊有筆嗎？」

賀蘭德忍不住微笑，從桌上抓了一支筆，「請說……」

「諾勃夫婦，艾琳與羅傑，於一九八四年二月十二日正式領養了佛里兄妹，馬克與莎拉。他們應該在領養小孩後沒多久就搬家了，但這顯然是艾賽克斯社福部門與這兩個孩子的最後一筆聯絡紀錄……」

賀蘭德趕緊寫下資料，就目前所得的資料看來，這似乎是馬克與莎拉兄妹與其他人的最後一次接觸。

他們沿著板球球場的邊界、朝孩童遊樂場走去；信步走在成排的橡樹與角樹遮頂的林蔭小徑。現在正逢學校的放假時刻，到處都是人。雲朵開始密佈，氣溫也隨之下降，但依然看得到幾抹深藍的天色，宛若腫脹肌膚上正逐漸消褪的瘀色。

「我覺得馬克．佛里這條線索還是很值得追下去。」

「對，我也這麼覺得，」索恩說道，「眞希望能找到人。」

「不過，我還是想不透動機問題。」

查姆柏蘭露出誇張的驚異神情、望著索恩，「我以爲你是不鳥犯案動機的那種人……」

「到了最後，那畢竟不是我的工作吧？但如果釐清之後能幫助我抓到人，就另當別論……」

「請繼續……」

「我看得出來殺死艾倫．法蘭克林的動機……」

「這是最合理的假設，法蘭克林是禍首，也可能殺害了他的父母。但怎麼會等了這麼久才展開復仇計畫？」

「這樣的等待過程，我覺得我可以理解。」索恩說道。

查姆柏蘭笑了，「也許這傢伙只是很懶而已，」

索恩覺得既然提到了懶，那麼他發表一下意見理應當之無愧，「我不這麼覺得……」

他們的步伐越來越慢，最後乾脆停了下來。

「他在慢慢長大，」索恩說道，「讓身體變得結實強壯，讓恨意越來越強烈。等到法蘭克林老了，覺得安全無虞的時候，埋伏在那個停車場、做個了結。」

「但事情並沒有就那麼結束了……」

「不，沒有，照理說應該到此爲止，不是嗎？馬克報了仇，逍遙法外，就此展開新生。」

「無論那算不算是他最後的……」

「所以他爲什麼又要跳出來？爲什麼要做掉其他人？爲什麼要殺死蘭姆費利、威爾契，以及修森？」

「也許他樂在其中。」

「我相信他現在一定很樂，但這並不是他爲什麼開始——我的意思是再次開始犯案的原因，一定還有其他隱情……」

「不過性侵這個環節很重要，你一直強調這一點，也許他自己也曾經是受害人。」

「可能吧。」索恩覺得接下來又得重新審視清查過的線索。先前他們認爲兇手可能也曾經坐過牢，因為要報仇而殺人。當然，是有可能，但這條線索對他來說已經了無新意，對案情沒有幫助。

他們聽到背後突然傳來一聲尖銳的啪響，查姆柏蘭嚇得跳起來。六個小男孩躲在板球網架裡嘻嘻哈哈，他們兩個人站著看了一會兒，等到她終於開口說話的時候，必須整個人挨到索恩身邊，以免讓自己的話被小孩的喧鬧聲蓋過去。

「我記得學校裡讀過的一首詩，」她開口說道，索恩的目光盯著小孩的動作，歪著頭聽她說話，『童年是無人死亡的國度』……」

「這句話是出自哪裡？」他們繼續往前走，索恩好奇詢問。

「我們那些必讀傳記裡的其中一本吧，我不知道……」

他們走到了大馬路旁各自的停車處，查姆柏蘭突然停下來，把手放在索恩的手臂上，「湯姆，能像這樣腦力激盪，非常好，對辦案很有幫助。但不要忘了，如果答案就在那裡，就在某個地方，那麼一定隱身在細節之中，構成犯罪模式的事實裡面。」

索恩點點頭，打開了寶馬汽車的車門。他知道有答案，也知道它們隱身在某個地方，被歸錯了檔案，目前，是找不回來了。遺失在數以萬計、與案情相關或無關的事實之中，總是隨時隨地跟著他、不斷膨脹的亂七八糟的東西：姓名地點日期與供詞的片段；話語數字與小動作；安全門密碼與死亡時間；死亡日期；親戚的表情；某個飯店客人的皮鞋磨痕；死人肝臟的重量……

索恩知道答案就埋藏在某個地方，但他一直苦思不解，其實還有別的事情也讓他很困擾，他再三思量之後，講了出來。

「剛才妳提到犯罪模式……」

「第二名與第三名受害者，也就是在威爾契與修森之間，他改變了犯罪模式。」

「什麼？」

「這是當然的。因爲他推測一旦你們找出了命案之間的關聯性，一定會聯絡獄方，提出警告，他再次犯案的時候自然會採取不同的手法。」

「萬一他是根本知情，而不只是推測呢？」索恩問道，「萬一他之所以知情是因爲他與調查的關係密切？我們一直覺得他應該具有存取某種資料庫的權限，但其他線索接踵而來，這個想法也被淡忘了。萬一放棄了兇手也是警察的這種假設，最後卻證明我是錯的呢……？」

當索恩一回到貝克大樓，立刻就被叫進布里史托克的辦公室。賀蘭德正在向布里史托克與基絲頓報告瓊安．蕾瑟所提到的情報，還有他之後打電話給艾琳．諾勃女士的對話內容。索恩請賀蘭德從頭說起，再講一次拜訪蕾瑟的過程、讓他可以追上進度。

「領養與搬家的日期如此接近，頗値得玩味。」布里史托克說道。

「還有更匪夷所思的事。當我終於找到艾琳．諾勃，我告訴她我想知道，有關馬克與莎拉這對兄妹的事。她劈頭就問我們是不是找到了他們。」

索恩望著布里史托克，「她怎麼知道我們在找他們？」

「長官，不是，你誤會她的意思了，」賀蘭德回道，他翻找自己的筆記，唸出對話內容。

『你們終於找到他們了嗎？』——她是這麼說的，她講的是二十年前的事。」賀蘭德抬頭看著索恩，「她聲稱小孩早在一九八四年就失蹤了……」

「就在諾勃夫婦領養他們之後的事。」索恩說道。

「沒錯。」布里史托克起身，繞過書桌，「他們也差不多是在這個時間搬離高契斯特。」

賀蘭德把筆記本放到一旁，整個人靠在椅子上，「更妙的還在後頭。諾勃太太以爲當時有正式的調查，她說，小孩子當時被通報爲失蹤人口，警察花了好幾個禮拜在找尋他們的下落……」

「你查過了嗎？」布里史托克問道。

「鬼扯。我擔心她搞錯日期，還特別往前查閱一九八三年的資料，屁都沒有。沒有搜查紀錄，沒有失蹤人口的報案資料，無論是全國或地方資料都一樣，根本沒這檔子事……」

「你和她講話的時候，覺得這個人怎麼樣？」索恩問道。

「聽起來很認眞，非常激動……」

「你覺得是不是裝的？」

「不是，我不覺得她在演戲，語氣聽起來非常眞懇……」

「她丈夫人呢？」

「羅傑．諾勃在一九九〇年過世，死因是心臟病……」

索恩想了一兩秒之後，轉向布里史托克，「嗯，我們最好要找她談一談。」布里史托克點點頭，「戴夫，她住在哪裡？」

「她住在羅姆福德，但明天會到市中心，她說要去西區購物……」

索恩拉下臉，「哦，她眞的會……？」

「我已經和她約好了，十點半見面。」

布里史托克拿下眼鏡，從褲子口袋裡拿出一坨皺巴巴的面紙、擦去鏡框上的汗珠。「戴夫，趕快去向可林警探彙報這件事，他得要重新分派任務，發動新的調查行動……」

「知道了，長官……」賀蘭德打開門，走了出去。

「伊芳，妳也來追這條線吧？既然我們知道佛里兄妹改了姓氏，也許現在比較容易找到他們的下落……」

基絲頓不發一語，點點頭，準備朝門口走去。

「你知道嗎，這線索看起來很有希望，」布里史托克說道，「可以回報總警司一點正面消息，眞是太好了……」

索恩忍不住，「麻煩你轉告他，昨天晚上他在電視上的表現眞了不起……」

布里史托克顯然沒把他的話當眞，根本懶得理他。「好，等一下喝點啤酒慶祝一下吧？」

「慶祝個頭啦，」索恩回道，「不過，我還是會過去……」

「伊芳呢？」

基絲頓搖頭，「還有好多事情要做。」她轉身，出了房門，朝偵查室走去，還不忘回頭對布里史托克大吼，「現在的搜尋關鍵字從『佛里』變成了『諾勃』，超過一百萬筆資料得重做……」

布里史托克望向索恩，「什麼事情讓她這麼不爽？」

「不要問我……」

「也許你該找她問一下……」

索恩的手機在此時響起，他瞄了一眼螢幕，知道是誰打來的。他告訴布里史托克等一下再與他討論，隨即進入走廊，關上辦公室的門。

「還是星期六見面嗎？」伊芙問道。

「希望如此。」

「好，看是在哪裡吃晚餐，然後回你家。」

「很好。靠，妳知道我還沒買床墊？」

「誰鳥這個啊？你總有沙發吧？」

他很忙，除了自己的專業工作之外，還有其他的，比較屬於私人範圍的任務。他不認爲這次動手殺人是私人因素，與自我無關。

不，其實不是，總而言之不是針對他。

在那些飯店房間裡、他對那些畜生所做的事，與他無關，也不是爲了他。每當浮現這個疑問的時候，他總是否認，而且會繼續否認到底。他動手的時候非常開心，將繩子繞住他們的脖子、往後一拉的那一刻，簡直是狂喜，但如果說純粹是因爲他，這一切絕對不會發生……

他只是武器而已……

很奇怪，他覺得自己對白天的工作反而投注得比較多，他的大部分精神都關注自己工作結束時所得到的成果，而不是看著那些混蛋哀求、然後死去。眞的，繳交貸款表示自己對別人負責，而且他的作爲，就算是非常傑出的表現，幾乎也不會對他自己產生任何的好處，不過，在事成之後，他總是覺得自己多少產生了一點歸屬感，這些成果的某些地方通常會留下他的指紋。

他一想到這個就哈哈大笑，繼續工作下去。他最近工作量大增：事情一直做不完，賺了不少錢。現在也沒那麼多時間去籌劃另外那件事，但其實現在也沒什麼事項需要處理，眞的不需要驚慌，幾乎都已經搞定。

除了某些細節之外，最後一次殺人的計畫，已經全部都安排好了。

23

索恩臉色好不甘願，「我從來沒有待在我買內褲的地方找人問案。」

「凡事都有第一次。」賀蘭德接口。

他們帶著咖啡，走到艾琳．諾勃的座位，她早已待在那裡等著他們了——雖然這地方才剛開門一個半小時左右——但她的兩旁已經放了好幾個瑪莎百貨的大型購物袋。這家咖啡店是牛津街這間大型商場所附設的新穎空間，位於女裝部門的角落，座位大概已經半滿，顯然全都是像艾琳．諾勃一樣早起的顧客。

索恩坐下來、擠在賀蘭德的旁邊，張望四周的十多名女子，她們正在補充戰力、準備下一回合的血拼。在這群女人之間，還看得到一兩名面露無聊神色的男子，對於能有機會坐下來，喘息個幾分鐘、不需要一直被追問意見，看來是相當開心。

艾琳．諾勃從自己的袋子裡拿出甜味劑的專用小塑膠盒，按壓盒口，將一小塊甜錠倒入她的拿鐵裡面。她挑眉看著戴夫．賀蘭德，「別人八成以爲我是你媽媽。」

想必她已經六十多歲，就這個年齡的女人來說，她保養得算是非常好，不過，索恩覺得她有點太刻意了。金髮的顏色有點太過刺目，如消防車顏色一樣豔紅的唇膏塗得也未免太厚了一點。對索恩來說，這個階段似乎正好是準備棄絕一切之前的最後一個階段，到了那個時候，動不動就會向陌生人透露自己的年紀，而且厚重外套永不離身，對於什麼都不在乎了……

「諾勃太太，談談馬克與莎拉的事吧。」

她沉吟片刻，笑了一下，又喝了一小口咖啡，「羅傑以前常開玩笑，總說我們是在搬家的時候弄丟了孩子，哎，就像是掉了茶葉箱一樣。」她看到索恩的表情，搖搖頭，繼續說道：「這不是什麼刻薄的笑話，其實是溫柔的安慰。他就是喜歡這樣，看到我哭就逗我笑，你知道嗎，出事之後我哭得好慘……」

「你們領養了這兩個小孩沒多久，他們就不見了？」賀蘭德問道。

「一九八四年初的事，那時候他們寄養在我們家已有四年多的時間。是有一些問題，這也難免，但狀況已經穩定了下來。」

索恩聽出來她的聲音不知道爲什麼起了變化，一種「電話」式的聲音。索恩記得自己的母親也會使用這種語氣，討好醫生、老師、警察的裝腔作態……

「以前也發生過狀況，對嗎？」賀蘭德問道，「與之前那些養父母在一起的時候。」

「沒錯，而且他們立刻就放棄了那兩個小孩，只有我和羅傑堅持下來。我們知道自己一定要想辦法熬過去，他們是心理有問題的孩子，天知道他們怎麼會遇到那種事，出現問題當然是正常反應。」

「什麼樣的問題？」索恩問道。

她停頓了數秒之後才開口回答：「態度問題，調適，你懂吧？羅傑和我以爲一切已經獲得了控制，顯然我們是大錯特錯。」她拿起茶匙，低頭看著咖啡杯，不停攪拌，「行爲問題。」她又說了一次，彷彿把它當成了醫學專有名詞一樣。索恩側瞄賀蘭德，他只是微微聳肩，算是回應。

「所以是妳決定要收養他們？」賀蘭德問道，諾勃太太點點頭，「小孩子的感受呢？」

她看著賀蘭德，彷彿他問了一個十分愚蠢的問題，「他們失去了自己的親生父母，而之後的每一對養父母都讓他們大失所望。當他們知道我們即將要成爲眞正的一家人的時候，當然十分開心，我和羅傑也一樣。我們一直很想要小孩。我可以這麼告訴你，雖然我們不曾爲這兩個小孩包過尿布，但也經常因爲他們而失眠……」

「我相信。」索恩回道。

「而且在他們失蹤之後，更是常常失眠，常常……」

「當初他們是怎麼失蹤的？」

她把咖啡推到旁邊，雙手交疊，手背上看得到肝斑。「我們在禮拜六早上搬家，那種混亂場面你也知道吧？到處都是箱子，地面上有積雪，搬家工人一直滑跤。我們告訴小孩，他們可以整理自己的東西，所以他們就去忙了，把自己關在樓上……」

「我猜，是不是爲了誰可以住最大的房間而爭吵？」

她立刻抬頭望著索恩，「不，早在我們搬家之前，我們早已經安排好了他們的臥房問題……」

「發生了什麼事？」索恩問道。

「他們需要自己的空間，你懂嗎？」

「到底發生了什麼事？諾勃太太？」

「沒有人聽到他們離家的聲響，大家什麼都沒看到，他們就像鬼魂一樣，偷偷摸摸飄走了……」

「什麼時候發現他們不見了？」

「你應該可以想像當時的狀況，我們忙進忙出，想要趕快把東西歸位，到處找茶包還有熱水壺什麼的，」她開始摳指甲，「我想，應該是晚餐那時候吧，不記得確切時間，反正是天黑了……」

「你們有什麼反應？」

「起初我們沒有多想。他們經常出去，個性很獨立，總是會結伴出門，不知道去了哪裡。不過，馬克很照顧莎拉，一直都是這樣。」

索恩斜瞄賀蘭德，「什麼時候打電話給警察的？」賀蘭德開口問道。

「第二天早上。他們沒有回家，我們當然知道事情不對，他們兩人的床鋪都沒有睡過的痕跡……」

索恩傾身向前，他拿起隨咖啡附贈的漂亮義大利小餅乾，剝成兩半，隨口問她：「是誰打電話給警察？」

諾勃太太毫不遲疑，「是羅傑。嗯，其實呢，是他自己去派出所報案的。他覺得如果自己親自跑一趟的話，處理速度會比較快，他的判斷也沒錯。他說他們立刻就有了動作，我在公園與附近街道找人的時候，有兩名警察也剛好在同一時間來我們家裡。」

「羅傑告訴妳他們來家裡？」

她點點頭，「他們看了一下小孩的房間，你也知道吧，然後問了一些很平常的問題，還拿走了一些照片……」

索恩看著賀蘭德，這倒是提醒他們得拿到馬克與莎拉的照片，因爲布里史托克需要做數位模擬成人畫像。賀蘭德懂他的意思，點點頭，記了下來。索恩把剩下的餅乾扔進嘴巴裡，嚼了一會兒之後，繼續開口問話。

「警方認爲這兩個小孩是剛搬過去的時候就離家出走了？」

「嗯，這很難判斷是不是？東西都在盒子裡，亂七八糟，要是他們眞的帶走了什麼東西，也很難一眼就看出來……」

「不過，到了最後，」索恩說道，「警方應該還是這麼覺得吧。」

「對，過了一兩天，我才發現有衣服不見了，錢也是，但我之後才恍然大悟，我以爲是在搬家過程中、不知道自己把東西放到哪裡去了。羅傑告訴我，當警察知道小孩的背景，以及他們的遭遇之後，立刻就把失蹤案當成離家出走處理……」

「他們怎麼找人？」

「非常仔細，眞的。全國上下都找遍了，請求民眾提供線報，查過了所有的派出所什麼的。他們一直將最新進度回報給羅傑，他說，警方非常嚴肅看待這個案子，至少，前一兩個禮拜是這樣。」

「羅傑說的……」

「沒錯。他每天都過去煩他們，有時候還一天兩次，要求他們講出辦案的進度。」

「妳剛才提到，前一兩個禮拜，那麼之後呢……？」

「嗯，他們告訴羅傑，其實，是某位總探長，他告訴羅傑，他確定小孩很安全。他們之所以這麼確定，你知道，要是馬克與莎拉有個三長兩短，他們一定會發現的，我想他們的意思是指屍體……」

索恩發現艾琳．諾勃剛才一直在摳指甲，現在指甲下方的嫩肉都已經被撕爛，而且還微微滲血，他看著她拿起餐巾紙沾舌、然後輕輕撫拍小血孔。等到她再次開口的時候，剛才的電話式語氣已經不見了，索恩嚇了一跳，隨即出現的是濃烈的艾賽克斯口音。她到底是因爲撐不下去還是懶得繼續裝腔作態？很難判斷得出來。

「我一直沒有自己的小孩，」她說道，「馬克與莎拉不是我的小孩，不是親骨肉，我不確定是否傷痛感因此也沒那麼嚴重，你明白我的意思嗎？」索恩點頭。「自從警察告訴羅傑他們判斷小孩無恙之後，感覺就沒那麼糟糕了，你懂嗎？我們不再那麼懼怕，只是很想念他們，我們最後也只能調適自己，過著掛念一輩子的生活……」

「妳到底有沒有看到過警察？」索恩問道，「在他們找尋馬克與莎拉的過程中，妳自己有沒有親口與哪位警察交談過？」

索恩本來以爲對方會愣住，或者臉色發白，但他看到的卻是微笑。過了幾秒鐘之後，她的笑意稍微褪淡，似乎突然陷入憂傷。然後，當她開口回答的時候，整個臉龐都是深情款款的回憶……

「羅傑總是保護我，不讓我接觸那種事，他什麼都自己來，處理一切。也許這就是他面對問題的方式，奮不顧身，彷彿都是他的錯，自己扛下了所有責任，但我知道他其實是想要保護我。

和官方打交道的時候都是由他出面。除了與警察交涉之外，他還得應付學校那邊的事，壓力之大，也害我先生英年早逝。」

索恩眨眼，吸了一兩口氣。懷疑，第六感，凝鍊成爲某種更可信的靈感。「學校那裡出了什麼事？」

「羅傑曾在聖約翰中學工作，馬克與莎拉本來該就讀的那個學校，」她語氣輕鬆，彷彿這兩個小孩不過是沒通過入學考試而已，「只是兼職工作，隨便打發時間。有一天，有個男人過來敲我們家的門，他是某個學生的家長。他說他兒子與某起事件有關係，還提到了羅傑的名字。當然，這根本是鬼扯，我覺得那男人應該是嗑藥什麼的，但羅傑眞的很生氣。那瘋子不肯善罷甘休，還去找了校長。學校很低調，這種作法很正確，畢竟這眞的是太荒唐了，不過，羅傑想要成全大局，最後他默默離開了學校，不想打擾那些小孩的生活，他就是這種人。居然有人敢指稱他……實在是太令人憤慨、眞的太下流了。小孩子喜歡在放學後和放假的時候圍繞著他，我們家裡總是會有小孩出現……」

「羅傑喜歡小孩？」

她抬起頭來，臉色柔和，索恩如此觀察入微，心領神會，她非常感激，「沒錯，他永遠不會承認，但我認爲，在他內心深處，一直想要彌補再也找不回馬克與莎拉的缺憾。能夠有其他小孩作伴，算是他面對創傷的自我療癒方式。後來，發生那起不快事件之後，他的生活變得很不順遂，心臟終於難以負荷……」

「艾琳，妳的自我療癒方法又是什麼？」

「我只能祈禱，願小孩平安無事，」她回道，「無論馬克與莎拉離開我們之後去了哪裡，希望他們能夠無災無難……」

索恩一直記得這句話，當他們拚命要離開西區，卻陷在大理石拱門區、眼見汽車與行人都躁動異常的時候，這句話依然盤據在他的腦海裡。

「對羅傑．諾勃來說，這眞是太省事了，」賀蘭德說道，「小孩在轉學期間失蹤，所有的學校系統都找不到他們的資料。」

「的確很方便。」索恩回道。

「他們的確是失蹤吧？我覺得……」

索恩搖頭，「諾勃確實應該要爲他們離家出走負責，所以他才從來沒有報案，但我覺得他使壞的程度也不過如此而已。如果他早已殺害了這對兄妹，那我們現在到底是在忙著找誰？」

「接下來該怎麼處理？」賀蘭德問道，「難道不該呈報上去嗎？那個王八蛋很可能摧殘了許多小孩。」

「不重要。他已經死了這麼久，現在也沒辦法傷害任何小孩。」

「那她呢？你覺得她知情嗎？」

索恩想到艾琳．諾勃所說的話，爲孩子祈禱，願他們無災無難。他搖搖頭，要是她早就知情，絕對不可能說出那樣的話，而且還一直以誠摯的臉龐示人。

索恩與菲爾．漢卓克斯待在他家隔壁的葛拉夫頓阿姆斯酒吧，兩人暢飲了好幾杯啤酒，又玩了六盤撞球。啤酒似乎沒什麼效果，而且他輸了五盤。

「今天你雖然被我電爆，但我就是沒辦法和平常一樣爽，」漢卓克斯說道，「你心不在焉，實在太明顯了。」索恩靠在吧檯邊，不發一語，只是看著漢卓克斯把最後兩顆大花球送進袋裡，最後一顆八號球也完全不費吹灰之力。「要不要賭錢？這樣可能會讓你專心一點……」

「今天到此爲止，」索恩說道，「我喝完這杯之後，馬上就回家……」

漢卓克斯從香菸販賣機上頭拿起自己的健力士，走到吧檯前與索恩站在一起，「我眞的搞不懂，」他開口說道，「她們怎麼會不知道？怎麼可能察覺不出任何異狀？」

索恩搖頭，舉起酒杯沾唇。他們今晚聊了很多話題，其中也包括了艾琳・諾勃與席拉・法蘭克林，這兩個女人年齡相近，嫁的都是她們愛得難捨難分的對象，現在，她們都成了寡婦，過往充滿了柔情與愛戀。擁有對這兩個男人的記憶，給了她們活下去的力量，她們珍存過往、簡直把它當成了至寶。那是她們所深愛的兩個男人……

一個是強暴犯，另外一個會對小孩性騷擾。

索恩嘸了嘸口水，「也許這是世代差異，你也知道，她們畢竟是上一個世代的人。」

「狗屁。」漢卓克斯說道，「那我爸媽又怎麼說？」索恩曾經見過他們一次，這對夫婦在薩福德開民宿，「我爸就算放屁也瞞不過我媽……」

索恩點頭，「我家也一樣……」

「她知道他在想些什麼，他的一舉一動就更不用提了。」

漢卓克斯把手伸進丹寧外套的口袋裡，拿出十支裝的Silk Cut，索恩覺得很不爽，露出只有戒菸者才會出現的反應。他朋友只會吸個一兩根、就把菸盒扔到一旁，過了一個多禮拜又想哈菸的時候才會再來一根犒賞自己，索恩一想到這個就生氣。抽菸，享受，然後就不需要了。只有十支的菸盒，拜託……

「會有人告訴她們眞相嗎？」漢卓克斯問道，「我說的是那兩名女子，會不會有人對她們爆出心愛亡夫的難堪過往？」

「不需要。等到我們查出結果之後，她們自會立刻發現眞相……」

漢卓克斯點點頭，點燃香菸。藍色的煙霧徐徐飄散到撞球桌附近，那裡有一對男女在玩球，菸氣駐留在桌燈下，徘徊不去。

「也許這只是因爲我們一廂情願，自以爲知道父母之間的狀況，」索恩說道，「也許我們對他們所知無多，而他們對彼此的了解程度也一樣好不到哪裡去。」

「我想也是……」

「有一首鄉村老歌，叫作〈緊閉的房門裡〉……」

「唉呦，又來了……」

「但這是事實啊，對不對？許多家務事都是謎團。你永遠不知道什麼是眞相，什麼是瞎編出來的謊言。沒有人想要找你好好坐下來，把事情講給你聽，事實就是如此。在你還沒有搞清楚之前，你自己的歷史已經變成了別人口中的傳聞。」索恩喝了一口酒，他知道自己該找個時間與父親談一談，多了解一下他父母的事，還有他們父母的事，他知道現在這種時候做這件事沒有太大意義……

「靠，」漢卓克斯說道，「一首歌裡面講這麼多東西？」

「你眞的很賤……」

他們離開酒吧，讓一群小孩接手玩撞球，兩個人就站在門口繼續喝酒。

「所以你現在覺得馬克．佛里是什麼樣的角色？」漢卓克斯問道。

「他依然是我們的頭號嫌犯。」

「無論他現在是誰……」

「對，而且無論在哪裡。不過，他眞的讓我覺得很難受。」

「他一定會出差錯，到時候就可以將他繩之以法……」

「我指的不是逮捕他。」索恩發現當他一想到這名兇手，眼前浮現的畫面幾乎都是一個十五歲的少年。他看到的是一個護衛妹妹的小男孩，將她迅速帶離某個妹妹會遭受凌虐，或是兩個人都遭殃的地方，「我還在努力想要確定他的眞正樣貌，」索恩面向漢卓克斯，「這整起事件就是不太對勁，你懂嗎？菲爾？無論他是馬克．佛里、馬克．諾勃還是什麼人，他是兇手沒錯，但也是受害人。」

漢卓克斯聳肩，「所以呢？」

「所以，他的某個部分，也在我身上產生了離間效果，我不免隱約覺得，自己不是那麼想抓人……」

索恩送漢卓克斯走到地鐵站。漢卓克斯問起伊芙的事，當他聽到他們週六晚上即將要展開一場熱情約會，還虧了他一下，順便哀嘆自己波折連連卻悲慘收場的愛情生活。

索恩沒怎麼在聽。他好累，覺得自己正在輕輕飄浮，輕輕降落在他的那塊山坡，他逐漸接近，蕨葉也隨之輕輕搖晃，向他表達歡迎之意。珍・佛里突然也出現在他身邊，慢慢飄向地面，雖然他看不清她的臉，但他可以想像她的臉龐充滿了痛苦的刻痕，因爲她自己，還有她的孩子。

索恩知道，當他與珍・佛里觸地的那一刻，他們的身體將會直接穿透蕨叢之下，他知道山坡將會因爲承重而坍塌，他們終將陷落，穿過泥水與老舊棺材的爛木，穿過已風化成粉的骨粒，進入悄然無聲的黑暗世界，被深土緊緊包圍。

24

艾琳．諾勃答錄機裡的語音歡迎詞，甚至比她平常講話時還要做作。賀蘭德聽到嗶聲之後，開始留言，「我是重案組的警員賀蘭德。昨天，當我與索恩探長在找您問案的時候，我們忘了向您索取小孩的照片，要是您願意借給我們一些照片，我們會十分感激，當然，等到我們使用完畢之後，一定會歸還。好，希望您可以盡快與我們聯絡，我們留給您的名片上有電話，任何一組號碼都沒問題，感恩……」

賀蘭德掛了電話，抬頭。安迪．史東站在他書桌的後面，辦公室的另外一頭，緊盯著他。

「佛里兄妹的照片？」史東問道。

「督察長還是很想掃描他們的照片、弄進電腦裡面，繪製出長大成人之後的模擬圖。」

史東搖頭，「浪費時間，長大之後的樣子根本和小時候不一樣。」

「如果她有小孩離家出走前所拍的照片，也就是十五歲和十三歲，那麼應該不會有什麼太大改變才是。」

「老弟，你到時候鐵定會大吃一驚。難道你就沒有突然遇到幾年不見的朋友、卻根本認不出來的狀況嗎？那還不過只是幾年而已……」

賀蘭德仔細回想，的確是有過這樣的經驗。而且，自從那年他與索恩偵破那起雙胞胎式的連續殺人案之後，他也知道如果有人要刻意改變外貌，也不是什麼難事。不過，他依然覺得既然有這種技術，利用一下也無妨。

史東還是不服氣，「那不過就是一套讓照片以數位化方式變老的基本軟體而已，最後還不是換來一堆猜測與假設。你怎麼知道那個人是不是開始禿頭？或是變得超胖什麼的？」

「我看過一些模擬得很成功的繪像。」賀蘭德回道。

史東聳肩，回到自己的位置，根本連頭也懶得抬起來，「我們怎麼能確定她到底有沒有照片？」

「不知道。但要是沒有也怪怪的吧，她那麼喜歡小孩。」

「你要派人去拿照片嗎？」史東問道，「還是要自己去拿？」

「我還沒決定。先看看她回電的時候怎麼說好了，什麼時候方便。你要一起去嗎？」

「不了……」

「她單身，但可能有點太老了，就連對你來說也一樣……」

「我想，這個就免了。」

「隨便囉。」賀蘭德記下自己打電話的時間，七號，星期三，十點四十分。他決定要是下班前沒有接到艾琳．諾勃的回電，他會再打一次試試看。史東開始喃喃講話，賀蘭德看著他，他躺靠在椅子裡，半瞇雙眼盯著前方。

「眞的那麼喜歡小孩？我覺得這句話也太恭維她了……」

「我覺得她喜歡小孩的程度還不止於此，」賀蘭德說道，「不過，她也很天眞。如果你喜歡的話，稱之爲愚蠢也可以……」

史東的視線突然投向賀蘭德，「如果愛情使人盲目，那麼她一定是被沖昏了頭……」

要是有人以爲電腦可以消滅紙本的話，眞的是大錯特錯。現在書桌上堆積的文件和以前一樣多，唯一的差異，就是現在的文件都是從電腦印出來的……

索恩坐在桌前，仔細閱讀這四起謀殺案的案情資料。

塞在他腦袋裡的同一批資料細節，同樣也出現在紙本文件的某個角落。可能是雷射印表機列印出來的一疊A4紙張，或是邊緣起皺、顏色已經褪淡的傳眞感熱紙，或是便利貼，從筆記本撕下的便條紙。整起案件的資料就這麼陳列在他面前：一堆紙，還有一堆摺角做記號的紙，堆成了黃色白色與牛皮色交雜的一座座小山。以橡皮筋綑紮、放在塑膠套夾，以釘書機釘在一起的各種資料，全塞在紙板檔案夾裡面……

索恩仔細閱讀案情拼圖裡的每一塊碎片，他知道答案深藏其中，拚命想要把它找出來。他不斷過濾這些無用的資料，像隻嘎嘎叫的海鷗在巨大的垃圾堆附近不斷盤旋，滴溜溜的黑色眼珠在尋索……

卡蘿・查姆柏蘭帶有約克郡腔調的話語在他耳邊響起，每一個扁平化的語音裡都蘊含了智慧。

「如果答案就在某個地方，那麼一定隱身在細節之中。」

伊芳・基絲頓坐在他對面，忙著打字，整張臉龐埋在自己的文件小山裡。她還在處理佛里／諾勃兄妹的搜尋資料，必須要從成千上萬筆的地址、車籍、國家保險號碼之中過濾資料，同時還得處理、蒐集、彙整修森兇案的新線索。

索恩看著她，他覺得可以揉個紙團丟過去、引起她的注意。他在桌上的文件堆裡信手翻了幾下，想找張廢紙，但思索了一會兒還是作罷……

「別的就不說了，」索恩開口，「光是挽救雨林這一點，殺人兇手就不合格了。」

基絲頓抬頭瞄他，「抱歉？」

他拿起一疊驗屍報告，對她揮了兩下，她點點頭，終於聽懂了他的梗。

「伊芳，進行得怎麼樣？」

「從佛里換成了諾勃之後，運氣也不怎麼樣。反正，馬克．佛里這個名字，存在的時間應該只有五分鐘而已……」

「他恨死了，那個養父的姓氏……」

「一點都沒錯。如果我是他的話，一定改名換姓，或者在一離家出走之後，至少會立刻停用那個姓氏。」

索恩覺得基絲頓說的很有道理，他沒什麼好反駁的。他應該要立刻去找布里史托克才對，建議他應該要集中資源在別的地方，但究竟該在哪裡使力，他完全沒有答案。

「我們就還是勉強做完吧。」索恩回道。

至於那一條領養／虐待／逃家的線索，就跟其他消息一樣立刻陷入了死胡同。光是想要知道六個月前離家出走的人發生了什麼事，就已經相當困難了，現在想要拼湊近二十年前、十幾歲的兄妹從羅姆福德家中消失之後的可能行蹤，簡直是不可能的任務。

他們別無選擇，只能努力一試，而賀蘭德、史東，以及團隊裡的其他成員也恪盡職守，索恩會再把所有資料研讀一遍，他知道他們已經非常努力了。

到了午餐時間，依然一無所獲。他已經看過了每一起命案的資料，親眼目睹病理學家的雙手摸索屍體的胸腔、進入每一個冰冷潮濕臟器的深處，也聽到了一堆沒什麼用的證詞，他們連曾經與某名受害者曾站在同一個公車站的路人都不放過。

他有滿腹的……

「妳今天帶的是什麼三明治？」

基絲頓依然埋首電腦前，連頭也沒抬一下，「今天沒時間，小孩不太聽話，所以一切就搞得有點……」她的話講到一半就沒了，還是索恩自己開口接了下去。

「伊芳，妳知道嗎？妳不能什麼都要求完美，偶爾也該放鬆一下。」基絲頓抬頭，對他勉強一笑，「伊芳，妳還好吧？」

「是不是有人說了什麼？」她的反問也未免太快了一點。

「沒有，妳似乎有點……不太開心。」

基絲頓的笑意越來越濃，終於比較像是她的正常模樣，至少對索恩來說是如此，比較像是那個他可以拿紙團丟過去的同事。

「我只是很疲倦罷了。」她回道。

下一次的謀殺案，必須是最後一次了，至少，短時間內不能再犯。這既是漂亮的收場，也是很合理的作法，之後警方一定會加快調查速度，而被逮捕的風險，就統計學的層面看來，也會隨之增加。

要是他被抓到、必須因為自己的罪行而接受審判的話，那麼下一起謀殺案鐵定會讓他受到嚴厲的譴責，他會成為眾矢之的，這一點毫無疑問。不過，現在他只殺死了那些人而已，狀況自然不一樣，如果是因為謀殺蘭姆費利、威爾契、修森而必須站在法庭裡接受審判，他很想知道那會是什麼滋味……

如果報紙對於追捕過程感到興奮，那麼等到案件審理的時候一定會高潮了。八卦小報會支持他，他很確定這一點，他搞不好甚至還能說服其中一家報紙支付他的訴訟費用，讓他可以請最好的律師。其實他早已下定決心，萬一眞有那麼一天，他會為自己辯護，他要站在法庭裡，向大家講出自己所做過的事以及背後的原因。他很有信心，只有膽子夠大的法官才敢判他重刑。

當然，一定會有某些組織會發聲抗議，那些被誤導的悲痛之人，那些認為他應該要向社會有所交代的人，他們認為他應該要和他所殺害的那些優秀好公民一樣、接受同樣待遇。

對他來說根本沒差，就讓那些蠢蛋去抗議吧，就讓他們使用「變態」與「正義」吧，把它們拼湊在一起使用，彷彿他們擁有支配這兩個詞彙的權力一樣，只不過他們根本搞不懂這兩個字的眞義是什麼。

變態與正義，墮落與他媽的希望。那齣駭人聽聞的喜劇揭開了一切的序幕……

當然，這一切只是幻想，除非接下來這幾天有警察來敲他家的門。等到那個，也就是最後一次犯案結束之後，他敢說什麼也救不了他。等到最後一具屍體被發現的時候，那些八卦小報絕對會立刻隨著社會大眾見風轉舵。

性侵犯是一回事，但這個畢竟是另外一碼子事。

索恩待在大偵查室的角落，對著咖啡機塞銅板，就在這個時候，可林過來找他。

「長官，布倫姆小姐找你，三線……」

索恩一時覺得好困惑，摸了一下屁股口袋，發現裡頭空空如也的時候，終於恍然大悟。伊芙一定先打了手機，發現無人接聽之後又打了辦公室電話……

索恩走到書桌前，拿起電話。他把話筒摀在胸前，等到可林走開之後才把它貼到耳邊。

「是我，有事嗎？」

「沒什麼重要的事。凱斯讓我失望了。所以我們週六見面的時間得要調整一下。我告訴他我得要出去，他說他會幫我鎖門，現在又突然反悔，告訴我他也得要早走，搞得我有點火……」

「沒關係，等到妳方便再過來就是了。」

「我知道，我只是想要早點過去，在我們出去用餐之前先把一樣東西放在你家。」

「似乎很……」

「等到我關店、化好妝，看來得要將近七點才能到。」

「反正我也沒辦法那麼早到家……」

「很抱歉，我們安排好的事還這樣改來改去，但這也不是我的錯，凱斯通常很可靠，湯姆……？」

伊芙的聲音漸漸飄散不見，索恩根本沒在聽。

我們安排好的事……

畫面逐漸拉近，凝住不動。

這個東西來得快，而且宛若繩索一樣，突然定位抽緊。就像是一團藍色糊影猛然劃過臉龐而下，只有等到它開始緊咬頸肉的時候，才恍然大悟。索恩立刻知道自己到底遺漏了什麼，那個一直躲在陰暗處、搆不到的東西，現在他看到了，被強光照得一目了然……

他曾經看過的東西，或是他可能根本不曾看過的東西……

他們找到了珍．佛里寫給蘭姆費利的所有信件，寄到監獄的那些信，再加上他出獄之後寄到家裡的那幾封，看起來沒有遺漏任何的信件，但爲什麼找不到線索？

一定遺漏了什麼。

索恩曾經仔細閱讀這些信件，不下十幾次，也許更多吧，但就是找不到珍．佛里與道格拉斯．蘭姆費利討論見面的段落。沒有明確指定的地點，沒有時間或日期，甚至連飯店名稱都沒有……

所以這一切到底是怎麼安排的？

索恩想起自己曾經看過戴夫．賀蘭德寫的註記，也就是他第一次與安迪．史東前往蘭姆費利的住所搜查、從床底下找到那些信件之後所寫的報告。瑪麗．蘭姆費利頻頻強調自己的兒子很有女人緣，而且還特別提到在道格出獄之後，那些女人一直在打聽他的動靜，那些打電話到家裡的女子……

蘭姆費利、威爾契，還有修森，走進那些飯店的時候，心裡盤算的不只是要與某個叫珍·佛里的女子見面而已，他們早就知道自己要與她相會。

他們都和她講過話。

25

「不僅是講電話而已，」賀蘭德說道，「我不確定其他受害者是怎樣，但我覺得修森曾經見過她。」

大家聚在布里史托克的辦公室裡，準備等一下要參加匆忙召開的簡報會議。他們已經忙了十八個小時，因爲索恩終於釐清了案情的癥結，發現原來犯案者還包括了某個她……

「戴夫，繼續講下去。」布里史托克說道。

「我查問過修森的前女友……」

索恩想起自己看過那段供詞，「對，在他遇害之前沒多久才分手的，對嗎？」

「沒錯。她說她之所以會甩掉他，主要是因爲她聽說他有其他的女人，懷疑他在劈腿。有人告訴她，修森在酒吧裡的時候曾經向朋友吹噓，他說自己釣到了大正妹，其實……」

「怎樣？」

「我得再看一下供詞，但在我印象中，修森告訴他朋友的講法是，其實算是她主動釣他。」

索恩的目光跳過賀蘭德，飄向布里史托克的書桌，那組黑白照片分成兩排、鋪滿了桌面。

「珍・佛里。」

「她到底是誰？」基絲頓問道。

「很難說，」索恩回道，「我們不能排除任何可能性。也許是他請的模特兒，或是妓女也不一定。兇手可能利用她來拍照，花錢請她打電話給蘭姆費利與威爾契，再多付一點錢推她下水、出面去釣霍華．修森……」

布里史托克開始收拾筆記。他不相信索恩的說法，而索恩自己也一樣，「不，其實就是莎拉，那個妹妹，一定是她沒錯……」

「而且使用的是她母親的名字。」索恩說道。

「這一切都是爲了他們的母親，」賀蘭德說道，「一切都是爲了珍。」

索恩朝書桌走過去，經過賀蘭德前面時還出口糾正他，「一切都是爲了家……」

「換言之，事情沒那麼簡單，」布里史托克說道，「換言之，案情詭譎難以捉摸，遠遠超過我們的想像範圍。」

索恩就是要講出自己的感覺，「我倒是想到了答案，」他說道，「家庭也會造成傷害。」

「我們講完了沒啊？」基絲頓突然問道，她還沒等到答案就逕自走向門口，「簡報開始之前我還有事情要忙。」

「我想應該是吧。大家都沒問題吧？」布里史托克看錶，然後又望向索恩，判讀錶面數字比人的表情容易多了。「好，那我們五分鐘之內就開始……」

賀蘭德書桌上有張便利貼字條，上頭潦草寫下「尙待回電」這幾個字。他把字條捏在手裡，開始撥號。

「諾勃女士嗎？我是警員賀蘭德，非常謝謝妳的回電。」他本來打算昨天下班前要再打通電話給她，但是在索恩發現了偵辦的新方向之後，事情就變得一團亂……

「我很晚才聽到留言，」她回道，「而且我也擔心打電話到府上是否太失禮了。」

「沒關係。」賀蘭德回道，反正他可能因爲和蘇菲在吵架而根本聽不到電話在響。

「我可以拿回這些照片吧？是嗎？」

「當然，我們會好好保管，我保證。」

「你得給我一點時間找出來，我想應該是在地下室。其實，也可能放在閣樓，但我一定會找到……」

賀蘭德回頭張望，偵查室裡面都是人，而且外頭一定還聚集了十幾個菸槍在吸菸，讓肺部灌滿尼古丁，等一下可以撐個一兩個小時。不過，大多數的座位與空桌都已經被佔滿了。

「所以妳覺得需要多少時間？一兩天？」

「哦，對啊，應該是需要。對了，我這些年來眞的是積了好多陳年垃圾……」

「等到妳找出照片之後，我們什麼時候去拿比較好？」

「抱歉？」

賀蘭德又問了一次，而且特別提高音量、蓋過四周越來越鼎沸的吵鬧聲。

「你什麼時候來都好，」她回道，「反正我也不出門。」

索恩自己一個人待在布里史托克的辦公室裡，距離簡報開始只剩下五分鐘。準備要開場的布里史托克已經進入了偵查室，等到他講完之後，下一棒就是索恩。

他站在布里史托克書桌的那組照片前面，精心陳列、引人遐思的一連串影像，狀似展露一切，其實卻什麼也看不出來……

索恩不確定照片中的女子是否就是莎拉．佛里，但這一點眞的不重要，明明有這個人卻就是找不到。她在大多數的照片中都是跪姿，低頭，或是刻意隱藏在陰影中。索恩輪流拿起一張張照片，仔細研究，等待它講出箇中玄機，但沒有答案，截至目前爲止，它依然不肯透露自己的秘密。

那組照片，除了散發出令人困窘的、害索恩鼠蹊處有所反應的強烈暗示之外，他實在看不出哪裡有新的線索。

這女子雖然總是擺出性臣服的姿態，但就連她的外表也看不出什麼端倪。在某些照片中，這女子的髮色看起來似乎是暗深色澤，但其他照片看起來又比較偏金色，尤其有兩張絕對是金髮，但也可能只是戴了假髮而已。不同的姿勢與燈光，也讓胴體的樣貌千變萬化，有時清瘦，有時又看起來肌肉發達，而且擺出那樣的姿態，根本很難判斷她的身高，遑論體格了。

莎拉．佛里，如果照片中的女子眞的是她的話，索恩看錶，又過了一分鐘，他必須要趕緊出去才是。他的職責是激勵大家，讓小組成員能夠完成艱鉅任務。

接下來的這幾天，他們會忙得天翻地覆。一如往常，既然發現了新線索，就必須回頭檢視原有的方向，但依然要一直維持勇往向前的衝勁。他已經有感覺了，那種聞到食物香氣而越來越擋不住的飢渴，血液裡匯聚的滴答聲響。辦案節奏越來越快，開始飛奔，從此刻開始，索恩絕對不會放過任何一絲機會。

不過，除非真的要抓人，否則他已經準備在這個週末要好好休息一下，星期六晚上與伊芙見面，週日是父子時間。他終於擠出一絲微笑，如果週六晚上一切順利的話，第二天早晨可能會因爲遲到而與父親小吵一架。

星期六的休息時段即將到來，索恩覺得自己需要找點什麼來分散一下注意力。他有點想，其實是非常想要發洩體力，他說的不只是上床而已。能和伊芙喝點小酒、看到彼此臉色發紅、以及之後可能發生的事，令人驚慌的悸動以及美妙的解放，感覺當然很棒。而他也期待與父親相會的那幾個小時，他需要感受那股震晃，父親不費吹灰之力就能讓索恩揪心深痛的神秘力道……

可林出現在門口，看了他一眼。

「馬上要過去了。」索恩回道。

他會展現真正的熱情，向外頭等待的組員精神喊話。他一心想要抓到這名兇手，而且他也希望能將這股欲望散發傳染病的能力，感染給每一個人。他期盼自己可以將那股殷切興奮的感覺與信心，導正爲能讓夢想成真的動力。

不過，至於其他的感覺，他就放在心裡了，那股來來去去、害他肋骨後方的某個東西一直在蹦蹦跳跳的感覺……

對，他們正大步邁前，突然速度急快，他們準備好了。不過，索恩也感受到某股同樣快速堅實的力量、朝他們逼來，勢必會發生相撞，但他不知道這會是什麼時候的事，也不清楚會從哪個方向而來。

當它到來的那一刻，他看不到。

索恩收拾桌上的照片，將它們放入檔案裡，走出偵查室。

26

兩人之間的對話速度緩慢，而且是輕聲細語。

「我吵醒你啦？」

「現在幾點？」

「很晚了，快回去睡……」

「沒關係……」

「抱歉。」

「你又作了那個夢？」

「每天晚上這個時候就會夢到一次，天哪……」

「你以前都沒作夢吧，是嗎？我天天作惡夢，一直是這樣，但你從來沒有。」

「嗯，現在我也有了，比想像中的還可怕。」

「可怕這個字用得很貼切。」

「你覺得，之後是不是就會停止？」

「什麼？」

「惡夢。等到一切結束之後，是不是就會停止？」

「我們很快就會知道答案。」

「這一次我好緊張。」

「不需要這樣。」

「你知道嗎？我們這次沒辦法像先前一樣掌控得那麼精準。對付那些人，我們當然知道他們會有什麼反應，無論發生什麼事都逃不過我們的手掌心。這就是利用飯店的好處，可以事先預料……」

「不會有事的……」

「你說得對，一定沒問題，我知道。只是我被嚇醒了，還想著剛才的夢境，腦袋一片昏脹。」

「所以你才會這麼緊張？還是有其他問題？」

「怎麼可能？」

「那就好。」

「不過，你最好要準時到達那裡……」

「當然，別鬧了……」

「一定要到好嗎？要把交通狀況考慮進去。」

「我從來沒有因爲塞車而誤事，而且我每次都有到場。」

「我知道，抱歉。」

「那索恩呢？」

「不成問題。」

「很好……」

「我好累，我得回床上，看看能不能繼續入睡。」

他伸手過去，整隻手臂擱在她的下腹處。

「過來，讓我來幫忙……」

27

就在不久之前，天氣與寂寞似乎特別折磨人的某個冰寒之夜，索恩撥了一通電話，先前從書報攤窗戶明信片上頭抄下來的電話號碼。他開車到達塔夫內爾公園路的某間地下室公寓，掏出了幾張鈔票之後，望著一隻肥嘟嘟的粉嫩小手幫他打手槍。他也聽到了這名女子假意的呻吟與哀求，在她工作的時候。掛飾手鍊來回彈觸腕部的清脆聲響，還有他自己的喘息，以及他出來之後的絕望又低沉的呻吟。

然後，他開車回家，上床，自己又來了一次，省了二十五英鎊……

現在，索恩在自己的辦公室裡晃蕩，想要拋卻悶熱週六的餘熱，他不禁想起自己那一次墮落的親身冒險，從現場離開之後，他的心情反而更不好。那是一把測量自己心情低落程度的量尺，也讓他知道自己有多麼期待與伊芙．布倫姆共度的這個夜晚。

今天，當他離開貝克大樓的時候，將會出現許久不見的振奮心情。案情大有進展，幾天前，自從那名女子——不確定她是不是莎拉．佛里——突破重圍、出現在索恩腦海中的正確位置，也成爲他的最新辦案方向之後，已經得到了鼓舞人心的結果。

他們把霍華．修森的女友再次找來，重新問案。確認他與其他女人有曖昧，而且很快就找出好幾名自稱在修森遇害前、曾經看過他與某名女子在一起的目擊者。大家的說詞很模糊，而且還會出現矛盾，自是難免，而重複出現的形容詞也只有「纖瘦」與「金髮」。有個酒吧女服務生表示她親眼目睹那女子把修森拉到幽暗角落，「看起來很迷戀他，很想要上他的樣子。」模擬繪像已經完成，但筆觸比較單調，而且也不像一般的嫌犯繪像那麼鮮明，這名女子——出現在傳單、海報與報紙上的模樣——不過就是她寄給那些受害者的照片的翻版罷了。

不過，這依然算是進展……

另外一條偵查線索指向的是這名女子不只是引誘受害人，可能還參與了其他的部分。雖然索恩很懷疑這一點，但這名女子也許曾經出現過在兇案現場，至少是有這個可能。

他們又回到了位於斯勞與羅漢普頓的飯店，還有派丁頓的那間簡陋旅社，詢問案情。

他們再看了一次閉路監視器的影帶，一無所獲，這倒是不令人意外。如果馬克・佛里事先知道攝影機的位置，那麼想必她也一定知情。在格林伍德櫃檯工作的某名女子，曾經在伊安・威爾契被殺的那天晚上、看到一名金髮女子在四處徘徊。她本來以為對方一定是準備要去參加酒吧裡的派對，但是卻沒有看到她與任何一個人講話，這名櫃檯人員認為她「面貌出眾」……

索恩不確定那名女子到底扮演什麼角色，他也很好奇他們最後會以何種罪名起訴她，很有可能是「共謀」吧。對，她可能曾經出現在飯店，甚至為受害者打開房門，而馬克・佛里則躲在後面，趁勢拿起纏在手指上的曬衣繩、死勒住對方的脖子……

之後呢……？

如果那名女子是莎拉・佛里，索恩真的無法想像她在一旁觀看的情景，也沒有辦法想像她哥哥在妹妹的注視下，憤恨強暴另外一個男人……

索恩走過偵查室、向大家道別的時候，決定暫時先不要去想這種邪惡又反常的情境，至少先讓腦袋清靜一個晚上吧。

索恩走到電梯前面的時候，門也正好開啓，他邁開大步，沒有絲毫遲疑走進去，轉身按下按鈕。過了幾秒鐘之後，他看著這整間辦公室、辦公桌，還有這個案子，隨著電梯門慢慢合起而消失在他的眼前……

索恩步出電梯，前往停車場，心裡在思忖等一下該穿什麼衣服才好。他估計自己到家之後應該還要再等半小時，伊芙才會現身，要是交通狀況順暢的話，他的空檔時間可能還會更多一點。

寶馬汽車出了柵欄口，十五秒鐘之後，車子穿過柵欄下方，上路。他已經先挑好了《卡特家族》的精選輯，也調高了音量。他不知道等一下自己該放什麼歌才好，等到伊芙一發現他的鄉村樂癖好，不知道會不會尖叫跑出他家？

他眞是個愚蠢大叔。爲什麼先前一直在耍笨？他的潛意識到底出了什麼問題？這麼拖拖拉拉？

這台車依然讓索恩興奮不已，外型、駕馭感，還有它的聲音。他輕踩煞車，享受引擎傳出的噪音，當他加速前往北環路，朝自己住家方向前進的時候，想到了好幾件事而臉上泛笑。

加速……

賀蘭德開車經過了藍貝斯橋，再過個十分鐘就到家了。他想起剛好就在一個禮拜前，週六夜晚東行過河的情景，喝得醉醺醺，在索恩的車子裡講些有的沒的。

他想到後來蘇菲在浴室地板上發現他時的表情。他從冰涼的馬桶瓷面抬起頭，完全看不到讓他寬心的畫面。他看到的是她的憂心，在臉上留下了深痕，只有酒精才能產生的奇特清明思慮，讓賀蘭德發現她的憂容不是爲了自己。他第一次發現她的焦慮是爲了她自己，還有她肚子裡的寶寶，擔心她自己選擇了他作爲孩子的父親，她的一生就此完蛋……

宿醉消退的速度比罪惡感快了那麼一點。

賀蘭德決定今晚要好好補償一下。他停車買了瓶高檔紅酒，搭配他們的晚餐，等到之後躺在沙發前面看電視的時候，再把它喝光。蘇菲還是喜歡偶爾小酌一下，就在臨盆之前，但只是一杯而已，她鐵定不會排斥。以前她總是會開心喝光一瓶酒，而賀蘭德就望著她的雙頰逐漸轉紅，不知道她到底是轉爲傷感還是尖酸刻薄，無論是哪一種反應，他都沒問題。她可能會發飆、百般嘲弄他，不然就是整個人抱住他，訴說著未來，不管怎麼樣，通常他們都是以做愛收場。

就在臨盆之前……

過了皇家軍事博物館之後，出現了一排商店：土耳其人開的雜貨店、書報攤、酒品專賣店。賀蘭德把車停在人行道邊緣的時候，突然一陣心痛，因爲他發現自己越來越想不起來蘇菲懷孕之前到底是什麼光景。

總而言之，曾經美好的一切。

對他來說，準備就緒，從來就不需要花什麼時間。

他不需要特別著裝，也沒有無聊的儀式，不需要預留時間做心理準備，那種狗屁事情，完全不需要。

要帶的東西不多，所有的東西都可以放進小型背包。先前，在飯店裡對付那些傢伙的時候，他攜帶的是比較大的包包，可以讓他塞下床單被褥，這一次就免了。

手套，面罩，武器……

他已經將小刀磨得尖利，接下來，從那一捆曬衣繩切取適當長度，就靠它了。他把它收捲好，放進黑色眞皮背包前方的袋口。

大家放在包包裡隨身攜帶的用品，可說是充滿了趣味。要是能有機會把他們的背包、公事包、塑膠運動袋、帆布萬用袋裡的東西全倒出來，誰知道會發現什麼秘密？又揭露出他們生活裡的哪一個部分？當然，你得要先篩選出那一疊疊的檔案、報紙，還有以保鮮膜包住的三明治之後，才可能找到有意思的東西。勒贖信，或是提出恐嚇要求的黑函，也許會看到奇怪的下流黃色書刊或是手銬。然後，如果你運氣夠好，可能會有萬分之一或千分之一的機會發現某個袋子裡有槍，或是沾滿血跡的鐵鎚，抑或是被切下來的手指頭……

如果這東西出現在女人的手提包裡，想必一定會讓你嚇一跳。

他滿臉笑意，把最後一個東西放入背包裡，扣緊扣帶。要是有人想要偷他這個包包，八成會覺得很困窘吧。

索恩對著衣櫥門背的全身鏡、望著自己，他在想不知道身上這件純白襯衫是否妥當，還是換回剛才的藍色丹寧襯衫。就在這個時候，電鈴響了。

在前往迎客的時候，他把音樂聲音調小了一點。他腸枯思竭，最後終於挑出喬治．瓊斯的歌曲當作背景音樂，無論遇到什麼狀況應該都很搭才是。之後他還準備了一些風格詭奇的五〇年代歌曲，不過，等到關鍵時刻到來的時候，他也準備好了七〇年代的比利．謝瑞爾，不可能有哪首歌比〈今天他無法再愛她〉來得更浪漫的了……

伊芙走進客廳正中央，迅速打量了一下這個地方，然後又望向索恩，「你今天很有夏天的風格。」

她穿的是簡單的前扣式棕色棉質洋裝，「妳也是啊，」索恩回道，又低頭看了一下自己的白襯衫，「我在想是不是要配個領帶……」

她走到他面前，「天，我們不是要去什麼很貴的餐廳吧？」

「不是……」

「很好，反正我喜歡襯衫敞開領口……」

兩人接吻，每隔個幾秒，兩人雙手探索對方身體的速度也越來越急促。當索恩的手指忙著解開她洋裝的第二顆釦子的時候，伊芙突然停下來，後退，露出微笑，「我覺得，吃飽之後從事那種激烈的體操式打砲不是很恰當，」她說道，「不過我還是可以吃一點東西，而且我非常想喝酒……」

索恩大笑，「好，現在吃咖哩會不會稍嫌熱了點？」

「無論什麼時候吃咖哩都很好。」

「附近有家很棒的印度餐廳。」

「好極了。」

「不然伊斯林頓或卡姆登也有許多很棒的地方，克勞奇區有一堆好吃的餐廳，妳還沒坐過我的車……」

伊芙走到窗邊，扣上鈕釦。「我們在附近吃就好了，要是只有我一個人能喝酒，對你不公平。」

「這我就不跟妳爭了，等我拿外套……」

「別急，我們又沒有要出門。」

「沒有？」

伊芙從窗前轉身回來，伸手調整自己的髮夾，雙乳也被托高，索恩還看到她的腋下有剛除過毛的紅痕。「我有東西放在貨卡裡面，」她說道，「需要有人幫我抬進來。」

✦

賀蘭德看了一眼儀表板上的時鐘，這才驚覺他把車停在自家公寓外頭已經有十分鐘之久。

剛過七點鐘。

過了十多分鐘，他依然坐在駕駛座上不動，緊抓著裝酒的塑膠袋，就是沒辦法下車。

又過了幾分鐘之後，賀蘭德發現自己的褲子上出現小小的深色污漬，他起初很困惑，後來才發現自己在掉淚。他抬頭，緊閉雙眼，本想嘆一口氣，卻哽在喉嚨裡，化爲嗚咽。

接下來是連續的啜泣，宛若對著胸口不斷毆擊。

他渴望能抱住個什麼東西都好，所以伸出了雙臂緊緊環住塑膠袋，他的頭慢慢朝前方低下去，酒瓶剛好夾在他的臉與方向盤的中間。他感受到隔著塑膠袋的瓶身，好冰涼，貼住了他的雙頰，不消幾分鐘的時間，袋子因為淚水而變得溫暖濕滑，每一次啜泣之間的絕望吸氣，都會將黏乎乎的塑膠袋吸入口中……

七天前，賀蘭德吐得亂七八糟，活像隻可憐蟲，他現在也一樣無能為力，只能任它發洩，靜靜等待結束。

他大哭，是為了自己，為了蘇菲，還有五個禮拜內即將出生的小孩。他嚎啕大哭，充滿了罪惡感與歉疚，覺得自己愚蠢又懼怕得不得了。不過，最讓人刺痛難耐、滾落速度超快的豆大淚水，都是他的憤怒之淚，他好氣自己已經變成了一個懦弱又自私的混蛋。

等到哭完之後，賀蘭德稍微抬起濕黏的臉，剛好把袖子伸進去抹乾淨，就像個小孩子一樣。他坐著不動，依然抽抽答答，抬頭望著自家公寓。先前，是某種籠統的困惑，加上一點恐慌與無名的恐懼，化成雙手壓住他的肩頭，逼他繼續留在汽車座位裡，阻止他進家門。現在，雖然他已經十分清楚自己為什麼如此羞慚，但那感覺卻像是鞭打內臟而留下的傷痕，同樣令人痛楚。

他沒有辦法進去，還不行。

賀蘭德低頭看著自己放在副座下方的公事包。他知道就算自己把工作帶上樓，立刻埋首其中，蘇菲露出的第一個微笑就足以讓他再次崩潰。

也許他還是開車四處晃晃好了……

他的手向下一探、拿起包包，在裡面掏弄了一會兒之後，終於找到了自己要的那張紙。他拿出電話、撥號，順勢清了清喉嚨。即便如此，當對方接起電話的那一刻，他開頭的那幾個字聽起來依然哽塞濃重。

「諾勃太太，又是我，戴夫・賀蘭德。我知道這時間不是很恰當，但不知能否讓我過去拿照片……？」

28

賀蘭德不到四十分鐘就到達了羅姆福德的某條小巷，一下車就看到艾琳．諾勃守在門口等他。她大步走過步道迎接他，「你動作眞的很快，通常車陣都是卡在布拉克威爾隧道，其實，現在這個時段可能最好走……」

她穿了奶油色的長褲套裝，化全妝，賀蘭德發現她東張西望、在注意左鄰右舍的動態。他猜她應該暗自期待能看到哪家的紗網窗簾突然一陣抽動，表示有鄰居可能注意到有年輕人走進她家。

「眞的很順，」賀蘭德回道，「沒什麼車……」

他跟在她後頭進入屋內，有隻灰白色小狗立刻出來熱情歡迎他。牠的毛打結得很嚴重，而且臭味好濃，不過，當牠在舔弄搔抓賀蘭德小腿的時候，他還是努力裝出受寵若驚的模樣。

諾勃太太對狗兒噓了一聲，示意牠回去廚房。「糖果現在也算是老狗了，」她說道，「其實，她是羅傑的狗，多年前的事了。他過世的時候，她還只是隻小狗。」

賀蘭德臉上流露出憐憫的微笑，隨她進入客廳。三件組藍色沙發，挨著粉紅與紫色漩渦狀的地毯，咖啡玻璃桌擺放在火爐的正前方。除了某個扁扁的燈芯絨靠墊沾了許多狗毛之外，整個空間可說是一塵不染。

賀蘭德走向後牆的山毛櫸櫥櫃，從透明的玻璃櫃門可以看到最上面一層擺的是相框，裡面是小孩的照片。

諾勃太太走過去，拿起其中一張照片，「這裡沒有馬克與莎拉的照片，」她說道，「我實在沒有辦法忍受看著他們，卻假裝自己什麼都不知道。我曾經擺過一次，但等到我終於確定他們再也不會回來之後，還是收起他們的照片。後來，眞的忘記放在哪裡了。」顯然她發現賀蘭德臉上閃過的一抹焦慮，她把手輕輕擱在他的臂上，「別擔心，這趟沒有害你白跑，我最後找到了，塞在結婚相簿的裡面……」

賀蘭德點點頭，示意知道了。她把手中的照片轉過去，讓賀蘭德看個仔細。「大衛是股票經紀人，事業很成功。」她把那個相框放回原位，又指著其他照片，「蘇珊是皇家免費醫院的護士，蓋瑞當過軍人，目前正在接受印刷工的訓練課程，克萊兒準備要生第三個寶寶了……」

「好多小孩啊。」賀蘭德回道。

「大部分的時候，我們選擇的是長期寄養，我個人比較偏好這種方式。你知道，當他們剛對這裡產生歸屬感，卻要目送他們離開，我實在沒辦法忍受這種事。不過，在馬克與莎拉的前後，還是有二十多個小孩曾經待過我們家，大部分孩子的近況，我都很清楚……」

她笑了，哀愁的笑容，此時已不需多言。賀蘭德也微笑回禮，想到了其他的那二十個孩子，還有曾經身爲他們養父的那個男人，不禁懷疑……

「不知道你用餐了沒？」她說道，「在你打電話過來之後，我立刻從冷凍庫拿出義大利千層麵，不到五分鐘就可以吃了……」

「哦，好啊……」

「我想你應該可以喝一杯吧？」

賀蘭德雖然先前對她有點意見，但他突然之間對這個女人充滿了憐愛的情緒。他想到了她終究會失去的每一個孩子，還有她天眞相信的那個男人，那顆過於邪惡的心，已經無力繼續跳動下去。他覺得此時放鬆不少，是可以喝一點……

「我們一起喝吧，」他說道，「我的車子裡有瓶好酒。」

「妳得讓我把床墊的錢還給妳。」索恩說道。

「眞的沒關係，你請我吃晚餐就好……」

「多少錢？」

「算我送你的生日禮物，只是晚了一點，」伊芙回道，「取代第一個禮物，」她笑道，「我好像沒看到公寓裡有植物，我想你應該把它搞死了吧。」

「哦，我正打算要講這件事。」索恩說道。

女服務生把他們的酒拿過來了，値此同時，經理也走過來，將一盤薄餅擺在他們桌上，「小店招待，」經理開口，同時把手放在索恩肩上，對伊芙眨眼，「我最可愛的顧客之一，」他繼續說道，「但今晚是他第一次帶年輕小姐過來用餐……」

等到經理離開之後，伊芙爲自己與索恩各斟了一大杯酒。「還有件事我也搞不太懂，」她說道，「他的意思是說，你通常會與年輕男人一起過來這裡？」

索恩點點頭，一臉歉疚，「我也正想要告訴妳這個……」

她哈哈大笑，「所以你經常一個人來這裡囉？」

「不是經常，」他的下巴朝經理那裡指了一下，「他講的是外帶……」

「我腦袋裡已經有畫面了，看到你一個人坐在這裡，像個沒有朋友的可憐鬼，把咖哩烤雞吞下肚……」

「等等，」索恩想要裝出受傷的模樣，「我真的還有一兩個朋友。」

伊芙把薄餅撕成碎片，拿起了一大片之後，以湯匙舀起洋蔥與酸甜醬、鋪在上面，「那你倒是跟我說說，他們從事做什麼職業？」

索恩聳肩，「多少與工作有關的朋友。」他拿起一塊薄餅，咬了一口，「菲爾是病理學家……」

她點點頭，似乎覺得這句話饒富意義。

「怎麼了？」索恩問道。

「你從來不休息的，對不對？」

「其實，我和菲爾大部分的時間都在聊足球……」

「真的嗎？」

索恩喝了一大口酒，感受到酒液對著那一整排的牙面沖刷而來，他思考伊芙剛才說的話，開口回道：「我不覺得有人可以全然放下工作，」他繼續說道：「我們也聊花店的事，不是嗎？大家都這樣……看到什麼都會發生聯想。」她回望著他，下巴抵住酒杯邊緣，輕輕摩擦，「拜託，如果妳到了外頭，看到哪家花店的擺設令人驚豔……」

「鮮花畢竟不是屍體吧？」

索恩發現自己有點動氣，不禁有些不安，他拿起酒瓶，爲自己也爲伊芙斟滿了酒，同時拚命壓抑聲音裡的火氣，「這個嘛，有些人也許會說自從花朵被摘下來的那一刻，它們就開始凋零了。」

伊芙緩緩點頭，「萬物都在凋零，」她繼續說道，「所以這一切到底有什麼意義呢？我們乾脆叫服務生過來把雜草加進這印度菜飯裡嘛。」

索恩望著她，看到她眼睛睜得大大的，嘴角開始抽動，最後，兩人一起爆笑出來。

「我根本看不出來妳在戲弄我。」索恩說道。

她伸手越過桌面、握住了他的手。「湯姆，你能不能暫時先放下工作呢？」她說道，「今晚，我要你關機……」

「小孩子眞的是超麻煩，」艾琳．諾勃告訴賀蘭德，「他們會改變一切事物的樣貌，讓你根本再也認不出來，」她望向他，「但有了孩子，你還是會覺得很欣慰……」

賀蘭德先前覺得要是他們開始聊天的話，很可能會聊到孩子的事，但他萬萬沒想到最後話題居然是他自己的孩子。

「我覺得自己充滿了罪惡感，」他說道，「想到自己要當爸爸就好怨恨，甚至還想過要一走了之。」

「之後你還會出現更奇怪、更痛苦的感受。你覺得自己爲他們犧牲生命也在所不惜，但過了一分鐘之後卻在想殺死他們該有多好。你會擔心他們不知道跑到哪裡去了，然後又希望就算只有一秒的獨處時光也好，每一種情緒都很自然……」

「妳剛講的都是之後的狀況，也就是小孩出生後的情景，我現在的這種感覺呢？妳又怎麼看？」

「稀鬆平常。又不是只有女人才會心情不好。對了，你不能用荷爾蒙當藉口……」

賀蘭德哈哈大笑，喝下兩杯紅酒之後，已經讓他覺得放鬆多了。差不多在一個小時之前，他還不是很有把握這一餐會如何。他本來的打算是，等到開始用餐之後，他乾脆就一口氣喝光紅酒，這樣就可以多上幾次廁所，但艾琳卻幫助他，讓他冷靜下來，讓他相信一切終將苦盡甘來……

「我收拾一下。」她站起來，拿起沙發旁空位的餐盤。

賀蘭德把自己的空盤子遞過去，「謝謝，眞好吃。」其實他讚美的只是一盤中間還是冷冰冰的千層麵。

他靠在沙發上，聽到她在廚房裡慢條斯理整理東西，對狗兒輕聲細語，以及將碗盤放入洗碗機的聲響。

賀蘭德要是和自己的母親閒聊，絕對不會出現與艾琳．諾勃這樣的內容。她和他媽媽歲數一樣，最多差個一兩歲吧——他媽媽是那種在這六個月當中、拚命買小嬰兒的衣服的女人，也是那種拒絕相信事情會出現狀況的女人，而且，她依然無憂無慮，對於她長子與懷孕女友之間不再完美的關係、渾然不覺有異。

艾琳回來了，晃了晃手裡的巧克力冰淇淋棒，「我總是在冰箱裡放一堆這種東西，這種天氣來吃冰真是暢快……」

在接下來的一分鐘當中，兩人都沒說話，只是靜靜坐著吃冰淇淋，聆聽小狗對著廚房塑膠地板磨爪的聲音。

艾琳．諾勃又準備要開口說話，這次她乾脆把腳擱在沙發上，簡直像青少女一樣。賀蘭德看著她的臉龐表情也發生變化，隨即又沉澱下來，歲月在她臉上留下的每一道刻痕又變得清晰可見。

「無論你遇到了什麼問題，我希望你們可以一起面對解決，三個人要同心協力。不過，我的這些孩子未必會和你站在同一陣線，因爲在他們進入我家大門之前，已經有了某些習氣。你知道，這是會遺傳的，一代接一代，像是禿頭、糖尿病，或是你眼珠的顏色……」

「妳說的是馬克與莎拉……」

「我曾經嚴厲批評過小孩子先前的兩對養父母，認爲他們處理問題的能力不堪一擊。和他們相比，我們自己也不怎麼樣。」

「妳收養了他們。」

「我想這是我們最後的努力，希望能夠讓他們體會更寬廣的人際關係。父母親兩個人，配上兩個小孩。我們期望他們能夠走出自己的封閉空間，多加接觸外在世界。」

「但這不難理解，」賀蘭德回道，「我是說他們關係緊密，出了那樣的事情，兩人當然十分親近。」他不敢繼續看她，低頭望著地板，心想，再加上現在所發生的事……

「他們太親近了，」她說道，「這就是癥結。他們失蹤的時候，莎拉懷孕了，而她肚裡的孩子是馬克的骨肉。」

29

他們慢慢走回肯特緒鎮路，準備回去索恩的公寓。剛過九點鐘，天色已經逐漸轉暗，但依然很暖和，散步的時候不需穿外套。這條路如以往一般忙碌嘈雜，從他們身旁經過的汽車川流不息，那些大可以掀開頂篷的敞篷車，多數都已經搖起了側窗。

雖然伊芙先前說過自己不想吃太多，兩人還是吃得肚子鼓脹，不過，現在索恩腹部下方的位置已經有了截然不同的感受。在他們離開公寓之前，伊芙幫他整理好了床，將乾淨的白色床單鋪在她特地為他買的床墊上，索恩心裡有數，等到他們回來的時候，她又會幫他一起把床鋪弄得亂七八糟。

他覺得自己的生活中有某些事物等於是宿命：某處，又出現了一具屍體；永遠與血腥完全脫離關係；還有那些無特殊動機、性喜一犯再犯的殺人魔，但與人上床這一點倒是很久沒有發生過了……

伊芙突然抓住他的手，抬高，把他的赤裸前臂聚攏在一起，開口說道：「要是能有點曬痕就會好看多了。」

「這算是邀請嗎？」

「你上次度假是什麼時候的事？」

他努力思索了一分鐘之久，但依然無法講出像是一年前之類的確切答案，倒不是抽不出時間，眞正的原因是缺乏動機、找不到伴侶，他終於開口回道：「好久以前的事了。」

「你是那種喜歡躺在沙灘上的人嗎？還是喜歡到處走動？」

「其實，兩者都有，或者應該說都沒有。我覺得躺在沙灘上有點無聊，但應該不會像走進博物館一樣那麼無聊……」

「你這個人很難搞，對吧？」

「抱歉……」

「沒關係。如果地方可以讓你隨便挑，你最想去哪裡？」

「我一直很想去納許維爾。」

她點點頭，「好，西部鄉村風格……」

「我另外一個不爲人知的秘密……」

「我也很愛啊。」

「眞的嗎？」

「不過等一下你不會搞什麼性怪癖吧？特地穿皮褲？拿出趕牛鞭和靴刺……？」

他們右轉，走進威爾斯親王路，位於邊角的馬上諾披薩店傳出了現場演奏的爵士樂。索恩在想，搞不好應該要吃披薩才是，咖哩加上濕氣，已經讓他全身冒汗。

他們兩人依然手牽著手，索恩感覺到兩人掌心之間已經出現濕意，他不知道那究竟是他自己的汗還是她的汗。

單車在車陣之間輕鬆穿梭。偶爾，當車流變得相當壅塞，或是道路面積縮小的時候，他就會停下來，靜靜等待。讓車子怠速，與快遞騎士、騎著小綿羊的實習計程車司機擠在一起。過沒多久之後，就會出現得以讓他前進的空隙，他駛過打盹的警察身邊、壓過路上的坑洞，包包也不斷在他的背上彈撞。

他在紅綠燈前停下來，看了一眼手錶。他知道自己可能會早到，但也沒差。他會先停好車子，在附近蹓躂一下，靜靜等待。時間未到，他不會在現場晃蕩。

他旁邊是一台巨大的川崎機車，頻催油門，等待前衝的那一刻。穿著緊身牛仔褲的女孩坐在後座，每當引擎發出咆哮，抱男友的力道也越來越緊。燈號變了，那台日本機車立刻消失不見，他目送它離開之後，自己也緩緩駛離路口。

維持必要的速度就夠了……

他時間很充裕，但萬萬不想被警察攔下來。

如果是罰單或是他駕照的問題，沒什麼好擔心的。他好興奮，對於等一下要做的事雀躍無比。要是他被哪個警察攔住、問他要去哪裡的話，他可能會因為開心過頭而一股腦全說出來。

賀蘭德看了一下手錶，他發現自己已經待了一個半小時，嚇了一大跳。

「我得回去了，」他開口，「可否麻煩妳給我照片？」

艾琳．諾勃面露出些許倦意，離開沙發，穿回她的鞋子，「我這就去拿……」

賀蘭德坐著在等照片，回想起剛才的對話，不禁對於人們自我欺瞞的能力感到好生訝異。艾琳．諾勃絕對不是笨女人，但他眞的很難理解，雖然她宣稱他們自己與前兩對養父母都曾經抓到這對兄妹上床，那麼爲何她會這麼輕易認定是哥哥搞大了莎拉．佛里的肚子？難道她心裡不曾想過有其他的可能性嗎？

他聽到她走下樓的聲響，而且還對他大叫：「這些照片彷彿是不久前才拍的一樣。」

應該是沒有想到其他的可能性，才能這樣活下來……

她走進客廳，手裡拿著一小疊照片，六張是拍立得，還有兩張是尺寸稍微大一點的標準沖洗規格相片。賀蘭德從她手中接下照片，她後退，坐在沙發扶手上，賀蘭德準備要開始翻閱，她也在一旁伸出手指對著照片、仔細解釋。

「這兩張是我當初放在櫃子裡的相框照片，他們失蹤前一年在學校裡拍的。其他照片是莎拉的十一歲生日派對，羅傑那時候剛買了拍立得相機……」

自從賀蘭德看了第一張照片之後，除了他自己的呼吸聲之外就什麼也聽不見了。穿藍色格紋洋裝的馬尾女孩在微笑，宛若看到了什麼只有自己覺得好玩的東西。賀蘭德舉高莎拉的照片，看到了另外一張，她哥哥的相片。

「天哪！」他驚呼。

艾琳站起來，「怎麼了？」

賀蘭德迅速翻找其他照片，想要再次確定，他翻到其中有張特別的照片，立刻緊盯不放，又興奮又恐懼。艾琳．諾勃還在追問他怎麼了，但他已經完全聽不到對方在講話，也看不到她朝他走來。

莎拉·佛里坐在桌前，手裡拿著刀子、正準備往下切，她兩旁的女孩看起來比她自己開心多了。照片右上角剛好可以看到馬克站在客廳角落，他的十指緊抓住門邊，彷彿隨時要破門而出，遠走高飛，或者，又像是想要藉由門板的反作用力、讓自己飛撲過去，衝向照相機，以及後頭的那個人。

她那時候的臉龐比較削瘦，而他應該是比較胖一點。眼睛大多了，皮膚比較光滑，但這也不難理解。畢竟是孩子的面孔，還不曾歷經任何風霜，但賀蘭德覺得這兩個人的表情很眼熟。

眼前照片裡的那兩個人，他認識。

30

索恩躺在床上，豎耳傾聽，想要確定從浴室裡傳出來的到底是什麼聲響……

當他們一回到公寓，索恩實在想不出什麼創意的開場，於是問伊芙要不要喝咖啡，暗自期盼她開口拒絕，她果然說不要，令他竊喜不已。然後，她進入浴室，他開始在公寓裡東晃西晃，打開窗戶，當他準備要走到音響前面、經過壁爐的時候，還像個小男生一樣對著鏡子裡的自己傻笑。當〈玫瑰的美好年代〉的前幾個音符開始流瀉在客廳裡的時候，索恩轉身，發現她就站在距離自己幾英寸的地方而已……

他們剛才以共舞加踉蹌的腳步進入臥室，然後一起倒在新床墊上面。笑聲立刻消退，轉換爲更激情的聲響，因爲他們的雙手與嘴唇正在探索彼此，紅酒與等待讓他們的動作更加飢渴，比他們稍早待在公寓裡、準備前往餐廳之前的親熱還來得更加激情……

然後，突然之間，伊芙停下來，再次哈哈大笑。她下床，大笑，她說自己還得再進一次浴室。當她關上浴室門的那一刻，索恩立刻脫光光，鑽進棉被裡，慶幸自己避開了露出翹起的大老二的尷尬時刻，不過，就在這個時候，他也覺得某種衝動正逐漸消逝……

現在，他已經無法從臥室與浴室之間的牆壁聽到任何聲響。東想西想，可能會讓他性趣逐漸消散，但要是上場的時候笨手笨腳戴保險套，才會眞的讓他軟掉。他想到了自己昨天買的保險套，從皇家橡樹酒吧廁所裡的販賣機吐出來的那一小盒東西。它正躺在床邊桌的抽屜裡，與足癬藥、胃藥放在一起。

他覺得如果現在取出保險套、戴上去，應該可以省時又省麻煩。正當他要去開抽屜的時候，他突然閃過一個念頭，也許她正躲在浴室裡笨手笨腳在計算生理週期表……

索恩聽到流水聲，他在床上稍微起身，把頭靠在牆上，想要聽個仔細……

她可能在刷牙……

他不知道自己是否該下床、穿上睡袍，也進去浴室一下。如果她牙齒刷得乾乾淨淨，而他的嘴裡依然有咖哩的味道，不知道是什麼感覺？兩人等一下要乾柴烈火，現在卻一起靠在洗手台前面清口吐水，會不會有點怪？

門開了，伊芙走進來。她停在床邊，俯視著他。她的洋裝端正平整，彷彿此時是完事後的第二天早上，她特地過來與他吻別。他覺得自己從來沒有看過她這麼性感的時刻，彷彿突然發現他居然如此迷人，不過，過了一會兒之後，索恩很懷疑她是不是要轉身離開。

他還來不及開口，她已經把自己的手提包輕輕擱在床邊，退後，開始脫衣。

索恩家裡的電話佔線中，所以賀蘭德又打了手機。電話放在樓梯下面凹室的小桌上，賀蘭德必須與外套、雨傘，以及裝了靴子與鞋子的塑膠袋搏鬥，才能勉強找到站立的空間。

艾琳．諾勃挨到他背後，「你打電話給誰？可以讓我知道嗎？」

「索恩探長，妳之前也見過他。」

「嗯，是啊，也許你可以打他手機。」

「我現在就打……」賀蘭德轉過去，突然覺得她與自己這麼靠近，令他很不舒服。他忙著要打電話，將最新發現呈報給索恩，但他卻沒有想到這必須要嚴格保密，他先前太放鬆太忘我了。現在他又回到了辦案模式，而且他很清楚，自己要告訴索恩的內容絕對不能讓艾琳．諾勃知道。

「抱歉，不過妳必須要……」

賀蘭德聽到索恩的留言，眞的很抱歉，此刻不能接聽電話，請你留言。賀蘭德立刻按下按鍵，結束通話，現在他想要說的話，必須當面講才行。

他手裡掐著佛里兄妹馬克與莎拉的照片，不到一分鐘就衝了出去。

他在衝往座車的時候，趕緊回頭向艾琳．諾勃道謝，値此同時，他也在思索有沒有可以快一點回到北倫敦的方法，他告訴自己不需驚慌，嫌犯絕對不知道警方已經查出他們的身分，不可能會逃跑。

賀蘭德準備把車開走之前，透過打開的車窗對艾琳．諾勃大吼，講出最後一句話，他會好好保管她的照片。其實，他不知道她什麼時候會拿回照片，賀蘭德會先交給索恩，然後他會轉呈給布里史托克，最後再以這些照片申請搜索狀……

他不確定之後的流程與時間表，會釋出多少案情讓媒體知道，每個案子結束的方式都各不相同。當然，如果他們想要避免警方名聲持續蒙塵，而直接在週末採取逮捕行動，那麼，艾琳．諾勃再次看到照片，有可能是在週一早報的各大頭版。

「妳好美，」索恩目光低垂，對她充滿渴望，「眞沒想到居然得花這麼久的時間才走到這一步。」

「是誰的錯？」

「我的錯，我知道。」

「但現在這樣很開心吧？」

「天，是啊，」索恩咧嘴大笑，「我在想，要是當初我沒有在旅館房間裡，也就是我們發現第一具屍體的地方，接起那通電話，不知道現在會是什麼狀況。妳可能會在一小時之後才打電話，而接電話的很可能會是別人……」

她聳肩，「那麼，此刻待在這裡的傢伙可能就是別人了。」

她的身體貼抵著他，溫暖順滑。雖然他對於解讀訊息很遲鈍，但他很確定自己看到了她眼中的慾火。不過，就在一分鐘之前，當他第一次伸手放在她的裸胸上的時候，他感受到對方的緊繃，那是一種突如其來的遲疑，與索恩的預期反應似乎有點不太相合。先前一直採取主動、開黃腔、自稱早就準備好的人是她，現在，到了最後時刻，她的表現卻不像自己先前所佯裝的一樣那麼大膽。

索恩覺得兩人之間升起了一道阻隔。但不堪一擊，也許輕輕一碰就碎了，而且攻破的過程超級火辣撩人……

她希望由他主導，展現他的男性本色，她似乎渴望依從他的，還有自己的慾望，但需要一點外力。索恩興奮異常，他感覺到對方在等待，準備要徹底解放，他要不顧一切將她推向狂縱……

「妳好美。」他的嘴貼上了她的唇。

彷彿是事先安排好的一樣，索恩聽到隔壁房間在這個時候傳出了歌聲。他覺得這首歌搭配現在的情境眞是太完美了，歌詞內容敘述某名男子對心愛女子的情意戛然而止，就在他躺在薄棺裡、被人從自家家門抬出去的那一天。他陶醉在喬治・瓊斯的渾厚歌聲之中，雙手一直在伊芙的胴體四處遊走，他隱約聽到另外一陣熟悉的聲響，臥室門咿呀開了，摩擦地毯的時候所發出的擠壓聲。他經常在凌晨時被這聲音吵醒，今晚他萬萬不想聽到的聲音。

索恩突然停下來，對著伊芙微笑，等待那煩人的貓身壓在床尾的那一刻到來……

賀蘭德走羅姆福德路，開到森林之門區之後，繼續朝萬斯特德平原的方向前進。他對這一區不熟，他一手握住方向盤，另一手打開地圖，邊開車邊構思接下來該怎麼走。

當他一離開艾琳・諾勃住家的時候，早已立刻打電話給蘇菲，向她解釋爲什麼自己沒辦法回家。他告訴她，突然發生了重大事件，他很慶幸這次終於不算說謊。她說她很累，今晚會提早上床睡覺，不過他從她的語氣裡聽得出來，她不是很高興。她立刻就掛了電話，他本來想對她說我愛妳也來不及了。

賀蘭德又打了索恩家裡的電話，依然佔線中。他再次撥打手機，一聽到索恩的留言歡迎詞，他直接切斷……

他以時速五十英里的速度、在前往哈克尼濕地的筆直大道上奔馳。這又是一個顯露倫敦古怪之處的區域，從地圖上看來，這裡可說是相當綠意盎然，但等到天黑之後，卻變得陰森而令人卻步。等到他到達克拉普頓、進入A107公路之後，應該就會覺得舒服一點。他看著地圖頁的下方，距離他現在的位置只有一片指甲大的距離而已，差不多就是直接穿越史坦姆佛德丘、接七姊妹路的這一段路程，再過十分鐘之後，行經芬斯伯里公園、穿過霍樂威路，就能到達索恩的家。

他腦袋裡又浮現了那個簡單方法，打電話給布里史托克，這應該也是最合宜的處理措施，但是他最效忠的對象，一直都是索恩。他想起自己與蘇菲曾在某個晚上觀賞了一齣美國警匪劇，可能是《紐約重案組》，或是《情理法的春天》。劇中有個警察提到他要給自己的夥伴「線報」之類的東西，但理應要交給更上層的長官處理才是，當然，索恩是長官，不是他的工作夥伴，但賀蘭德心覺兩人多少算是這樣的關係。

這條線報要是給了索恩，想必他一定會很感謝吧……

賀蘭德現在比較確定自己的方向感，隨即把地圖放在副座，再次撥打索恩家裡的電話號碼。他聽到的只有佔線的單音聲響，心覺奇怪，爲什麼今天聽不到平常那句討人厭的「等待接通中」的插播等候訊息。

賀蘭德知道索恩在和誰聊天，他想起有次在皇家橡樹酒吧的時候，索恩提過自己與父親的事，還有「四十五分鐘的鬼扯閒聊」。今晚應該是鬼扯日，加上熱刺隊贏得了這個賽季的開幕賽。賀蘭德腦中已經浮現索恩坐著聽老爸講話、忙著喝超市買來的淡啤的模樣，想必他一定很心急，想要讓老爸趕快掛電話，所以父子兩人才能好好坐下來觀賞轉播賽事。

二比一，在雀兒喜的史坦姆佛德主場踢贏了比賽。索恩至少會有愉快的心情。

賀蘭德拿起壓在地圖本下面的照片，他不知道等到二十多分鐘之後、索恩看到那些照片之後，心裡會作何感想……

當索恩轉身，看到那男子準備取下全罩式安全帽的時候，他愣住了，充滿了困惑。

「你到底是怎麼進來的？」索恩問道。當下他腦袋一片混亂，只覺得自己太不智了，被吃醋男友抓個正著，等一下就得進入令人尷尬無比的肉搏戰。而那男子的表情，加上從背包中抽出的刀，等於告訴索恩現在的狀況和他設想的完全不一樣。

索恩面向伊芙，他頭剛別過去，立刻看到她手裡的刀，正對著自己。刀鋒在他下巴劃出一道清晰的血痕，刀尖剖開了他的下巴軟肉，深度應該有半英寸之深。

他大叫一聲，側翻過去，鮮血滴在枕頭上。

那男子又朝床邊逼近了一步。

索恩腦袋裡還是有一小塊區域能夠理性思考，*刀子放在她手提包裡*。至於其他部分也慢慢開始成形，某種邪惡的陰謀，某種先前曾經短暫浮現的恐懼感，但現在他已經了然於胸，那股惡力沉重勾掛在他的胸骨下方。他覺得它生氣勃勃，不斷向他的胸內探索，感受到那強壯的細瘦手指緊纏著他的肋骨，懸吊不放，準備要把骨頭扯下來。

索恩抬頭，伸手壓住下巴的深口，他拚命壓抑自己的恐懼，講出了幾個字。

「馬克與莎拉……」

當索恩講出那男子的真名的時候，對方臉上閃過一抹陰鬱，「離我妹妹遠一點，快。」

索恩在床上不安移動，光溜溜的身體讓他侷促不安。他看到身旁的女子全裸著身子，臉上帶笑，從另外一頭下床，拿起了自己的衣服。

「伊芙，這麼做太不智了……」

但詹姆森的目光已經迅速從他妹妹移回到索恩身上，「現在給我下床……」

31

在他們準備要動手處理索恩的時候，他拚命想要把越來越強烈的恐懼感、鮮血，以及苦痛先擺到一旁，先把它們儲放到某個地方，再醞釀為憤怒，也許等一下可以派上用場。至於他腦袋的其他部分則專注在尋找答案，拼湊案情，腎上腺素讓他的思考引擎開始狂奔……

他們兩人分工合作，又快又有效率。索恩先前還打算要衝過去搶刀，現在已經是完全不可能了。伊芙從他的斜紋棉褲取下皮帶，把它死纏在他的手腕上，緊得發疼。班恩控制住他的身體，逼他把頭貼住地毯，呈跪姿，撐開他的小腿。他們不發一語，配合無間，一個在忙，另外一個就拿刀進逼。索恩從來沒有這麼靠近過刀鋒，距離不過只有幾英寸而已。除了遵從他們的指示之外，完全不可能有機會進行任何動作。

現在，他的身體也等於是自己先前所見那些屍體的寫照。扭曲，慘無血色，在旅館房間裡，以及他自己的夢裡……

索恩赤身裸體，跪趴在地，翹著屁股。他的頭手面對著臥室房門，鮮血浸濕了地毯，臉頰變得濕黏。

「房間裡的其他東西不重要，」索恩說道，「在那些飯店裡面，根本找不到跡證，因為早就和一大堆人的混雜在一起，但妳必須處理被褥，對不對，伊芙？絕對不能留在現場，因為有妳和受害者留下的痕跡……」

雖然索恩看不見，但伊芙卻面露微笑，「等到我把他們搞上床之後，他們就完全沒有招架能力了，你也一樣。」

「伊芙，我從來沒有強暴過任何人……」

「太晚了一點，你不覺得嗎？」詹姆森說道，「還想完成你的小拼圖嗎？看看你現在的處境，媽的沒意義吧。」

「誰想要死得不明不白？」

「就算你知道再多的答案，」詹姆森說道，「也無濟於事。」

「這就是你當初提到的創作構想？殺人？準備要自己著手的計畫？」

詹姆森大笑，「眞好笑。當然，這是比那些地方政府的訓練錄影帶稍微有趣了那麼一點。你說對了，現在解決了一片拼圖，現在可以死得比較心安……」

索恩已經慢慢搞清楚狀況了，「所以你才能進入登錄系統，對不對？我不確定你是和哪個部門有關係？社福部？」

伊芙講出了答案。「全國假釋部。特別是性侵犯與矯正部門……」

「一般人難以取得全國性的系統資料，」詹姆森回道，「但他們非常樂意讓我完成所需要的研究，他們的安全措施眞的非常鬆散，對於無人管理的電腦、進入資料庫什麼的，可說是漫不經心。對了，保密剛好是他們訓練錄影帶的第一個部分……」

索恩突然想到詹姆森可能也在查理．杜德的訪查電話名單裡。既然杜德以攝影工作室爲生，製片公司自然看起來也不會是什麼可疑對象。索恩認不出詹姆森公司的名稱，永遠也無法發現其中的關聯，反正，現在也不重要了……

「你運氣不錯。」索恩回道。

「每個人都偶爾需要一點運氣，」伊芙回道，「有些人就是運氣比較好。」

索恩的臉從地毯上抬了起來，下巴的乾涸凝血上沾了不少纖維與沙粒。他勉力抬頭，回頭從手臂下方的空隙看過去，詹姆森的手伸進他擱在床尾的背袋裡找東西，伊芙站在他旁邊，她的目光一直不曾離開索恩。

當詹姆森取出那條長長的曬衣繩的時候，索恩看到一抹藍光，然後，是一團黑影，他猜應該是頭罩。他感覺胸膛內的那隻惡獸越來越龐大，他緊閉雙眼，看到它正在上攀，把他的肋骨架當成梯子，慢慢往上爬升。

「我們該動手了。」她開口說道。

一如往常，旅程的最後一段總是最令人挫敗。賀蘭德過了好久才過了霍樂威路的納格斯黑德區，朝土夫內爾公園的方向前進。現在，肯特緒鎮的紅綠燈與行人穿越道的數目之多，已經讓他幾乎失去了耐心。

賀蘭德覺得也許可以再打一次電話。但隨後一想，就算索恩結束了電話或是又開了手機也沒差，反正他已經快到了，再打也沒什麼意義……

賀蘭德走內線道，遇到公車就立刻切向右側，巧妙閃過一台行進中的黑色計程車。當他在下一個紅綠燈口停下來的時候，那個計程車司機追過來，搖下車窗，訓了他一頓。賀蘭德拿出警證，告訴那個胖司機滾遠一點，然後面帶微笑，看著對方乖乖跑了。

燈號一變，索恩立刻轉進威爾斯親王路，索恩的家就在右邊的第三條街。他打了方向燈，減速停了下來，趁著等待車流空檔的時候，低頭看著那些照片。

終於等到無車的空檔，他一邊轉彎，一邊心想他們準備逮人的時候，不知是否願意讓索恩在場。

「不過，這是目前最精采的故事，」詹姆森說道，「也許我應該要把它寫出來才是，當然，必須改掉大家的姓名，保護無辜者……」

「這將分成三個部分，如果你高興的話，也可以稱之爲三幕劇，就像是傳統舞台劇一樣……」

「果然是活到老學到老。」

「你活不了那麼久。」

索恩體內的那個幽黑的怪物已經爬到了另外一根肋骨……

「第一部得回溯過往。喇叭褲與爆炸頭的時代，某個人渣可能就是這樣的打扮，把某名女子拖進儲藏室予以強暴的男子。」

「你媽媽。」

索恩突然覺得自己一陣震搖，因爲對方雙腳迅速從地毯那一頭飛來，然後，腳後跟踩住他的側臉，害他痛得要命。伊芙說道：「別插嘴。」

「那個性侵犯獲判無罪，還眞是多虧了警察的大力幫忙。女子崩潰，她的先生也發瘋了。」詹姆森將事實一件件說出口，宛若吐出口中的沙，「好一個戲劇化的開場，你不覺得嗎？」

「所以我才會在這裡，對不對？」索恩說道。他的側臉與耳朵又被對方狠踩了一腳，詹姆森講了幾句話，但他聽不清楚，索恩轉頭，看到伊芙朝她哥哥走去，『多虧了警察的大力幫忙』，這是你剛才說的話。好，就因爲將近三十年前某個白痴搞砸了一起性侵案，就得要取我性命？」他沒聽到任何回應，「是不是？沒錯吧？」

「現在抱怨人生不公平也沒有意義了，」伊芙回道，「如果你想要博取同情，找我們訴苦是大錯特錯。」

索恩現在搞懂了，其實案情相當簡單。先前兇手在伊芙．布倫姆答錄機的留言一直讓他百思不解，現在他終於恍然大悟。有了這通「刻意留言」，才能讓伊芙有藉口打電話到飯店——在命案現場接通電話的人一定是某名警官。至於兇案發生之後的訂購花籃，只是故佈疑陣，假裝那是犯罪模式的其中一個環節。

他們先前一直仔細挑選準備殺害的性侵犯，而至於最後一名受害者，也就是索恩自己，卻完全是基於隨機。他想起二十分鐘之前自己與伊芙之間的床上對話：

「接電話的很可能會是別人……」

「那麼，此刻待在這裡的傢伙可能就是別人了。」

他依然看得到她講話時的模樣，而他也開始揣測父親接到他死訊時會出現什麼表情。

「關於這個可悲又可怕的小故事，」詹姆森說道，「我也想到了一個很棒的標題，你覺得

『逃離油鍋卻進入火坑』怎麼樣？」

「我們知道羅傑．諾勃的事……」

「哦是嗎？」詹姆森雖然沒有提高聲量，但索恩依然聽出裡頭蘊藏的情緒，狂熱危險，「也許你知道他幹了什麼好事，但你卻不知道受害是什麼感覺。」

「太不堪了，逼得你只能逃走。」

「說得很好……」

「爲了保護你妹妹……」

「諾勃不是想要傷害我，」伊芙說道，「他想要傷害我的小孩。」

「他害妳懷孕？」

詹姆森哈哈大笑，「我們又回到了不明不白的階段。應該弄個小鈴或是按鈕什麼的，只要你搞錯了，或是說出蠢話，就給你提醒一下。諾勃喜歡的是小男生，那小孩是我的。」

「我們的小孩，」伊芙回道，「他們想逼我打胎，所以我們離家出走了。」

索恩現在才知道，當初艾琳．諾勃在瑪莎百貨裡、盯著自己咖啡，說出「行爲問題」那幾個字的時候所隱藏的羞慚到底是什麼。也許當初搬家是她的提議，到另外一個地方動墮胎手術，以免醜聞傳出去……

「小孩呢？」索恩問道。

詹姆森語氣淡然，「流產了。等到這一切結束之後，我們搞不好會再試試看。」

在接下來的半分鐘之中，沒有人開口，索恩痛苦倒地，某處飄來的微風吹過他的赤裸肌膚，從他的雙手輕拂而過，現在他心臟怦怦重擊的力道簡直可以把他震離地毯。

等到這一切結束之後……

他的腦海中浮現這兩個人計畫謀害他時、彼此交流的表情，男女之間某種溫柔示愛的神韻，兩人開心閒聊，等到性侵索恩、把他勒死之後，兩個人就可以準備生寶寶了。

索恩發出痛苦呻吟，把頭轉到另外一邊。「我想這故事的最後一部分牽涉到了謀殺案，」他說道，「蘭姆費利、威爾契、杜德，以及修森，還有我，是具有象徵意義的最後高潮。但自從你消失之後，還是有一點很奇怪，也就是法蘭克林與那些性侵犯遇害之間的那一段時間？爲什麼要再次開始殺人？」

「又倒楣了一次。」伊芙回道。

然後，大門電鈴響了……

索恩全身繃緊，立刻抬頭，但是他們的速度，他們的攻擊火力，完全令人無法招架。他還來不及叫喊，他們已經立刻壓在他身上，喉嚨兩側都被刀子抵住了……

✦

漢卓克斯幾乎是立刻就接起電話。

「聽我說，」賀蘭德開口，「我在索恩探長家外頭，沒有人來應門，但是他的電話一直在佔線……」

「他一定在忙著和小美女打砲，所以可能是把電話拿起來了吧。」

賀蘭德覺得脖子一陣冰寒，「抱歉？」

「他和他的辣妹花藝師要來一場浪漫約會，如果他不肯開門，我也是不意外……」

「哦，天哪……」

「怎麼了？」

賀蘭德把照片的事告訴漢卓克斯，也就是馬克與莎拉兄妹的事。漢卓克斯說他馬上過去，賀蘭德聽到這位病理學家聲音中的恐慌，心裡也涼了半截。

然後，他看到對街上停了一台機車……

「戴夫？」

賀蘭德覺得他體內的引擎開始躁動，迅速入檔前進，「好，菲爾，在你過來之前先打幾個電話。向布里史托克彙報最新狀況，找支援人力過來，還有救護車……」

「那你呢？」

賀蘭德走在人行道，已經離開了索恩家門口，他想起距離這裡三、四戶左右的地方，某棟房屋側面有條小巷，「我還不知道……」

他看到了全罩式面罩下的某張臉，殺手的面孔，爲了自己夾藏在眞話裡的謊言而微笑。

「我自己也有寶馬……」

他微笑，是因爲寶馬除了有汽車之外，也生產機車……

32

「明明現在還有機會懸崖勒馬，爲什麼不要？」索恩問道，「你們將在監獄裡度過餘生，這輩子再也看不到對方了……」

詹姆森的語氣一點也不在乎，「別那麼興奮，無論是誰站在你的門口，早就走人了。」

索恩轉頭，對準伊芙的方向喊話，「拜託，很多人都知道妳來我家，到處都是纖維皮屑，而且床上……」

「當然，」伊芙說道，「我是你的女朋友，所以我等一下會打電話報警。」

索恩嚇到了，但隨即發現他們的確可以利用這招逍遙法外，輕而易舉。等到索恩一斷氣，詹姆森就會立刻向妹妹吻別，閃人。等到他出去的時候，他會把她先前幫他偷偷打開的大門踢爛，確保留下強行闖入的痕跡。

然後她會撥打九九九。

對於伊芙先扮演傷痛目擊者、之後是悲絕女友的能力，索恩不會有任何懷疑。他太清楚她演技高超，重新站起來、忍痛繼續過生活的表現何其逼眞，當警官在製作她那令人驚駭的筆錄的時候，想必也會有些情不自禁。

一想到他們不必爲自己的死付出任何代價，索恩不禁怒火中燒。他不需要以牙還牙，但他覺得這是一種能夠讓他分秒保持鬥志的額外意志力。

她不發一語，但詹姆森卻接了話，「法蘭克林一直很提防有人尋仇，我花了好長一段時間才找到下手機會……」

詹姆森移動腳步，站到索恩與房門之間的位置。伊芙則退回到床邊。他猜詹姆森依然拿著頭罩與曬衣繩，但他其實也不是很確定。索恩覺得羅傑．諾勃很幸運，暴斃身亡。詹姆森的聲音裡也透露出某種訊息，要是養父還在世的話，詹姆森也會想辦法「找到下手機會」。

「為什麼不就此收手？」索恩問道。

「我們一開始是這樣沒錯，」伊芙說道，「一直到某一天，有個人渣覺得『不要』就是『要』，一路跟蹤我回家……」

索恩雖然臉貼著地毯，但他完全可以猜到伊芙臉上的表情。他有印象，當他們散步在倫敦場公園的那個晚上，他提到了這個案子，而她明明比自己還更清楚案情……

「那你就這麼想吧，這傢伙等於是在幫忙降低再犯率。」

「你們是不是有向警方報案？想必這是個笨問題。」索恩說道。

詹姆森朝索恩走去，黑色靴子進入索恩的視角範圍。「的確超蠢，我們自己可以解決……」

索恩想到賀蘭德與史東從犯罪情報資料庫找到的另外一起檔案。某名男子遭人性侵、勒殺，陳屍在後車廂裡，繩索已經不見了，不過索恩現在已經心裡有底，犯案工具一定是曬衣繩。

在自己即將成為新命案主角的最後時刻，他又破了一起命案……

「我們就一直找尋下手目標，直到現在。」詹姆森說道。

索恩心想，其實是到我爲止。他將是這個死亡名單的最後一人，這一連串殺機都起因於那極其強烈又詭異的牽繫，也就是永遠切不斷的家庭連脈，就算被扭曲得面目全非，也依然存在。

「你先殺死害父母雙亡的那個男人，然後是虐待你們的養父，接下來是侵犯你妹妹的男子，你也慢慢培養出了嗜好……」

「沒有，我沒有殺人嗜好。」

「我講錯了，應該對於是某種變態正義感的嗜好……」

「你到底知不知道自己在講什麼……」

「那就告訴我你完全沒有快感好了……」

伊芙語氣平淡，音量也只比柔聲細語大了那麼一點而已，「我想動手了，就是現在。」

索恩覺察到她朝他走來，值此同時，詹姆森也快速移動，一腳站在索恩旁邊，又高舉另外一隻腳、跨過索恩的背，整個人騎坐在他身上。

索恩知道接下來會發生什麼事，但他不肯認命。他基於本能，大腿往前用力，將鼠蹊處貼住地毯。他們拚命想要抬高他的大腿，他卻死抓著不放，萬萬不想翹起臀部，讓他們有可乘之機……

疼痛與僵麻讓索恩一半的身體部位都等於廢了，他現在等於是個死人，只有攀附在肋骨的那一團可怕的黑東西依然在手舞足蹈，當他在忙著亂踢亂拍的時候，又濕又重的它，在他的體內搖晃，撞擊他的胸腔壁，發出清脆聲響。

「不要亂動！」詹姆森喝令。

索恩大叫，恐懼感突然淹沒了憤怒。他的聲音高亢無力，隨即又變成了震耳欲聾的吼叫與痛苦尖嘯，因爲詹姆森戴著手套的拳頭毆打他的太陽穴，一拳接著一拳，索恩最後無能爲力，只能任由對方宰割，他動也不動，等待停手的那一刻到來。

過了煎熬的好幾秒鐘之後，索恩已經暈頭轉向，忘了對方是誰，但他知道自己四肢還能動，感受得到擠壓的力量……

他腦中的尖叫聲稍歇，他聽到了伊芙的聲音，她在對她哥哥講話，「抓住他。」

他知道自己開始掉眼淚，同時也覺得自己很幸運，沒有出現尿失禁或是脫糞。

索恩勉強從地板上仰頭、抬起約一吋的高度。眼淚流到下巴、進了傷口，十分刺癢。「還有一件事，」索恩在找尋詹姆森的方向，他上氣不接下氣，聲音沙啞，「我只是自己想要搞清楚而已，你們要在什麼時候強暴我？生前還是死後？我們一直查不出來……」

詹姆森坐在索恩的上背，還低頭靠近他的耳邊，「叮，叮。你又犯蠢了，我從來沒有強暴過任何人……」

索恩被詹姆森抓住頭髮，不但硬是拉起他的頭，而且還扭了好幾下。當他看到伊芙手裡拿的那個東西的時候，立刻忘了頸肩的灼熱疼痛。深色的粗肥物體，和他的拳頭一樣大。性器官的變態仿具，專爲那種尋求侵入與傷害之樂的人所設計的用品。

武器，純粹又簡單。

「這一次就不需要使用保險套了，省點麻煩。」伊芙說道。

索恩想到第一起驗屍報告裡的檢驗結果。根據他們的合理判斷，受害者是被血肉之軀所侵害，性侵犯戴了保險套，是名男子……

要是索恩現在身處在另外一種情境，他可能會哈哈大笑。但他現在很清楚，等到伊芙手裡拿著的那個東西，無論有沒有戴保險套，朝他直捅而來的時候，他會有什麼下場……

「我還是回答一下你的問題，」詹姆森說道，「我們發現，強暴與殺人雙管齊下的運作模式很適合我們。」

賀蘭德跳到廚房地板上的時候，覺得自己聽到有人在喊叫，他僵住不動，聆聽動靜，原來是客廳裡的音樂，索恩平常喜歡聽的鄉村鬼音樂。不知道哪裡傳出了一連串的悶響，然後，又恢復了寂靜。

他不敢發出聲音，緩緩走過客廳，幾乎與六週前從同一扇窗戶進來的竊賊走的是同一路線。客廳另外一頭的小桌上有道閃個不停的紅光吸引了他的注意力，原來是話筒沒掛在座機上的警示燈，索恩的手機放在市話機的旁邊，賀蘭德不需特地過去查看也知道被關機了……

歌曲漸漸進入尾聲，在下一首歌出現的空檔時刻，賀蘭德聽到了有人在低聲講話。音樂聲再起，他開始朝剛才聽到人語的方向走去。

他們在臥室裡，詹姆森、那個女孩，還有……

雖然他聽不清楚他們在講什麼，但當他發現其中一個是索恩的聲音的時候，整個人鬆了一口氣。

賀蘭德知道自己必須要立刻採取行動，這股感覺立刻化成了嘴裡的苦味，他也不知道房門另外一頭會出現什麼狀況。他站在原地不動、四處找尋東西要準備拿來當武器的時候，想到了蘇菲。

詹姆森移動身軀，劇烈的疼痛感直襲索恩的頸肩部位。他看到有隻手在他面前一閃而過，而曬衣繩就纏繞在對方的指間……

「人的腦袋眞的很奇怪，」詹姆森說道，「明明已經快要沒命了，擔心的卻是後面會不會開花，而不是前面會出什麼事……」

當伊芙的手壓住索恩後腰的時候，他的臉也開始抽搐，冰涼的塑膠表面拂刷過他的大腿，他全身緊繃，猛吸氣。

「一到十分，請給分，」她說道，「現在，你的期待値是幾分？」

索恩咬緊牙關，拚命把自己的骨盆往下壓，但就是沒有辦法完整平貼。他發現他們已經把枕頭塞到他身體下方、產生了微微的阻力，無論他怎麼使力想要推開，卻已經被它架高了屁股……

詹姆森揪住索恩的頭髮、逼他把頭抬高，「給你一點忠告，聽不聽就看你自己，」索恩發出悶哼聲，搖頭，「等到你發現繩子纏住脖子的時候，最好不要抵抗……」

索恩使出頸部的最後一點氣力，拚命把頭壓向地板。

他覺得自己的頭髮被對方連根拔起……

他發現那根陰莖的粗大尖頭正猛推他的屁眼……

索恩的臉貼住地板，他知道詹姆森需要足夠的空隙，才能把頭套戴到他的頭上，接下來馬上就是繩索了，然後一切就玩完了……

「隨便你，」詹姆森說道，「但說眞的，如果你讓我好好處理，讓繩索發揮它的功能，那麼你在她完事之前就會失去意識了……」

索恩尖叫，而詹姆森也在這個時候，詹姆森不再拉他的頭髮，反而猛踩他的頭。索恩躺著動也不動，昏迷了好幾秒，詹姆森正好趁空把頭套戴上去。

即便是在索恩扭動搖晃的時候，他的心中依然有一股詭異的平靜，而隨著脖子上的繩索越拉越緊，那股感受也更加強烈，他發現心中的恐懼已經不斷縮減，消失了。他看到人臉爆裂飛散，宛若閃光。他飄游進入某個濃黑的空間，極其幽暗，他知道這裡不算是黑暗世界，而是冥界。

破門而入的聲響，加上吼叫聲，宛若遠方傳來的音效不斷迴盪，突然之間，變得震耳欲聾，因爲緊纏住他脖子的那股壓力突然消失……

索恩大口吸氣，抬高身體，發出咆哮聲，他猛然仰頭，發現可以活動自如。繩子可能是掉落或被拿走了，他往前一摔，躺在地上。他舉起被皮帶綑綁的僵麻雙手，伸出完全沒有知覺的十指摸抓頭套，趕緊把它摘掉。

尖叫，然後是斷裂聲，床在地板上快速溜動所發出的刺耳腳輪噪音……

他望著天花板，聽到使力與痛苦的呻吟，還有身體撞擊到堅實物體的聲音。索恩側頭，發現詹姆森與賀蘭德在衣櫥旁扭打成一團，還看到了衣櫥門被慢慢震開，從櫥門背後的穿衣鏡裡、他看到伊芙向他衝過來。

他立刻旋身，從鏡像轉到了活生生的那個人面前……

她舉起刀子，朝他飛撲而來，也可能是踉蹌或摔倒，索恩別無他法，只能把臉別過去，狠狠踢她一腳。她張開嘴，露出不知是因爲施力過度還是憎恨而扭曲的表情，索恩的腳又踢中她的下巴側邊，她的頭也因而仰高，在空中噴出一大坨濃血，在她像動物屍肉一樣倒地不起之後，最後的血沫依然還沒有滴落到地上……

索恩小心翼翼站起來，慢慢爬到賀蘭德站立的地方，他彎著腰，臉色發白，上氣不接下氣。詹姆森躺在地上呻吟，有隻手彎折在後，角度怪異，另外一隻手想要去搆他永遠拿不到的刀子。他仰頭向上，實在難以判斷現在是什麼表情，因爲他整張臉被索恩的頭撞得一片紅爛。

有支酒瓶倒在地上，有一半的瓶身滾進了衣櫥下方。趁著賀蘭德解開他手腕皮帶的時候，索恩伸腳把它勾出來。

「我只能找到那個東西，」賀蘭德邊喘氣邊說話，「那個王八蛋的手可能被我打斷了……」

索恩雙手鬆綁，轉身，走回伊芙攤躺的地方，就在浴室門口附近。她手裡依然拿著刀，但當索恩把它抽出來的時候，她幾乎根本沒有察覺。她忙著在血跡斑斑的地板上摸索她另外一半的舌頭，被斷咬得乾乾淨淨，就和她父親多年前從欄杆垂落而下時的狀況一樣。

索恩跌坐在地板上，斜靠著床。他覺得劇痛再次來犯，頭痛，手臂痛，到處都在痛。

他聽到隔壁房間傳來喬治．瓊斯的歌聲，宛若這一切都不曾發生。

他望著衣櫥門背鏡裡的自己，全身赤裸浴血，看起來像是某種瘋狂野蠻人，他看著自己慢慢移動著手、蓋住鼠蹊處。

「我已經打電話給漢卓克斯，」賀蘭德說道，「支援人力馬上就到。」

第四部

無人死亡的國度

33

在他前往聖奧爾本斯的時候，接到伊芳．基絲頓的電話。

「湯姆，你還好嗎？」

「不錯，妳呢？」

「很好。嗯……」

索恩很清楚，基絲頓一點都不好。她先生發現她與某個高層警官有染之後，帶走了小孩，現在看來她的工作和家庭幾乎都徹底完蛋了。她丈夫打電話給她的長官，將妻子幹的好事一五一十全說了出來，連沾惹的對象是誰也不例外……

「嗯……」她說道，「我想你要是立刻知道這個消息，一定會很開心，審判的暫定日期已經出來了。」

已經是六個禮拜前的事了。伊芙．布倫姆與班恩．詹姆森遭到逮捕、索恩被人從自家公寓帶出來，一手護住手臂，肩上圍著毛毯，那副模樣就像是先前他看過的許多受害者一樣，腳步蹣跚，朝警車與救護車的方向走去，眼睛瞪得大大的，臉龐慘無血色。

現在，他們必須要再次釐清全部的細節。案情已經拼湊得很完整，不過，現在有了日期，速度確實加快了不少。所有文件必須呈交檢方，也得妥善安排證人，一切都必須小心彙整計畫，才能作爲專業人士帶入法庭的供證，讓他們予以應用發揮、順利將兇嫌定罪。

當然，索恩不必做這些苦工，之後才會輪到他登場，也就是坐在證人席的時候。

但他無時無刻不在回想這一切……

每天，只要索恩開始想像伊芙．布倫姆出現在修復式正義大會裡的情景，總是看到她一副誠實得不得了的模樣，與眞實情境形成了強烈對比。顯然，她對他根本沒有性趣。如果她想要的話，早就可以在自家公寓和他上床，有室友在所以不方便，不過就是她和她哥哥一開始就編好的藉口。

而她之所以沒有機會早一點動手，能夠讓索恩如她所願、待在他自己家裡被宰殺，多虧了那個闖空門的十七歲毒蟲，這傢伙一定不知道他救了索恩一命。

顯然，還有其他因素……

索恩先前把它稱之爲懶散。擔心事情往前推進，不想要進入眞正的交往關係。有沒有可能還參雜了其他因素？某種模糊的自我保護本能？無論到底是什麼，索恩心存感激。他由衷希望，萬一下次這種感覺再次出現的時候，他能夠感應得出來……

索恩與基絲頓講完了電話。又拿出了《Nixon》這張專輯。他決定再給《羊排》一次機會，也很慶幸自己做出了正確決定。他們的音樂，不知道爲什麼同時具有豐富又簡純的特質，頗有催眠效果。他聆聽主唱的詭異低吟，想到了審判。想到了裂開的傷口，復原中的傷疤，還有其他備受刺激與撞擊、甚至心碎的人，生活已經永久失序……

席拉．法蘭克林、艾琳．諾勃，還有彼得．佛里……

與殺人犯當室友、而且還與另外一個兇手同床共眠的丹妮絲．賀林斯，其實，索恩一直與她保持聯絡，但兩人卻很難閒話家常。她甚至還沒有辦法去拼湊自己崩潰生活的複雜拼圖，畢竟目前還有許多小碎片在等她找出來。

戴夫．賀蘭德，現在是出生三天的小寶寶的父親，索恩相信他一定會拿出他前所未有的優秀表現，成就他的全新簡單小家庭……

索恩快要下交流道了，他開始努力思考法院審理案件時必須要注意的一般性事務。

他打了方向燈，切到內線道。他想要刮掉先前掩蓋疤痕而蓄留的鬍鬚，也想把自己的西裝拿去乾洗，想要提醒漢卓克斯，在出庭作證之前一定要先取下所有的穿環……

索恩的父親有兩三台不同收音機的各種零件，全部攤放在他眼前的桌面。他偶爾會拿起其中一片朝地上扔，或是氣急敗壞罵髒話。然後，他會坐在沙發上，看著索恩，露出那種做壞事被抓到的小孩的開心笑容。

索恩正在看他父親的老照片，可能是三十年前拍的。大部分的老照片相簿都已經變色，破破爛爛；自從他母親過世之後，父子兩人就從來不曾動過櫃子裡的照片。她一直是家裡的攝影師，總是記得要隨身攜帶照相機，從雜貨用品零售店買相簿，花整個晚上的時間黏貼照片。

索恩的視線從照片轉到了真實世界，也就是從相片裡的年輕人移轉到眼前的老人。他父親也抬頭看他。索恩發現父親的頭髮和他一樣，兩邊鬢角灰白的程度不一。

「要不要喝茶？」他父親問道。

索恩聽懂了他的密碼，「我馬上去幫你泡茶……」

他的目光落在某張發硬褪色的相簿頁，看到一對年輕夫妻的照片，他們伸手環住一個小孩，大約是六、七歲。三人坐在一起，陽光曬得眼睛好瞇，背後是一片茂盛的深綠色蕨叢。

索恩對著父親手中的啤酒罐微笑，也對著母親的尷尬表情微笑，她剛才好不容易才找到倒楣的路人幫忙拍照片。他低頭望著那個男孩，對著鏡頭扮鬼臉哈哈大笑。棕色的眼眸又圓又亮，還看不到有任何一絲陰鬱沉落在他的臉龐。

那時候的他，根本還不懂得死亡的況味。

誌謝

這本特殊的作品得以完成，必須要感謝下列人士……

重案組（又麻煩了他們一次）的尼爾．希伯特探長，感謝他的深入觀察，也感謝他犧牲睡眠，提供我無比珍貴的建議。

維多莉亞．瓊斯，謝謝她回答了我上千個愚蠢的問題，說來諷刺，我反而打開了正確的大門。

感謝伯明罕監獄的典獄長、工作人員以及囚犯。

莎拉．甘迺迪，感謝她，在一開始就提出了令人感激的完美建議。

溫蒂．伯恩斯——社工員（寄養部門）以及路易絲．史班納——艾賽克斯社福部的家庭安置委員會主任。

還有一定不能忘記的……希拉蕊．赫爾、莎拉．路特言絲、蘇珊娜．高曼、古恩夫婦，麥可與艾莉絲、保羅．索恩、溫蒂．李、彼得．寇克斯。

以及我的愛妻，克萊兒。我依然要堅持再次感謝她……

Storytella 62

探長索恩 懶骨頭

Lazy Bones

探長索恩　懶骨頭/ 馬克.畢林漢作 ; 吳宗璘譯. — 初版. — 臺北市 : 春天出版國際, 2017.04
面 ; 　公分. -- (Storytella ; 62)
譯自 : Lazy Bones
ISBN 978-986-94527-7-9(平裝)

873.57　　　106004047

ISBN 978-986-94527-7-9
Printed in Taiwan

作　者　馬克・畢林漢
譯　者　吳宗璘
總編輯　莊宜勳
主　編　鍾靈

出版者　春天出版國際文化有限公司
地　址　台北市信義路四段458號3樓
電　話　02-7718-0898
傳　眞　02-7718-2388
E－mail　frank.spring@msa.hinet.net
網　址　http://www.bookspring.com.tw
部落格　http://blog.pixnet.net/bookspring
郵政帳號　19705538
戶　名　春天出版國際文化有限公司
法律顧問　蕭顯忠律師事務所
出版日期　二〇一七年四月初版

定　價　370元

總經銷　楨德圖書事業有限公司
地　址　新北市新店區寶興路45巷6弄6號5樓
電　話　02-8919-3186
傳　眞　02-8914-5524
香港總代理　一代匯集
地　址　九龍旺角塘尾道64號 龍駒企業大廈10 B&D室
電　話　852-2783-8102
傳　眞　852-2396-0050